DONDE LAS MENTIRAS SEAN ETERNAS

**Pamela Stupia** vive con su novio y sus perros, Pepper y Bacon, en Buenos Aires. Es periodista y tiene facilidad para obsesionarse con personajes literarios, aunque tiene claro que Peeta Mellark nunca descenderá en su ranking. Cuando no está escribiendo, está pensando en algo nuevo para escribir. O leyendo. También puede estar viendo, otra vez, Pretty Little Liars.

Código BIC: FM | Código BISAC: FIC009000
Diseño de cubierta: Nai Martínez

# DONDE LAS
# MENTIRAS
# SEAN
# ETERNAS

## PAMELA STUPIA

 **books4pocket**

Argentina • Chile • Colombia • España
Estados Unidos • México • Perú • Uruguay

1.ª edición en **books4pocket** junio 2025

Copyright © 2023 by Pamela Stupia
All Rights Reserved
© 2024, 2025 by Urano World Spain, S.A.U.
Plaza de los Reyes Magos, 8, piso 1.º C y D – 28007 Madrid
www.booksbystefano.com
www.books4pocket.com

ISBN: 978-84-19130-66-2
E-ISBN: 978-631-6587-54-1
Depósito legal: M-9.986-2025

Fotocomposición: Urano World Spain, S.A.U.

Impreso por Novoprint, S.A. – Energía 53 – Sant Andreu de la Barca (Barcelona)

Impreso en España – *Printed in Spain*

*Para quienes no planean detenerse,*
*está muy bien…, pero cuidado con las consecuencias.*

# 1

# COOPER

La casa está amoblada y decorada, pero siento que mis pasos retumban en el vacío, como si me desplazara sobre la nada misma. Antes de subir las escaleras me giro en busca de Duque, que se sube al sofá de un salto y da tres vueltas antes de recostarse justo encima de unos mullidos almohadones. Sonrío y sigo mi camino escaleras arriba. Cada semana, cuando paso por la casa de mis padres para asegurarme de que todo se encuentre en orden, mi perro decide que subir estos escalones es demasiado trabajo y me espera, echándose una siesta, en la sala de estar.

Atravieso el pasillo y me meto en la habitación de mis padres, que es la única que prácticamente no tiene muebles. Cuando decidieron abandonar la ciudad y empezar su nueva vida en Hammond, se llevaron prácticamente todo: la cama, la biblioteca de papá y el caballete donde solía pintar mamá. Así que solo queda un escritorio vacío y una serie de cajas que prometieron que vendrían a buscar luego, pero que a esta altura ya son algo permanente.

De camino al cuarto de Rylee, pienso en que necesito mi bendita semana libre para visitarlos. Hammond queda a poco más de media hora en coche, pero entre los partidos y mi rutina de entrenamientos se me hace difícil encontrar un hueco. A pesar de que pasé mi época universitaria fuera de la ciudad y alejado de ellos, una vez que los tuve cerca me costó soltarlos. Siempre he estado muy apegado a mi familia y a las personas que quiero: cuando no los veo, los echo de menos.

Me asomo al cuarto de Rylee, como cada vez que visito la casa. A veces planeo pasar de largo, pero finalmente no lo consigo. Me irrita encontrar esta habitación igual que la última vez que estuve aquí, porque mi hermana era un huracán; no había forma de que un espacio no sufriera cambios tras su paso. Si ella estuviera aquí, esta habitación sería diferente cada semana. Incluso yo sería distinto, porque Rylee también conseguía esa alteración en las personas. Nada ni nadie permanecía indemne tras su paso.

Me acerco al tocador, donde encuentro un bolso de maquillaje que ya estoy acostumbrado a ver, y luego me dirijo al escritorio, donde hay un cuaderno que ya revisé en más de una ocasión, bolígrafos de colores, un folleto de una librería de Nueva York, una taza vacía y una foto con Amanda. También hay una página de un periódico que, la primera vez que la vi, me descolocó por completo. Es un artículo sobre la estrella de fútbol universitario que acaba de conseguir un contrato con el equipo de Chicago y que jugará en la ciudad su primera temporada en la liga profesional. En la foto me veo mucho más joven, como si los cuatro años que han pasado desde entonces hubiesen sido una eternidad.

Abandono la habitación de mi hermana y me dirijo a la que solía ocupar yo. El recorrido es el mismo cada semana. Tengo contratado un jardinero que mantiene la parte exterior tal como lo hubiese hecho mi madre si estuviese aquí y una empresa de limpieza que se encarga del interior. Se suponía que ya debería haber vendido la casa, pero hay algo que me detiene.

Es estúpido pensar que Rylee regresará y me hará reclamos por haber tomado la decisión sin consultarle, porque todos los investigadores y consultores con los que he conversado en los últimos años me han hablado de las pocas probabilidades de que mi hermana aparezca alguna vez. El problema es que no puedo hacerlo, y tengo el dinero suficiente como para mantener esta casa durante cinco o seis vidas más.

Tomo asiento en la cama y me busco en cada rincón.

Mi infancia aquí fue feliz. Pasaba la tarde con Ben, mi mejor amigo, y a veces también con Andrew. Siempre evitaba traer chicas a casa para que mi madre no pensara que se trataba de algo serio; las llevaba a casa de Ben, en donde sus padres no estaban casi nunca. En esta casa solo había lugar para una chica, y no venía exactamente por mí. De hecho, si alguien la hubiese mantenido alejada, ese habría sido yo.

Me muerdo el labio inferior y sacudo la cabeza. No hay forma de pensar en el pasado sin que ella aparezca en mis recuerdos. Amanda fue tan permanente como el tapiz de las paredes. O como la pequeña fuente de piedra del jardín trasero. Una comparación acertada, teniendo en cuenta que, aunque no esté científicamente comprobado, esa chica tenía un corazón de piedra.

Resoplo y me pongo de pie.

Cuando regresé a la ciudad tras ser seleccionado por el equipo de fútbol de Chicago en el *draft*, pasé un par de noches aquí, pero fue tan terrible que prácticamente no guardo recuerdos. Rylee acababa de desaparecer y todo era demasiado caótico. Durante veintidós años había imaginado ser contratado por un equipo de la liga profesional, pero todo parecía mejor en mis sueños de lo que fue en realidad.

Cierro la puerta de mi habitación con más fuerza de lo que planeaba y, cuando bajo las escaleras, encuentro a Duque con las orejas levantadas y la cabeza ladeada. Me acerco a él y, de inmediato, se recuesta panza arriba, reclamando caricias. Me inclino y le rasco la barriga. Empieza a sacudir una de las patas traseras involuntariamente y lanzo una carcajada.

—Ya es hora de volver a casa —le digo—. Hoy papá tiene una cita, así que tienes la casa solo para ti. Puedes tener una cita tú también si te apetece. —Se estira y me lame la nariz—. ¿Tienes alguna chica en el barrio? Ya te he visto mirando con buenos ojos a la dálmata de la esquina, pero me temo que es demasiado grande para ti.

Se acomoda de un salto y sacude la cola, golpeándome en la cara.

—Venga, vámonos.

Abro la puerta y salgo de casa. Duque se adelanta y olisquea el jardín, mientras yo le escribo un mensaje a la empresa que se encarga de los arreglos de la propiedad. Hay una pequeña filtración de agua en el salón y no quiero que se transforme en un problema por no resolverlo a tiempo. Cuando acabo de escribir el mensaje, me acerco a Duque, que me observa desde el jardín sacudiendo la cola, y le rasco detrás de las orejas. Tiene dos años y es un *whippet*. Todo el mundo cree que, como corre casi tan rápido como un galgo, es un perro activo. La verdad es que es demasiado haragán. Por eso lo llevo conmigo siempre que puedo; todavía me resulta engorroso lograr que quiera salir a dar un paseo. Si fuera por él, dormiría a todas horas.

—¿Vamos a casa?

Como si la palabra «casa» fuese una clave, comienza a dar saltitos apresurados hacia mi coche, un descapotable demasiado ostentoso para mi gusto, pero que encaja con lo que la gente espera del mejor mariscal de campo de las últimas dos temporadas.

Ese pensamiento irrelevante me hace sentir una presión incómoda en el estómago y me obliga a lanzar un suspiro. Saber que esta temporada es clave para que el equipo decida renovar mi contrato me tiene entre la espada y la pared. Necesito quedarme, pero otra parte de mí me grita que dé un volantazo. Que empiece a caminar hacia delante, en lugar de revolver el pasado. Camino a ciegas hacia el coche, con todos mis sentidos puestos en mis pensamientos, cuando percibo algo fuera de lugar. Es más bien una reacción de mi cerebro que advierte algo incorrecto... o nuevo.

Enfoco la mirada en la calle de enfrente y encuentro un coche aparcado que no suele estar allí. Entonces, recuerdo que mi madre me llamó hace dos días para contarme que Elizabeth, la abuela de Amanda, había fallecido. Porque mi madre es ese tipo de persona que se muda a Indiana y, aun así, está al corriente de los cotilleos. No sé bien cómo lo logra, pero me imagino que tiene que ver con Facebook.

Mantengo la vista en el coche y ladeo la cabeza. Los padres de Amanda fallecieron cuando ella tenía ocho años. Fue por ese motivo que ella llegó a la ciudad y se instaló en la casa de su abuela, donde vivió hasta hace cuatro años, momento en el que pensó que la mejor opción que tenía era huir como una rata en el peor momento.

Sin siquiera proponérmelo, dirijo la mirada hacia la ventana de la primera planta y, aunque esperaba dar con las ya conocidas cortinas blancas que veo cada semana, esta vez encuentro a una mujer de pie, observándome.

Es ella... La misma de siempre, haciendo lo mismo de siempre: esconderse. Pero ahora ya no tiene a mi hermana para usarla de escudo. Esbozo una sonrisa suave y me paso la lengua por los labios en un gesto que no sé si es producto de los nervios o de la adrenalina de sentirla cerca otra vez.

Como no se merece tanta atención, me doy la vuelta y me subo al coche. Al cabo de cinco minutos de conducir como un autómata, caigo en la realidad más inesperada.

*Mierda.*

Amanda ha vuelto a casa.

# 2

# AMANDA

El aroma de la ciudad me cala los huesos. Llevo cuatro años esforzándome por olvidarlo todo y, en este momento, siento que solo he dado vueltas en círculo. Como si esta ciudad y los recuerdos hubiesen extendido sus dedos para sujetarme y mantenerme bien cerca.

Ni siquiera enciendo las luces. Dejé el coche de alquiler aparcado frente a la casa y empiezo a pensar que fue un error. Me he mantenido tan ajena a las noticias de la ciudad que realmente no estoy segura de si debo estar preocupada. Resoplo y siento la angustia en la garganta. Estar utilizando las tazas de la abuela, en esta cocina en la que pasé parte de mi infancia y mi adolescencia al completo, me agobia.

Me preparo un té de manzanilla. Estoy inquieta y me da la sensación de que había olvidado lo frío que era el otoño en Chicago. Llevo unos pantalones gruesos de algodón y una camiseta de mangas largas. Me pregunto cómo pasé mi vida en esta ciudad utilizando falditas y vestidos, pero, al mismo tiempo, añoro volver a usarlo todo. Cuando abandoné la ciudad, hace cuatro años, no me despedí de la abuela y solo me llevé lo puesto. No fui lo suficientemente valiente como para justificar por qué debía irme, ya que eso significaba explicar muchas cosas.

Apoyo la cadera en la encimera de la cocina y bebo el té. Por encima de la taza, observo la casa. Todo está igual que la última vez que estuve aquí, salvo por lo evidente: la abuela se ha ido. Cierro los ojos y, sin despegar la taza de mis labios, doy tres tragos. Uno tras otro, en un intento desesperado por deshacer el nudo de congoja que se me instala en la tráquea. He pasado cuatro años sin hablar con la abuela y, a pesar de que no tuve opción, en este momento mis decisiones del pasado me parecen de lo más ridículas. Más allá del peligro que hubiese significado permanecer en la ciudad, los últimos años habrían sido más felices con ella a mi lado.

Cuando acabo el té, me apresuro a enjuagar la taza y subo las escaleras hacia mi habitación. Llegué por la noche y no pude pegar un ojo, así que pasé unas horas en el sofá del salón, luego me trasladé a mi habitación y acabé en la cama de la abuela. Todavía percibo su aroma en cada rincón. Un perfume que, hasta ahora, creía haber olvidado. Es la mezcla perfecta de rosas y cebolla dorada. Aroma a la abuela.

Hago la cama y acomodo las cosas que dejé fuera de la maleta. Traje todo lo que tengo, que no es mucho, pero que me será de poca utilidad aquí. He pasado los últimos cuatro años en un pequeño pueblo en Texas y me he acostumbrado a veranos largos y cálidos y a inviernos mucho más cortos que aquí en Chicago. Inviernos frescos pero húmedos, en los que no necesitaba camisetas térmicas ni mitones para proteger mis manos del frío. No vi nieve ni por asomo, y fue lo que más eché de menos.

Lanzo unos pantalones cortos dentro de la maleta y la cierro.

Hoy es el funeral de la abuela, y luego debo hablar con un agente de bienes raíces para vender la casa que, afortunadamente, la abuela ya había puesto a mi nombre. No sé qué haré con todas sus pertenencias, como tampoco sé si quiero pasar mucho tiempo aquí. Sospecho que las cosas han cambiado y que podría quedarme, pero sin la abuela... realmente no tiene mucho sentido.

Además, esta casa tiene muchos recuerdos. Y yo los recuerdos los atesoro... los mantengo vivos y luego los empaqueto para dejarlos a un lado. Era demasiado pequeña cuando decidí que mi pasado no iba a definir mi futuro y, aunque a veces crea que mi versión adulta no lo merece, sigo buscando la felicidad desesperadamente, porque no le puedo fallar a aquella Amanda que lo había perdido todo, salvo la esperanza.

Me pongo unos pantalones pata de elefante de encaje blanco y unas botas de esas que parecen más pantuflas que otra cosa. Me paso una sudadera por la cabeza y doy unos pasos hacia el espejo de cuerpo entero en el que me miraba cada mañana antes de ir al instituto. A veces, Rylee me pedía que le mostrara cuál era mi atuendo del día, porque siempre me caractericé por tener un estilo muy peculiar. Sonrío y me aliso el pelo con las manos. En Texas me vi obligada a cambiar mi estilo porque no encajaba en absoluto con el tipo de persona que quería ser. Aquí, en cambio, me siento como pez en el agua. Estos pantalones llevaban como tres años en el armario y no los había usado ni una vez.

Por supuesto que no estaba en mis planes estrenarlos para un funeral.

Percibo el momento exacto en el que mi rostro se transforma. Como si hubiese explotado una burbuja y hubiese vuelto a la realidad. Doy un paso y me observo. Estoy cambiada respecto de la última vez que estuve frente a este espejo. A los veintidós, mi rostro era más redondeado, tenía el cabello igual de rubio, pero más corto, y mis ojos azules tenían más brillo.

Antes de lo que pasó, estaba en el mejor momento de mi vida.

Había acabado mi máster en Teatro y Artes Escénicas y estaba trabajando en el teatro más antiguo de la ciudad junto a Rylee, mi mejor amiga. Pasaba las mañanas en casa con la abuela, preparando mermelada de fresas y melocotón y luego me dirigía al teatro junto a Rylee, donde teníamos ensayos. Había estado saliendo con Will, un chico del campus, durante mi época universitaria, pero rompimos unos meses antes de terminar los estudios y, aun así, recuerdo todo aquello como la cresta de una ola que acabó rompiéndose de la peor manera.

Divido mi cabello en dos mechones y comienzo a trenzar uno de ellos sin dejar de observarme. No sé quién soy. Siento como si mi vida se hubiese detenido y los últimos cuatro años hubiese funcionado en piloto automático. Sin motivaciones ni sentimientos. Hice algunos amigos en el pueblo y me dediqué a trabajar como camarera en una cafetería y dos bares nocturnos. Me acosté con dos o tres hombres de los cuales ni siquiera recuerdo el nombre. Y no me comuniqué con la abuela hasta hace tres meses, cuando no pude más y la llamé.

Recordar la emoción en su voz cuando me oyó me rompe el corazón en mil pedazos. No supe qué decirle; no podía explicarle las razones por las que me había ido de casa sin despedirme, después de que ella me acogiera con los brazos abiertos tras la muerte de mis padres. Así que me enfoqué en el presente. Le pregunté por su vida, un poco por la ciudad y no le mencioné en dónde me encontraba. Le di mi número de teléfono, pero le pedí que lo ocultara muy bien y que se comunicara conmigo solo en casos de urgencia. Supongo que fue raro, pero ella lo acató sin hacerme preguntas. Porque así era la abuela.

Lanzo un suspiro cuando termino de trenzarme el cabello y observo el resultado final. Cuando era adolescente, solía trenzarme el pelo de la misma manera. Luego me deslizaba un gorro de abrigo en la cabeza que combinara con mi atuendo y me pintaba los labios, algo que estaba prohibido en el instituto, pero a lo que nadie hacía caso.

Permanezco allí, inmóvil frente al espejo. Mi cabeza, por el contrario, funciona a un ritmo apresurado, lanzándome un torrente de recuerdos. El sabor de la mermelada de melocotón sobre el pan casero de la abuela, la risa de Rylee, el frío de la nieve sobre mis mejillas, el aroma a tinta y papel de la biblioteca del instituto, los perritos calientes con cebolla frita que hacía la madre de Rylee los días de partido, la voz de la abuela cantando *Hurricane* de Bob Dylan, los ojos oscuros de Olivia, los labios de Cooper Harris...

En un arrebato, me desarmo el peinado y sacudo mi pelo. Siento las caricias de unas lágrimas tibias que ya se han abierto camino en mis mejillas. Eso que la pequeña Amanda había deseado tanto: dejar el pasado atrás, cumplir sueños, ser feliz... solo lo logré en cortos instantes. Encontré la felicidad en pequeños momentos que luego escondí dentro de una enorme cantidad de errores. Por eso hui. No fue solo por lo que pasó, sino por lo importante que fui en ello. Porque, de repente, sentí que había gestado algo enorme, que acabó de la peor manera.

Lo hice y lo permití y cuando todo se enredó..., escapé.

Oigo un sonido fuera que me saca de la crisis al menos por un momento. Me seco las lágrimas, desesperada, como si alguien pudiera verlas. Y me aliso el cabello.

—Ya no eres la misma Amanda que escapó —me intento convencer en un susurro—. Todavía puedes ser feliz, porque si siendo una niña lograste superar la muerte de papá y mamá; ahora también puedes hacerlo. —Cierro los ojos y respiro con tranquilidad, me siento sola y es terrible. Y aunque fui condenada a la soledad desde mi primer suspiro, me prometí que eso no me iba a definir—. Tu pasado no te define, Amanda. —Inhalo, exhalo—. Tu pasado no te define, Amanda.

Doy un paso hacia atrás cuando oigo un ladrido y más ruido en el exterior. Así que resoplo y me dirijo a la ventana, sin darme cuenta de que no es una buena idea. Frunzo el ceño cuando veo movimiento en la casa de Rylee. En aquella única llamada, la abuela había mencionado que los padres de mi mejor amiga habían abandonado la ciudad, pero cambié de tema de inmediato porque lo último que necesitaba era saber acerca de ellos. Esa familia fue una parte importante de mi infancia y también de mi adolescencia, pero me sentía avergonzada por haberme ido sin despedirme. Y sin haberles brindado mi apoyo cuando pasó lo de Rylee.

Cierro los ojos y ruego a todos los dioses que no hayan regresado justo ahora. Cuando los vuelvo a abrir, deslizo la cortina hacia un lado y siento que el tiempo se detiene.

Hay un perro olisqueando el jardín de Rylee que mueve la cola como si estuviera atravesando el mejor momento de su vida. Es esbelto, pero parece un poco torpe. Se desplaza dando saltitos y veo el momento exacto en el que arranca una flor y se la traga. Inmediatamente, dirige la mirada a alguien más. Trago saliva, nerviosa. Siento como si mi cerebro estuviera gritándome que devuelva la cortina a su sitio y me aleje, pero no puedo evitarlo. Me quedo allí, observándolo.

Cooper Harris está de pie, escribiendo ágilmente en su móvil. Su cabello rubio dorado tiene un aspecto brillante y desordenado. Lleva una camiseta negra que se le ajusta en los hombros y unos pantalones de deporte del mismo color. Me detengo en sus piernas largas y luego en sus hombros. Sobre uno de ellos, lleva apoyada una chaqueta que debe de haberse quitado, a pesar de que no hace calor en absoluto.

Cuando acaba de escribir, desliza el móvil en el bolsillo de sus pantalones y observa al perro. Se acerca con una sonrisa y se inclina para darle una caricia detrás de las orejas. Pongo los ojos en blanco de inmediato. *Tan Cooper que duele.*

Mi cerebro me vuelve a pegar un alarido. *Amanda, aléjate de la maldita ventana;* pero parece que estoy anclada y que ni la fuerza de los cuatro jinetes del Apocalipsis podría liberarme de la necesidad de seguir observándolo. Por supuesto que lo podría haber visto desde la comodidad de mi pequeña casa en Texas cuando quisiera; solo hubiese bastado con encender la televisión y buscar el canal de deportes. Sin embargo, en el pasado era más inteligente: sabía que no debía hacerlo.

Estoy en mi lucha interna cuando vuelvo a prestarle atención y lo descubro quieto en medio del camino. El perro corre y, de un salto, se mete en un coche descapotable del mismo color que el atuendo de la estrella de fútbol que está frente a mí en este instante. Pongo los ojos en blanco otra vez; es muy propio de Cooper eso de tener el coche más llamativo que haya sido creado. Pero, entonces, siento un vuelco en el estómago, porque entiendo que se ha detenido para observar el coche de alquiler, que no tuve mejor idea que estacionar frente a casa. De inmediato, decido que lo mejor que puedo hacer es acatar las órdenes de mi cerebro.

Pero ya es tarde; los ojos oscuros de Cooper están sobre mí.

Por alguna razón que no acabo de comprender, me quedo quieta. Como los niños pequeños, que se quedan quietos cuando creen que de ese modo sus padres no podrán verlos después de haber hecho la peor de las travesuras.

Trago saliva, porque siento que ni siquiera estoy respirando y necesito corroborar que sigo con vida. Él se muerde el labio inferior en un gesto casi imperceptible y desliza la lengua sobre sus labios. Esos que acabo de recordar hace un instante como si los conociera. Como si hubiese tenido la oportunidad de probarlos de verdad.

Sin demorarse mucho más, Cooper se gira y se sube a su brillante coche descapotable. En el asiento del copiloto, su perro está sentado como una estatua. Antes de partir, le da unas palmaditas en el lomo y se inclina para besarle la nariz.

Tan Cooper que duele.

# 3

# RYLEE

## Diez años antes

—¿Por qué no le dices que no quieres nada con él? —pregunta Olivia desde mi cama, ya maquillada y lista para el partido.

Amanda, la única que no forma parte del equipo de animadoras, es la encargada de maquillarnos. Tiene paciencia y lo hace muy bien; además, es su manera de ser parte de esto.

—Creo que en la última semana le he recordado que solo lo quiero como amigo unas cien veces —responde mi mejor amiga—. Mira hacia arriba —me indica antes de aplicarme máscara de pestañas.

Amanda es preciosa. Tiene el cabello rubio y ojos azules, pero lo que siempre me resultó impactante fueron sus cejas, un tono más oscuro que su cabello y muy tupidas. Además, tiene ese aire misterioso que nada tiene que ver con su apariencia.

Es la más callada de las tres.

—Andrew cree que ganará por cansancio —añado—. Así es como logró besar a las únicas dos chicas con las que ha estado en lo que va de su existencia.

—¿Cómo sabes que ha estado con dos chicas? —Olivia toma asiento en la cama y estira la mano para agarrar el café con hielo que compramos antes de venir a casa para prepararnos para el partido.

—Andrew es amigo de mi hermano, suele venir a casa y… sabes que adoro escuchar detrás de las puertas.

Amanda da un paso hacia atrás con la máscara de pestañas en alto y lanza una risita suave. Eso tiene también, un aire demasiado delicado y discreto. Si se ríe, lo hace de forma natural y relajada. Si llora… Dios, Amanda es de esas chicas que están guapas incluso cuando se les están cayendo los mocos.

—¿Has oído algo de Ben? —pregunta Olivia, y siento cómo la ira escala desde el estómago para instalarse en mi garganta. Ben es el mejor amigo de mi hermano y es el segundo alumno más popular del instituto. No me había dado cuenta de que lo quería para mí hasta que Olivia nos confesó que le gustaba.

—Solo me queda oír sus gemidos, espero hacerlo pronto —remato.

Amanda, que seguía aplicándome máscara en las pestañas, lanza un gritito.

—Por Dios, Ry. Estoy intentando maquillarte.

—Volviendo al tema… —persiste Olivia, que se había quedado sin palabras tras mi declaración sobre Ben—. Entonces, le dijiste a Andrew que solo quieres ser su amigo y, aun así, sigue insistiendo. Me resulta raro.

Amanda se gira, enfadada.

—¿No me crees?

—Por supuesto que sí —exclama Olivia, que se pone de pie y se acerca—. ¡Esa máscara de pestañas no es la que me has puesto a mí!

—Rylee no la comparte con nadie —responde Amanda.

Es la máscara de pestañas más cara que he comprado en la vida, pero mi mejor amiga no está diciendo la verdad. Por supuesto que a ella le permito usarla; lo que no quiero es compartirla con Olivia. Claro que también es mi amiga, pero no como Amanda. Aparte, a Olivia le gusta Ben y llevo exactamente cinco semanas y tres días intentando conquistarlo. No pienso darle ningún tipo de ventaja y las pestañas son clave en este tipo de cuestiones.

—Bueno, de todas maneras no la necesito. —Olivia da una vuelta en el sitio y se mira en el espejo.

Tiene el cabello oscuro, prácticamente negro, y ojos marrones. Es la más alta de las tres y la que tiene las tetas más grandes. Afortunadamente, Ben es demasiado maravilloso como para dejarse llevar por eso. Estoy segura de que me prefiere a mí.

—¿Podéis dejar de competir por un idiota? —dice Amanda, dejándonos sin palabras.

Llevamos más de un mes en esta competición silenciosa y, en un segundo, Amanda ha puesto el conflicto sobre la mesa.

—No estamos compitiendo por un idiota. —Olivia abandona el café sobre la mesa y se acerca con los brazos en jarras—. Escúchame, Ry.

Odio que me llame así. Solo permito que lo haga Amanda. Además, con todo esto de Ben y otras cuestiones que se han ido sumando a lo largo del último año, ya no siento que tengamos ese nivel de confianza.

—¿Qué? —respondo.

—¡Quieta, Ry! —se queja Amanda—. Estoy intentando delinearte los labios.

—Usa algo a prueba de besos, que en la fiesta de esta noche planeo besar a un moreno de ojos grises.

Ben, por supuesto.

Olivia chasquea la lengua y Amanda resopla.

Mi mejor amiga es ese tipo de chica que antepone siempre sus amigas a los chicos. De hecho, no se toma en serio a ninguno: Andrew lleva meses persiguiéndola y ella lo ignora de una manera admirable. Por no hablar de Cooper, mi hermano, que se le cae la baba cada vez que Amanda viene a casa. Aunque eso nunca lo hablamos, doy por sentado que a mi amiga no le interesa mi hermano. Lo que no quita que me moleste, porque lo conozco y sé que, si bien se hace el indiferente, se muere por ella. Afortunadamente, estoy segura de que no tiene ninguna posibilidad; Amanda es mi amiga y Cooper ya me ha quitado demasiadas cosas, como la atención de mis padres y de todo el instituto.

—Escúchame, Ry —insiste Olivia—. A las dos nos gusta Ben, pero somos amigas. Amanda tiene razón, no podemos arruinar nuestra amistad por él. —Suspira—. Aunque no estoy de acuerdo en eso de que es un idiota.

—Pues yo sí —dice Amanda.

—Yo no —agrego.

Amanda pone los ojos en blanco mientras toma un labial rojo y se inclina para aplicármelo.

—Lo que propongo es... —Olivia lanza un suspiro—. Que gane la mejor.

Amanda se incorpora y se da la vuelta para observarla, indignada.

—¿Estás hablando de ganar? ¿Como una competición? —Le coloca el capuchón al labial con fuerza—. ¿Y el premio es el idiota de Ben?

—¡Me apunto! —exclamo, lo que genera que Amanda haga un movimiento brusco para observarme.

Olivia extiende la mano y se la tomo.

—Hecho —dice.

—Hecho —respondo.

* * *

Amanda se quita el vestido y me observa, indignada. A pesar de que el equipo de fútbol ganó (gracias a mi hermano, por supuesto), la fiesta posterior fue un fracaso.

Empezó mi competición con Olivia, pero Ben terminó besándose con otra chica. Para Amanda eso fue un alivio, porque una vez que lo vimos apretujando a la chica contra una pared dejamos la guerra de lado y disfrutamos de la música y de todas las cervezas que no deberíamos beber a nuestra edad.

El problema fue que Andrew estuvo pegado a nosotras porque está decidido a conquistar a Amanda. Algo que, por supuesto, no va a ocurrir.

—Le dije que no quiero nada con él —susurra Amanda, para no despertar a mis padres—. Se lo dije con todas las letras, no entiendo por qué sigue insistiendo.

—Andrew es idiota. Lo conozco desde antes de que llegases a la ciudad. —Le lanzo una camiseta, que ella toma y se pasa por la cabeza rápidamente.

—Yo esta noche no tenía intención de estar con nadie más. —Toma asiento en la cama y suspira—. Pero si alguien me hubiese interesado, Andrew lo habría espantado.

—Es que parecía tu novio. —Amanda niega con un gesto de horror—. De verdad, lo has tenido pegado toda la noche.

—Es divertido, ojalá me gustara.   Echa el cabello hacia atrás y comienza a deslizar un algodón con loción desmaquillante por su rostro. Amanda puede estar muriendo, pero jamás se va a dormir maquillada.

—¿Tu hermano te ha dicho algo? —pregunta.

—¿Cooper? ¿Sobre qué? —Me pongo en alerta.

—De Andrew… Tal vez él pueda decirle que no me gusta de esa manera.

Estiro la mano y le quito el algodón.

—¿Me estás hablando en serio? ¿Quieres pedirle ayuda a Cooper?

—Bueno, Andrew es su amigo... —Le lanzo el algodón y Amanda lo toma nuevamente, intentando calmarme con la mirada—. Bueno, solo era una idea. Cálmate, Ry.

Me encanta no tener que explicarle qué me molesta, porque ella lo sabe todo acerca de mí. No necesito de Cooper, yo puedo arreglármelas sola. Además, jamás lo incluiría en ningún tema que tuviera que ver con Amanda. Ya el solo hecho de imaginarlos juntos, en cualquier tipo de circunstancia, me da náuseas.

—No necesitamos a mi hermano. Eso es obvio —resoplo y tomo su teléfono—. Yo me encargo.

—¿Qué vas a hacer? —pregunta, resignada.

—Terminar con Andrew.

* * *

Dos días después, llega el final de Andrew.

—¿De dónde has sacado tantos condones? —pregunta Olivia, observando con cara de asco una fotografía de Andrew sosteniéndose el pene con cara de pervertido.

—Los compré —replico, mientras Amanda me mira con su rostro imperturbable—. Por un momento tuve la ilusión de que mi hermano tuviera, pero solo encontré una caja de cuatro en su cuarto.

—Tu hermano no puede acumular condones —dice Olivia—. Debe de usar una caja de cuatro cada dos días.

—Bueno, tampoco creo que sea un dios del sexo. —Amanda se incorpora y sujeta un condón—. ¿Cuál es el plan, entonces?

—Pegamos la fotografía de Andrew con el pene en sus manos en la puerta de su taquilla. —Tomo la enorme foto que imprimí y sonrío—. La tiene grande, eso sí que no lo esperaba.

Amanda hace un gesto que simula una arcada.

—Me da pena... Andrew no es malo —dice Olivia.

—Te estás volviendo un poco amargada —le respondo—. Ha estado molestando a tu amiga todo el último mes, así que se lo merece. Además, mira la foto asquerosa que le envió.

La noche de la fiesta, me apoderé del teléfono de Amanda y le escribí a Andrew haciéndome pasar por ella. Por supuesto, respondió rápidamente y se entusiasmó con mucha facilidad. Lo calenté un poco mientras Amanda se moría de risa a mi lado y acabé pidiéndole una foto. Le prometí que, si me la enviaba, tendría una foto de Amanda tocándose, así que no dudó un instante. Por supuesto que nunca le enviamos la foto, y mi amiga no le respondió más mensajes.

—¿Cuándo vamos a hacer esto? —pregunta Amanda—. Porque hoy es el primer día de clase después de la fiesta y de la supuesta conversación. Se me va a venir encima en cuanto me vea.

—Lo haremos antes, Amanda. Tranquila. Lo tengo todo pensado.

\* \* \*

Cooper camina a mi lado justo cuando todo se desencadena. Busco rápidamente con la mirada a Amanda y Olivia, y las encuentro en un rincón.

—¿Qué pasa? —pregunta mi hermano.

Supongo que le debe llamar la atención andar por el pasillo y que no estén todos los ojos sobre él.

—Parece que hay una sorpresa en la taquilla de Andrew.

Y cuanto más cerca nos encontramos, más oigo las risas.

Andrew arranca la foto y, cuando la abre, le caen más de cien condones encima. Cierra la taquilla de un golpe y se aleja. El resto de los alumnos se lanzan a recoger los condones como si fueran a usarlos.

—¿Quién ha hecho esto? —murmura mi hermano, con el rostro desencajado. Odia estas cosas tanto como yo las amo.

Andrew hace una bola con la foto que habíamos pegado en su taquilla y, al pasar junto a Amanda, la deja caer a sus pies.

—Amanda —le digo a mi hermano—. Ella lo ha hecho.

# 4

# COOPER

Opto por el camino más largo a casa. El día está precioso, soleado y con una brisa fresca. Nada que ver con el frío que vendrá en los próximos meses. Le echo una mirada a Duque, que está sentado en el asiento del copiloto con la lengua fuera. Intento dejar de pensar en que acabo de ver a Amanda, pero cada vez que pienso en ello me sorprendo más.

Yo acababa de llegar a Chicago cuando Rylee desapareció. Supuestamente, había pasado el rato con Amanda y otra de sus amigas, con la cual llevaban un tiempo distanciadas. Eso me había llamado la atención en su momento: se trataba de una amistad completamente rota, con quien mi hermana no tenía contacto hacía años.

Rylee y yo nunca fuimos cercanos a pesar de que lo compartíamos todo. Como éramos mellizos, atravesamos cada momento de nuestra vida juntos. Sin embargo, a medida que fuimos creciendo, las diferencias se hicieron cada vez más profundas. Íbamos juntos a clases y ella era animadora del equipo de fútbol en el que yo jugaba. Pertenecíamos al mismo grupo de amigos, y sin embargo, cuando pasábamos el rato todos juntos o íbamos a fiestas después de los partidos nos ignorábamos por completo. Ella pasaba la mayor parte del tiempo con Amanda, que prácticamente no le dirigía la palabra a nadie más.

Así que crecer con Rylee por momentos fue bastante raro. El único instante en el que nos permitíamos interactuar era cuando estábamos solos. Cuando cumplimos los dieciséis, papá nos regaló un coche y conducíamos al instituto un día cada uno, hasta que Rylee se aburrió y me delegó la tarea. En mis recuerdos, esos viajes en coche son diferentes a cualquier otro momento compartido con Ry. Por alguna razón, nos soltábamos y lo pasábamos bien. Durante mucho tiempo le atribuí aquello a la ausencia de Amanda que, a pesar de que vivía frente a casa, iba al instituto con su propio coche.

Con el paso del tiempo, entendí que el problema en mi relación con Rylee éramos Rylee y yo. Simplemente... no funcionábamos juntos, y cuando abandoné la ciudad para estudiar en Los Ángeles, me imaginé que las cosas irían mejor para ella. Me consta que se comparaba mucho conmigo, lo cual era estúpido, porque yo solo era bueno en un deporte, mientras que ella era una gran bailarina y actuaba como los dioses. Además, Rylee tenía una personalidad cautivadora. Ella llamaba la atención por donde pasara. Era guapísima, con su cabello oscuro y ondulado y los ojos verdes de papá. Era casi tan alta como yo y tenía una voz rasposa que se reconocía donde fuera que sonara.

Yo siempre fui popular por jugar bien al fútbol. Rylee fue popular por ser ella misma.

Atravieso la arcada del barrio privado y recibo un pulgar para arriba de parte del encargado de seguridad. Es fanático del equipo y siempre me felicita después de un partido como el de ayer. Cuando las cosas van mal, me da algún gritito de ánimo, así que, si en algún momento de mi vida no quiero pensar en mi carrera, opto por quedarme en casa.

Duque se pone de pie cuando ve la casa a lo lejos y lanza un ladrido, como si hubiese alguien a quien anunciarle nuestra llegada. Doy la vuelta en la explanada y estaciono el coche en el primer sitio que encuentro. Además de este vehículo, tengo un BMW y una camioneta que uso cuando voy a Hammond a visitar a mis padres.

Bajo del coche y doy la vuelta para abrirle la puerta a Duque, algo que sería más común que hiciera con una mujer. Si tuviera novia. El perro corre hacia el porche y mueve la cola con el hocico contra la madera lustrosa de la puerta mientras yo me acerco con una sonrisa. No entiendo a qué se debe el entusiasmo, pero a Duque le encanta regresar a casa.

Una vez dentro, dejo las llaves sobre la mesita que está junto a la puerta y me dirijo al salón. Gracias a que el cuarto está rodeado de ventanales, no es necesario encender las luces hasta entrada la noche. Lanzo la chaqueta sobre el sillón y me dirijo a la cocina, donde me preparo un batido. Desearía poder beberme una cerveza, pero ya me tomé una antes y solo me permito una por semana.

Le pongo comida en el cuenco a Duque, pero se me enreda entre las piernas y no me deja caminar hasta que chasqueo la lengua, tomo las galletas y le lanzo una. Me acomodo en el sillón y bebo el batido mientras tomo el móvil y llamo a James, el investigador que lleva el caso de Rylee desde hace un año.

—Siempre me llamas cuando tienes el mejor partido de la temporada —bromea sin siquiera saludar.

—Prefiero esconderme cuando las cosas van mal.

—Pues últimamente nunca van mal. Enhorabuena, Cooper.

Cuando mis padres abandonaron la ciudad, me ofrecí a seguir con el caso de Ry, así ellos podían despegarse de la frustración de andar sobre el desierto en busca de pistas. Sin embargo, el investigador que habían contratado no terminaba de convencerme; sentía que no estaba involucrado, y para seguir buscando respuestas tras cuatro años de la desaparición de una persona se necesita a un investigador que tenga ganas de resolver el caso. Así fue como, tras varias recomendaciones, di con James. Un tipo de cuarenta años con una vasta experiencia, y al que solo nos lo podemos permitir quienes tenemos suficiente dinero como para pagar por su trabajo. De momento, ni así he obtenido respuestas.

—Gracias, tengo que renovar ese contrato.

—¿Todavía tienes dudas? Todos te queremos en Chicago, ese contrato ya es un hecho.

Lanzo una risita. Sí, estoy seguro de que el equipo me quiere, pero también hay otros que desean lo mismo, y uno nunca sabe qué pretende o qué necesita un equipo. Así que no pienso arriesgarme. No puedo seguir el caso de Rylee desde otra ciudad.

—En fin, no tengo mucho tiempo, pero quería contarte algo importante.

—Te escucho, pero luego debes prometerme un jersey firmado para mi esposa. Para que se conforme y me siga queriendo a su lado. Ayer terminó enamoradísima de ti.

—Cuenta con eso. —Sonrío y luego lanzo un suspiro—. Bien… ¿Recuerdas a Amanda Owens? ¿La mejor amiga de mi hermana?

—Cómo no recordar a Owens, llevo meses buscándola en vano.

—Pues bien. Ha regresado.

Oigo silencio desde el otro lado de la línea.

—¿James?

—Espera, ¿me dices que Amanda Owens, la amiga de tu hermana que abandonó la ciudad y lleva oculta cuatro años, ha vuelto?

—Sí, lo debería de haber previsto —digo—. Mi madre me comentó hace unos días que la abuela de Amanda había fallecido, así que supongo que ha regresado por eso. Acabo de verla en su casa, pero dudo que se quede mucho tiempo.

—Debo ponerme en contacto con ella... —Siento como si hubiese cambiado el teléfono de oreja—. ¿Has hablado con ella?

—No. —Me rasco la cabeza, en un gesto nervioso. Me pongo de pie y comienzo a subir las escaleras—. No llegué a hablar con ella cuando ocurrió lo de Rylee, y la última vez que la vi fue antes de dejar la ciudad para ir a la universidad.

—Pero solías tener relación con ella...

Analizo su comentario dentro del vestidor. Desearía quedarme en casa y acostarme temprano para aprovechar los entrenamientos de mañana, pero mi agente está insoportable con esto de la renovación del contrato y, en cierta manera, tiene razón.

—Íbamos juntos al instituto y era la mejor amiga de mi hermana. Nunca nos llevamos muy bien.

Suspira.

—Bien, creo que, viendo cómo se comporta, va a ser difícil que me escuche sin más.

—No va a escucharte —confirmo—. Pero me parecía importante contarte que está aquí.

—Escúchame, Cooper. Es muy importante. —Se entusiasma—. Pero creo que lo mejor será que tú hables con ella. Que le digas que necesitamos de su ayuda y que le dejes una tarjeta mía.

—¿Y crees que entonces le importará y se comunicará contigo?

—Claro que no, pero será una buena introducción. Luego, me encargaré yo.

\* \* \*

Estaciono frente al ostentoso piso de Margot García con mi ostentoso coche descapotable. Le envío un mensaje, avisándole que estoy aquí, y unos minutos después la veo atravesar la puerta con su vehemencia habitual.

Nos conocimos hace unas semanas en los pasillos de una de las revistas de moda más populares de Los Ángeles; ella acababa de conceder una entrevista y yo llegaba para hacer lo mismo. Intercambiamos un par de palabras y me invitó a tomar un café luego.

Una vez que terminé con mi entrevista, que incluyó un millón de preguntas relacionadas con mi vida amorosa y con la cantidad de hijos que planeaba tener con una esposa inexistente, encontré a Margot esperándome. Había olvidado completamente que habíamos quedado y me sentí mal por lo abrumador que me resultó saber que mi deseo de regresar a casa con Duque se iba a retrasar un poco más.

—Estaba segura de que te gustaban los coches sutiles —dice, cuando me encuentra junto a la puerta de mi descapotable. Esta vez, me bajo del coche para abrirle la puerta a una mujer, pero confieso que estoy más alegre cuando se trata de Duque.

—Evidentemente, tienes unas cuantas cosas por descubrir.

Margot lanza una risita y se mete en el coche. Doy la vuelta con una sonrisa; realmente me cae bien y me parece preciosa. Sin embargo, no puedo dejar de pensar en lo que hablé con James, en la posibilidad de avanzar con el caso y en esa Amanda que vi tras el cristal de la ventana de su antigua habitación.

—Me dijeron que tuviste una buena tarde ayer —menciona Margot. Yo me giro y enarco una ceja.

—¿Eso quiere decir que no lo viste con tus propios ojos?

Lanza otra risita y se gira en el asiento para observarme. Margot tiene veintitrés años y una belleza que te deja sin aliento. Es la protagonista de la serie de televisión más vista del momento y posee ese tipo de personalidad que se transforma, de un día para el otro, en lo más codiciado por las revistas, los programas de televisión y los anuncios. Todo es Margot en este momento, y mi representante se entusiasmó cuando se filtró la noticia de que nos estábamos conociendo.

Nos besamos esa tarde después de la entrevista. O ella me besó a mí. Fue algo confuso y apresurado, y ocurrió simplemente porque me dejé llevar. Como me sentí culpable (y un poco solo), una semana después la invité a tomar unos cócteles, pero me pasé el rato hablando de mi contrato y de Rylee, así que, cuando me di cuenta, le hice algunas preguntas sobre su carrera y sus planes de futuro. No tengo muy claro cómo unas horas después terminé en su piso. Nos besamos, bebimos champán y nos acostamos.

Así que ahora le debo una cena, porque a pesar de que ya me he dado cuenta de que no quiero nada serio, no puedo desaparecer después de haber tenido sexo con ella. Además, algunos *paparazzis* nos sorprendieron esa noche en el bar y ya hay rumores dando vueltas.

Cuando estaciono frente al restaurante, lanzo un suspiro y pienso en mi agente. Yo uso la prensa para lo que necesito, pero Margot es bastante reticente a ella, de modo que no tengo dudas de que el abultado grupo de *paparazzis* que se nos lanza encima cuando llegamos al restaurante tiene mucho que ver con él. Mi agente acostumbra a filtrar la información que les conviene a sus clientes. En este caso, el cliente soy yo.

—Si quieres, podemos ir a otro sitio —murmuro en su oído, mientras los destellos de las cámaras casi no me dejan ver.

—No pasa nada, entremos. Luego podemos ir a mi piso.

Sé que no voy a ir a su piso esta vez, sobre todo cuando esta relación inexistente está llamando la atención más de lo que deseo. No se lo digo. Solo me bajo del coche y doy la vuelta. La ayudo a bajar, aunque tengo ocho tipos enormes y armados con cámaras de fotos encima.

—¡Cooper! ¡Margot! ¿Tenéis algo para contarnos?

—¡Gran partido ayer, Harris!

—¿Es cierto que Cooper piensa mudarse a tu piso, Margot?

—¡¿Estáis juntos?!

Margot echa la mirada a sus pies, mientras yo acomodo una mano en su cintura y la ayudo a atravesar el mar de *paparazzis* con una sonrisa. Como si esta fuese la vida que alguna vez hubiera soñado.

# 5

# AMANDA

Mis clásicas bailarinas rojas relucen bajo el sol del mediodía.

Hacía cuatro años que no me vestía como yo misma y, de momento, no sé si me siento bien al respecto, o completamente abrumada.

La mañana está preciosa, algo que me resulta irónico. Se me hace insoportable que los días más tristes transcurran bajo el manto de un sol radiante. Como si el universo quisiera recordarte cuán irrelevante eres. La noche en la que fallecieron mis padres también era preciosa. Soplaba una brisa suave de verano y habíamos pasado el atardecer en un parque de atracciones a unos veinte minutos del pueblo en el que vivíamos. Si lo intento, puedo oler el aroma acaramelado de las palomitas de maíz. La piel rasposa de papá tomándome la mano. La risa de mamá danzando al son de la brisa. Nadie hubiese pensado que, tras esa tarde maravillosa, se acabaría todo. Porque así es el universo. Despliega un escenario deslumbrante para gritarte en la cara que no es importante lo que tú pierdas.

Me atraviesa un escalofrío, así que continúo desplazándome sigilosamente, pero con la mayor naturalidad posible.

Hasta ayer por la tarde, cuando vi a Cooper Harris, planeaba asistir al funeral de la abuela. Era lo mínimo que podía hacer después de abandonarla y mantenerme incomunicada durante cuatro años. No existía posibilidad de no estar allí, junto a ella, cuando lo único que hizo fue sostenerme la mano en mis mejores y peores momentos. Pero le sigo fallando a aquella Amanda de doce años que prometió que su pasado no la marcaría.

En este momento me encuentro en el cementerio, alejada del grupo que despide a mi abuela porque no soy capaz de enfrentarme a nadie. No después de ver la expresión del hermano de mi mejor amiga cuando descubrió que había regresado. Tengo la certeza de que no es el único que sentiría náuseas al verme. Porque lo que me marcó de mi pasado no fue perder a mis padres. En eso yo no tuve decisión alguna. Esa pérdida no fue una consecuencia de mis acciones, pero todo lo demás...

Cierro los ojos y siento la caricia del viento en las mejillas. El grupo de personas que despide a mi abuela está tan lejos que ni siquiera oigo al sacerdote. Tampoco distingo quiénes son los que sí tienen la conciencia tranquila como para estar aquí. Inhalo y exhalo, pero no logro contener la congoja. Cuando Alice, la mejor amiga de la abuela, se puso en contacto conmigo para comunicarme lo que había ocurrido, lo sentí como un jarro de agua helada. Necesitaba un minuto. Tan solo un instante con mi abuela para decirle dos cosas: «perdón» y «gracias». Y no lo tuve, ni antes de perderla, ni ahora. Es que soy una cobarde y no puedo hacerme cargo de quien decidí ser. Tengo miedo de tropezar con alguien que me odie... Alguien que recuerde quién soy.

Aunque sí quiero saludar a Alice; la abuela la quería mucho. Tanto que le compartió mi número, cuando la llamé una sola vez en cuatro años y le pedí expresamente que no lo compartiera con nadie. Supongo que quería asegurarse de que alguien me contactara si algo le ocurría.

Apoyo la espalda en la pared del mausoleo que he elegido para mantenerme alejada y a cubierto. Siento ganas de vomitar al imaginar que mi abuela pudiera verme aquí, oculta y completamente avergonzada de mi existencia. Tomo un pañuelito desechable de mi bolso y me seco las lágrimas. Luego, rebusco hasta dar con las gafas negras y me las pongo. Ya he tenido suficiente. Estar aquí no va a limpiar mis culpas.

Sin perder más tiempo, me doy la vuelta y me marcho.

\* \* \*

Conduzco el coche de alquiler con los pensamientos puestos en el pasado. Es imposible estar aquí sin recordar. Llegué a la ciudad a los ocho años, fui al colegio y al instituto aquí y asistí a la Universidad de Chicago. Incluso cuando me instalé en el campus, los fines de semana almorzaba en casa de la abuela. Hacíamos pasta casera, y Rylee se sumaba algunas veces. Por aquella época, solía estar ocupada. Rylee siempre encontraba algo a lo que dedicarse. Era una máquina que funcionaba a todas horas y se esforzaba al máximo para cumplir sus metas.

Cuando la conocí conectamos al instante, algo que no era sencillo para mí. Nunca he sido muy sociable, y mucho menos cuando acababa de llegar de un pequeño pueblo a una ciudad enorme. Todavía estaba asimilando la pérdida de mis padres y acostumbrándome a una vida diferente cuando Rylee se transformó en la pieza fundamental. Ella me hacía olvidar. De niñas, pasábamos el rato jugando en el jardín trasero de su casa o viendo películas juntas.

Cuando teníamos doce, fuimos al teatro por primera vez.

A los trece, empezamos a hablar de chicos.

Para cuando tuvimos dieciséis, yo ya no era la chica débil que todo el mundo esperaba que fuera.

Y cuando nos graduamos, nos emborrachamos con ponche rancio en una fiesta a la que caímos de casualidad y en la que no conocíamos a nadie.

Rylee y mi abuela fueron los salvavidas que me sostuvieron cuando yo solo quería hundirme. Esbozo una sonrisa amarga y pestañeo para quitarme las lágrimas que cuelgan de mis pestañas. Ya no tengo a ninguna de las dos y, por primera vez en la vida, se me hace difícil flotar.

Me detengo frente a la oficina de bienes raíces. Bajo del coche con las gafas negras todavía puestas y solo miro al frente. Me presento en la recepción justo a la hora de la cita; la reunión con el agente es mucho más breve de lo que esperaba. Insisto en que no me preocupa que la propiedad se venda a un valor menor del que se espera porque necesito regresar a casa, y él me asegura que no va a tardar demasiado, aunque me aclara que los tiempos que se manejan no son tan cortos como yo espero. En realidad, lo sabía. Vender una casa no puede resultar tan sencillo. Tal vez pueda regresar a Texas hasta que encuentren un comprador. Aunque, después de lo que ha pasado, no sé si quiero regresar a esa rutina. Tal vez sea momento de dejar el pasado atrás e intentar construir mi vida sin esconderme.

Paso por una cafetería y me pido un té para llevar y un cruasán. Me gustaría sentarme, leer un libro, escuchar algo de música o simplemente ver el movimiento de la ciudad, pero todavía no estoy lista para otro encuentro inesperado. No sé cuántas personas del instituto o de la universidad siguen viviendo en Chicago y prefiero no enterarme.

Aparco el coche en una calle poco concurrida y enciendo la radio, reclino el asiento un poco y le doy un mordisco al cruasán. Suena *Champagne Problems* y cierro los ojos, mientras el calor del té me apacigua los nervios. Desde que abandoné la ciudad, una noche en la que ni siquiera me despedí de la abuela, caminé a tientas. Alquilé una habitación con el dinero que tenía ahorrado y busqué el último trabajo que se esperaría de mí. Con mi máster en Teatro y Artes Escénicas, nadie que quisiera encontrarme buscaría a una camarera en un pequeño pueblito texano.

Perdí casi mil quinientos días con mi abuela, pero no tuve opción: el miedo, la culpa y la vergüenza fueron más fuertes que todo lo demás. Y ahora estoy aquí, de regreso. Escondiéndome de todo el mundo. Observando al hermano de mi mejor amiga a través de un cristal, cuando sé que le debo más explicaciones de las que hubiese imaginado cuando íbamos juntos a clase y nos ignorábamos de forma deliberada.

Permanezco allí mucho tiempo después de acabar el té y, cuando anochece y el frío se empieza a colar por los recovecos del coche, coloco bien el asiento y me pongo en marcha. Me siento como si estuviera flotando en medio de la nada. La abuela falleció y lo único que debo hacer es vender la casa para poder continuar con mi vida. Sin embargo, tengo una necesidad de detenerme que me inquieta. Me siento cansada, como si hubiese participado de una carrera y ahora necesitara sentarme al lado de la pista para tomar fuerzas.

Si hubiera sabido que esta era la meta, nunca hubiese comenzado a correr.

Aparco y bajo del coche cuando llego al cementerio. Ya ha anochecido, y el silencio es mucho más intenso que cuando estuve aquí por la mañana. Me doy cuenta de que sigo con las gafas puestas, pero no les hago caso. Me interno en el cementerio y camino lentamente; la iluminación es escasa, pero logro llegar a la tumba de la abuela sin problemas. Esbozo una sonrisa triste y me pongo de rodillas. Siento el frío de la tierra húmeda en la piel, a través de las medias de encaje blancas, y el desconsuelo hace que me sienta pesada. Torpe.

—Lo lamento tanto, abuela —susurro—. No merecías que te abandonara, pero creí que era lo mejor para las dos. Sé que te hice daño, pero oírte feliz la última vez que hablamos me calma por las noches cuando se me hace difícil dormir. —Suspiro—. Sé que no soy perfecta, que cometo errores todo el tiempo, así que antes de arruinar también este momento, quiero decirte lo único que mereces de mi parte. Abuela, muchas gracias. —Lanzo un sollozo y siento un manto helado sobre los hombros. El frío traicionero de Chicago y la fuerza de la angustia—. Gracias por cuidarme, gracias por ayudarme a crecer con una sonrisa en los labios, a pesar de todo.

Cierro los ojos y evoco su mirada. Los ojos azules que heredé de ella, su sonrisa radiante. Cuando los vuelvo a abrir, estoy sonriendo. Las lágrimas se deslizan sobre mi rostro, bajo las gafas negras que hacen la noche todavía más oscura. Sin embargo, algo demasiado claro llama mi atención. Estiro la mano y atrapo un pequeño papel doblado en cuatro. Estaba escondido a un lado, cubierto por un ramo de rosas rojas.

Lo abro con dedos temblorosos y frunzo el ceño. Es una nota elaborada con recortes de revistas. Las letras tienen diferentes formas, colores y tamaños, pero el mensaje es claro: Bienvenida a casa, Amanda.

# 6

# COOPER

La alarma del móvil se activa a las seis de la mañana, como todos los días. Duque da un salto en el colchón y, antes de que pueda abrir los ojos, me ataca a lametazos. Lanzo una carcajada y eso lo motiva todavía más. Mi cara se transforma en un mar de baba.

Cuando consigo quitármelo de encima, me dirijo al baño y, cinco minutos más tarde, estoy en la cocina preparándome el desayuno. Mientras se cocinan los huevos, corto un aguacate en trozos y, con todo listo en el plato, preparo mi batido diario de bayas y bananas.

Desayuno revisando los mensajes en mi móvil.

Todos los días espero novedades del caso, incluso cuando, tras cuatro años, nunca he obtenido algo que valiera la pena. Una vez que termino de desayunar, limpio la cocina rápidamente y me cambio. Cuando estoy listo, suena el timbre.

—Como si estuviéramos cronometrados —bromeo cuando encuentro a Daisy al otro lado de la puerta. La dejo pasar y oigo el sonido de las patitas de Duque, que se aproxima al galope.

—Como todos los días, ya no debería sorprenderte —responde, orgullosa.

Daisy tiene diecisiete años y vive enfrente de casa. Sus padres son millonarios, pero tienen esa idea de que su hija se tiene que ganar las cosas con su esfuerzo, de modo que trabaja como niñera de Duque hace ya unos meses. Algo que me alivia mucho, teniendo en cuenta que mis horarios son complicados y que no me gusta que pase tanto tiempo solo en casa.

—Oye, Duque, ha llegado tu mejor amiga —exclamo.

Daisy lanza una risita y se pone de rodillas cuando el perro llega a su lado. Le permite que la llene de besos mientras yo sigo revisando mi móvil. Tengo que hablar con Amanda y no dejo de pensar en eso desde que me he despertado. No tengo su número y, aunque pienso que la vecina de enfrente de casa de mis padres puede tenerlo, creo que convencerla de que hable con James será más fácil si lo hago personalmente. Tendré que ir entre los entrenamientos o al atardecer. Lo debería haber hecho ayer, pero no voy a negar que me inquieta demasiado hablar con ella. Sobre todo, teniendo en cuenta que la vi en la ventana y ni siquiera la saludé. No se lo merecía, eso está claro, pero soy un adulto y debería haber actuado como tal. Contrario a eso, me di la vuelta y me marché.

De solo recrear la escena en mi mente, siento vergüenza.

—Te daré tiempo a que encuentres a alguien, así que no te preocupes por eso —oigo decir a Daisy. No he escuchado nada de lo que me ha dicho por estar pensando en cómo encarar a Amanda.

—Perdón, no te estaba escuchando.

—Que este año es bastante agitado, me gradúo y ya sabes… no voy a poder seguir cuidando de Duque.

Esto complica mucho las cosas. Si es que no están complicadas ya. Pero Daisy es una adolescente en un momento especial de su vida. Es completamente entendible.

—Intentaré encontrar a alguien pronto —le prometo.

—De todos modos, si pasa algo o si tienes un viaje largo por algún partido, puedes avisarme.

Sonrío y asiento con la cabeza.

—Lo haré.

Me despido de Daisy y de Duque y, camino a mi primer entrenamiento, pienso en pasar por la casa de Amanda. Quiero sacarme este tema de encima, pero me doy cuenta rápidamente de que es muy temprano. A veces olvido que mi rutina no es como la de los demás. Puede que también por eso esté soltero: no cualquier mujer está lista para seguirle el ritmo a alguien con mis hábitos.

—Gran partido el del martes. —Rob, mi entrenador personal, me da unos golpecitos en la espalda.

Trabajo con él todas las mañanas, antes del entrenamiento con el equipo. Es el primero de mis tres entrenamientos diarios y al que siento que le saco más provecho. Rob es un experto y me ayudó mucho a mejorar como lanzador. Así que, esta mañana, nos enfocaremos en lo más importante: la estabilidad.

—Era un partido difícil, pero el equipo está muy bien —menciono.

—Sabes que no me importa el equipo y, en este entrenamiento, a ti tampoco.

Eso es algo que aprendí a la fuerza. Cuando era adolescente era bastante ansioso, hacía muchas cosas al mismo tiempo y me costaba mucho trabajo centrar mi energía en una sola actividad. Tener una rutina armada me parecía una pesadilla. Hasta que necesité ser el mejor.

Una vez que acaba el entrenamiento con Rob, regreso a casa y almuerzo una ensalada con nueces y pescado mientras Duque me observa sentado a mis pies. Se gana una galleta por hacerme compañía y me dirijo al estadio para entrenar con el equipo.

Intento mantenerme firme porque mi rutina es inquebranta-ble, pero la ansiedad de hablar con Amanda me amenaza a lo largo del día. Tuve la intención de pasar por su casa después del primer entrenamiento, pero no podía saltarme el almuerzo y mucho menos improvisarlo y comer algo en la calle. Y ahora quiero desviarme antes del entrenamiento, pero no puedo llegar tarde. Así que me ato a mis reglas e intento no pensar en Aman-da. Hacemos trabajos regenerativos y luego practicamos algu-nas jugadas que el entrenador planea para el próximo partido.

Me doy una ducha en el estadio, algo poco habitual en mí, y me dirijo hacia la casa de Amanda. Normalmente, como toda-vía me falta hacer el entrenamiento en el gimnasio de casa, dejo el baño para el final del día. Sin embargo, me pareció que no era buena idea ir a verla todo sudado.

Cuando llego y no veo el coche de Amanda en la puerta de su casa, me frustro. Para variar, estoy un poco nervioso. Abor-dar a esta mujer puede necesitar de más concentración que un partido promedio. Así que me tomo unos segundos antes de ba-jar del coche y llamar a la puerta.

—Hola —digo, cuando abre la puerta y me observa sin emi-tir palabra. Tiene el cabello rubio recogido en un moño descui-dado y las mejillas sonrosadas. Me da la sensación de que acabo de despertarla de la siesta—. ¿Te he despertado?

Se lleva las manos a los ojos y asiente con un gesto.

—Sí, pero no pasa nada. Dime qué necesitas.

*Si me lo preguntas, Amanda, lo cierto es que necesito muchas cosas.*

—En primer lugar, siento mucho lo del otro día. —La ver-dad es que no lo siento en absoluto, pero como necesito algo de ella, tendré que ser lo más diplomático posible—. Me sorpren-dió verte y realmente, no sé…

—No pasa nada —dice, acompañando las palabras con un gesto de la mano—. Yo tampoco actué muy normal que digamos.

Qué vergüenza. Siento que, de repente, tengo diecisiete años otra vez. Amanda siempre logra hacerme sentir incomodísimo.

—También lamento mucho lo de tu abuela, me enteré hace unos días. Mi madre te manda sus condolencias.

Por Dios, mi madre ni siquiera está enterada del regreso de Amanda, pero sí estoy seguro de que tendría piedad en un momento como este. No es tan rencorosa como yo.

Los ojos de Amanda se dirigen hacia la casa de mis padres.

—¿Están en casa? —murmura. En lo que llevamos aquí, no me ha mirado a la cara ni una sola vez. Tiene los ojos puestos en mis hombros, en mis brazos o en sus manos.

—Viven en Hammond desde hace un tiempo.

—Ah, vale —dice y, por primera vez, me mira a los ojos. La noto cansada y lo atribuyo a la pérdida de su abuela. Su gesto cambia y se dirige a mí bruscamente—. ¿A qué has venido, Cooper?

Enarco las cejas, sorprendido. No sé bien por qué, ya que es la actitud que esperaba. Supongo que estaba demasiado dormida y que por eso ha sido cautelosa hasta este momento. Lanzo una risita nasal. Ella hace ese gesto en el que levanta una sola de sus cejas y me enciendo por dentro. Esta mujer todavía me resulta tan irritante que me saca de quicio.

Me trago lo que pienso porque Amanda no me importa. No debo olvidar eso. Pongo en juego toda la disciplina que el fútbol me ha enseñado, centrándome para no perder el objetivo.

—Como te imaginarás, seguimos investigando la desaparición de Rylee. —Mientras hablo, analizo su expresión, pero Amanda siempre ha tenido un rostro imperturbable. Supongo que por eso era tan buena en su trabajo—. Como te decía, mis padres ya no viven en Chicago, así que esto quedó en mis manos.

—Y entonces... —dice—. Insisto. ¿A qué has venido, Cooper?

—El investigador que está a cargo nunca habló contigo.

—Hablé con el investigador cuando Rylee desapareció —explica.

—Este es otro investigador. Más experimentado. —Suspiro—. No será mucho tiempo, tal vez podamos reducirlo a una llamada telefónica.

Resopla y se mueve en el sitio, incómoda. La observo en silencio. Lleva un corsé blanco de encaje bajo un suéter rosado de lana grueso que se le resbala, dejando un hombro al descubierto. Tiene una cinta del mismo tono anudada en el cuello. Esos detalles a la hora de vestirse siempre me tuvieron al límite entre no soportarla y no poder controlar la necesidad de quitarle la ropa y sentirla desnuda bajo mi cuerpo.

Carraspeo.

*Céntrate, Cooper.*

Ella se lleva una mano al cabello rubio y me pierdo observando sus uñas largas y rosadas, del mismo tono que su atuendo. La odio y, al mismo tiempo, deseo tener esas uñas sobre mi piel.

Madre mía, se supone que estoy enfadado. Debería odiarla porque huyó en el peor momento y cuando mi hermana la necesitaba más que nunca. Cuando *yo* la necesitaba.

—No hay nada más que pueda contar. Ella... Simplemente, no sé qué pasó. Todo fue normal hasta ese día.

Se me llenan los ojos de lágrimas. El fútbol me viene bien para la cabeza y me ayudó a endurecerme en muchos aspectos, pero la impotencia que me genera no poder entender qué pasó con mi hermana me atraviesa por completo. Puedo controlarlo todo, excepto esto.

—Está bien —murmuro—. Si cambias de idea, o si recuerdas algo que pueda ser relevante, aunque para ti solo sea un recuerdo estúpido, puedes llamarme.

—No tengo tu número —murmura.

Se mete en la casa, regresa unos segundos después con el móvil en la mano y me lo entrega para que introduzca mi número. En lugar de teclear mi nombre, me agendo como «83». Cuando le entrego el móvil, pone los ojos en blanco y yo esbozo una sonrisa suave.

—Puedes llamarme en cualquier momento, excepto entre las nueve de la noche y las seis de la mañana, que estoy durmiendo. Durante el día puede que esté entrenando, pero puedo devolverte la llamada en cuanto termine.

Frunce el ceño durante lo que parece un segundo y regresa a su rostro impasible.

—No creo que lo haga, de todos modos, pero de acuerdo. Anotaré en la agenda los horarios disponibles de Cooper Harris.

Niego con un gesto y doy un paso hacia atrás. Le echo un vistazo rápido. Está diferente, pero me sigue generando lo mismo. *Dios*, siempre quise tener a esta chica.

—Bonitos zapatos —me burlo, señalando las bailarinas rosadas, tan propias de ella.

Pone los ojos en blanco y se mete en la casa.

# 7

# AMANDA

Las tazas tintinean cuando me estiro para tomar una de ellas y acabo golpeándolas. Tengo las manos temblorosas y me siento ahogada. Anoche, después de mi visita al cementerio, no me animé a regresar a casa, así que estuve dando vueltas con el coche hasta que amaneció. Luego, ma armé de valor y volví. Me pareció que era mejor no aparcar en la puerta, pero si alguien quisiera encontrarme estoy en el primer lugar al que acudiría.

Me apoyo en la encimera y aguardo a que el agua esté lista: la solución a todos mis problemas siempre se reduce a beber un poco de té. Sin embargo, las cosas están demasiado complicadas y estoy aterrorizada. Por esta razón fue que abandoné la ciudad hace cuatro años. Evidentemente, no fue un error a pesar de todo lo que acarreó.

Anoche, durante mi recorrido nocturno, estuve dándoles vueltas a mis opciones. La más sencilla sería abandonar la ciudad y regresar cuando haya novedades sobre la venta de la casa de la abuela. Sin embargo, y teniendo en cuenta que eso ya lo hice, el peligro podría seguirme donde fuera. ¿Regresar a Texas? No, gracias. Las pocas pertenencias que traje a Chicago son todo lo que tengo, y el plan desde que me vi obligada a volver fue continuar mi vida en un sitio nuevo. Pero ahora se suma esta situación: alguien sabe que he vuelto, y probablemente no me dejará escapar de nuevo.

Me sirvo una taza de *earl grey* y cierro los ojos mientras el sabor cítrico desciende por mi garganta. Estoy mareada por el sueño y aterrorizada por la nota que encontré anoche junto a la tumba. No quiero pensar en que fue un error haber regresado, porque lo mínimo que merecía mi abuela era que estuviera aquí para despedirla, y aunque siento el peligro acechándome, no estoy lista para abandonar la ciudad. Perdí cuatro años junto a mi abuela por escapar y ahora vuelvo al comienzo. Si una vez hui por miedo, no sé qué me hizo pensar que estaría a salvo aquí.

Tomo un cuchillo con las manos temblorosas y me dirijo a la sala de estar. Me siento en el sillón frente a la ventana y bebo el té, pensando en Cooper. Me sorprendió que viniera a verme, pero él siempre fue un poco así. Cuando íbamos al instituto y yo lo ignoraba, muchas veces se acercaba a hablarme. Es ese tipo de persona que no soporta la falta de comunicación.

Cruzo las piernas y me fijo en mi atuendo: es ridículo. Después de lo que pasó, estar con mis falditas y mis bailarinas me recuerda a las protagonistas de películas de terror que deciden que es buena idea meterse en un bosque oscuro en plena noche cuando tienen a un asesino en serie persiguiéndolas. De hecho, estar en *esta* casa tomando un té en el sofá con un cuchillo a mi lado es, prácticamente, una escena propia de una película ridícula de bajo presupuesto.

Cuando acabo el té, sigo pensando en Cooper.

Subo a la habitación, me quito la ropa y me paso por la cabeza una camiseta blanca de mangas largas y cuello de tortuga. Me pongo un vestido ajustado de color burdeos sobre la camiseta y reemplazo las medias largas por unas que llegan hasta debajo de las rodillas. Completo el atuendo con unas bailarinas del mismo color que el vestido. Luego bajo las escaleras, tomo mi bolso y salgo de casa, me subo al coche que dejé aparcado a unas calles de distancia y me dirijo al Millennium Park. Quiero estar un rato al aire libre, y qué mejor opción que el sitio donde hay mayor cantidad de gente posible como para sufrir peligro.

Doy unas vueltas hasta que encuentro sitio para aparcar y recorro la parte del parque que está más plagada de gente. Con Rylee siempre evitaba este lugar porque está lleno de turistas y se torna un poco insoportable. Tomo asiento en un banco desde el cual veo la Cloud Gate. Las personas la rodean como hormigas y se hacen fotos. Sonrío al recordar cuando escapamos de una fiesta completamente ebrias y nos sacamos un montonazo de fotos aquí, con la cámara que Ry llevaba a todos lados. Me gustaría tener algunas de ellas, pero nunca las imprimía, y supongo que se acabaron perdiendo.

Me deslizo en el asiento. A pesar de la corta siesta que interrumpió Cooper, no he dormido nada. Estuve pensando en alojarme en un hotel esta noche, pero soy un poco exigente al respecto. No podría dormir en un motel de mala muerte, y un hotel cinco estrellas no es buena idea. Los registros nunca son buena idea.

Cuando abandoné la ciudad, decidí ir hacia Texas porque fue el peor sitio que se me ocurrió. Allí, encontré a un tipo que hacía credenciales falsas y mantuve oculta mi verdadera identidad. Podría usarlas para alojarme en algún hotel, pero me preocupa que me conozcan y descubran que estoy usando documentación falsa.

Doy unas cuantas cabezadas y, cuando el frío empieza a amenazarme, decido que es momento de volver a casa. Estoy entre la espada y la pared y no he decidido absolutamente nada. Me gustaría tener a alguien de confianza en la ciudad para contarle lo que está pasando, pero todo lo que he tenido siempre han sido mi abuela y Rylee. No quiero meter a Alice en problemas y los padres de Rylee no están en la ciudad.

De camino al coche, me tiento con una hamburguesa, pero temo que me siente mal. Me prometo comer una al día siguiente y enciendo la calefacción del coche en cuanto estoy dentro. Parece que estos cuatro años me han transformado en una debilucha. Todavía es otoño en Chicago; si no tolero esto, me temo que el invierno me encontrará congelada.

Si es que llego viva al invierno.

Lanzo una risita histérica y presiono con los dedos el volante. Nunca me he sentido tan sola en toda mi vida. Ni siquiera estos últimos años en Texas y bajo un nombre falso he sentido esta necesidad imperiosa de tener a alguien en quien confiar.

Cuando llego a casa, ya está oscureciendo. He aprovechado el recorrido para detenerme y hacer algunas compras y luego me he desviado del camino para recorrer algunos sitios de la ciudad que no sabía que extrañaba. Bajo del vehículo, tomo las llaves del bolso y cuando levanto la vista, veo una maceta caída sobre el alféizar de la ventana. No recuerdo que estuviera allí, pero realmente no presté tanta atención, así que me mantengo alerta, aunque no me preocupo demasiado. Chicago se caracteriza por ser ventosa, por lo que decido atribuírselo a eso.

Entro en la casa y veo todo tal como lo dejé, así que me relajo. Me quito los zapatos y subo las escaleras, decidida a darme una ducha rápida. Sin embargo, cuando entro a mi habitación me invade el terror.

La maleta está abierta y la ropa tirada por todo el cuarto. Hay cajones fuera de lugar y los estantes están revueltos. Nada está en su sitio. Me dirijo a la habitación de la abuela y encuentro todo ordenado. Igual que el salón y la cocina. Un escalofrío me recorre de pies a cabeza. Alguien entró en la casa y solo se preocupó por mis pertenencias. Definitivamente, alguien que sabe que he vuelto y que sé mucho más de lo que dije hace cuatro años.

El corazón retumba desesperado en mi pecho y lo único que se me ocurre hacer es bajar las escaleras corriendo. Me resbalo a mitad del camino y caigo rodando. Me pongo de pie de inmediato y salgo corriendo a la calle. Estoy temblando de pies a cabeza y no sé qué hacer porque, esta vez, estoy verdaderamente sola.

Me llevo las manos a la cabeza en un movimiento automático y revuelvo mi pelo.

—Amanda. —Escucho una voz a mi espalda y me sobresalto—. ¿Qué ocurre?

Me doy la vuelta y encuentro a Cooper. Me observa con preocupación, pero yo estoy tan asustada que no me salen las palabras.

Da un paso cauteloso hacia mí.

—Estás temblando —murmura.

Luego se inclina, toma la parte baja de mi vestido y lo desliza hacia abajo. A pesar del estado en que me encuentro, siento el roce de sus dedos en los muslos. Evidentemente, durante la caída el vestido se subió más de la cuenta.

—Dios, qué vergüenza —digo entre dientes.

—Nada de vergüenza, Amanda, soy yo. —Toma mi rostro con sus manos y me obliga a observarlo—. ¿Qué ha ocurrido? Estás muy asustada.

—Han entrado en casa. —En cuanto las palabras salen de mi boca, me invade un escalofrío y mi cuerpo se sacude—. Está todo revuelto.

Las manos de Cooper me abandonan. Me toma de la mano y entra a la casa. Mira a su alrededor. El salón y la cocina están tal cual como las dejé; quiero decírselo, pero estoy completamente bloqueada por el miedo.

—Enséñamelo, Amy —murmura.

*Amy.*

Así me llamaba Rylee.

De repente, siento que mi corazón se rompe en mil pedazos.

Sin decir una palabra, lo arrastro escaleras arriba. Nuestras manos siguen unidas, algo que nunca ha ocurrido antes y que francamente no me importa en este momento.

—¿Esta es tu habitación? —pregunta cuando observa el caos, la ropa desperdigada por el suelo, los cajones abiertos y la cama deshecha.

—Sí. La habitación de mi abuela está intacta...

—¿Se han llevado algo? —pregunta.

—Nada.

—Tenemos que poner una denuncia.

—No. —Quiero evitar meterme en problemas.

—Amanda, ¿cómo no vas a poner la denuncia?

—No te preocupes, Cooper, seguro que ha sido un error. Pensaron que tendría dinero...

—No. —Me detiene—. No hagas eso, Amanda. Entraron en tu casa y solo revolvieron tus cosas. —Suspira—. Sé que no es necesario decirte lo que estoy pensando.

Claro, piensa que esto tiene que ver con su hermana. En eso estamos de acuerdo.

—Por suerte no estaba en casa, ya está —digo, resuelta.

—Ni vas a estar. —Comienza a moverse por la habitación, acomoda la maleta y me mira—. Te vienes a casa conmigo. No vas a pasar la noche aquí sola.

—Cooper, no delires.

Empieza a doblar ropa como un poseso y a meterla en la maleta.

—No voy a dejarte aquí.

Lanzo una risita.

—No tienes que cuidarme, Cooper.

—Ya lo sé, pero quiero hacerlo. No voy a dejarte aquí para que luego te ocurra algo. No es necesario que te explique la situación.

—No tienes que cuidarme para eximirte de la culpa de no haber cuidado a tu hermana.

Horrible. En mis veintiséis años de vida, jamás he dicho algo tan feo.

Se congela en el sitio. Está de pie, en mi cuarto, con una falda roja en sus manos. En su rostro, una mirada muy diferente a la de ese Cooper Harris que hace rugir a enormes cantidades de fanáticos del fútbol.

—Esa culpa va a vivir siempre conmigo, ya es parte de mí. —Sus ojos se llenan de lágrimas y los míos también—. No te preocupes, Amanda. Nunca se me cruzaría por la cabeza que existiera la posibilidad de eximirme de ella.

—Perdón… —murmuro, pero me interrumpe.

—No, no pasa nada. Siempre sincera y sé que tienes un concepto bastante particular de mí. Así y todo, no pienso dejarte aquí esta noche. —Toma su móvil del bolsillo—. Tengo un conocido que trabaja en un hotel del centro.

—No voy a ir a un hotel.

—Es un hotel cinco estrellas, Amanda, vas a estar segura allí.

*Debo evitar los registros.* No puedo hacerlo.

—No, Cooper. No quiero ir a un hotel.

—Mi casa o un hotel, tú decides.

*Wow.* No lo recordaba tan estricto. De hecho, era un chico al que le gustaba divertirse la última vez que lo vi.

—Me quedo aquí.

Agobiado, lanza la falda roja dentro de la maleta y abandona la habitación, mientras dice:

—Estaré en el coche toda la noche. Mañana voy a tener mi peor día de entrenamiento. —Observa la hora en su reloj y frunce el ceño—. Debería estar en la cama a las nueve de la noche y son las ocho y media. Todavía no he cenado.

Tampoco recordaba que fuera un robot, pero ahora es un jugador profesional de fútbol y parece que se toma esto de ser el mejor mariscal de campo de la historia de la ciudad muy en serio.

Una vez que abandona la habitación, ordeno la ropa en la maleta (no para irme, sino porque sigo con la idea de no usar el armario) y arreglo el desastre que han hecho en el cuarto. De vez en cuando, me acerco a la ventana. Cooper está dentro del coche, medio recostado. Gruño al pensar que es capaz de quedarse aquí toda la noche, pero al mismo tiempo me tranquiliza porque sigo asustada.

Cuando me acerco a la cama para estirar las mantas, encuentro un trozo de papel dentro. Es pequeño y tiene las palabras armadas con recortes de revistas, igual que el que encontré en la tumba de la abuela. Dice: «Yo de nuevo, Amanda. ¿Estás lista para acompañar a Rylee en sus aventuras?».

Siento cómo se me eriza la piel. A pesar de que lo sabía, esta es la confirmación de que alguien sabe que he vuelto. Y de que esto le entusiasma demasiado.

Permanezco con el trozo de papel en las manos, observándolo, sin saber qué hacer, hasta que decido que no puedo quedarme aquí esta noche. Sin embargo, no puedo hablarle a Cooper sobre la nota porque va a querer ir a la policía. Eso ya lo intenté una vez y no tuvo sentido. Guardo el papel en mi bolso y bajo las escaleras. Evito decirle a Cooper que he cambiado de idea tan pronto, para que no sospeche.

Le doy tres golpes al cristal. Esta vez ha venido con un lustroso BMW negro que tiene techo.

—Cooper.

—¿Estás lista? —Se acomoda en el asiento.

Resoplo.

—Negociemos.

—Vienes a dormir a casa.

—Solo por esta noche, y después haré lo que crea que es mejor.

—De acuerdo.

—¿Tienes sitio en tu casa?

—De sobra, supongo que estás enterada de que soy millonario.

Pongo los ojos en blanco y él baja del coche.

—Busquemos tus cosas.

Una vez que tomamos la maleta, la acomoda en el asiento trasero y yo niego con un gesto al recordar una anécdota.

—¿Qué pasa?

—No me harás dormir fuera, ¿verdad? —Lanzo una risita—. Como a Rylee en los campamentos familiares.

Lanza una carcajada mientras subimos al coche.

—Pero si era justo al revés —responde—. Dios, Rylee. Era tan malvada conmigo a veces…

Pone el coche en marcha y yo lo miro, desorientada.

—En todos y cada uno de los campamentos familiares, me hizo dormir fuera. Todavía les reclamo a mis padres que nunca la hayan descubierto.

# 8

# COOPER

## Diez años antes

Este madrugón en plenas vacaciones de verano realmente vale la pena.

Salto de la cama y me meto en el baño antes de que Rylee lo ocupe durante una eternidad. Me doy una ducha rápida, me lavo los dientes y regreso a mi cuarto, donde me pongo unos pantalones deportivos y una camiseta. Dejé mi mochila lista anoche, de modo que la tomo y bajo las escaleras.

Encuentro a mamá preparando tortitas con una sonrisa y le doy un beso en la mejilla. Luego, salgo y encuentro a papá en el porche. Le ayudo a guardar todo el material de acampada en el maletero de la camioneta y subo a buscar el bolso de Rylee, que ya está en el baño dándose una ducha. Le aviso con un grito que llevo su bolso al coche y me responde algo que no logro entender, porque con el ruido de la ducha y la música que sale de su móvil se me hace imposible. Rylee es ese tipo de persona que tiene una lista de reproducción para cada estado de ánimo y las escucha al completo en cada baño.

Pues que aproveche, porque se le da fatal el fin de semana de acampada.

Una vez que guardamos todo en el coche, me siento a la mesa y me trago una pila de tortitas con sirope de arce mientras Rylee se prepara un café golpeando todo a su paso. El entusiasmo que me genera el fin de semana de acampada con mi familia es directamente proporcional al odio que le despierta a mi hermana. Además de ser mellizos completamente diferentes en cuanto al aspecto, también lo somos en cuestión de gustos.

—Alguien se ha despertado entusiasmada —digo cuando me acerco a servirme más café.

—Alguien va a dormir fuera esta noche —susurra en mi oído.

Lanzo una risita ahogada. Desde que somos pequeños, Rylee me obliga a abandonar la tienda que compartimos y acabo durmiendo en el exterior. Ella cree que lo odio, pero a mí me resulta maravilloso. Un secreto conmigo mismo que no hubiese descubierto si no fuese por ella.

—¿Ya habéis apagado vuestros móviles? —pregunta papá.

Mamá sonríe, entusiasmada, apaga el móvil y se lo entrega. Rylee finge no haberlo escuchado. Yo tomo el mío (que ya estaba apagado) y lo arrastro sobre la mesa. Papá lo reúne con el de mamá. Saca el móvil del bolsillo de sus pantalones deportivos y lo apaga.

—Rylee.

Mi hermana lanza un llantito exagerado.

—Solo déjame usarlo en el viaje, tenemos una hora y media hasta llegar.

—La aventura comienza ahora. —Papá extiende la mano y Rylee apaga el móvil y se lo entrega, entre resoplidos.

No es nada nuevo. Todos los veranos sucede exactamente lo mismo.

El viaje en coche dura una hora y media, pero aprovecho para dormitar un poco y observar cómo el paisaje va cambiando. Los últimos meses del año me he estado esforzando mucho por el equipo y el año que viene será clave para conseguir una beca deportiva. Planeo aprovechar este fin de semana alejado de todo para despejarme y regresar con más fuerzas.

Cuando llegamos a las inmediaciones del parque estatal Starved Rock me recibe el aroma a leña y humo suave de las barbacoas, donde carnes y pimientos ya se cocinan a fuego lento, la frescura del perfume del pino blanco y el sonido de las aguas del río Illinois. Es el marco de un momento de paz, aunque para mi hermana sea el escenario de su peor pesadilla.

Nos acomodamos rápidamente; llevamos años perfeccionándonos. Mientras armamos las tiendas, mamá organiza nuestras pertenencias y Rylee nos observa sentada en una roca con cara de fastidio. Como nos gusta hacer todo de manera tradicional, una vez que tenemos todo listo arrastro a Rylee a recoger algo de leña para hacer una pequeña fogata por la noche. Compré malvaviscos blancos y chocolatinas. Y un paquete de malvaviscos rosados para Rylee, que son sus favoritos.

—Te ayudaré porque sin esa fogata vas a morir de frío fuera de la tienda hoy por la noche —dice—. Por cierto, ni intentes decírselo a papá.

Resoplo, fingiendo enfado. Por alguna razón, me resulta divertido que ella crea que sufro durmiendo bajo las estrellas. Aunque pasar la noche en medio de la naturaleza me resulta fascinante, sí me inquieta pensar que siga encontrando agradable hacerme sufrir.

—No dormiré fuera —declaro.

—Pues entonces mamá se va a enterar de que usas la casa de Ben para acostarte con chicas.

Me giro de inmediato.

Voy a dormir fuera, así que mi secreto no corre peligro. No me sorprende que Rylee lo sepa, porque compartimos el mismo grupo de amigos y ella es animadora del equipo, así que es totalmente normal que haya escuchado conversaciones en las cuales alguien pueda haber mencionado que, cuando quiero estar con una chica, lo hago en casa de Ben. Sin embargo, no puedo entender que disfrute de hacerme daño.

—Tampoco es tan grave… —Me encojo de hombros.

—No estoy de acuerdo contigo —replica, mientras se inclina para arrancar una pequeña flor amarilla—. Que mamá te haga el discursito de educación sexual no es para nada cómodo. Además, no le gustaría que estés teniendo sexo en casa de Ben. Te haría hacerlo en casa. Imagínate.

—Ya. Prefiero no imaginarlo.

Y es cierto. Aunque tampoco es que tenga sexo de forma activa. Solo me he acostado con una chica del curso superior y varias veces con una de las animadoras del grupo de Ry y Olivia.

Una vez que regresamos con nuestros padres, aprovechamos el día para hacer senderismo, almorzamos burritos en el restaurante mexicano del complejo, hago kayak con papá mientras mamá y Rylee toman un poco de sol y cenamos hamburguesas a la parrilla. Más tarde, Rylee toca la guitarra, un hábito que abandonó hace unos años, mientras yo enciendo la fogata. Con todo listo, acabamos el día riendo, mientras tostamos malvaviscos y los devoramos como si fuese pleno invierno. Papá se come todas las chocolatinas y, una vez que se van a dormir, Rylee se mete en nuestra tienda y me lanza el saco de dormir fuera.

Resoplo, siguiendo el plan, y ella parece disfrutarlo.

Tardo mucho tiempo en dormirme. Me gusta mirar el cielo, oír el crujir de los árboles contra el viento y de las aguas del río. Miro las estrellas, que son muchas más de las que puedo ver desde la ventana de mi habitación. Y saboreo la paz.

Poco a poco, el fútbol está empezando a generarme más presión. Necesito empaparme de esto. Llenarme los oídos y los ojos de este mundo al que tendré que regresar con la imaginación varias veces cuando comience la temporada.

# 9

# COOPER

Enciendo la calefacción del coche porque, aunque intenta disimularlo, Amanda no deja de tiritar. Es la típica noche de otoño en Chicago. La temperatura ya comienza a bajar, pero no es nada comparado con lo que vendrá los próximos meses. Yo solo llevo una sudadera; quienes hemos vivido aquí toda la vida adquirimos una especie de inmunidad a las bajas temperaturas. Amanda, por el contrario, parece haber perdido dicho poder a lo largo de los últimos años.

Se mantiene en silencio, con las manos entrelazadas sobre su regazo. Nunca pensé que aceptaría venir a casa y no sé cómo sentirme al respecto. Mis sentimientos hacia Amanda siempre han sido complejos. Nos conocimos siendo pequeños y, rápidamente, nuestras vidas se cruzaron. Mi hermana se hizo amiga de ella al instante y, en cuestión de semanas, ya eran inseparables. Además, éramos vecinos y compañeros de clase. De modo que Amanda aparecía en mi camino en diversas situaciones. Cenaba en casa bastante seguido y, como eran frecuentes las fiestas de pijama con mi hermana, podía encontrarla cepillándose los dientes por la mañana o viendo la televisión con Rylee cuando llegaba de mis entrenamientos. También podía toparme con ella en la tienda del barrio o en el cine. Y todos los días en clase.

Y, a lo mejor, nos pasamos todos aquellos años en una lucha entre aceptar el hecho de que debíamos soportarnos o aumentar las distancias. Y ganó la segunda, de modo que ahora la situación es más incómoda de lo que debería, teniendo en cuenta que somos adultos y no nos vemos desde hace mucho tiempo.

Extiendo el brazo y enciendo la radio. Mi teléfono está conectado, así que empieza a sonar música aleatoria. Bajo un poco el volumen y, por el rabillo del ojo, veo que Amanda se mueve incómoda en el asiento. Me gustaría mirarla sin disimular tanto, pero no puedo hacerlo. La situación ya es demasiado incómoda.

—¿Estás segura de que no quieres que pasemos por la comisaría? —La verdad es que me parece preocupante que no quiera hacerlo. Y también raro. Sin embargo, Amanda y mi hermana siempre fueron ese tipo de adolescentes con muchos secretos. Las típicas mejores amigas que no dejan entrar a nadie más a su burbuja o acaban expulsando a los pocos que habían logrado colarse. Siempre actuaron de forma rebuscada, y por mucho tiempo pensé que todo era responsabilidad de Rylee que, no puedo negar, siempre fue dada a meterse en líos. Sin embargo, con el tiempo entendí que las dos eran bastante parecidas y que por eso, en primer lugar, se habían transformado en amigas tan cercanas.

—No. —Lanza la mirada hacia la ventana—. Acabo de llegar a la ciudad y no quiero que empiecen a hablar de mí.

En eso sí que difiere de mi hermana. Rylee amaba que hablaran de ella. Por eso, mi primera reacción cuando mis padres me dijeron que no había regresado a casa y que irían a hacer la denuncia fue pensar que todo era producto de una broma pesada. Además, yo acababa de volver a la ciudad y estaba convencido de que la idea no ponía exactamente feliz a Rylee.

—Está bien. En todo caso, si cambias de idea puedes ir en cualquier momento.

Asiente con un gesto, sin darse la vuelta para mirarme. Está diferente, y ese es el motivo por el cual regresé a casa de su abuela después de mi entrenamiento diario en el gimnasio de casa. Estuve dándole vueltas a la conversación que habíamos mantenido más temprano y había algo que no cuadraba.

Nunca fui lo que se dice un admirador de Amanda. Aunque intenté que nos llevásemos bien durante mucho tiempo, ella me detestaba. No sé si tenía un motivo o si era cuestión de falta de conexión. Desde el primer momento, Rylee fue lo mejor de su vida. Yo, lo peor.

Pasé varios años un poco embobado con ella. Alrededor de los trece o catorce años me empezó a gustar, pero no veía lo mismo del otro lado. Cuando cumplí los quince, ya me gustaba bastante y, a los dieciséis, cuando empecé a sentir que el fútbol me ahogaba, soñar con tener algo con Amanda se transformó en mi pensamiento platónico favorito. A esas alturas, ella apenas hablaba conmigo y, cuando lo hacía, era porque no tenía opción. Cuando venía a casa, evitaba todo tipo de situación que la obligara a dirigirme la palabra. Yo estaba en mi momento hormonal álgido y la comencé a desear tanto que, cuando me resigné, ya no sentía nada más por ella. Tal vez porque me di cuenta de que solo era atracción y de que, en realidad, yo tampoco la soportaba. Cuando estábamos en grupo, solo se dirigía a mi hermana o se mantenía callada, observándolo todo con cara de juzgar al mundo entero. Tomaba té de hierbas mientras yo me atragantaba con mi vaso de chocolate caliente después de los entrenamientos y siempre tenía la ropa planchada y arreglada. Una vez, mi hermana me dijo que Amanda odiaba a los perros. Estoy casi seguro de que fue el mismo día en el que me dejó de gustar.

Sin embargo, hoy ha actuado diferente. Amanda solía ignorarme. Era callada, un poco antisocial y tenía esa mirada de suficiencia que me hacía sentir incómodo. Siempre había sido el tipo de persona que huye ante el más mínimo inconveniente, y se pasó la vida escudándose en mi hermana para hacer sentir mal a todo el mundo en el instituto. De modo que, mientras entrenaba en casa, me puse a pensar en que la forma en que me habló no era propia de ella. Lo normal hubiese sido que hablara lo justo y necesario y que tomara mi número con el rostro imperturbable. Contrario a esto, me había contestado mal. Y también estaba el tema de que parecía que no dormía hacía una eternidad.

Así que me moví por impulso, regresé y, como una obra del destino, llegué en el momento exacto en el que salía de casa horrorizada. Me bajé del coche sin darme cuenta siquiera de que lo estaba haciendo y la encontré temblorosa y con la mirada perdida. Llevaba el vestido levantado de un lado, y me alertó el hecho de que no lo hubiese notado. Sin pensarlo, me incliné y tiré de él hacia abajo.

Me acomodo en el asiento. Yo no suelo ser así, pero se me puso dura de solo pensar en lo suave que sentí su piel en el dorso de mis dedos. Ella estaba asustada y yo quise ayudarla, por lo que eso no estuvo mal. Pero lo que es más terrible es que ahora me siga excitando por eso.

—Solo me quedaré hasta mañana —dice, interrumpiendo mis pensamientos.

Doy gracias internamente, porque mi cabeza estaba yendo por mal camino.

—Está bien, lo que tú quieras —respondo, y ella se gira para observarme. Tiene el cabello despeinado y la mirada cansada—. Pero no vas a regresar a esa casa.

Resopla.

A ver, no me entusiasma llevarla a casa, pero es lo que debía hacer. Ahora que ya no está su abuela, Amanda está completamente sola en la ciudad, de modo que mientras esté aquí, no permitiré que regrese a esa casa.

—Es la única casa que tengo, no soy *tan* millonaria como tú.

—Entonces tendrás que quedarte en casa hasta que regreses a... —Me detengo y la miro—. ¿Dónde has pasado estos últimos cuatro años?

Es una pregunta que se ha instalado en mi cabeza durante los últimos años. Además de no entender por qué decidió abandonar la ciudad, a su abuela y cortar lazos con todo el mundo. Con el paso del tiempo, también me pregunté si había logrado instalarse. Si se había casado o qué era de su vida. James, el investigador, la había buscado sin descanso, pero había sido imposible hallarla.

Antes de responder a mi pregunta, Amanda se gira nuevamente hacia la ventana. Como si quisiera darle fin a la conversación.

—Eso no es importante.

* * *

El encargado de seguridad me hace algún comentario referido al próximo partido, pero solo le devuelvo una sonrisa porque tengo la cabeza en cualquier lado. Amanda sigue en la misma posición, como si el asiento de mi coche estuviera contaminado.

Me dirijo hacia casa a una velocidad más lenta y me meto en la explanada para aparcar. Salvo mis padres y mis amigos, nadie más ha entrado en mi casa. Cuando estoy con una mujer, lo hago en un hotel o en la casa de ella. No es algo que haya planeado, sino algo que simplemente prefiero. Disfruto mucho de pasar tiempo en casa. Cuando llego, después de un partido o tras los entrenamientos, siento que regreso a mi mundo. Ese lugar en el que no importa lo que haga, porque todo está bien.

Cuando viajo, que es bastante seguido durante la temporada, trato de regresar lo más pronto posible porque dormir en hoteles me parece solitario. Bueno, tampoco es que en casa tenga grandes compañías, pero Duque duerme conmigo en la cama y me resulta de lo más fascinante.

—Definitivamente, eres millonario —dice mientras se baja del coche.

Por supuesto, no me da tiempo de bajar y de abrirle la puerta. Algo que me hubiese encantado porque sigo fascinado con ese vestido rojo.

—Pues bienvenida a la casa de un millonario —bromeo, y me resulta todo demasiado fingido. No nos soportamos, y esta cordialidad es aún más molesta que el silencio.

—Se llama Duque —menciono cuando entramos y el perro aparece corriendo.

Me inclino a saludarlo y siento que las paredes de mi casa se cierran a mi alrededor.

Compré una casa grande porque podía hacerlo y porque era lo que se esperaba de mí. El mariscal de campo más famoso de la ciudad no podía vivir en la casa de su infancia. Además, paso tanto tiempo fuera que al menos me gusta la idea de tener un gimnasio amplio para entrenar en casa al final del día.

—¿Duque? —pregunta Amanda, de rodillas, dándole caricias detrás de las orejas.

—Así se llama el balón de fútbol —explico—. Por supuesto, no esperaba que lo supieras.

Ella resopla y se pone de pie.

—Claro que no. No veo fútbol.

—Lo sé. —Me llevo una mano a la nuca, demasiado incómodo. Amanda parece completamente fuera de lugar en casa.

Me observo el reloj, inquieto.—. Tengo que comer algo, estoy completamente fuera de horario.

Me dirijo a la cocina y siento que Amanda y Duque me siguen.

—¿Debería dejar mis cosas en algún sitio?

Me doy la vuelta cuando la oigo. Mi rutina me obsesiona bastante y estar fuera de ella me genera ansiedad, hasta tal punto que he olvidado que Amanda está aquí y que se supone que debo actuar como anfitrión.

—Claro. Te acompaño a la habitación de huéspedes y luego comemos algo.

—No tengo hambre —murmura, mientras subimos las escaleras.

Mi habitación está en la segunda planta y tengo una habitación de servicio en la planta baja. Había planeado instalarla allí, pero por impulso (o por un momento de estupidez enorme) la acompaño al cuarto libre que está en la segunda planta, justo frente al mío.

—Solo será por esta noche —afirma al entrar en la habitación. Duque la sigue como si la conociera de toda la vida. Sé que a Amanda no le gustan los perros porque Rylee solía obligarme a meterme en mi cuarto con Anakin, mi mascota de la infancia, cuando ella venía a casa. Decía que su mejor amiga les temía y que no le gustaba que se le pegaran los pelos en la ropa. Todo muy propio de ella.

—Duque, ven aquí. A Amanda no le gustan los perros.

Ella acomoda el bolso sobre la cama y frunce el ceño.

—¿De dónde has sacado eso? —Se golpea suavemente los muslos con las manos—. Duque, ven conmigo. No le hagas caso a tu padre, siempre ha sido un mentiroso.

Qué raro.

Pongo los ojos en blanco y me apoyo en el marco de la puerta. Duque da vueltas alrededor de Amanda, moviendo la cola. Yo fui como él en algún momento de mi adolescencia. Amanda me encantaba, hasta que me di cuenta de que lo único que me atraía de ella era su apariencia. Lo demás dejaba bastante que desear.

—Tengo que cenar, ya llevo una hora de retraso. Acomódate y baja cuando quieras.

Lanza una risita y se arrodilla en el suelo nuevamente para acariciar a Duque. Jamás la he visto siendo tan cariñosa. Ni siquiera con mi hermana.

—No tengo hambre.

—No puedes irte a dormir sin comer.

Resopla y comienza a sacar cosas de su maleta.

Ya en la cocina, preparo unas pechugas de pollo con verduras asadas y sirvo en dos platos. En ese momento, Amanda y Duque aparecen por la puerta.

Le señalo una silla y se sienta lentamente. Comemos en un silencio absoluto y, cuando terminamos, preparo un té para cada uno. Nos despedimos y nos retiramos a nuestras habitaciones.

Me dejo caer en la cama ya pasadísimas las nueve, la hora a la que habitualmente me acuesto. Ni siquiera me he duchado, así que tendré que hacerlo por la mañana. El entrenamiento se me hará más pesado de lo habitual. Sobre todo porque tardo más de la cuenta en conciliar el sueño.

# 10

# AMANDA

### DIEZ AÑOS ANTES

—Toma —susurra Rylee, y me entrega su cámara de fotos.

Estamos en la cocina de su casa. Cooper y Ben están viendo el final de un partido de fútbol mientras beben unas cervezas. Los padres de Rylee y Cooper se han ido a pasar el fin de semana a la casa del lago donde suelen instalarse durante las vacaciones, así que estoy pasando más tiempo del habitual aquí. Lo que ya es mucho.

Esta competición entre Rylee y Olivia por un chico me saca de quicio. No solo porque Ben no me parece merecedor de semejante disputa, sino porque me frustra que pongan un pene en medio de ellas y no se detengan un instante a valorar su relación.

Por momentos, quiero mantenerme al margen. Sin embargo, Rylee es mi mejor amiga y, aunque adore a Olivia, me siento comprometida. Si mi mejor amiga me pide ayuda, se la tengo que dar. Incluso cuando pienso que se está equivocando.

—¿De verdad crees que es tan importante Ben? —pregunto una vez más, mientras deslizo la cámara en mi bolso.

—Esto ya no tiene nada que ver con Ben, Amanda. Es mi honor el que está en juego.

Pongo los ojos en blanco. ¿Desde cuándo el honor de Ry depende de que un chico le haga caso? Aparte, es obvio que Ben estaría encantado de estar con ella.

—Todo esto es un juego para ti —menciono—. No te interesa Ben, pero te lo pasas bien cuando sientes que puedes modificar ciertas situaciones.

—Como hacer que Olivia se quede con las ganas de Ben, por ejemplo. —Sonríe con cara de malvada y me toma del brazo para arrastrarme hacia la sala de estar. Hoy se estrena la tercera temporada de la serie de televisión que tiene obsesionado al mundo entero y a Rylee le pareció buena idea que la viéramos con su hermano y con Ben, algo que no es para nada habitual. De hecho, evitamos pasar el rato con Cooper lo máximo posible.

Tomo asiento en el sofá individual, mientras Rylee se acomoda de un salto en medio de Ben y Cooper.

—¿Y las palomitas? —pregunta Cooper a su hermana.

—Para algo eres el hermano menor.

Él pone los ojos en blanco y resopla. Luego, se pone de pie y se dirige a la cocina. Cooper es muy diferente cuando está a solas con Rylee. De hecho, mi amiga evita pasar tiempo con él porque la maltrata y, cuando eran pequeños, le hacía cosas terribles para acusarla luego frente a sus padres. Siempre me costó imaginarlo, porque frente a todos es completamente diferente a esa versión con la que tiene que lidiar mi mejor amiga. Cuando era pequeña, esto le hacía mucho daño a Rylee, pero ahora parece haberlo superado, tal vez por la costumbre. Yo no lo olvido, y por eso no logro tener una relación con él más allá de compartir un saludo o alguna cena cuando me quedo a dormir en casa de Ry.

—Si me ayudas, lo hago más rápido —exclama Cooper desde la cocina. Yo dejo el bolso a mi lado y me relajo en el sofá. Tomo mi móvil justo cuando recibo un mensaje de Rylee en el que me pide que vaya a ayudar a su hermano, así le doy un rato a solas con Ben.

Me trago el gruñido que quiero lanzarle en la cara. Entiendo que todo esto es para que ella logre conquistar a Ben, pero no me interesa en lo más mínimo hacer palomitas con su hermano. Me manda otro mensaje que contiene una sola palabra: «Ahora». Esta vez resoplo con todas mis fuerzas y me pongo de pie. Ry me regala una sonrisa y se mueve lentamente, para acercar su cuerpo al de Ben.

Atravieso el salón hasta llegar a la cocina, donde encuentro a un Cooper completamente serio abriendo una caja de palomitas de queso *cheddar*.

—No entres en pánico —menciona en cuanto me ve—. También haré palomitas dulces.

Me acomodo a su lado y apoyo las manos sobre la encimera. Tamborileo los dedos. Estamos lejos de ser amigos. Lo único que compartimos es a Rylee y las clases. Pasamos tiempo juntos, pero nos evitamos. Sin embargo, no me sorprende que sepa que prefiero las palomitas dulces porque tengo fascinación por el azúcar.

—¿Quieres que las busque mientras te encargas de las saladas?

Cooper abre el microondas y con un gesto de la cabeza me señala una alacena superior.

—Están allí —dice, mientras trastea con el microondas—. ¿Cuál es el plan?

Estoy de puntillas, intentando alcanzar la caja de palomitas dulces, cuando oigo su pregunta y me giro, confusa.

—¿El plan?

Con un solo paso, Cooper se acomoda detrás de mí y, sin ningún esfuerzo, se estira para tomar la caja. Sin alejarse, me la entrega.

—¿Por qué hacéis esto? —susurra en mi oído.

Siento su respiración tan cerca que quiero salir corriendo. Por el contrario, me mantengo allí, imperturbable, aunque por dentro esté chillando.

—No sé de qué hablas.

Cooper se relaja. Apoya sus manos sobre la mesa, aprisionándome. Siento su pecho rozando mi espalda. Evito pensar en ello y me detengo a observar sus manos. Tiene la piel bronceada y la palidez de sus uñas me resulta fascinante. Las manos de Cooper siempre han llamado mi atención, aunque no por lo bien que maneja el balón, como al resto de los mortales.

—Ni a ti ni a mi hermana os interesa pasar tiempo conmigo. —Sigue hablando tan cerca de mi oído que hago el esfuerzo de no prestar demasiada atención para no entrar en desesperación. No me importa Cooper, no siento nada por él, pero no estoy tan ciega. El hermano de mi mejor amiga está buenísimo y, si no fuese porque es una persona horrible, en este momento me daría la vuelta y lo besaría.

*Madre mía, Amanda. Deja de pensar estupideces.*

—Fue idea de Rylee, me dijo que vosotros también queríais ver el estreno de la serie. —Siento que me tiembla la voz, y eso me saca de quicio.

—No te creo —insiste.

Me doy vuelta de repente y, todavía atrapada por el cuerpo de Cooper, apoyo la mano libre sobre su pecho y lo empujo.

Me dirijo al microondas, saco la bolsa de palomitas saladas y meto rápidamente la mía. Él toma la bolsa y la sirve en un bol enorme.

—A mi hermana le gusta Ben. —Da unos pasos hacia mí y apoya la cadera en la encimera. Yo estoy presionando botones del microondas como si se me fuera la vida en ello—. Sé que eres muy buena amiga, pero no creí que harías el sacrificio de pasar tiempo conmigo solo para ayudarla a conquistar a alguien que claramente aceptaría gustoso meterse en su cama.

Giro la cabeza de inmediato, mientras ruego que el tiempo pase rápido para tomar las palomitas y correr hacia la sala.

—Hablas de tu hermana como si fuera una chica más… —Resoplo—. ¿No te molesta que tu amigo se acueste con ella?

—Por supuesto que no. ¿Quién soy yo para dirigir la vida de Rylee?

—Pensé que los hermanos eran celosos, por lo que veo que ella te importa poco.

Lanza una risita.

—Por supuesto que me importa, es mi hermana, pero los celos no tienen nada que ver con eso. —Me observa mientras retiro la bolsa del microondas y me entrega un cuenco—. Además, no soy celoso, salvo cuando quiero a una chica que no puedo tener y la veo con otro.

Abro la bolsa de las palomitas, pero tengo las manos sudadas y se me resbala. Cooper se mueve con rapidez y la atrapa. Cuando me doy cuenta, lo tengo muy cerca nuevamente. Me mira a los ojos y no reacciono.

—Espero que vuestro plan no sea destruirme, porque no dudo que lo lograríais.

Se incorpora, me entrega la bolsa y abandona la cocina.

* * *

Estamos a mitad del episodio cuando Ben y Rylee, que se han pasado toda la primera parte murmurando, se levantan y suben las escaleras. Supongo que se dirigen a la habitación de ella.

Cooper continúa con la mirada pegada en la televisión mientras yo me acomodo en mi asiento, pensando en que tengo una misión. Parece que Rylee está más interesada en molestar a Olivia que en conquistar a Ben, así que me asignó la tarea de hacer una foto de ellos juntos que sirva como prueba de que «ha ganado» la competición. Pongo los ojos en blanco al recordar lo estúpido de esta pelea cuando Cooper me sorprende.

—¿Qué ocurre?

Lo observo unos segundos sin responder.

—¿Qué ocurre con qué?

Enarca una ceja, se acomoda en el sillón y palmea el espacio a su lado.

—Acércate, no muerdo.

Pongo los ojos en blanco nuevamente y él lanza una risita, apunta hacia la televisión con el mando a distancia y pone pausa.

No tengo problema en sentarme a su lado, pero, en general, interactuar con él me inquieta. Nunca me ha afectado que sea el chico más popular del instituto ni me ha interesado ser su amiga, pero su presencia me intimida. Supongo que por las cosas que Ry me cuenta acerca de él. Como que en el campamento familiar que hacen todos los años, una vez que sus padres se duermen la obliga a dormir fuera y a ella le da terror que aparezca algún animal.

—¿Qué quieres? —gruño y tomo asiento a su lado en el sofá.

—Teniendo en cuenta que mi hermana y mi mejor amigo han decidido abandonar el encuentro, podemos transformar esto en una cita. —Sonríe maliciosamente mientras yo lo observo, asustada por la palabra «cita» saliendo de la boca de Cooper—. Ay, por Dios… Amanda.

Me muerdo el labio inferior mientras él se ríe por mi gesto de horror.

—Eres insoportable.

—Solo estoy bromeando, ya sé que me odias y que los jugadores de fútbol no te parecemos atractivos.

—Eso no es cierto, hay algunos que están buenos y no son idiotas —respondo, y él lanza otra carcajada. Toma el mando a distancia para reproducir la serie e, inevitablemente, me olvido de que debía hacerles una foto a Rylee y Ben.

Cuando al día siguiente despierto desperdigada en el sofá junto a Cooper, me horrorizo.

Y Rylee no me habla por lo menos en seis horas.

Está molesta porque no cumplí con mi tarea.

# 11

# AMANDA

Cuando abro los ojos, me cuesta recordar dónde me encuentro. Las paredes de un tono crudo suave están cubiertas por los rayos del sol. Tomo asiento y, a través de las cortinas, veo un manto verde infinito. No tardo mucho más en recordar que estoy en casa de Cooper.

Me dejo caer y me cubro con las mantas hasta la cabeza. Ni siquiera aunque lo intentara podría imaginar un escenario peor. Fue un error enorme haber regresado a la ciudad. Cuando me fui, hace cuatro años, nadie esperaba que lo hiciera, y ese factor sorpresa fue el que me ayudó a ocultarme. Ahora, sin embargo, irme sería una mala idea. A pesar de que tengo toda la documentación falsa, esas amenazas con las que me tropiezo desde hace dos días solo indican que alguien está muy atento a mis movimientos.

Me quito las mantas de encima y gruño. ¿Qué pensaría Rylee de cómo se está comportando su hermano conmigo? Estoy segura de que diría algo así como que tiene complejo de superhéroe y, la verdad, es que siempre ha sido un poco de esa manera. Por eso me frustra tanto haberle dado el gusto y estar aquí. Sin embargo, llegados a este punto, ya no estoy en edad montar un escándalo. Si tengo que elegir entre darle el gusto a Cooper Harris o a alguien que me está amenazando, supongo que es buena idea elegir a Cooper.

Me pongo de pie y doy dos pasos hasta un espejo de cuerpo entero. Tengo el cabello enmarañado y los ojos hinchados. Llevaba más de veinticuatro horas sin dormir, salvo por aquella pequeña siesta, y aunque me costó conciliar el sueño, he pasado una buena noche. La cama de la habitación de huéspedes de Cooper es propia de un hotel cinco estrellas.

Abandono la habitación y me meto en el baño, que está bastante cerca. Me resulta extraño encontrar allí mi cepillo de dientes, pero decido no pensar demasiado. Me lavo la cara con agua fría, me aplico el sérum y la crema hidratante de todos los días y me peino el cabello con los dedos. Más tarde tendré que darme un baño, siento los músculos en tensión y el estómago revuelto.

Abandono el cuarto de baño, preguntándome si Cooper tendrá té en la cocina, cuando me doy de lleno con una pared de músculos. En el tiempo que tardo en levantar la vista, siento unas manos enormes tomándome de la cintura.

—Perdón —dice Cooper. Lo miro y me encuentro con sus ojos.

—No pasa nada —respondo y doy un paso hacia atrás.

Siento que el frío me invade por completo cuando sus manos abandonan mi cuerpo y recuerdo que solo llevo una camiseta.

—¿Cómo has dormido? —pregunta.

Este es el complejo de superhéroe del que siempre hablaba Rylee. Sé que Cooper me odia y tiene toda la razón en hacerlo, así que no me creo esta falsa preocupación. Eso me recuerda el hecho de que ayer mencionó que su hermana lo obligaba a dormir fuera de la tienda en los campamentos familiares, cuando sé muy bien que el que hacía eso era él.

—Bien —digo, sin más.

—Veo que todavía eres una mujer de pocas palabras.

Cooper está tan cerca que siento que no puedo respirar. Esboza una sonrisa burlona cargada de resentimiento. También tiene razón en sentirse así conmigo; de todos modos, casi todo lo que siente él por mí... es mutuo. No tengo el más mínimo interés en que eso cambie.

—Y tú todavía eres un hombre de muchas palabras. —Ladeo la cabeza con una sonrisita fingida.

Me devuelve la sonrisa y apoya el hombro en la puerta del cuarto de invitados en el que he pasado la noche. Si tuviese dieciocho años, lo empujaría y me metería en la habitación dándole un portazo en la cara. Sin embargo, chasqueo la lengua y lo imito. Con la diferencia de que yo solo llevo una camiseta y se me están congelando los pies. Me recorre con la mirada.

—Voy a almorzar y luego tengo el entrenamiento con el equipo.

Me sorprendo. ¿Cómo que almuerzo?

—¿Qué hora es?

Todavía en la misma posición, levanta el brazo y mira con interés su reloj inteligente. Luego, me observa, deja caer el brazo y se inclina.

—Hora de que te pongas algo de ropa —murmura con voz ronca en mi oído antes de meterse en su habitación.

* * *

Meto una taza en el microondas y presiono los botones como si se me fuera la vida en ello. Estoy furiosa. Vale que me está ayudando y que no tengo a nadie más en la ciudad, pero no voy a soportar que me provoque. Hace cuatro años que no nos vemos y tengo claro que, más allá de que nuestra relación siempre fue una mierda, ahora somos adultos y las cosas deberían ir por otro lado.

Aparece en la cocina con Duque caminando detrás de él justo cuando retiro la taza. Sin ningún tipo de reparo, se acomoda detrás de mí y abre una alacena superior.

—El té está aquí —menciona, como si me hubiese leído la mente.

Para colmo, sufro una especie de *déjà vu* y mi mente viaja a unos diez años atrás, a una noche en la que preparamos palomitas y él actuó de un modo similar. En ese entonces yo ya lo odiaba, porque sabía las cosas que le hacía a Rylee cuando estaban solos.

—Gracias. —Me estiro para tomar una caja, pero él me gana, la agarra con facilidad y me la entrega. De la misma forma que lo hizo con las palomitas.

—Ya no suelo comer palomitas, pero, si quieres, puedo comprar para ti.

Siento un calor intenso en las mejillas. Si tan solo no hubiese recordado ese momento, podría decirle que no entiendo de qué está hablando, pero, aunque no me cuesta mucho mentir, estos últimos años me han hecho perder la costumbre. En Texas no construí lazos con nadie.

—Está bien —respondo y me preparo el té sin dirigirle la mirada.

—Eso es todo —agrega con una risita, y se dirige a la barra enorme donde tiene servido un plato de comida. Duque lo persigue como una especie de guardaespaldas perruno—. Ya ha terminado tu tortura, voy a almorzar y luego me iré.

—Bendito sea Dios —gruño, y apoyo la cadera en la encimera para beber el té. Me siento muy bien tras la larga noche de sueño, pero sigo inquieta. El hecho de no tener a nadie de confianza para pedir un consejo me está matando.

Cierro los ojos e intento relajarme. Tendré que meditar cuando Cooper se vaya; estoy muy nerviosa y necesito aclarar la mente. Abro los ojos cuando siento unas patitas en las rodillas. Duque me observa moviendo la cola, de pie sobre dos patas, así que me inclino y le doy un besito.

—Por cierto... —Vuelve a hablar Cooper.

—No —respondo y me giro hacia él—. Me acabas de prometer que la tortura ha terminado.

Esboza una sonrisa torcida. *Por Dios, Cooper, cómo puedes estar tan bueno.*

Lo observo con el rostro imperturbable mientras los ojos se me van hacia la camiseta negra que lleva puesta. Se le ajusta en los hombros de un modo completamente provocador. Este Cooper Harris es como una evolución del Cooper Harris adolescente con el que crecí. Y ese ya tenía una belleza asfixiante.

—Tiene que ver con Duque. —Chasquea la lengua—. Y lo que tiene que ver con él nunca representa una tortura.

—En eso estamos de acuerdo.

—Pues bien, resulta que su niñera presentó su renuncia ayer.

—Dime que no le habías contratado una niñera al perro.

—No es un perro, es Duque —me corrige—. En realidad merece una flota de niñeras, pero solo conseguí una que este año se gradúa y ya no puede venir todos los días.

—Así que fingiste que te preocupabas por mí para traerme aquí y que te cuidase el perro.

Se pone serio de inmediato. Tan propio de Cooper que me desespera.

—No, Amanda. De verdad me preocupo por ti. —Se detiene para corregirse—. No por ti, sino por tu situación. Ayudaría a cualquiera que estuviera en tu situación.

Pongo los ojos en blanco ante la explicación tan extensa. Lo podría resumir en un «no te soporto, pero me pareció que era de buena persona ser solidario».

—Entiendo...

—Entonces, nada. —Se pone de pie y mete el plato y los cubiertos en el lavavajillas—. Daisy lo cuidaba porque paso mucho tiempo fuera. Tengo el entrenamiento de la mañana y luego el de la tarde. A eso tienes que sumarle que, por ejemplo, mañana tengo una sesión de fotos para una revista y llegaré tarde.

Lo observo, intentando encontrar al Cooper que conocí. Ese adolescente que amaba el fútbol, pero que bebía cerveza y comía hamburguesas como si cada día fuese el último. Ese Cooper que iba a fiestas y llegaba tardísimo a casa el día previo a un partido. Pasaba la noche con las chicas más guapas del instituto e iba a clases sin dormir tres o cuatro veces a la semana.

—Yo voy a estar aquí... —respondo—. Sé que dije que solo sería esta noche, pero puede que deba quedarme unos días...

De repente, me doy cuenta de que no tengo más opciones que estar en esta casa, con él. Porque Cooper es la única persona que me queda en Chicago.

Y en el mundo en general.

—No quiero que lo cuides, Amanda. Lo que iba a decirte es que si necesitas irte en algún momento, no te preocupes por él, porque se porta muy bien. Y que si te pide salir al jardín se lo permitas, así hace pis y esas cosas...

—Lo haré.

—Y, Amanda... Ten cuidado, por favor. —Frunce el ceño—. Acepto que no quieras hacer la denuncia porque supongo que tendrás tus motivos; pero ten cuidado.

Asiento con un gesto y, tras darle un besito a Duque, abandona la casa. Con unos pantalones cortos deportivos y esa camiseta que se le estira en el abdomen de una forma que me hace tragar saliva con fuerza.

* * *

La casa de Cooper es propia de una revista de decoración. El salón es enorme, con un sofá de esos que hacen esquina, frente a una televisión de un millón y medio de pulgadas. Hay artículos de diarios con marcos dorados que cuelgan de las paredes. Portadas de periódicos en las que mencionan al mariscal de campo mejor pagado de la temporada. Crónicas deportivas en la que dan cuenta de sus hazañas.

Pongo los ojos en blanco.

En una mesita, a un lado, encuentro una serie de portarretratos con fotos que recuerdo que estaban en casa de los padres de Rylee. Pasé parte de mi infancia y mi adolescencia en aquella casa. Podría cerrar los ojos y decir con exactitud qué había en cada rincón. Tomo una foto en la que sale Rylee con Cooper en un campamento familiar. Deben de tener alrededor de catorce años y recuerdo aquella camiseta anaranjada que llevaba Ry. Creo que la usó a diario aquel verano.

En la mesa también hay fotografías de cuando Cooper y Rylee eran bebés y una foto de su graduación. Creo que Cooper regresó un par de veces para Acción de Gracias durante la época universitaria, pero el último tiempo largo que pasaron juntos fue después de la graduación y antes de que Cooper se mudara a Los Ángeles.

Las últimas semanas, antes de la noche en la que Rylee desapareció, me había estado repitiendo su frustración por el regreso de su hermano. Algo que no me resultaba extraño, pero que también consideré exagerado. Mi relación con Ry ya no era la misma en ese momento. Hacer todo juntas había jugado en nuestra contra y, llegadas a ese momento, todo era demasiado... difícil.

Salgo al jardín con Duque y, mientras él olisquea y hace sus necesidades, yo tomo asiento en un banco de piedra muy bonito y llamo al agente de bienes raíces. Me pareció una buena idea hasta que noté la sorpresa en su voz. Claro que no tendría novedades, si firmé los documentos para la puesta en venta de la casa el día anterior.

Ya con el teléfono en la mano y nada por hacer, se me ocurre cometer el peor de los errores. Algo que he evitado con mucho empeño durante los últimos cuatro años pero que, dadas las circunstancias, ya no suena tan grave. Abro el buscador e introduzco el nombre Cooper Harris. No me sorprende la cantidad de artículos y videos que aparecen en los resultados. El fútbol no me importaba en absoluto en la época escolar, pero lo recuerdo todo. Cooper era maravilloso, todo el mundo hablaba de él y del futuro prometedor que tenía. Siempre fue evidente que llegaría lejos y eso fue un gran peso para Rylee, que nunca pudo evitar compararse.

Entre tanto material, me decanto por la sección de noticias, donde encuentro varios artículos sobre el último partido, en el que todo indica que destacó, y uno sobre una cita con Margot García. Pongo los ojos en blanco y enumero en mi cabeza: una mansión, un descapotable, un perro y... una novia famosa.

Me recuesto en el banco y Duque se acomoda sobre mi cuerpo. Abro el artículo y solo me dedico a observar las fotos. Margot García es la actriz del momento. Interpreta a una adolescente en una serie de televisión de suspense y fantasía, aunque debe de tener alrededor de veintitrés años. Es preciosa y actúa muy bien. En cuanto a su vida privada no sé mucho, solo que este es su primer papel protagónico y que creció en Los Ángeles.

En las fotos la veo con una sonrisa incómoda y el rostro inclinado hacia abajo. Cooper, por su parte, brilla. Tiene una sonrisa deslumbrante en los labios y una postura que transmite seguridad. Acompaña a Margot, cubriéndola de lo que parece ser una entrada caótica al restaurante, con esas manos enormes, una sobre la espalda de ella y otra a su lado. Debería haber imaginado que, si Cooper era arrollador en su adolescencia, de adulto sería... esto. Una especie de Adonis.

Me muerdo el labio inferior, de repente acalorada. Chasqueo la lengua y abandono el artículo. Llevo varios años soltera, pero excitarme por una mano sobre una espalda no es normal. Cierro los ojos e imagino esa mano en mi espalda. Supongo que es algo que habrá hecho alguna vez. Al ser hermano de Rylee, compartir clases y grupos de amigos, Cooper estaba a mi alrededor de forma constante. Así que me imagino que alguna vez me habrá tocado la espalda.

Siento que una ola de vergüenza escala hasta mi rostro.

¿Qué estupideces estoy pensando?

Me concentro en el móvil nuevamente y encuentro un canal de videos verificado que lleva el nombre de Cooper. Enarco las cejas y me meto en la página, intrigada. Hay alrededor de veinticinco videos publicados, en los que se ve a Cooper en la portada, frente a un micrófono. Eso es nuevo... Cooper siempre ha sido muy desenvuelto, pero nunca me lo había imaginado haciendo esto. Me detengo a leer los títulos y, a pesar de que esperaba que los temas estuvieran relacionados con el fútbol, me encuentro con algo diferente. Son crónicas de la investigación de Rylee.

Tomo asiento, interesada. Hay más de veinte videos de Cooper hablando de su hermana, detallando los pasos que está dando la investigación e invitando a que sus seguidores aporten información. El canal tiene millones de suscriptores y una cantidad de visitas demencial.

Esto es sorprendente.

Y muy peligroso.

Cooper no tiene ni idea de dónde se está metiendo.

# 12

# COOPER

Mi día comienza a las seis de la mañana, excepto los días posteriores a los partidos. Después de recibir unos lametazos de parte de Duque y sin perder mucho tiempo, me pongo de pie y camino hacia el baño *en suite* de mi habitación. Me doy una ducha rápida y, cuando salgo del baño, no encuentro a Duque sobre la cama, así que imagino que estará junto a la puerta del jardín, esperando para salir a hacer sus necesidades.

Abandono la habitación siendo totalmente consciente de que puedo encontrarme con Amanda. Aunque lo más probable es que esté durmiendo, no quiero volver a sorprenderme como el día en que la encontré con el cabello revuelto, adormilada y con una camiseta que tapaba entre poco y nada. Lanzo un gruñido suave y me dirijo a la cocina. Tomo las frutas para mi batido matutino mientras busco a Duque con la mirada. Frunzo el ceño y miro a ver si está esperando que le abra la puerta del jardín, pero tampoco está allí. Subo a la segunda planta nuevamente y me meto en mi habitación para asegurarme de que no está entre las sábanas, pero definitivamente no lo encuentro y, cuando abandono el cuarto, me sorprendo al ver la puerta de Amanda abierta.

Me inclino solo un poco para ver si Duque se ha colado dentro y lo encuentro entre los brazos de Amanda, metido bajo las mantas. Con los brazos de ella rodeándolo desde atrás. Nunca me creí capaz de sentir envidia de mi perro.

Regreso a la cocina y tomo mi desayuno habitual que, aunque ya me tiene cansado, es inalterable. Si quiero seguir por el buen camino y que me renueven el contrato, me tengo que esforzar al máximo.

Trabajo con Rob como todas las mañanas y, cuando regreso a casa para almorzar lo mismo de todos los días, me encuentro con una Amanda mucho más recuperada que los días anteriores. Tiene un suéter de punto amplio de color crema sobre unos pantalones cortos estilo bóxer y se mueve por la casa en calcetines, como si perteneciera aquí. Si esta fuese la casa de mis padres, encajaría a la perfección; ella era prácticamente una más de la familia.

—Ayer almorzaste lo mismo —me dice, mientras vigila una pequeña cacerola en la que está cocinando algo que huele demasiado bien.

—Sí que eres observadora —respondo.

Me entretengo contemplándola más de la cuenta. Tiene el cabello rubio suelto y las cejas bien peinadas. De todas las caras del mundo, la de Amanda siempre va a ser mi favorita. Incluso cuando ella me resulta irritante. Si tuviera algún tipo de don en las artes plásticas y me pidieran que ilustrara a la mujer de mis sueños, el resultado final siempre tendría sus ojos y su boca. Esas cejas oscuras y tupidas que resaltan en contraste con su cabello claro. Sus pómulos. El color de su piel. Esos gestos antipáticos que me exasperan.

Era preciosa de adolescente, pero su versión de mujer de veintiséis años escala a otro nivel. Ya no solo se trata de la belleza, ahora hay algo más. Es sexi, es insufrible, no es para nada callada. Ya no te observa con el rostro imperturbable y una ceja levantada. Ahora hace todo eso y te responde con palabras filosas.

En general, soy un tipo sano en lo que se refiere a las relaciones con las personas. Soy sencillo y para nada rebuscado. Pero, en este momento, tengo ganas de llevarme a la cama a una mujer que me resulta insoportable. Comérmela a besos mientras le murmuro en el oído que la odio y que estoy cansado de sus caritas irónicas.

Trago un trozo de tomate que se me atora en la garganta, producto del torrente de sentimientos lujuriosos que me atraviesan el cuerpo.

Me observa cuando toso.

—¿Almuerzas siempre lo mismo? —Quita la cacerola del fogón y me observa—. Tampoco entiendo cómo no te sienta mal desayunar batidos de frutas con el frío que hace por la mañana.

Carraspeo y trato de eliminar los pensamientos turbios que se están desarrollando en mi cabeza. Necesito volver a ser el Cooper Harris de siempre.

—¿Dónde has estado los últimos años? ¿En el Caribe? —Ella pone los ojos en blanco mientras se sirve su almuerzo: pasta con una salsa que huele a queso, nata y condimentos que no sabía que tenía en casa—. Esto no es frío.

— Es frío. Que te hayas acostumbrado es otra cosa. —Apoya la cadera en la encimera y comienza a comer; empiezo a notar que tiene esa costumbre de nunca sentarse a la mesa—. Dicho esto, puedes responder a mi pregunta.

Resoplo.

—No como siempre lo mismo, al contrario. Intento que mi alimentación sea variada, pero necesito consumir cierta cantidad de proteínas y eso.

—Eso está muy bien, pero ¿comes alguna vez lo que te apetece en el momento?

No. Todo está perfectamente planeado por mi nutricionista. Siempre me levanto sabiendo lo que debo comer ese día y el resto de la semana. Es aburrido y metódico, pero es parte de mi trabajo y no quiero quejarme. Hago lo que me gusta, soñé con esto toda mi infancia y me esforcé demasiado en conseguirlo como para que me lo empañe el hecho de no poder comer lo que quiero.

—No me importa tanto —respondo de forma escueta.

—Bueno, recuerdo que antes te importaba mucho. —Se acerca y toma asiento frente a mí con su bendito plato de pasta—. Bebías batido de chocolate a todas horas y pedías el pastel de chocolate más empalagoso para tu cumpleaños.

Me sorprende que lo recuerde, porque no me prestaba atención en absoluto.

—Rylee pedía esa tarta horrible de frutos rojos. Alguien tenía que salvar a los invitados de comer esa aberración.

Suelta una risita y la observo, sorprendido. Me da la sensación de que es la primera vez que logro hacerla reír. Y lo que he dicho no era una broma: el pastel de Rylee era asqueroso.

—Yo me comía el pastel de Rylee —dice.

Aunque bien podría no haberlo dicho. Es evidente que recuerdo que nunca comía de mi pastel de chocolate.

—Por cierto, si te preocupa mi buena alimentación, debo decirte que el chocolate sigue siendo mi debilidad. Aunque no tomo batido de chocolate ni como pasteles, siempre tengo una barra de chocolate amargo a mano.

Me mira, asintiendo con un gesto lento.

—¿Una barra de chocolate amargo? —se queja—. Suena bastante aburrido.

No noto que he estado más callado de lo habitual hasta que Aiden, uno de nuestros mejores corredores, me sigue hasta el aparcamiento y me pregunta si estoy bien. Me reprendo por ello. Soy importante para el equipo y no deben verme mal. Además, ahora me inquieta pensar que el entrenador me haya visto un poco extraño. Vengo sobrellevando lo de Rylee de un modo envidiable a ojos de todos desde hace años; no debería mostrarme así en un momento en el que todo mi futuro depende de la renovación de ese contrato. Sin embargo, el regreso de Amanda ha removido muchas cosas. Es como si una parte de Rylee estuviera aquí nuevamente, invadiéndolo todo. Amanda es Rylee. Y Rylee es Amanda. Tal vez por eso mi rencor hacia ella es tan profundo. Más de una vez me he preguntado cómo habría sido mi hermana si nunca hubiese conocido a Amanda. Me gusta pensar que habría cometido menos errores, que habría elegido ser más humana.

Nuevamente en el aparcamiento del estadio, bromeo con Aiden y me invento un cuento acerca de que Duque no me ha dejado dormir y que por eso estoy un poco cansado. Él lanza una carcajada, porque tiene un bebé de cuatro meses que de verdad no lo deja dormir. Debe de creer que soy un imbécil, pero no pienso llevarle la contraria.

Me acomodo en el asiento de mi BMW y reviso la agenda en mi móvil. Tengo una entrevista y una sesión de fotos programadas para hoy con una de las revistas deportivas más importantes de la ciudad. Allí van a estar mi agente y el equipo de marketing de la marca de bebidas energéticas con la que trabajo desde hace dos años. Según me anticipó mi agente, la entrevista estará centrada en mis hábitos saludables y en cómo trabajo a diario para ser el mariscal de campo del momento. Entre medias, tendré que mencionar lo importante que son estas bebidas energéticas, que jamás consumo en mi día a día y, obviamente, encontraré la manera de mencionar a Rylee.

Cuando soñaba con ser el mejor mariscal de campo, no sabía que usaría mi fama para mantener vivo el caso de la desaparición de mi hermana. Sin ninguna duda, hubiese elegido no lograr mi sueño a cambio de que mi hermana continuara aquí. No porque yo fuera a disfrutar de su tierna compañía, ella no era así y yo tampoco. Sin embargo, sería mucho más agradable saber que está cumpliendo sus sueños. O torturándole la vida a alguien más, como acostumbraba a hacer.

Respiro hondo y abandono el aparcamiento camino a la redacción de la revista donde me harán la entrevista. Tengo que mentalizarme para poder incluir un comentario acerca de Rylee y hacerlo en tiempo presente. Nada de «mi hermana era...», aunque sienta que cada día que pasa me confirma lo peor; debo mantenerme con la cabeza puesta en la búsqueda, en encontrarla y dar ese mensaje.

Recibo un mensaje de un número desconocido cuando están terminando de empolvarme la cara, algo que detesto pero que parece ser sumamente importante para estas sesiones de fotos. Leo el mensaje mientras una mujer de unos cincuenta años me peina el cabello, dejándolo de un modo que me gustaría lograr algún día. El mensaje es de Amanda. Me dice que tiene que ir a buscar el coche de alquiler que dejó aparcado en la esquina de la casa de su abuela y me pregunta si puede dejar a Duque dentro de la casa. Por algún motivo, me pongo nervioso. Amanda nunca ha sido mi amiga y estoy más cerca de detestarla que de sentir cariño hacia ella. Sin embargo, lo que pasó hace unos días me alteró. No me gustaría que Amanda acabara como mi hermana. De solo pensarlo se me revuelve el estómago.

Le digo que no hay problema con que Duque se quede en casa, pero que se mantenga atenta. Me responde con un emoji haciendo la venia que, obviamente, entiendo que es irónico. Le comento que voy a llegar más tarde hoy porque tengo esta entrevista, pero no me dice nada más y, como si tuviese dieciséis años nuevamente, me siento avergonzado por haberle dado más información de la necesaria. Nosotros no hablamos. Esa ha sido nuestra dinámica siempre, pero valoro que, en algún que otro momento, intercambiemos algunas palabras. Hace que esto de compartir techo sea menos incómodo.

Comenzamos con la sesión de fotos. El vestuario no me sorprende: un traje negro con una camisa blanca por fuera de los pantalones de manera desenfadada y una corbata desatada con los colores del equipo. Después de la primera tanda de fotos, la fotógrafa me pide que me quite la chaqueta y que me desabroche la camisa. Una asistente se acerca y, con cuidado de no manchar la ropa, me aplica un poco de aceite en el pecho. Yo solo pienso en lo insoportable que será vestirme después de esto. Me piden que pose con la lata de la bebida energética en una mano y la chaqueta en la otra. Yo solo me mantengo de pie, me muevo, bebo y gesticulo como lo haría siempre. Soy fotogénico y, con un equipo trabajando para mí, no se me hace tan difícil.

Una vez que pasamos a las preguntas, me pongo tenso. Soy muy bueno jugando al fútbol, así que hablar no es mi fuerte. Con el tiempo, la experiencia y este tipo de situaciones, me he ido ablandando. Sin embargo, no lo tengo completamente resuelto. La periodista me pregunta acerca de mi alimentación y el entrenamiento. Incluye una pregunta sobre cómo la bebida energética en cuestión ayuda en mi día a día y respondo exactamente lo que me habían pedido desde la marca.

Justo cuando estamos a punto de pasar a las preguntas agradables, que preceden a las incómodas que vendrán luego, nos interrumpe el tono de mensaje de mi móvil. No le hago caso, pero empieza a sonar de manera seguida y me inquieta. Tengo esa mala costumbre de tener el móvil con sonido por si recibo alguna llamada referida al caso, pero no es un gran problema porque no recibo muchas llamadas, y quienes me envían mensajes saben que este horario no es el mejor.

Carraspeo, pido disculpas a la periodista, que me dice que no me preocupe, y lo pongo en silencio después de revisar de quién se trata. Es Amanda, pero no me preocupo porque en mi lectura rápida capto que en su último mensaje me dice que, si estoy ocupado, los lea después.

Tras la interrupción, hablamos de mis padres, de Duque y del video musical que protagonicé el mes pasado. Llega el momento de la tormenta: me pregunta por algo de mi infancia que me genera nostalgia y menciono los campamentos familiares. En cuanto el nombre de mi hermana Rylee sale de mi boca, la conversación se vuelve demasiado seria. La periodista se siente comprometida y me pregunta por el caso. Digo que la seguimos buscando y que el mejor investigador está trabajando en ello. Menciono mi canal en el que hago actualizaciones y videos sobre la búsqueda y luego pasamos a la parte de la entrevista que siempre me da ganas de resoplar: la situación amorosa.

Sonrío con falsa humildad cuando la periodista remarca que soy el soltero más codiciado, pero me incomoda cuando trae a colación el hecho de que mis compañeros más antiguos están todos casados. Me pregunta por Margot y respondo que es una gran actriz y que nos estamos conociendo, pero solo porque veo a mi agente con cara de pocos amigos observándome desde el otro lado de la sala. Odia que mencione a Rylee porque considera que oscurece mi perfil y que el «drama» no atrae contratos.

Cuando la entrevista finaliza, sé que mi agente va a matarme. No solo le he quitado importancia a la situación amorosa, sino que he metido a Rylee en la conversación y ni siquiera he sido capaz de poner el móvil en silencio.

—Parece que no tienes ganas de renovar ese contrato —menciona en un susurro.

Tomo mi móvil en un gesto despreocupado.

—Lo he hecho lo mejor que he podido —respondo.

—Tendrás que esmerarte un poco más la próxima vez —insiste, y yo frunzo el ceño leyendo los mensajes de Amanda—. Por cierto, ¿quién es la persona tan insistente que te enviaba mensajes en horario laboral?

Levanto la vista, atónito por los mensajes de Amanda.

—Una amiga —balbuceo.

# 13

# AMANDA

El dolor de cabeza me está matando. Llevo tres días dentro de esta casa y todo el contacto que he tenido con el exterior ha sido en el enorme jardín trasero de Cooper. Ya tendría que haber ido a buscar el coche de alquiler que dejé aparcado cerca de la casa de la abuela para entregarlo o traerlo aquí para usarlo.

Ayer, cuando se lo comenté a Cooper, mientras cenaba el mismo pollo con verduras asadas de todas las noches, me dijo que podía usar cualquiera de sus vehículos, así que supongo que la mejor opción es entregarlo. En cualquier caso, si decido irme, puedo volver a alquilar un coche. Estoy gastando dinero sin sentido.

Me pongo una falda a cuadros *beige*, una camisa blanca y un suéter color chocolate con la estampa de un oso en el centro. Adoro la ropa que me permite usar esta ciudad y que en un pueblo de Texas resultaba ridícula. Me siento en casa cada vez que me visto y me atraviesa una ola de angustia, porque todo lo que está pasando me obliga a tomar la decisión de irme para siempre. Sin embargo, sé que el peligro puede seguirme adonde vaya y, por el momento, prefiero estar aquí. Incluso cuando la única persona con la que puedo contar es la última con la que quisiera pasar el rato.

Así de bien me hace sentir Chicago.

Me pongo unas medias color carne para proteger las piernas del frío y unos calcetines blancos. Luego me calzo unas botas con piel, que son más cómodas que mis clásicas bailarinas, y le doy un besito a Duque. Cuando abandono la casa, me doy la vuelta para observarla. Estaba en *shock* la noche en que Cooper me trajo, así que verla bajo la luz del día me asombra. Es perfecta se mire por donde se mire. Con un gran ventanal que corresponde a la sala de estar y otro a la cocina. También tiene grandes ventanas en la planta superior y el frente está revestido de piedra. El jardín delantero es un sueño, casi tan maravilloso como el que está en la parte trasera, pero más pequeño. Tanto el césped como las plantas, a pesar de estar aún en pleno otoño, tienen aspecto cuidados.

Me dirijo hacia la casa de la abuela en transporte público. Está nublado, pero he decidido ponerme gafas de sol negras porque siempre es mejor opción no ser reconocida. Me río por dentro. No es que fuese extremadamente popular en la ciudad, pero sí en el instituto y en la universidad. Principalmente por ser la mejor amiga de Rylee.

Una vez que recojo el coche me dirijo hacia las oficinas de la compañía de alquiler de coches y lo entrego. Antes de regresar a casa de Cooper, me desvío hacia el centro. Después de lo que pasó no debería estar dando vueltas, pero estoy cansada de estar encerrada y no creo que sea peligroso si me mantengo en sitios concurridos.

Se me van los ojos hacia el cielo cuando paso por los pies del Hancock. La brisa se siente diferente, el aire es menos denso, el aroma del otoño de mi ciudad lo inunda todo. Ni en mis delirios más remotos hubiese pensado que pertenecía a este lugar de una forma tan profunda.

Descubro que, desde el comienzo, mi vida ha estado dividida en ciclos. Y cada ciclo ha estado marcado por una pérdida:

la de mamá y papá a los ocho años, la de mi mejor amiga a los veintidós y la de mi abuela a los veintiséis. Y es curioso que, a pesar de que esos ciclos siempre comienzan o terminan en esta ciudad, yo no dejo de considerarla mi lugar feliz. El único sitio en el que soy la verdadera Amanda. Con lo bueno y con el peso de lo malo a mis espaldas.

Me meto en mi centro comercial favorito sin dudarlo un instante. No recuerdo cuándo estuve aquí por última vez, pero sí estoy segura de que Rylee estaba conmigo. Siempre encontrábamos una excusa para volver. Nos comprábamos pantaloncitos cortos y *tops* básicos para las vacaciones de primavera y pasábamos horas probándonos vestidos que nunca comprábamos para la graduación. Comíamos hamburguesas acompañadas de batidos de vainilla y siempre tropezábamos con alguien del instituto. Rylee amaba eso. Yo, en cambio, lo detestaba.

Mi mundo estaba completo y en paz solo con Ry. Si bien pertenecíamos a una especie de grupo de amigos, yo no logré generar lazos fuertes con nadie, salvo con Olivia. Cooper, de hecho, formaba parte del mismo grupo con el que salíamos a fiestas o con el que nos íbamos de vacaciones de primavera a algún pueblo cercano. Una vez nos fuimos de acampada y fue en la única ocasión en la que él no le hizo eso a Rylee de obligarla a dormir fuera.

Me quito las gafas de sol y me las coloco en la cabeza. Encuentro mi tienda favorita (que no estaba en Texas) y entro sin dudarlo. Me dirijo al sector de faldas, suéteres y sudaderas. Tomo varias cosas que me gustan, pero como odio utilizar los probadores de las tiendas, me acerco al espejo que hay en una columna y comienzo a apoyarme las prendas en el cuerpo para asegurarme de que sean de la talla correcta. Ladeo la cabeza para imaginarme cómo quedaría el chaleco blanco de estilo sastre que he encontrado en uno de los percheros cuando, a través del espejo, veo a un hombre de unos cincuenta años mirando el sector de los bolsos y zapatos de mujer. Siento una punzada de nervios, pero decido que necesito un poco de paz y que, también, necesito este chaleco.

Ya tengo la bolsa de la tienda llena de prendas cuando recuerdo que estoy durmiendo solo con una camiseta y que me parece buena idea no aparecer casi desnuda frente a Cooper en los pasillos de la casa. Me detengo en el sector de los pijamas, pero nada me convence. Tengo uno de Miu Miu en mi carrito de compras, así que creo que lo pediré *online*. Para salir del paso, agarro dos pantalones cortos estilo bóxer que van a ser mejor que andar en tanga por la casa del jugador de fútbol del momento.

Estoy esperando mi turno para pagar cuando, de nuevo, pienso en Cooper y sus modelitos deportivos que se le ajustan por todos lados. Tengo un vago recuerdo en el que usaba camisetas más amplias. Bueno, no es que use la ropa ajustada, solo que hay sectores en donde parece que la tela lo sostiene con más empeño.

Dios.

Me obligo a pensar en otra cosa y miro a mi alrededor, acalorada. Me siento, nuevamente, la protagonista de la película de terror que hace estupideces como comprarse ropa cuando la persigue un asesino en serie. Lanzo una risita histérica internamente, pero me detengo cuando me doy cuenta de que el hombre que estaba mirando los bolsos ahora está cerca, mirando... ¿cremas hidratantes para el rostro?

Tal vez sea un marido ejemplar que sabe de productos de *skincare*, pero realmente lo dudo. Hacemos contacto visual un segundo, pero es mi turno para pagar y me entretengo con ello sin dejar de estar atenta.

Una vez que abandono la tienda, camino por el centro comercial y me doy cuenta de que el tipo me está siguiendo. Es un hecho. Estaba cerca de mí en la tienda y justo ahora ha decidido salir. Sin detenerme, tomo la escalera hacia la planta baja y lo veo tomar el mismo rumbo.

Definitivamente, estaba siendo la protagonista de la película de terror que hace la estupidez más grande jamás pensada. Me pregunto si es mejor opción seguir en el centro comercial, pero me preocupa terminar encerrada con este tipo en un baño, así que salgo a la calle y cruzo la avenida Michigan sin perder tiempo. Un coche tiene que frenar bruscamente para esquivarme y yo, en mi caos de bolsas, le hago un gesto de disculpa.

Veo al tipo por el rabillo del ojo y siento que el corazón se me sale por la garganta.

Entro a la Iglesia Fourth Presbyterian cuando, desde la puerta, veo que hay una misa poco concurrida. Me acomodo en un asiento, con mis múltiples bolsas y el corazón descontrolado, cuando una idea me abruma por completo: no tengo a nadie.

Si me pasa algo, nadie va a reclamarme…

Nadie va a enterarse.

Si me pasa algo…

Cooper.

La idea me golpea como un tortazo.

Cooper es lo único que tengo en el mundo, y eso me resulta desolador.

El asiento al otro lado del pasillo cruje. Giro la cabeza y veo al mismo tipo que me seguía, arrodillado y con las manos juntas. Tiene un tatuaje que reconozco en el cuello. Permanece allí durante lo que supongo que será un cuarto de hora. Cuando me pongo de pie lentamente, decidida a abandonar la iglesia, me mira y sonríe.

# 14

# COOPER

Llego a casa con el pelo cubierto de gel y ese peinado que quedaba perfecto con el atuendo de la sesión de fotos, pero que ahora no pega nada con una sudadera deportiva y pantalones cortos. Entro a casa listo para recibir a Duque, pero no aparece.

De pie en la puerta, tomo el móvil del bolsillo de mis pantalones y reviso si Amanda ha vuelto a escribirme. Tengo alrededor de diez mensajes de mi agente. Cierro los ojos unos segundos y resoplo. A esta hora del día, ya no quiero más problemas.

Y todavía me queda el último entrenamiento en el gimnasio de casa.

Me dirijo a las escaleras. Supongo que Duque estará con Amanda y quiero hablar con ella de lo que ha ocurrido hoy. Me envió varios mensajes en los que me contaba que cuando fue a entregar el coche de alquiler un tipo la siguió y que se asustó bastante. Me sorprendió que me escribiera, pero supuse que necesitaba desahogarse.

La puerta del cuarto de Amanda no está cerrada del todo cuando llego a la segunda planta, y doy unos golpecitos seguidos de un «Soy Cooper» para asegurarme de que puedo pasar.

—Si no eras Cooper, ya iba a empezar a preocuparme de verdad —bromea en cuanto abro la puerta y entro a la habitación.

La imagen con la que me encuentro es absurda se mire por donde se mire. Amanda está sentada sobre la cama con las piernas cruzadas. Lleva unos pantalones cortos con un estampado de cuadros que apenas puedo ver porque Duque está acostado hecho un ovillo sobre sus piernas. Me observa con las orejas hacia atrás, como cuando quiere mimos o ha hecho algo que no debía. Amanda tiene la misma expresión y está rodeada de bolsas. Me recreo unos segundos viendo cada detalle y enarco las cejas.

—Por un instante creí que te encontraría llorando —confieso—, pero claro que eres Amanda y que eso no va contigo.

—Ya he estado llorando con Duque —dice, y veo sus ojos clavados en mi pelo. Deslizo una mano para volverlo a su estilo habitual, pero no lo logro—. ¿Cambio de *look*?

He venido desde la redacción hasta aquí un poco preocupado por ella y la descubro con una buena cantidad de compras, mi perro en sus brazos (que todavía no se ha dignado a saludarme) y una especie de sátira en la que no deja de burlarse de mí.

—Es gel. —Chasqueo la lengua—. Perdón por tardar en responderte, estaba en medio de la sesión de fotos. —Señalo el pelo, que no entiendo cómo se ha convertido en el protagonista de esta conversación.

—Sí, de todos modos no debería haberte escrito.

Amanda y Rylee eran muy parecidas, salvo en una cosa: mientras mi hermana intentaba desesperadamente llamar la atención, Amanda hacía todo lo posible por pasar desapercibida. Era la única del grupo que nunca fue animadora y en las fiestas se mantenía al margen de todo, incluso cuando estaba borracha. Está a la vista que para mí nunca pasó desapercibida. Esa necesidad que tenía de ser ella misma, sin tener que usar la ropa de moda o ser la más popular, me encantaba. Porque, a pesar de que mi situación era completamente distinta, yo también quería actuar así. Nunca me gustó ser popular o que las personas se acercaran a mí porque jugaba bien al fútbol o porque era guay ser parte de mi entorno.

—Hiciste bien en escribirme. —Doy unos pasos dentro de la habitación y apoyo la espalda en la pared frente a ella. Duque mueve la cola y golpea las bolsas que están sobre la cama—. A mí también me pasó lo de sufrir ese tipo de amenazas —confieso.

Abre los ojos en un gesto casi imperceptible. Porque además de querer pasar desapercibida, Amanda detesta sentirse expuesta. Por eso es muy difícil saber qué piensa o qué siente hasta en las situaciones más cotidianas.

—¿Tus padres también? ¿Por eso se fueron de la ciudad?

—No. —Suspiro—. Cuando comenzó a suceder, hice todo lo posible para convencerlos de que se fueran. Ellos no lo saben, ya tenían demasiadas cosas en la cabeza como para sumarles algo más.

—¿Y no fue más peligroso quedarte solo? —Duque se mueve en su regazo, pidiendo caricias—. Yo quiero quedarme en la ciudad, pero no sé si es buena idea.

Llevo las manos a la espalda y me acomodo. No he hablado con nadie de esto, salvo con mis dos mejores amigos, y aunque Amanda nunca será santa de mi devoción, hablar con ella parece seguro. Tal vez la siento un poco parte de mi familia por los recuerdos.

—La fama me ayuda con eso —intento explicar—. Estoy ante los ojos de todos, todo el tiempo. Si algo me pasara, no sería fácil. Es decir, buscarían respuestas. No se olvidarían como pasó con Ry.

—Entonces me imagino que no te da miedo arriesgarte haciendo esos videos en tu canal, hablando sobre el caso de Rylee.

No me sorprende que lo sepa. A esta chica nunca se le escapa nada.

—Lo único que me da miedo es no saber nunca qué pasó con mi hermana —respondo—. Y lo cierto es que cuanto más hable de ella, cuanto más ponga el caso en la cabeza de la gente, más difícil será hacerme daño. —Veo un cambio de expresión en su rostro. Como si al fin entendiera una parte de mí—. Si mañana me sucediera algo, lo primero que pensaría todo el mundo es que tiene que ver con esto. Cuando soñaba con ser jugador profesional, no lo imaginaba así, pero es lo que tengo. Aprovecho la fama y la uso como escudo, además de para mantener viva la búsqueda de Rylee.

—¿No te da lástima que el fútbol se haya transformado en eso? Sé que lo amabas.

—Amo el fútbol, pero mi familia siempre va a estar primero. —El sonido de mi móvil me interrumpe. Esta vez se trata de una llamada—. Es mi agente, está en su peor día y tengo que contestar.

—Vale. Yo tengo que probarme toda esta ropa nueva que he comprado porque me pareció una buena manera de sobrellevar la crisis.

Me río, pero antes de contestar y abandonar la habitación, vuelvo a ponerme serio. Quiero que entienda que por mi parte no hay prisa.

—Puedes quedarte todo el tiempo que quieras, la casa es grande y puedes evitarme fácilmente. También es segura. Tienes el visto bueno para usar mi fama como escudo si quieres quedarte más tiempo en la ciudad.

Ahora me observa con la expresión más auténtica que le he visto. Mi móvil deja de sonar y empieza a hacerlo otra vez.

—Gracias, Cooper. —Mueve la boca, pero las palabras no salen. Parece que se estuviera conteniendo—. Hoy, cuando ese tipo me siguió, me di cuenta de que ya he perdido a todas las personas importantes de mi vida. —Le acaricia la cabecita a Duque, en un gesto despreocupado que no condice con sus palabras—. Descubrí que no tengo a nadie, pero después me acordé de ti. No sé cómo ha ocurrido, no lo hubiese deseado nunca y tampoco lo merezco; pero eres la única persona que tengo. Gracias por ayudarme. —Pone los ojos en blanco en otro gesto estrafalario—. Ahora atiende esa llamada, por favor.

* * *

Atiendo la llamada con una sonrisa en los labios que, de inmediato, oculto. Mi agente va a matarme: lleva más de veinte minutos llamando y enviando mensajes.

—Cooper, llevo llamándote veinte minutos.

—Estaba conduciendo a casa y luego preparándome para mi último entrenamiento. ¿Qué necesitas?

Me meto en mi habitación y me dirijo al vestidor. Comienzo a cambiarme porque ya es tardísimo y quiero entrenar, darme una ducha, cenar y meterme en la cama para darle fin a este día.

—Necesito saber si realmente quieres que el equipo te renueve el contrato. Yo estoy seguro de que lo harán, salvo que te desconcentres. Y algo me dice que está pasando: que tu foco está puesto en un lugar que no favorece en absoluto a tu carrera.

Apoyo la ropa en la cama y tardo en responderle. Claro que lo deseo. Quiero quedarme en la ciudad y también necesito hacerlo si quiero seguir de cerca el caso de Rylee. Además, no me siento en condiciones de cambiar de entrenador ni de compañeros.

—Sabes que es importante para mí —respondo.

—Pues no se nota, Cooper.

Lo sé. Mi agente puede parecer insoportable, pero tiene una vasta experiencia. Lo que pasa es que, aunque para mí es clave seguir en Chicago, hay ciertas cosas que me cuesta mucho hacer. Como tener citas con mujeres que solo hablan y quieren acostarse conmigo porque soy el hombre que toda mujer desea, cuando en realidad no se molestan en conocerme. Lo intenté al comienzo, cuando obviamente estaba en mis planes tener una pareja y formar una familia, pero luego me di cuenta de que nadie podía ver más allá de lo que ya pensaban de mí. Nadie se interesaba en conocerme porque lo que ya sabían de mí les resultaba maravilloso.

—Lamento lo de hoy. Sé que no querías que me centrara en Rylee. —Suspiro—. Y, en cuanto a Margot, es joven… está pasando por su mejor momento y no quiero enroscarla en mis problemas. Además, no encajamos para algo serio.

Oigo un suspiro del otro lado. Sé que mi agente me tiene cariño, más allá de todo.

—Sabes que comprendo lo de Rylee y me parece bien que utilices tu fama para buscar respuestas. Cualquiera de nosotros haría lo mismo en tu lugar. Sin embargo, en este momento necesitas renovar un contrato, y los equipos no buscan jugadores con historias dramáticas detrás.

—Yo no puedo borrar mi historia…

—Lo sé, Cooper, solo te pido que lo evites lo máximo posible esta temporada. Necesitamos un mariscal de campo fantástico en el campo de juego y brillante fuera de él. Queremos que la gente hable de ti, que seas un ejemplo a seguir…, que seas feliz. Cooper, necesitamos a un mariscal de campo feliz para que Chicago te renueve el contrato. Ellos te quieren en su plantilla, pero si otros equipos te quieren también, se van a esforzar más y tendrás un contrato mucho más interesante.

—Y todos quieren jugadores felices… —concluyo.

—Jugadores que les den prensa, además de trofeos.

Suspiro y me pregunto cómo hacerlo. No soy feliz. Tampoco soy infeliz, pero mi vida es… aburrida y rutinaria. Y absolutamente solitaria.

Abandono la habitación porque necesito aire. Siento que las paredes se me caen encima.

—Le enviaré un mensaje a Margot —prometo, justo cuando me topo con Amanda y Duque en el pasillo—. ¿Crees que le servirá fingir que estamos juntos?

Amanda me observa con las cejas enarcadas, pero la evado con un gesto de la mano.

—No lo creo. Es la actriz del momento. —Resopla—. Solo tienes que salir con una chica guapa, Cooper, no puede ser tan difícil.

—Es que luego me acuesto tarde y los entrenamientos son muy pesados.

En lugar de seguir caminando, Amanda me observa, plantada en medio del pasillo. Me doy la vuelta y me meto en la habitación nuevamente, pero al cabo de un segundo la puerta se abre y entra detrás de mí, con Duque siguiéndola como si, de repente, ella fuera ama y señora de la casa.

—Creo que vas muy bien con tus entrenamientos, Cooper. Has estado brillante en tus últimos partidos. Estoy seguro de que puedes renunciar a uno de tus tres entrenamientos diarios alguna noche para salir con Margot.

De solo pensarlo, siento que me invade el sueño. Quiero estar en casa, tranquilo, escuchar música, entrenar. Descansar.

—De acuerdo. Lo haré. —Tomo coraje para hacerle una pregunta más—. ¿Puedo seguir con los videos sobre el caso de Rylee?

—Sí, Cooper. Solo evita hablar de ella en las entrevistas en las que te presentan como el jugador del momento. Recuerda: necesitamos un mariscal de campo feliz.

—Haré lo posible —prometo antes de despedirme.

Lanzo el móvil sobre la cama y me doy la vuelta para observar a Amanda, que sigue invadiendo mi privacidad por completo.

—¿Qué quieres? Tengo que cambiarme para entrenar.

—¿Otra vez vas a entrenar? —Pone los ojos en blanco. Cada vez que lo hace me atraviesa un ramalazo de ira y quiero tomarla de la cintura y comerle la boca a besos.

—Sí, otra vez —respondo.

—Bueno, solo quería decirte que he escuchado algo de lo que hablabas.

Ahora soy yo el que pone los ojos en blanco, gesto que no suelo hacer pero que resulta divertido cuando ella es la destinataria.

—No lo había notado, gracias por avisar.

Se muerde el labio inferior y niega con la cabeza. Es preciosa cuando está molesta. No sabía que me atraían estas cosas, como tener sexo con una mujer enfadada, pero Amanda me lo confirma todo el tiempo. Cuando hablamos sin discutir hace un rato, no me detuve a pensar en ella de este modo. Parece que me gustara más cuando se vuelve insufrible.

—Lo que digo es que he escuchado que quieres una novia falsa y, teniendo en cuenta que tú me ayudas permitiéndome estar en tu casa, yo puedo ayudarte siendo tu novia. —Carraspea—. Tu novia falsa.

Ladeo la cabeza con una sonrisa torcida.

—¿Qué? —pregunto, atónito.

Ella se encoge de hombros, como si me estuviera proponiendo algo de todos los días.

—Además, dijiste que podía usar tu fama como escudo.

# 15

# RYLEE

Diez años antes

Salgo de la ducha y, sin siquiera secarme, agarro el móvil que dejé junto al lavabo y me hago una foto. Observo el resultado. Tengo el pelo oscuro goteando y estoy mordiéndome el labio inferior. El cabello cubre parte de mis pechos, pero deja ver lo suficiente como para que Ben empiece la mañana excitado. Se la envío y luego me cubro con la toalla.

Desde aquella noche en la que nos acostamos, ir al instituto tiene un sabor diferente. Los ojos de todos siguen sobre Cooper, pero algunos curiosos se decantan por mí. Después de mi hermano, Ben es el chico más popular y deseado por las chicas; así que estoy en boca de todos, y eso me encanta.

Me pongo unos vaqueros ajustados, un *top* y unas botas de combate. Estoy segura de que mamá me va a regañar, pero me decido de todos modos por una chaqueta de cuero para nada abrigada. El otoño es frío en Chicago, pero nací aquí. Llevo dieciséis años acostumbrada.

Me aseguro de tener todo en mi bolso, justo cuando recibo varios mensajes.

BEN:
¿Todo eso es mío?

Le respondo de inmediato.

RYLEE:
Es todo mío, solo es un préstamo. Más te vale que lo aproveches.

BEN:
Me quedaré sin dormir y sin comer si es necesario, prometo sacar provecho al máximo de esas tetas.

Lanzo el móvil sobre la cama con una sonrisa cuando vuelve a sonar.

BEN:
Por cierto, la próxima quítate el pelo.

RYLEE:
Tú quieres todo demasiado fácil.

BEN:
Pues sí, me lo merezco.

BEN:
Y si puedes probar un plano más amplio la próxima vez, sería maravilloso. Me pareció ver que tienes algo muy bonito entre las piernas.

Lanzo una risita e imagino el rostro de Amanda cuando vea estos mensajes. Los chicos como Ben o mi hermano son su límite. No los soporta. De hecho, siempre se queda con los que son completamente desconocidos en el instituto. O los que pasan las fiestas bebiendo a solas en un rincón.

Le gustan los raritos. Pero ese tipo de raritos que te preguntas si pasan las tardes en un psiquiátrico o en un centro de rehabilitación. Yo prefiero a los deportistas que me sacuden en la cama; para personas problemáticas ya tengo de sobra conmigo misma.

AMANDA:

No pasé del primer tema, estoy pensando seriamente en faltar a clases.

Sonrío. Llevamos años siendo amigas y compartiendo todo. Claro que Olivia también forma parte del grupo, pero no es lo mismo. Conozco todos los secretos de Amanda y ella prácticamente todos los míos. Salvo cuando quiero divertirme y sé que ella no aceptaría ser parte. En ese caso, la arrastro conmigo, pero sin compartirle mis planes.

RYLEE:

Ni se te ocurra, Amanda.

Abro el bolso y tomo los resúmenes que le quité el viernes cuando estuve en casa de su abuela.

RYLEE:

Haremos trampa en el examen, Amy. Olivia tendrá que ayudarnos.

AMANDA:

Lo dudo, Ry. La semana pasada apenas le hablamos.

AMANDA:

Por cierto, hoy hablaré con tu hermano.

Escondo los apuntes entre una pila de papeles que descansan en mi escritorio y le respondo rápidamente.

RYLEE:

Ya me encargaré yo. Sabes que Cooper lleva toda su vida obsesionado conmigo. Lo hace para molestarme.

AMANDA:

Pero esto me perjudica también a mí. ¿Le dijiste que descubriste que robó mis resúmenes?

RYLEE:

Si realmente eres mi amiga, no le dirás nada y dejarás que me ocupe.

RYLEE:

No me decepciones como Olivia.

AMANDA:

Está bien. Y en cuanto a Olivia, ¿no crees que deberíamos hablar con ella? En realidad, no hizo nada. Solo le gustó el mismo chico que a ti.

Ya basta, Amanda. Haz lo que quieras. No quiero hablar contigo si vas a poner a Olivia en primer lugar.

Guardo el móvil en mi bolsillo trasero, tomo el bolso y salgo de la habitación. Camino al instituto, mi hermano se mantiene callado. Nunca hemos sido de hablar demasiado o de compartir muchas cosas, incluso cuando somos mellizos; sin embargo, desde que me acosté con Ben las cosas están más frías de lo habitual.

—¿Te molesta que me acueste con tu mejor amigo? —rompo el silencio.

Cooper está al volante, se gira y me observa. Luego, dirige la mirada al frente.

—No me interesa en lo más mínimo —responde, y sé que es cierto. Aunque me encantaría que estuviese celoso o que se peleara con Ben por acostarse con su hermana. Eso generaría una movida interesante en el instituto. Los dos chicos populares en guerra por mí—. Amanda me preguntó lo mismo el otro día. ¿Por qué debería afectarme lo que tú hagas?

—A mí no me gustaría que estuvieras con Amanda —remarco.

Adoro verlo incómodo. Sé que le gusta Amanda y que no tiene ninguna posibilidad con ella. Llevo años encargándome de que mi mejor amiga lo odie. Con lo difícil que es que alguien odie a mi hermano.

—Eres demasiado posesiva con ella.

Tomo el cinturón de seguridad, me lo quito y me giro para observarlo.

—¿Eso significa que te gustaría estar con Amanda?

—Ponte el cinturón ahora mismo. —Sin mirarme, empieza a frenar, pero lanzo una carcajada y me pongo el cinturón nuevamente.

Siempre tan protector y correcto. *El chico de oro.*

—Venga, dímelo —insisto.

—Supongo que cualquiera que estuviera más o menos bien de la vista desearía estar con Amanda. Está buena. —Observa por el espejo retrovisor y entra en el aparcamiento del instituto. Se toma su tiempo para hacer cada maniobra. Mientras yo siempre he sido un manojo de nervios, él es tranquilo. Cooper es bueno en todos los sentidos. Es un buen hermano, es paciente y juega bien al fútbol—. Pero me parece que todo lo que tiene de guapa, lo tiene de insoportable y amargada.

Lanzo una risita. Amanda no se caracteriza por ser demasiado sociable. En el instituto solo pasa el rato conmigo y con Olivia y, si se suma alguien a una conversación o a la mesa cuando estamos almorzando, no logran arrancarle más de dos palabras.

—Allí está —dice mientras estaciona.

Me giro y la veo. Desde que venimos al instituto en coche, ella viene por su cuenta. Es como si mi hermano le diera alergia y, en gran medida, es responsabilidad mía. Llevo años contándole historias sobre un hermano cruel que no existe, solo porque lo último que podría aceptar es que Cooper también me la quite a ella.

—Es cierto, está buena —bromeo.

—¿De dónde crees que saca esa ropa? —se burla.

Me quito el cinturón mientras mi hermano estaciona; no puedo esperar tanto tiempo. Me supera que sea *tan* lento.

—Esa falda es de Miu Miu.

—Es decir que, además de horrible, le costó muchos dólares.

Tomo el pintalabios del bolso y comienzo a retocarme frente al espejo. Amanda nos ha visto y estoy segura de que va a entrar sola al instituto con tal de no interactuar con mi hermano.

En otra ocasión, la haría sufrir, pero en este caso prefiero que no se crucen. Le quité los resúmenes a Amanda porque no quería estudiar y, si me va mal en el examen, prefiero que nos vaya mal a ambas. Le metí el cuento de que fue mi hermano y no quiero que ella le haga un reclamo y él me deje en evidencia.

—Las ganas que tienes de quitársela —bromeo.

Él se ríe y apoya la espalda en el asiento, muy cómodo. Me observa mientras deslizo la barra sobre mis labios.

—Creo que se la dejaría puesta.

Me detengo en cuanto lo oigo y me giro con la boca abierta. Cooper sonríe y es como si el tiempo se detuviera. Ojalá pudiera brillar como él. Está allí, sentado, con la chaqueta del equipo de fútbol del cual es la estrella. Nada le pesa. Él es el mejor sin esforzarse.

Y sin temer dejar de serlo alguna vez.

—Eres un asco.

—Has empezado tú.

—Me voy a ir. —Abro la puerta del coche y me observa con la misma sonrisa, todavía cómodo en el asiento.

—Pues vete. Nos vemos en cinco minutos, en el mismo aula.

Pongo los ojos en blanco, me muerdo el labio inferior y me bajo del coche. Echo a correr para alcanzar a Amanda. Llegó la hora de divertirnos.

* * *

—No deberíamos habernos presentado —murmura Amanda desde el asiento de atrás.

Compartimos mesa en la clase, pero para los exámenes la profesora nos separa. Así que aquí estoy, intentando que Olivia me entregue de alguna manera las respuestas.

Me pareció que era una buena manera de ponerla a prueba. Desde que estoy con Ben, Olivia se alejó de nosotras, tal como lo había planeado. Está claro que ese tonto popular no me interesa más que para molestar a Olivia y para llamar la atención de todo el mundo en el instituto. A mí me gustan los chicos más grandes, los que están prohibidos o que representan un desafío.

Me giro para ver a Amanda por el rabillo del ojo. Está desesperada.

Miro al frente nuevamente y le pego una patadita al asiento de Olivia.

Ella se apoya en el respaldo y me lanza un papel, justo cuando la profesora se pone de pie. Sabía que la señora Álvarez nos iba a descubrir, y yo cooperaría para que eso sucediera. Olivia me tiene cansada y estoy aburrida. Necesitaba algo de acción.

—Harris —menciona. Levanto la vista—. Hale. Owens. Entreguen la hoja y vayan a la Dirección ya mismo.

Me pongo de pie lentamente, al mismo tiempo que Olivia.

—Owens —insiste la profesora, porque Amanda todavía se encuentra en su asiento—. No soy tonta, llevo viéndolas desde que comenzó el examen. La próxima vez que decidan no estudiar, tengan en cuenta que es mejor no presentarse.

Cooper lanza una risita cuando paso por su lado, algo que yo también hubiese hecho si la situación fuese al revés. Amanda, que llevaba la boca bien cerrada, se detiene junto a él, todavía convencida de que este fue un plan macabro elaborado por mi hermano.

—Agradece que el fútbol tiene obnubilado a todo el mundo. —Se inclina para que solo él la oiga, pero yo estoy tan cerca que la puedo escuchar—. Si no, al igual que yo, todos verían quién eres de verdad.

Mi hermano la observa muy serio.

Yo grito por dentro. Estoy *eufórica*.

No hay nada que disfrute más que ver a la gente fuera de eje: mi adorado hermano ya no está tan paciente y alegre. Y mi adorada amiga ya no parece la misma chica estructurada con su falda y sus bailarinas a juego.

Ahora le corre sangre por las venas.

Como a mí.

# 16

# COOPER

—¿Te llevará mucho más tiempo?

La pregunta de Amanda me genera un nudo de ansiedad en el estómago. Necesito pensar, analizar, estar seguro de que quiero hacerlo. Debo considerar cada detalle.

Anoche me costó dormir, algo que para alguien con mi rutina y mi exigencia es terrible. Después de dar mil vueltas en la cama, decidí que le diría a Amanda que fingir que estamos juntos me parecía una idea terrible. Le aseguraría que podía quedarse en casa todo el tiempo que fuera necesario y luego me buscaría una cita real, lo que sería mucho más sencillo que mentir.

Sin embargo, ahora la tengo frente a mí y sé lo que va a decirme: que es preferible mentir antes que utilizar a otra mujer. Y tendría razón, porque si invitara a salir a Margot, estaría generándole expectativas que sé que nunca voy a cumplir.

Resoplo y apoyo los codos sobre la barra. Llevamos alrededor de veinte minutos en la cocina. Yo acabo de almorzar y en unas horas viajo a Minnesota, donde jugamos mañana frente a un equipo con muy buena presencia en el campo. Preferiría estar más relajado, pero nunca he estado relajado cuando Amanda está cerca.

—No sé si puedo hacerlo.

—Estás pensando demasiado, Harris.

Cuando era adolescente y me gustaba Amanda, siempre me desorientaba cuando abría la boca. A pesar de que la conocía, sus reacciones nunca encajaban con el perfil de chica introvertida y medio antisocial, porque de la nada pasaba de cero a cien. Y que me llame Harris siempre ha sido mi punto débil. Esboza una sonrisita porque, probablemente, lo sepa.

La miro. Tiene el cabello rubio revuelto, con esas ondas típicas de ella en las que siempre he querido enredar mis dedos. No lleva nada de maquillaje y me parece una gran decisión, porque, *por Dios*, es preciosa de cualquier manera. Siempre ha sido mi chica ideal.

Y ahora quiere ser mi novia falsa.

—Podemos hacerlo después de mi regreso de Minnesota —digo, solo para extenderlo y tener más tiempo para pensar.

Gruñe y se baja de la silla de un salto. Va hacia el otro extremo de la cocina y toma una manzana, le da un mordisco y regresa lentamente.

Amanda de vuelta en la ciudad ya era un problema para mi cabeza, pero esta versión de ella sin Rylee es… imponente. Está mostrándose por completo ante mí; no tiene las espaldas de mi hermana para cubrirse. Y eso me gusta y lo odio.

Amanda siempre me ha gustado. Y siempre la he odiado.

Todo es demasiado confuso alrededor de ella y yo aborrezco la mentira. Es una de las únicas cosas que me detienen a la hora de perdonar a alguien. Me cuesta volver a confiar y me hace sentir un idiota que me engañen. Y aunque Amanda representa todo eso, nunca pude decirle que no. Ella se comportaba siempre de manera odiosa conmigo, pero yo era incapaz de ser así con ella. Era imposible para mí ignorarla y me frustra descubrir que sigo siendo un miserable desesperado por su atención a los veintiséis años.

—Bueno —dice, mientras abre la nevera y toma una botella de agua. Lleva un *top* deportivo y unos *leggings* que le hacen un culo increíble. Cuando se da la vuelta, descubre por dónde andaba mi atención y, contrario a lo que haría cualquier otra persona, me lo hace saber.

—Si me miras el culo de esa manera no va a ser muy difícil que te crean. Yo no me lo pensaría tanto y llamaría a... ¿Cómo se llama tu agente, el casamentero?

Dios mío. Ahora es chistosa, eso es nuevo.

—Douglas.

—Ese es el apellido.

Se lleva la botella a la boca y no respondo porque me dedico a observar sus labios. Y, luego, el movimiento en su garganta al tragar. *Por favor, Cooper. Contrólate.*

—Dominic Douglas.

Se acerca, deja la botella y la manzana sobre la barra y apoya los codos.

—Tiene nombre de estar bueno —menciona.

—No está bueno.

—Eso tendré que verlo, aunque dudo que quiera tontear con la novia de su jugador estrella. —Con un gesto de la cabeza, señala mi móvil—. Llámalo, no practiques qué decirle. Lo mejor es improvisar.

Pongo los ojos en blanco.

—Tú tienes un máster en Teatro y Artes Escénicas.

—Me especialicé en danza y canto. —Eso no lo sabía, porque mientras Rylee y Amanda estudiaban en la Universidad de Chicago, yo estaba en Los Ángeles—. Actuación era una opción, pero no mi prioridad.

—Porque ya eras lo suficientemente buena.

Estira la mano y toma la manzana, incómoda. Le da un mordisco y la vuelve a dejar.

—Rylee era buena y se especializó en eso —me recuerda—. Se supone que los mellizos son parecidos en algo. Llama a Dominic Douglas y demuéstrame cuán buen actor eres tú.

Llegados a este punto, creo que está insistiendo solo porque quiere ganar este jueguito.

—Me da la sensación de que Ry se quedó con toda la carga genética que tenía dotes artísticas, lo mío es el deporte.

Me acomodo en la silla; el solo hecho de mencionar el fútbol siempre me da cierta seguridad. Ella pone los ojos en blanco.

—Ya estás poniendo esa cara de creído —dice y, con un dedo, me acerca el móvil. Tiene las uñas largas. Las imagino en sitios donde nunca van a estar. Hoy está especialmente guapa.

O yo estoy demasiado estúpido.

—Amanda. —Suspiro—. Me cuesta mucho mentir. Se me nota cuando lo hago.

—En este momento lo estás haciendo y no se nota.

Frunzo el ceño. ¿Cree que miento sobre lo de no mentir?

—Me incomoda mentir y no se trata de hacerlo solo frente a Douglas o en una entrevista. Tendré que mentirle a todo el mundo, incluso a mis compañeros de equipo.

—¿Y eso es muy difícil? —Suspira—. Tampoco tienes que estar hablando todo el tiempo de tu novia, Cooper. Puedes fingir ser reservado y ya.

Claro, para ella mentir es demasiado fácil.

—Me da la sensación de que ni siquiera piensas en las consecuencias. —Tomo el móvil y jugueteo con él, con la mirada puesta en Amanda—. ¿Crees que es fácil fingir ser mi novia?

—Ilumíname.

—Tendrás que ir a los partidos y no te gusta el fútbol.

—Puedo ir a ver a tus compañeros que deben estar buenos, tú no te preocupes, yo me entretengo —dice, y yo siento cómo unos celos absurdos me invaden—. ¿Qué más?

—¿Ahora te gustan los deportistas? —inquiero—. Antes te gustaban los drogadictos.

Lanza una carcajada.

—Pues los prefiero a las chicas con las que salías tú. ¿No te agobiaba que estuvieran tan dispuestas?

—En general, prefiero que las mujeres tengan ganas de estar conmigo —respondo, irónicamente.

Ella pone los ojos en blanco.

La verdad es que nunca he tenido que esforzarme para estar con una chica que me gusta, y mucho menos durante la adolescencia. Salvo una en particular que nunca me hizo caso, por supuesto.

—Entonces… ¿la única consecuencia de ser tu novia falsa es que tendré que ir a los partidos?

—Y a varios eventos —remarco—. Tendremos que salir a cenar porque Douglas va a pedir el combo completo. Nos van a hacer fotos en todo momento, así que fuera de casa tendremos que fingir a tiempo completo.

—Lo de ir a eventos y que me hagan fotos es la razón por la que lo hago; dijiste que podía usar tu fama para mi seguridad.

Y es cierto, solo que cuando lo dije no estaba en mis planes que tuviera esta idea.

—Eso es todo, no creo que tengas inconvenientes para fingir.

Chasquea la lengua, pero me doy cuenta de que ese tipo de comentarios la inquietan. Mi lado más enrevesado lo disfruta.

—Así que tú eres el único cobarde de los dos.

Incluso cuando sé que lo dice para provocarme y manipularme, se lo permito.

Tomo el móvil y llamo a Douglas. Intento no pensar y tomo el consejo de improvisar. Amanda me observa con el rostro imperturbable cuando le digo a mi agente que todo este tiempo he tenido mis motivos para no querer salir con nadie. Sigo las indicaciones que propuso Amanda anoche cuando cenamos y le digo que llevo un tiempo saliendo con alguien, pero como tenemos una historia de muchos años, quería mantenerlo en privado.

Douglas se entusiasma, me pregunta de quién se trata y le digo la verdad: que es la mejor amiga de mi hermana, quien acaba de regresar a la ciudad. Aunque sé que preferiría que saliera con Margot o con alguna estrella de la música o el cine, siento a mi agente más aliviado. Me pregunta si estoy listo para mostrarme con ella en público y le digo que sí. Amanda sigue con el rostro imperturbable mientras yo me muero por dentro, porque sé que tendré que mentirles a todas las personas que quiero, y eso no me gusta. Y también porque voy a fingir que la mujer de mis sueños es mi novia y no sé si me voy a poder contener.

# 17

# AMANDA

El silencio en esta casa es desesperante.

Cuando desperté, Cooper ya no estaba. Es lo habitual, porque suele pasar la mañana entrenando, pero esta vez algo me hizo sentir su ausencia. Tal vez el hecho de saber que no lo vería en todo el día. El partido es hoy por la noche y regresará mañana por la tarde.

Supongo que será su último partido sin una novia entre el público.

Lanzo una risita mientras me dirijo hacia el jardín junto a Duque. Debería haber grabado la cara de Cooper antes de llamar a su agente. Estaba cagado de miedo por una mentira de lo más sencilla, lo que me recuerda que de pequeño mentía con una facilidad envidiable. Como aquella vez en la que me robó los resúmenes y suspendí un examen. Nunca he visto a alguien fingir tan bien y, cuando se trataba de él, era más irritante porque ante todo el mundo era el chico ejemplar. Lo que demuestra que no ha cambiado nada.

Tomo asiento en mi banca favorita mientras Duque olisquea entre los árboles. Este sitio es el paraíso, incluso cuando ya empieza a hacer más frío, y me encanta salir un rato a leer y ocupar la mente. No quiero pensar en la abuela ni en nada de lo que ha pasado desde que regresé a Chicago. Tampoco quiero pensar en lo que pasó antes de irme. Necesito mantener la cabeza ocupada la mayor cantidad de tiempo posible, pero encontrándome aquí es complicado.

Pensaba que el hecho de que Cooper se fuera dos días sería positivo porque verlo me recuerda demasiado al pasado, pero ahora que sé que no va a regresar hasta mañana me siento rara. Sé que no debería importarme, pero esta soledad es insoportable. Llevo así mucho tiempo, pero supongo que saber que mi abuela ya no está en este mundo lo cambia todo.

Durante toda mi vida, solo he tenido dos amigas: Rylee y Olivia. Con el tiempo, solo me quedó Rylee, y ella era *tan* vehemente... Ry era enorme y ocupaba una parte tan grande de mí, que fue suficiente. No necesitaba otras amigas en el instituto y tampoco en la universidad. Hasta que la perdí y abandoné la ciudad. Ya instalada en un pueblo recóndito y pequeño de Texas, con un nombre que no me pertenecía y documentación falsa, no pude construir lazos con nadie.

Cooper tiene razón en eso de que actúo muy bien, solo que a veces no quiero hacerlo. Y en ese momento, simplemente... no pude. Decidí que la soledad era lo mejor y que también me la merecía.

Y por supuesto que todavía la merezco. Abandoné a mi abuela y traicioné a la pequeña Amanda de doce años que quería una vida normal. Ahora tengo veintiséis años y no he construido absolutamente nada. No tengo amigos, no tengo familia, no tengo casa, ni un perro, mucho menos un hijo. Abandoné la carrera que me apasionaba y regresar a esta ciudad me está matando, pero al mismo tiempo... tal vez deba sentir esta soledad en lo más profundo. A lo mejor, si llego al fondo, puedo tomar fuerza para salir una vez más. Para empezar otra vez, aunque eso implique llevar una carga muy pesada.

Me seco las lágrimas y abro los ojos. Observo a Duque moviendo la cola mientras arranca una flor y pienso en que a Cooper se le ve bastante solo también, algo que nunca hubiese imaginado, teniendo en cuenta que era una leyenda en el instituto. Era el chico de oro. Apuesto, popular, divertido y asombroso con el balón de fútbol en sus manos. Recuerdo su cabello rubio brillar bajo el sol del atardecer cuando se quitaba el casco al final de los partidos que yo siempre intentaba evitar, pero a los que acababa yendo. El público se volvía loco y él se lo tomaba de un modo muy natural.

Rylee odiaba que Cooper llamara tanto la atención y creo que ese sentimiento nos terminó arruinando a los tres. Era mi mejor amiga, pero nunca estuve ciega. Yo sabía quién era Rylee y elegía estar a su lado porque me parecía un privilegio. Que alguien como ella me hubiese elegido como su mejor amiga era un giro de los acontecimientos inesperado para alguien que había comenzado la vida con el pie izquierdo.

Duque se acerca y me huele los pies. Me inclino para acariciarle detrás de las orejas, pero me sorprende y me lame las mejillas, llevándose consigo las lágrimas. Su gesto me emociona y lanzo una risita acongojada, acompañada de nuevas lágrimas que el perro se empeña en quitar. De alguna manera, su insistencia me hace gracia y comienzo a reír. El momento de angustia pasa sin que me lo hubiese propuesto. Supongo que por eso Duque es tan importante para Cooper.

\* \* \*

Me preparo algo de comer con la televisión de fondo. Queda una hora para que comience el partido y, de repente, me doy cuenta de que no tengo que evitar verlo como hacía en Texas. Así que pongo el canal deportivo y me quedo de pie frente a la televisión unos minutos.

Hay un reportero en el campo de juego hablando con otros periodistas que se encuentran en el estudio y todos los temas de conversación giran alrededor del extraordinario Cooper Harris. Esbozo una sonrisa suave, niego con la cabeza y me muerdo el labio inferior.

«Maldito Cooper Harris, nunca has dejado de ser una estrella», murmuro y, mientras cocino, tengo que levantar la vista en varias ocasiones para asegurarme de que lo que escucho es real. No sé por qué me sorprende que hablen de Cooper del modo en que lo hacen. Siempre fue un gran jugador y recuerdo cómo todos aseguraban que llegaría a la NFL y se transformaría en una leyenda. También recuerdo que fue el *pick* número uno en el *draft*, pero había bloqueado tanto los recuerdos que supuse que le iba bien, sin destacar. Ahora entiendo por qué decía que sería difícil ser su novia falsa. Cooper carga con una fama enorme y ni siquiera sé cómo lo hace. Todo esto me hace pensar en él de otro modo, como si en realidad no lo conociera en absoluto.

Ceno unas fajitas de pollo esperando el partido, pero cuando comienza ya no puedo comer más. Cooper tiene un aspecto increíble, con el número 83 en el pecho y esos pantalones que se le ajustan en las piernas y no dejan nada a la imaginación. Entiendo entre poco y nada de fútbol, pero no lo recordaba tan resolutivo. Los comentaristas, siempre que hablan de Chicago, se centran en él y aseguran que el planteamiento del partido por el lado de Minnesota está enfocado en anticiparse a sus movimientos. Estoy sorprendida de que me sorprenda, porque él siempre ha destacado como jugador. Tal vez es su forma de ser, porque más allá de su coche descapotable y su casa enorme en un barrio privado, es como cualquier hombre de veintiséis años que se dedica al deporte.

Para cuando termina el juego, sigo sentada en el suelo del salón, frente a la televisión. Parte de mi comida está abandonada en el plato sobre la mesa baja que hay junto al sofá. Un reportero intercepta a Cooper, lo felicita por el triunfo y por su desempeño. Está sudado, tiene el cabello desordenado y no puedo creer que este hombre necesite una novia falsa.

Responde las preguntas del periodista con una facilidad envidiable. Es agradable, pero sus respuestas son concisas. Le preguntan sobre el partido y sobre la temporada en general. Él se centra en destacar el trabajo de sus compañeros. Mientras el reportero lo halaga, él decide mencionar a Liam, uno de su equipo. Remarca que ha jugado un partido increíble. Hacia el final, el reportero menciona que ha oído un rumor que lo involucra con una mujer y el rostro de Cooper cambia por completo. Noto la incomodidad y sé que se debe a que tiene que mentir y que todavía no estaba listo. Probablemente, su agente haya sido el que hizo circular el rumor. Yo permanezco inmóvil frente a la televisión mientras lo observo responder que está saliendo con alguien y que por el momento quiere disfrutar de ello en privado. Otra vez un terremoto en mi estómago. Como si de verdad estuviese diciendo que quiere disfrutarme en privado. Trago saliva, frustrada por lo que generan en mí tres palabras sin sentido y me detengo a observar cómo la camiseta se pega a su cuerpo. Estoy viviendo en la casa de ese hombre y voy a fingir que soy su novia. Siento cómo se me calientan las mejillas y me invade un calor que hacía años que no sentía. También percibo la adrenalina en la punta de mis dedos; el juego que le propuse a Cooper era algo común en mi adolescencia con Rylee. De hecho, creo que ella estaría orgullosísima de mí por haber tenido esta idea, aunque no le gustaría nada verme con su hermano. Porque, así como odiaba que él llamara tanto la atención, también detestaba que él y yo interactuáramos. Razón por la cual sucedía muy poco. Además, Cooper y yo nunca nos caímos bien, y supongo que nuestra situación actual no cambiará eso.

Apago la televisión cuando termina la retransmisión y lavo los platos. Más tarde, me preparo un té de hierbas y reviso la bandeja de entrada de mi correo en mi portátil. Hace tiempo eliminé las cuentas de correo del móvil porque me abruma recibir notificaciones de *spam* a todas horas. De hecho, solo lo estoy revisando esta noche por si acaso recibo novedades del agente de bienes raíces, pero resoplo cuando no encuentro nada.

Más allá de que no sé si permaneceré en la ciudad, es importante para mí vender la casa. No puedo dejar de pensar en que, cuando era adolescente, falleció el dueño de una tienda del barrio y, como sus hijos vivían en otra ciudad, quedó abandonada. La abuela, siempre que pasábamos por allí, me decía que le daba pena porque la tienda había quedado congelada en el tiempo. Como si todo el esfuerzo de ese hombre no hubiese valido nada. Así que estoy enfocada en no repetir eso. Quiero vender esa casa. Y deseo que alguien sea feliz allí, como lo fui yo durante parte de mi infancia y mi adolescencia.

Antes de dormir, me lavo los dientes y llamo a Duque para que venga a dormir conmigo. Normalmente lo hace con Cooper y, cuando él se va a su primer entrenamiento, se sube a la cama conmigo.

—Esta noche somos solo tú y yo, amigo —le digo.

Él mueve la cola y se enrosca a mi lado, justo cuando oigo el sonido de un mensaje nuevo en mi móvil.

83:
¿Todo bien en casa? Regreso mañana por la tarde.

Pongo los ojos en blanco mientras una especie de terremoto atraviesa mi estómago. No recordaba que se había agendado de ese modo, y cada vez que lo llamo o le envío un mensaje me trae el mismo recuerdo. Uno de los últimos antes de que Cooper se fuera a Los Ángeles.

AMANDA:
Todo bien, estamos a punto de irnos a dormir.

83:
Muy bien. Que descanses.

AMANDA:
¿Estás con alguien?

83:
¿Si estoy con alguien?

AMANDA:
No era tan difícil la pregunta, Cooper. Solo quiero saber si hay alguien ahí a quien vas a decirle que le has escrito a tu novia para desearle las buenas noches.

83:
Eres insufrible.

AMANDA:
No me has respondido...

83:
Estoy en un bar, bebiendo algo con unos compañeros.

AMANDA:

Diles que tu novia está apenada porque la cama está demasiado fría sin ti.

83:

Insufrible.

AMANDA:

Por cierto, buen partido. Espero que me hayas guardado tu jersey. Es el bien material más preciado de la novia de un jugador.

83:

Supongo que el de esta novia en particular, no. Te compraré uno para ti.

Tomo asiento en la cama, indignada. Duque levanta la cabecita para mirarme. Llamo a Cooper de inmediato.

—Hola —responde.

—A que no me dices «insufrible» delante de tus compañeros.

—Yo también te echo de menos, mi amor.

¿El terremoto de mi estómago? 9.5 en la escala de Richter.

—¿Cómo es eso de que quieres comprarme un jersey?

—¿Me has llamado para esto? —dice en un tono más bajo.

—Sí. Hoy he visto el partido. Todo el mundo habla de ti y todas las miradas estarán sobre mí cuando vaya a verte. Quiero tu jersey.

—Mira que eres caprichosa, cariño. Escúchame, estoy tomando algo con los chicos. Yo también te echo de menos, acurrúcate con Duque como si fuese yo. Mañana prometo compensarte.

—Y decías que te incomodaba mentir, Harris. Parece que tus dotes artísticas han despertado. —Carraspeo—. ¿Me darás ese jersey, entonces?

En cuanto las palabras salen de mi boca, siento un poco de vergüenza. La conversación es ridícula, pero me gusta molestarlo, y el tono de voz que pone cuando finge estar hablando con su novia me resulta de lo más interesante.

—No, mi amor. Esta vez te lo tendrás que ganar.

# 18

# AMANDA

### Diez años antes

—Y así es como la señora Álvarez pagará por habernos puesto en ridículo —afirma Rylee, dándole clic a una carpeta titulada «PROFESORES» que tiene en su portátil.

—¿Qué es esto? —Olivia se inclina detrás de Rylee para entender a qué se refiere—. ¿Tienes una carpeta destinada a cada profesor?

—Sí, pero se trata de contenido ultrasensible, así que solo te permitiré ver la de la señora Álvarez.

Rylee parece estar pasándoselo muy bien. Yo, por mi parte, estoy enfadadísima con la situación. He pasado dos semanas organizando la información y haciendo un resumen completísimo para aprobar este examen sin inconvenientes.

—La profesora no tiene la culpa —murmuro desde la cama, donde estoy lamentándome desde que regresamos del instituto.

Rylee se gira para observarme y enarca una ceja. Entiendo que este sea su modo de procesar lo que pasó, pero no me interesa en lo más mínimo vengarme cuando nosotras fuimos las que rompimos las reglas al intentar hacer trampa en el examen.

—¡Hizo un escándalo en medio de la clase! —exclama.

—Escándalo que no habría ocurrido si no hubiésemos intentado hacer trampa.

—Si Olivia no hubiese sido extremadamente evidente al entregarnos las respuestas… —afirma—. A eso te refieres, ¿no es cierto?

Odio que intente poner en mi boca palabras en contra de otra persona.

—Ahora resulta que la culpable soy yo —susurra Olivia, que después de todo lo que ocurrió con Ben, parece que ni siquiera tiene ganas de discutir.

—La culpa no es de Olivia ni de la señora Álvarez. —Tomo asiento en la cama y estoy a punto de decir que si Cooper no nos hubiese quitado los apuntes habríamos podido estudiar sin problemas, cuando Rylee abre los ojos como platos. Una señal muy típica de ella para que no diga nada más.

No entiendo por qué no quiere que Olivia lo sepa; ella no tiene relación con Cooper, salvo por el hecho de que tanto ella como Rylee son animadoras y pasan algo de tiempo extra con los jugadores.

—La culpa es de la señora Álvarez —asegura Rylee, con esa voz que utiliza cuando quiere dejar en claro que lleva la razón—. Por lo tanto, va a pagar.

Toma el móvil, abre las redes sociales y nos muestra un perfil en el que no hay nada publicado.

Olivia se acerca a observar, yo ni siquiera lo intento. Estoy segura de que ese perfil lleva el nombre de la profesora y que Rylee tiene algo con que exponerla.

—Resulta ser que nuestra querida señora Álvarez pasa demasiado tiempo en el psiquiátrico que se encuentra cerca del instituto.

—Acomoda el portátil y, después de un par de clics, nos empieza a mostrar diferentes fotografías de la profesora entrando y saliendo de un centro psiquiátrico bastante costoso de la ciudad—. Desconozco si tiene dinero, pero este centro es muy caro.

—¿Y cuál sería el problema de que visite ese lugar? —pregunto, fastidiada.

—¿Esas fotografías las hiciste tú? —pregunta Olivia.

Y tiene un punto. ¿Por qué invirtió tiempo en hacerlo?

—Las fotografías las hice yo. Siempre hay que tener trapitos sucios a mano. —Carraspea y dirige su atención a mí—. Se supone que está dando clases a adolescentes, no debería tener problemitas de locura.

—Que visite el centro no significa que esté loca, Rylee —le dice Olivia.

—¿Acaso vas a defender a la profesora después de lo que nos hizo? —se indigna.

Yo sigo pensando en cómo tomar del cuello a Cooper por ser el único culpable de esta situación. Cuando vuelvo a prestar atención, es porque mis amigas están gritando.

—No esperaba mucho de ti, Olivia —exclama Rylee—. Me queda claro que tu falta de disimulo a la hora de ayudarnos en el examen se debe a que sigues afectada porque Ben no te hizo caso.

—Pero… ¿qué dices? —responde Olivia, en el mismo tono de voz—. Ben me gustaba, pero nunca fue más importante que tú. Eres mi amiga.

En medio del caos, esbozo una sonrisa. Eso es lo que siempre he esperado de ellas, que pusieran el amor de la una por la otra por encima de cuánto les gusta un chico que posiblemente no existirá en la vida de ninguna de las dos en unos años.

La sonrisa se me borra de la cara en cuanto Ry lanza una carcajada burlona.

—¡Claro! ¿Y piensas que me lo voy a creer? —Se pone de pie y da dos pasos hacia donde se encuentra Olivia—. No te creo nada, eres una envidiosa y estamos cansadas de ti. ¡Vete!

Olivia frunce el ceño y se pone de pie. Yo siento que el corazón se me sale por la boca. Rylee ha hablado por las dos, algo que suele hacer habitualmente. Sin embargo, en esta ocasión no estoy de acuerdo con ella. Es mi mejor amiga, pero también quiero a Olivia y, en este caso, creo que ella lleva la razón. Esta venganza contra la profesora no tiene sentido. Y en cuanto a Ben, una vez que Rylee se acostó con él, Olivia dejó de lado sus intentos de conquistarlo.

—Habérmelo dicho antes —responde Olivia, apenada, mientras toma su mochila y se la cuelga del hombro. Me dirige una mirada rápida—. De haber sabido que estabais cansadas de mí, me hubiese alejado y nos evitábamos todo esto.

Rylee pone los ojos en blanco y murmura algo así como «ahora te haces la víctima», pero siento que me pitan los oídos y que la escena transcurre más rápido de lo que soy capaz de reaccionar. No estoy cansada de Olivia y no me gusta tener que alejarme de ella por Rylee. No estoy de acuerdo con que la profesora «está loca» por visitar un centro psiquiátrico y no quiero estar aquí en este momento.

El corazón me late desesperado cuando veo a Olivia atravesar la puerta y, sin analizarlo, me pongo de pie y la sigo. Bajo las escaleras detrás de ella y la llamo cuando llegamos a la sala de estar, donde Cooper está recostado en el sofá lanzando un balón de fútbol al aire. Se incorpora y nos observa.

—Olivia —digo.

Ella se da la vuelta y me mira, pero no me salen las palabras. No quiero alejarme de ella, pero es lo que se espera de mí por ser la mejor amiga de Rylee. Ojalá le hubiese ahorrado la decepción que sufrió cuando Ben se acostó con Ry y todas aquellas veces en las que nuestra amiga le contó con lujo de detalles cómo era él en la cama. Aunque sonreía, porque quería sentirse feliz por su amiga, vi el dolor en su mirada cada vez que Rylee describía situaciones con él.

Por momentos, llegué a pensar que a Rylee solo le gustaba Ben porque significaba quitarle algo a Olivia. Pero solo fueron instantes y me reprendí por ello. Adoro a Olivia, pero soy la mejor amiga de Rylee.

—¿Qué ocurre? —me pregunta Cooper desde el sillón, con el balón entre las manos.

El sonido del portazo que ha dado Olivia cuando me he quedado callada sigue retumbando en mis oídos. Oigo a Rylee llamarme desde el cuarto y estoy a punto de darme la vuelta, pero antes observo a Cooper.

—No tienes ni idea de con quién te has metido. —Él frunce el ceño, como si no supiera que todo este desastre lo provocó él al robarnos los resúmenes. Niego con la cabeza y me muerdo el labio inferior—. Idiota —murmuro antes de irme.

* * *

La señora Álvarez está frente a la clase y todos guardan silencio. Siento el estómago revuelto y se me hace difícil observarla. Desvío la mirada cuando me encuentro con la de Olivia. Desde la discusión de aquella tarde no hemos vuelto a hablar y últimamente pasa bastante tiempo con Cooper, algo que tiene a Rylee al borde del ataque de ira.

—Supongo que están al tanto de ese perfil de redes sociales que lleva mi nombre y que ha seguido a varios de ustedes —dice la profesora. Yo continúo viajando con la mirada hasta que encuentro a Cooper. Lleva una camiseta blanca que se le ajusta en los hombros de la forma más seductora posible. Esos hombros están creciendo de una manera que empieza a preocuparme.

Se acomoda en el asiento y me observa. Decido que es mejor enfocarme en la señora Álvarez.

—Tal vez lo sepan, porque lo estoy comunicando antes de cada clase: ese perfil es falso, pero las fotografías son reales. —Suspira—. Yo también fui joven, así que no los culpo. Supongo que les pareció divertido exponer a su profesora. Sin embargo, quiero dejarles en claro que visitar un centro psiquiátrico no tiene nada de malo. Es como si creyeran que exponen a alguien que visita frecuentemente un hospital. —Rylee resopla a mi lado—. La salud mental es igual de válida.

Rylee levanta la mano y la profesora asiente con un gesto para invitarla a hablar.

—¿Usted cree que si necesita atención por cuestiones de salud mental está capacitada para dar clases?

Por el rabillo del ojo, veo a Cooper moverse incómodo en el asiento.

—Se pueden tratar cuestiones de salud mental y trabajar al mismo tiempo —responde la profesora—. De todos modos, ante su inquietud me veo en la obligación de contarles que solo voy de visita. Mi hijo lleva un tiempo internado allí, porque padece un trastorno de bipolaridad. —Suspira—. Si les interesa saberlo, estar allí lo está ayudando mucho, y yo como madre estoy muy aliviada. —Apoya ambas manos en el escritorio y detiene sus ojos en Rylee—. Voy todos los días a verlo y eso no va a cambiar. Pueden hacerme todas las fotografías que deseen; prometo sonreír la próxima vez.

# 19

# COOPER

No esperaba tener un buen partido. Todo lo de Amanda me tiene con la cabeza en cualquier lado y, aunque no se lo mencione, me preocupa lo que pasó en casa de su abuela y en el centro comercial. Irme de viaje y dejarla sola me inquieta más de lo que debería.

Amanda abandonó la ciudad a los pocos días de la desaparición de Rylee y nunca se comunicó con nosotros. Yo acababa de regresar a la ciudad y la vi en dos ocasiones en las que no intercambiamos palabra. Antes de irme a estudiar a Los Ángeles, nuestra relación había cambiado. Fue la única etapa de mi vida en la que pude evitar caer rendido a sus pies ante la más mínima palabra y, con la distancia, me di cuenta de que tal vez no me gustaba tanto como pensaba. Estudiar lejos de casa también me ayudó a madurar. Me enfoqué en el fútbol y tuve novia durante un tiempo, así que, cuando nos volvimos a ver, no me importó. Pero luego ocurrió todo lo de Rylee y ella no actuó del modo que yo suponía. Tal vez el error fue esperar algo de una persona que, en definitiva, nunca se caracterizó por ser indulgente conmigo. No obstante, creía que mi hermana era importante para ella. Estaba seguro de que estaría allí moviendo cielo y tierra conmigo si algo le pasaba.

Por todo eso, no debería preocuparme que esté sola. De hecho, Amanda ni siquiera se merece que le haya abierto las puertas de mi casa o que le dirija la palabra. Pero no soy como ella, y si hay una cosa de la que estoy seguro respecto de mi hermana, es que adoraba a Amanda. No me sentiría bien dejándola sola cuando ni siquiera tiene a su abuela. En la ciudad solo tenía a mi hermana y en el instituto no era especialmente querida. No sé qué ha ocurrido durante estos cuatro años en los que no ha estado en Chicago, pero está a la vista que construir vínculos no es lo suyo.

—Así que estabas raro porque finalmente has decidido tener sexo —menciona Liam desde el otro lado de la mesa.

Estamos pasando el rato en un bar de Minnesota, festejando el triunfo. Liam y Tom son unos años más jóvenes que yo y acostumbramos a salir a beber algo siempre que estamos fuera de la ciudad. Mi agente se tomó en serio su trabajo y esparció el rumor de mi noviazgo en un abrir y cerrar de ojos.

—¿Cuánto tiempo llevabas de celibato? —bromea Tom.

—No seáis idiotas. Que no tuviese algo serio con nadie no implica que no tuviese sexo. —Me he tenido que meter en el personaje más rápido de lo pensado y odio mentirle a Liam y Tom porque los aprecio. Siempre he sido de vincularme al máximo con mis compañeros de equipo; porque siento que también es parte del entrenamiento crear vínculos y generar un clima agradable. Es más fácil ganar cuanto todo el equipo tira para el mismo lado. Además, soy el capitán.

—Bueno, pero cuéntanos sobre ella. ¿Cómo es que aún no la conocemos? —Liam me observa con una sonrisa. A veces me siento reflejado en él. Yo habría sido como Liam, si no hubiese ocurrido todo lo de Rylee. Aborrezco sentir que no termino de disfrutar todo lo que he logrado; desde que debuté en la NFL mi cabeza está puesta un 50% en el juego y un 50% en saber qué pasó con mi hermana.

—Fue todo bastante rápido. —Miento lo más cerca posible de la verdad, porque de ese modo sé que me será más fácil sostenerlo. Si me invento un cuento enorme y rebuscado, probablemente me olvide de todo y me descubran en una semana. Cuando le dije a Amanda que me costaba mentir, me refería a esto. Me resulta poco práctico no decir la verdad—. Nos conocemos desde hace muchos años, ella era la mejor amiga de mi hermana.

—¿Habéis sido amigos todo este tiempo? —se entusiasma Tom, que tiene una mejor amiga de la que lleva enamorado muchos años, pero con la que no se anima a avanzar.

—No hemos sido amigos. Compartíamos clases en el instituto y vivía frente a la casa de mis padres. Pasaba mucho tiempo en casa porque, como os decía, era la mejor amiga de mi hermana; pero nunca nos relacionamos más allá de eso. Cuando regresé a la ciudad para incorporarme al equipo, ella se fue. Ahora ha regresado y... ya sabéis.

—*Wow* —exclama Liam. Él es el típico chico de veintitrés que aún conserva a su novia del instituto y que estoy seguro de que sacará un anillo en algún partido para pedirle que sea su esposa—. ¿Y tú nunca habías sentido nada por ella hasta ahora?

Ahí es cuando la mentira se me empieza a enroscar de pies a cabeza. Porque si me atara a la verdad, debería decirle que siempre me gustó, pero que me resultaba insoportable. A eso tendría que sumarle que Amanda nunca me hizo caso y, entonces, debería repetir esa historia a todo el mundo. Incluso en las entrevistas.

Y no quiero que Amanda sepa que me gustaba. O que lo confirme si es que ya lo sabe.

—No. —Me llevo el vaso a la boca y me tomo un tiempo para responder. En una mesa cercana, tres chicas de unos veintipocos nos observan. Son las típicas *jersey chasers* que nos rodean, sobre todo, cuando jugamos fuera de casa—. Compartíamos grupos de amigos y clases, pero realmente nunca tuvimos un vínculo. Ella era la amiga de mi hermana y no la veía de ese modo, solo que ahora nos hemos reencontrado y supongo que las cosas han cambiado.

—¿Cuánto tiempo lleváis juntos?

*Dios*. Tengo que recordar mis respuestas y compartirlas luego con Amanda.

—Unas semanas, pero yo estaba viendo a Margot, así que se convirtió en algo serio hace muy poco, por eso prefería no hablar demasiado sobre el tema.

Por alguna razón, en ese instante me doy cuenta de algo que no había contemplado antes: mis padres. No puedo mentirles a ellos, pero probablemente ya hayan visto lo que me preguntó ese reportero y deben estar preguntándose quién es la chica con la que estoy saliendo. Debería haberlo pensado más, pero Amanda me llevó al límite y acabó haciendo conmigo lo que quiso. Como siempre.

—Muéstranos una foto —se entusiasma Tom, pero yo no tengo ninguna foto de Amanda y no tiene redes sociales; por eso el investigador la buscó durante estos cuatro años sin éxito. Empiezo a sudar, odio mentir... Definitivamente, no es lo mío.

—No pienso mostrarte una foto —respondo, porque no tengo opción.

Liam y Tom lanzan una carcajada y yo los observo sin comprender.

—Así que eres posesivo —menciona Liam y le da un codazo a Tom—. Estamos conociendo al verdadero Cooper Harris. Posesivo con su novia como con el balón.

Me acomodo en el asiento, negando con la cabeza. No soy posesivo, ni celoso, ni nada de eso, aunque llevo tanto tiempo sin tener una novia que realmente ya no sé ni cómo actuaría.

Con Julia, mi novia de la universidad, era bastante relajado. La única mujer que saca lo peor de mí es Amanda, y resulta que con ella nunca he tenido nada.

Estoy acabándome la bebida cuando las tres chicas se acercan. La temporada pasada también estuvieron aquí. La de cabello negro lleva tiempo detrás de Liam, incluso cuando todo el mundo sabe que el chico está comprometido hasta los dientes. Las otras dos son gemelas y la última vez nos propusieron acostarse con Tom y conmigo, algo que le hizo brillar los ojos a Tom pero que yo, por supuesto, no acepté. Demasiado rebuscado para mí. Yo soy más de lo clásico, dos personas, buen sexo y cada uno para su casa.

—Me voy a ir —murmuro, y Liam se pone de pie rápidamente. Estas situaciones lo incomodan demasiado; siempre teme que alguien haga una fotografía que se malinterprete y que le genere problemas con su chica.

—Creo que tendré que cambiar de grupo a la hora de salir a beber. Esto de ser el único soltero no me huele bien —bromea Tom.

Dejamos el dinero de las bebidas en la mesa y huimos.

# 20

# AMANDA

Estoy medio mareada y el dolor de cabeza me está volviendo loca, otra vez.

Tomé un analgésico, me acosté e intenté descansar, pero no hay forma de sentirme mejor. He almorzado algo ligero y ahora decido salir al jardín con Duque porque necesito aire.

Anoche soñé con la abuela y no puedo dejar de pensar en ello. Fue confuso, pero parecía muy real. Como si me hubiese encontrado con ella de verdad. Ni siquiera me hablaba. Solo me observaba y tomaba mi mano. Estábamos en Navy Pier, su lugar favorito de la ciudad. Contrario a lo que sucede normalmente en verano, el muelle estaba desolado y, si cierro los ojos, todavía puedo sentir la calidez del sol en mis brazos. No recuerdo haber tenido un sueño que pareciese tan real antes, así que mientras camino por el jardín con Duque dándome vueltas alrededor me permito sentir el dolor que llevo evitando durante días.

Tal vez por eso sigo aquí. Es la primera vez en la vida en la que no quiero tomar decisiones impulsivas. El solo hecho de pensar en trasladarme a una ciudad nueva me agobia. Estoy cansada de escaparme de todos los problemas. Eso de tirar el pasado a la basura y empezar de cero cada vez que el camino se vuelve intrincado ya lo he hecho muchas veces. Además, desde que puse un pie en Chicago me sentí en casa. Quiero regalarme algo de lo que me hace bien una vez en la vida.

Necesito hundirme en la profundidad de la soledad, pero esta vez en serio. Siempre tuve a mi abuela o a Rylee. Y aunque estuviera lejos, como estos últimos años lo he estado de mi abuela, el hecho de saber que tenía un punto de apoyo lo hacía todo diferente. Ahora no la tengo y quiero aprender de ello; necesito ser autosuficiente emocionalmente, porque lo más probable es que pase el resto de mi vida sola.

Respiro hondo y cierro los ojos. Siento un dolor intenso en la cabeza con cada paso que doy. Llevo muchos días en esta casa y necesito salir, ver gente, comer algo rico en una cafetería de la ciudad o simplemente sentarme a observar el lago Michigan. Sin embargo, entiendo el peligro y, en este momento, ni siquiera tengo a Cooper.

—¿Cuándo crees que llegará tu padre? —le pregunto a Duque en un susurro. Hasta el sonido de mi propia voz me genera dolor de cabeza.

El perro mueve la cola y me observa con las orejas levantadas. Somos dos los que estamos ansiosos por que el dueño de casa regrese. Duque porque lo extraña y yo… no lo sé. Supongo que estoy aburrida y necesito a alguien que ocupe mi cabeza. Y si hay algo que Cooper Harris hace bien, además de jugar al fútbol, es ocupar mi cabeza. Para bien y para mal.

—¿Y si damos un paseo tú y yo? —Me pongo en cuclillas y le doy un besito en el hocico—. Nos volveremos locos si seguimos aquí encerrados sin tu padre a la vista.

Me pongo de pie y voy en busca de la correa. Sé que Duque es bastante tranquilo y que Cooper no siempre lo lleva atado, pero no quiero arriesgarme.

Antes de abandonar la casa, me echo un vistazo en el espejo. Tengo el cabello revuelto y los ojos hinchados. En otro momento me hubiese horrorizado. De hecho, en mi adolescencia, solía prestarles mucha atención a esas cosas. Era más exigente, supongo que porque quería dejar en claro que podía con todo. Con los años, aprendí que no siempre puedo con todo, y que eso está bien.

Duque mueve la cola entusiasmado, mientras olisquea el jardín delantero de la casa, que parece propio de un miembro de la familia Kardashian. El aroma del gran pino que se encuentra en un lateral, los arbustos que comienzan a liberarse de sus hojas. Siento una necesidad imperiosa de permanecer aquí.

Abandonamos el jardín y nos movemos lentamente por el barrio. Nunca he andado por aquí, porque después de lo que ocurrió en casa de la abuela y en el centro comercial, intento no estar sola fuera de la casa. Sin embargo, Cooper me aseguró que siempre que esté dentro del barrio estaré segura, y cambiar de aire, mientras me rodeo de una imagen diferente a la que estoy acostumbrada, viene bien.

Cierro los ojos durante un instante y respiro hondo. Solo se oyen los pasos de Duque, que todavía sigue meneando el rabo y oliendo cada rincón. Cuando vuelvo a abrirlos, me empapo de lo que veo. Es un barrio con mucho verde y con propiedades de gran tamaño, jardines extensos, automóviles llamativos y tejados bien cuidados. Vivir aquí es bastante tranquilo y alejado del traqueteo de la ciudad y me incomoda pensar que Cooper esté tan solo.

Sonrío echándole un vistazo a Duque, pero frunzo el ceño cuando noto que se queda quieto y que observa algo con las orejas levantadas. Al lado de una casa con fachada de estuco rojiza diviso una serie de árboles tupidos y vegetación que no deja ver qué hay detrás.

En medio del silencio, oigo movimientos sobre las hojas que bañan el terreno. Duque se mueve, arrastrándome consigo y el corazón comienza a latirme desesperado. Cooper está de viaje y es lo único que tengo. No debí haber salido.

Intento arrastrar a Duque, pero tiene más fuerza de la que esperaba y observa con fiereza la vegetación que hay en el lateral de la propiedad. Decido liberar el agarre de la correa, porque siento que eso lo pone todavía más nervioso, pero no dejo de pensar en que el tipo que me siguió en el centro comercial tenía ese tatuaje y que esto no es un juego. Nunca lo fue.

Doy unos pasos y Duque avanza. Estira la cabeza, oliendo con vigor. Hay alguien ahí, estoy segura de ello, y sé que enfrentarlo no es buena idea. Doy un paso hacia atrás, pero Duque sigue clavado en el suelo y no puedo moverlo.

Oigo un grito ahogado y doy un salto, asustada, justo cuando tras la vegetación aparece Daisy de la mano de un chico. Trago saliva y la observo, con el corazón explotando en mi pecho. Duque mueve la cola y la chica lanza una risita. Tiene las mejillas sonrosadas y el chico tiene el cabello despeinado, como si Daisy hubiese estado jugando con sus manos sobre él. Resoplo y sonrío.

—Hola, Amanda.

Cooper nos presentó una tarde en la que ella pasó por la casa para saludar a Duque. No hablamos mucho, pero me resultó simpática. Es muy diferente a como era yo a su edad. En mi último año del instituto, estaba haciendo cosas mucho más graves que besar a un chico bajo un árbol y a escondidas.

—Parece que alguien te echa de menos —bromeo.

Duque agita la cola como la hélice de un helicóptero y ella se arrodilla para darle un abrazo. El chico sonríe, observando cómo Daisy le hace caricias al perro. Lleva puesto el jersey del equipo de fútbol del instituto. Aunque no es la misma que usaba

Cooper, porque íbamos a otra institución, no puedo evitar que se me venga una imagen de él a la cabeza. Cooper con su camiseta, jugando con un balón en las manos. Usando la chaqueta con su número. Sonriendo de un modo que siento que ya no lo hace.

Cuánto daño nos han hecho los años. Qué cruel ha sido la vida con nosotros.

—¿Te hemos asustado? —vuelvo a la realidad al oír la pregunta del chico.

—Estaba todo bastante silencioso y Duque se ha alertado aunque supongo que ha sido porque ha olido a Daisy, que es su mejor amiga —explico y dejo caer los hombros—. Pero no te voy a mentir, ha habido un pequeño instante en el que me he asustado.

—Perdón —dice Daisy, poniéndose de pie. Echa un vistazo hacia mi casa—. ¿Ha vuelto Cooper?

—Todavía no —respondo con una pena que me sorprende incluso a mí.

—*Wow*. Parece que alguien lo echa de menos —bromea, copiando mis palabras.

\* \* \*

Una vez en la casa, doy vueltas hasta que pongo música y me dispongo a cocinar algo rico. Ayer hice una compra *online* y avisé al personal de seguridad del complejo por si acaso había problemas con ello. El tipo me llamó por mi nombre; parece que Cooper antes de irse les avisó que estaría aquí y les pidió que me ayudaran en lo que necesitara. Me preguntó por el partido y estaba bastante entusiasmado por el desempeño del mariscal de campo estrella del equipo. Cuando el pedido llegó, lo recibió por mí y me lo trajo a la puerta con una sonrisa. Me quedó claro que es un fanático más de Cooper y, mientras tomo los ingredientes para hacer unos *muffins* de limón y arándanos, pongo los ojos en blanco. Ser la novia falsa de un Cooper colmado de fans va a ser una pesadilla.

Suena *Paradise*, de Bazzi, e intento mantener la cabeza en cualquier lugar, excepto en todos los problemas que tengo a mi alrededor. Cocinar siempre ha sido un método efectivo. Cuando perdí a mis padres, la abuela me enseñó a hacer mermeladas caseras y eso se transformó en una especie de terapia para mí. Llevo muchos años sin hacerlo, pero en cuanto tenga la posibilidad de ir al mercado compraré frutas y me encargaré de ello. De hecho, echo de menos comer pan casero con mermelada junto al té de la tarde.

Pongo los *muffins* en el horno cuando me doy cuenta de que Cooper ya debería haber llegado. Llevo una hora con ganas de enviarle un mensaje preguntándole dónde está, pero todavía conservo la coherencia necesaria como para darme cuenta de que sería ridículo.

Cuando los *muffins* están listos, los dejo enfriando sobre la encimera y me doy una ducha. Ya casi es la hora de la cena, así que me pongo mi nuevo pijama y dejo que el cabello mojado se seque al natural, sin peinarlo. Tengo el pelo muy fino y la única forma de que tenga volumen es no peinarlo demasiado.

Bajo las escaleras con Duque alrededor de mis pies y observo los *muffins* que hice y aún no he probado. Enciendo la televisión, estoy cansada de escuchar música y el silencio en esta casa es abrumador.

Pienso en Rylee. La ciudad me está obligando a volver al pasado y a procesar muchas cosas. Mi infancia fue bella a pesar de todo y mi adolescencia la recuerdo con una felicidad inmensa. Pasar el rato con Rylee era diversión asegurada. Ella se encargaba de que siempre ocurrieran cosas a nuestro alrededor y, aunque ahora cambiaría mucho de lo que hice en esa etapa de mi vida, a veces me gusta pensar que hoy no sería la misma sin ese pasado.

En algún momento, caigo en las redes del sueño y, cuando despierto, oigo un ruido en la puerta que me alerta. Me siento, medio dormida, y miro a mi alrededor. Tomo un jarrón pequeño que no me ayudará en absolutamente nada y me relajo cuando recuerdo que Duque está conmigo. Aunque no le veo mucha pasta de perro guardián después de lo que ha sucedido hoy.

—Con que ahora me vais a recibir así... —Oigo el comentario de Cooper y dejo caer los hombros. Está de pie junto a la puerta, con una mochila colgada en el hombro y una sonrisa burlona. Duque corretea a su alrededor y yo lo observo sentada en el sillón, con el cabello húmedo, en pijama y con un jarrón insignificante empuñado como si fuese un arma de alto calibre.

—Estaba dormida —digo, y devuelvo el jarrón a su lugar—. ¿Por qué has tardado tanto?

Enarca las cejas y me observa, mientras deja la bolsa en el suelo y se inclina para hacerle unas caricias a Duque.

—Cuéntame bien cómo será esto de ahora en adelante. —Otra sonrisa burlona—. ¿Me vas a amenazar con un jarrón y controlarás mis horarios cada vez que juegue fuera de la ciudad?

—Es muy probable —respondo irónicamente.

Resopla y deja de acariciar a Duque para mirarme, ahora más serio.

—Mi agente se tomó en serio lo de que estoy con alguien y lanzó el rumor.

—Sí, lo sé. Vi el partido y lo que te preguntó el reportero.

Se lleva una mano a la cabeza y se sacude un poco el pelo. Tiene el rostro cansado.

—Mi madre también lo vio y me llamó por teléfono. —Siento que me despierto de un segundo al otro. Los padres de Cooper y Rylee... Cuando tuve esta idea, no pensé en ellos—. Sé

que debería haberte consultado porque eres parte de esto...
—Traga saliva, nervioso—. No pude decirle que estaba fingiendo estar con alguien porque estoy desesperado por seguir en una ciudad de la que ellos desean que me vaya. Y tampoco podía contarle lo que ocurrió en casa de tu abuela. Necesito que estén tranquilos, ya han pasado por mucho...

—No pasa nada, Cooper —lo interrumpo—. ¿Qué le dijiste?

—Le mentí. Porque si hacemos esto, tarde o temprano ellos van a saber que eres tú. Así que le dije que has vuelto por lo de tu abuela y que, simplemente, nos vimos y nos pasó algo.

*Nos pasó algo.*

—¿Cómo se lo tomó? —Después de que me fui sin despedirme en el peor momento de sus vidas, no quiero pensar en la decepción que deben de sentir. Prácticamente me crie en su casa.

—Bien, mi madre no es rencorosa como yo. —Siento sus palabras como un cuchillo rasgándome la piel—. Estaba contenta, supongo. Porque te conoce, te adora y no le agrada que yo esté solo. Así que supongo que fue bueno mentirle. Ya después le diré que no ha funcionado cuando acabemos con esta farsa, igual que a todo el mundo.

—Me parece bien —respondo, incómoda y sintiéndome plenamente culpable justo cuando suena el timbre, algo que no es habitual. Solo lo he oído cuando el tipo de seguridad me trajo el pedido. Cooper frunce el ceño y me preocupo, pero luego suaviza el gesto y se lleva una mano a la cabeza, como si estuviera recordando algo.

—No puedo creer que lo haya olvidado —murmura mientras se acerca a la puerta. Luego la abre, como si fuese lo más natural del mundo.

Oigo voces. Cooper está en la puerta y solo veo su espalda. Alguien le da unas palmaditas y él se da la vuelta y me observa con un gesto preocupado.

Me estoy poniendo de pie para abandonar la sala, cuando me golpeo la rodilla con la mesa auxiliar que hay junto al sillón y gruño por lo bajo. No me da tiempo a nada.

—Muévete, ¿cuánto tiempo nos vas a tener aquí? —dice una de las voces, que me suena muy familiar.

Doy un paso, pero no tengo escapatoria. Cuando levanto la vista encuentro a un Cooper desorientado cerrando la puerta. A su lado hay dos personas. Un hombre y una mujer.

—¿Amanda? —murmura Olivia.

Yo la observo con el rostro imperturbable. Por dentro, me estoy muriendo.

—¿Cooper? —pregunta Ben con los ojos puestos en mí—. ¿Qué hace Amanda en tu casa?

# 21

# AMANDA

## NUEVE AÑOS ANTES

Doy un salto de la cama con una sonrisa, no lo puedo evitar. Me ajusto los auriculares en la cabeza, cierro los ojos y respiro hondo. Estoy descalza y siento la alfombra mullida de mi habitación acariciando las plantas de mis pies. Deseo que sean tablones. Imagino que estoy en un escenario. A tientas, porque no quiero abrir los ojos y volver a la realidad, tomo un libro de mi mesita de noche. Con la otra mano, agarro un extremo de mi falda y comienzo a moverme por el cuarto como lo haría Bella.

En mis oídos suena *Belle*, de la banda sonora de la película, y como la abuela no está en casa decido que puedo cantar a viva voz. *La Bella y la Bestia* siempre ha sido muy especial para mí. Me enamoré de la película siendo muy pequeña, cuando todavía vivía con mis padres, pero todo cambió cuando descubrí el musical. Era un poco más grande, y de repente entendí qué era lo que quería para mi vida.

Tenía claro que a mi alrededor todos esperaban que fuera una chica callada y melancólica. Había perdido a mis padres a los ocho años y me había visto obligada a abandonar el pueblo en el que había crecido para vivir junto a mi abuela en una ciudad enorme. En el instituto, era la pequeña huérfana que había llegado a Chicago y a la que había que recibir muy bien porque su vida ya era demasiado gris.

No me quejo de haber sido bien recibida, pero nunca me gustó que me trataran de un modo diferente. Por eso Rylee es mi mejor amiga. Ella no me ve como una chica rota, sabe que soy valiente y arriesgada, y desde el primer momento me gustó sumarme a sus travesuras.

Respiro hondo, todavía con los ojos cerrados. Suena *Belle Reprise* y me muevo por la habitación imaginando que lo hago frente a una multitud. Ojalá pudiera cantar ante el mundo lo que dice esta canción. *I want adventure in the great wide somewhere. I want it more than I can tell.* Quiero aventuras, quiero encontrar el amor, quiero subirme a un escenario, viajar por el mundo... No estar marcada por mi pasado. Acepto tener un pasado doloroso, pero a cambio de un futuro brillante.

Gruño y me quito los auriculares. Los tengo conectados al móvil y he olvidado silenciarlo. El tono de mensaje no deja de interrumpir la canción. Me dirijo hacia el escritorio, donde lo tengo cargando, y veo que se trata de Rylee.

RYLEE:
Llegó la hora de la diversión.

Desconecto el móvil, resoplo y tomo asiento en la cama. Me encanta ser parte de las ideas alocadas de mi mejor amiga, pero últimamente ha estado demasiado obsesionada con Olivia, y eso me hace sentir incómoda. Ya llevamos casi un año distanciadas de ella y, a pesar de que la vemos en clase todos los días, nunca han podido superar aquella pelea tonta por Ben. Incluso cuando la relación de Rylee con él acabó demasiado pronto.

AMANDA:
No sé si tengo ganas de divertirme hoy.

El siguiente mensaje viene acompañado de una fotografía. Es un botellín de un medicamento, pero no entiendo de qué se trata hasta que la agrando y leo la etiqueta. Es un laxante, lo cual me parece divertido, pero también me preocupa.

AMANDA:
¿Quién es la víctima?

AMANDA:
Dime que es tu hermano, por favor.

RYLEE:
Para él tengo pensado algo mejor. Es el plato fuerte, tenemos que dejarlo para el final.

De un momento a otro, me entusiasmo. Las cosas con Cooper nunca han estado bien. Él me cae mal, yo le caigo mal, él es cruel con mi mejor amiga y yo lo ignoro. Algo a lo que no está acostumbrada una eminencia del fútbol como él.

RYLEE:
Hemos quedado con Olivia en media hora. Ven a casa.

De inmediato, me inquieto. La realidad es que no tengo nada en contra de Olivia. Fue nuestra amiga durante muchos años y me distancié porque mi mejor amiga ya no se sentía cómoda con ella. Si hubiese sido al revés, sé que Olivia habría aceptado que mantuviera mi lazo con Rylee, pero en este caso era imposible. Si yo hubiese tomado la decisión de seguir siendo amiga de Olivia, Ry se habría sentido defraudada. Así que, aunque odié tener que elegir, tampoco es que lo dudase demasiado.

AMANDA:
Hoy hay partido.

RYLEE:
Justamente. Le he dicho que queríamos recomponer nuestra relación con ella. La he invitado a que viniera a casa a prepararnos para el partido.

RYLEE:
Tomaremos un café frío de esos que a ella le gustan y vendrá con sorpresa.

AMANDA:
¿Vas a ponerle el laxante? ¿Antes del partido?

RYLEE:
No entiendo qué te pasa últimamente, Amanda.

AMANDA:
Es que creo que ya ha tenido suficiente, ni siquiera hablamos con ella. Perdió a sus dos mejores amigas.

RYLEE:
Y formó otro grupo de amigos en menos de una semana.

AMANDA:

Eso fue culpa de tu hermano, que en cuanto nos alejamos de ella se le acercó.

RYLEE:

Ya sabes que tiene complejo de superhéroe, el muy idiota.

Me acomodo en la cama. Me preocupa mucho el plan de Rylee. Sé que lo que busca es divertirse, y a mí también me gusta hacerlo, pero Olivia es animadora y, aunque es una de las mejores, es un riesgo hacer algo así antes de una presentación.

AMANDA:

Vale. Llevo mi maquillaje, así os ayudo a prepararos. Prométeme que no te pasarás con el laxante.

RYLEE:

¡Por supuesto! ¿Piensas que soy una bruja?

AMANDA:

No solo lo pienso, sé que lo eres.

RYLEE:

¡JAJA! Solo será un poquito.

AMANDA:

Lee las indicaciones antes, por favor.

RYLEE:

No te preocupes. Ya he investigado lo suficiente.

\* \* \*

No acostumbro a ir a los partidos de fútbol.

En general, prefiero el béisbol. Este deporte me parece aburrido, no comprendo la excitación que despierta en el público y, principalmente, aborrezco que todo gire alrededor de Cooper Harris. Es bueno y él lo sabe. Así que cuando está allí, con los pies sobre el campo de juego, luciendo ese jersey con un «83» enorme sobre su pecho, brilla.

Me paso todo el primer tiempo revisando mis redes sociales e investigando sobre una librería en Manhattan que vende guiones de obras teatrales. Estoy intentando por todos los medios que la abuela me lleve a la Gran Manzana, pero tiene miedo a los aviones y hasta ahora no me permite viajar sola. La entiendo. Después de que mis padres fallecieran en un accidente automovilístico durante unas vacaciones familiares, lo más probable es que le aterrorice que yo sufra su misma suerte. Parece que no recordara que yo también estaba allí y sobreviví.

Puede que por eso sea tan sobreprotectora. No me deja salir de casa sin tener gas pimienta a mano y lleva años enseñándome defensa personal.

RYLEE:

Olivia ha ido al baño dos veces.

El mensaje lo recibí hace unos minutos, pero lo veo justo en el momento en el que el equipo de animadoras se posiciona en el campo. No le respondo porque no tendría sentido. Le había pedido a Ry que no se le fuera la mano con el laxante, pero no han pasado tantas horas como para que Olivia ya esté sufriendo efectos tan fuertes.

Trago saliva, preocupada.

Olivia es muy buena animadora. Al ser pequeña y ágil, se ha convertido en la voladora más destacada de las dos últimas temporadas. A veces creo que a Rylee, que es base, eso le molesta un poco. Sé que a mi amiga le gusta ser el centro de atención y que ya tiene demasiado con un hermano popular que juega al fútbol como los dioses.

Me acomodo en el asiento, dispuesta a disfrutar el espectáculo de mis amigas. Porque sí, sé que tengo que tomar partido por Rylee y pienso hacerlo, pero esta tarde con Olivia me ha generado cierta nostalgia. Cuando éramos amigas y pasábamos la tarde juntas, disfrutaba mucho de charlar con ella. Mientras Rylee siempre estaba enfocada en alguna aventura, una venganza o algo divertido para hacer, Olivia disfrutaba de tomar una revista de moda y hablar de cosas más triviales.

Estoy pensando en ello y en la pena que me da haber perdido a una amiga solo por mi afán de no perder a la otra, cuando veo a Olivia elevarse. Rylee, Victoria y Sharon son las bases que se encargan de acompañar sus movimientos. Sin embargo, los movimientos de Olivia no son los habituales. Noto su cuerpo de repente muy tenso. Me pongo de pie lentamente y luego… todo ocurre muy rápido.

Olivia cae desplomada y las bases no logran sostenerla. El estadio es un caos total.

Con las manos temblorosas y el corazón latiéndome estrepitosamente, veo a mi examiga inconsciente.

* * *

—Faltan dos meses para que terminen las clases —murmura Rylee, a mi lado.

Estamos en el hospital. Olivia sufrió un desmayo en el aire y ahora está siendo intervenida quirúrgicamente por una fractura grave de cadera. Ese tipo de fracturas que acechan como pesadilla a toda animadora. Yo no tengo ganas de hablar de nada, pero parece que a Rylee no le preocupa que alguien que hace un año era su amiga esté herida por algo que ella sigue llamando una «travesura».

—Ajá —respondo, justo cuando Ben y Cooper entran en la sala de espera y nos extienden un par de cafés.

—No quiero —responde Rylee—. Estoy demasiado preocupada por mi amiga como para tragar eso.

Cooper asiente con un gesto y comienza a alejarse.

—Yo sí, creo que me viene bien tomar algo—. Extiendo la mano para agarrar el café que Rylee no ha aceptado, pero Cooper me acerca el que lleva en la otra mano.

—Este es el tuyo.

—¿Cuál es la diferencia? ¿Lleva cianuro? —respondo, desganada.

Él lanza una risita apesadumbrada.

—Es té —aclara—. Tú no tomas café.

Recibo el vaso y le doy un trago, sin responder. Conozco a Cooper desde que llegué a Chicago, pero que haya recordado ese dato a la hora de traernos algo para beber me sorprende.

Se acomoda junto a Ben en los asientos del otro lado de la sala de espera.

—Este idiota ahora va a sentir lástima por Olivia y va a acabar pidiéndole que sea su novia —menciona Rylee, en referencia a Ben.

Podría responderle muchas cosas: que no me interesa lo que haga Ben, que ojalá le pida a Olivia que sea su novia porque lleva mucho tiempo enamorada de él y ya le hemos hecho demasiado daño, que por favor deje de hablar, que tenga un poco de respeto. Podría rogarle que me demostrase que tiene al menos un poco de empatía.

Pero es mi mejor amiga, así que me mantengo callada y sigo observando a nuestros compañeros. Ambos llevan el atuendo del equipo: unas sudaderas azules y blancas con sus números. El 19 de Ben y el 83 de Cooper. El hermano de Rylee tiene el cabello desordenado, tan rubio que parece brillar en esta sala donde todo luce oscuro y triste. Ben no deja de mover el pie, nervioso. Tiene el cabello oscuro y ojos grises. Es guapo y entiendo que mis amigas lo hayan considerado atractivo, pero esa belleza no es lo suficientemente importante como para que hoy nos encontremos en esta situación.

Sé que Ben no tiene la culpa. Incluso, estoy segura de que ni siquiera está enterado de que Olivia y Rylee se distanciaron por él. Olivia nunca se lo hubiese dicho.

Desvío la mirada hacia mi móvil.

COOPER:
Todo va a estar bien. Tranquila, Amy.

AMANDA:
Estoy tranquila.

COOPER:
No, no lo estás.

COOPER:

Y sé muy bien que mi hermana no es la mejor compañía en este momento porque odia a Olivia y a veces el odio no le permite ver lo que realmente importa.

AMANDA:

Si tienes un problema con tu hermana, díselo a ella.

COOPER:

Ella ya sabe lo que pienso. Solo relájate. Olivia va a estar bien.

AMANDA:

¿Desde cuándo te importa cómo me siento?

COOPER:

Desde siempre.

Resoplo, mientras algo ocurre en mi interior. Algo malo y algo bueno. Algo que no puedo controlar.

—Escúchame —murmura Rylee a mi lado—. Ya he encontrado el talón de Aquiles de mi hermano. ¿Te apuntas?

—Por supuesto —respondo, y guardo el móvil en mi bolso mientras termino de tomar mi té.

# 22

# COOPER

Estamos encerrados en el baño.

No tiene mucho sentido, pero es lo que hemos hecho sin siquiera ponernos de acuerdo.

Amanda está sentada con las piernas dobladas sobre el retrete. Con las rodillas hacia arriba y la cabeza entre las manos. Yo estoy de pie con la espalda apoyada en la puerta. Levanto la vista y veo la imagen en el espejo. El cabello desordenado de Amanda y su cuerpo pequeño acurrucado. La desazón me hace sentir enorme y pesado. Nunca en la vida he estado tan desorientado. Y vaya si he tenido motivos.

Ben y Olivia vienen a cenar a casa siempre que gano un partido fuera de la ciudad. No es una costumbre para nada nueva. La primera vez que lo hicieron fue cuando mis padres se fueron de Chicago, pero hoy estaba tan abrumado por la llamada de mi madre y la mentira de Amanda que lo olvidé. Y cuando oí el timbre lo supe, pero abrí la puerta sin pensar. Entonces quise retenerlos y que Amanda se escondiera, pero ella entró en pánico, tardó demasiado y Ben, obviamente, notó que algo andaba mal.

Es mi mejor amigo y me destruye mentirle. Tampoco me gustó hacerlo con mi madre, pero sabía que ella iba a estar más

tranquila si le mentía que si le decía la verdad. En este caso...
no lo sé. Él sabe todo acerca de mí y es mi mayor apoyo. Si tengo que mentirle, no me va a quedar nadie más con quien hablar.

—Di algo —le digo a Amanda. Ella levanta la vista y me observa. Su expresión es nueva. Está aterrorizada, incluso más que cuando encontró su casa revuelta. Doy un paso y me pongo en cuclillas frente a ella—. ¿Qué pasa?

—¿De verdad me lo preguntas? —dice en un murmullo—. Están Ben y Olivia en el salón. Les has abierto la puerta como si fuese normal que esté aquí... en pijama.

Resoplo y apoyo los brazos en sus rodillas. No estoy tan cerca de Amanda desde hace muchos años y desearía no estarlo. Toda esta situación me hace volver al pasado. Las mentiras, el engaño y los juegos eran muy propios de ella y de mi hermana. Nunca me sentí cómodo con ello.

—Te dije que no se me daba bien esto. No estoy acostumbrado a mentir, olvidé que vendrían y no sé... —Suspiro—. Me superó la situación.

Sus ojos azules me recorren el rostro. Ayer me dieron un golpe en las costillas y necesito descansar. Dudo que lo consiga con este panorama.

—¿Qué haremos? —susurra.

Siento que estamos en una burbuja y de solo imaginar a Ben y a Olivia esperándonos siento ganas de desaparecer.

—Después de lo que acaba de pasar, Ben me va a acribillar a preguntas hasta el fin de mis días.

—Iba a hacerlo aunque no hubiésemos huido del salón para encerrarnos en el baño.

Nos miramos durante unos segundos, hasta que Amanda esboza una sonrisa suave y yo me tomo la cabeza. De un momento a otro, nos estamos riendo. Oigo a Ben exclamar mi nombre desde el salón.

*Por Dios.*

—No sé cómo mentirle.

—Dile lo mismo que a tu agente.

—Es mi mejor amigo, Amanda. Nadie me conoce como él.

Se echa hacia atrás y yo me alejo. Acabo sentado en el suelo frente a ella, con la espalda apoyada en la pared. Lo patético de la situación no tiene comparación con nada que haya vivido antes.

—Haremos esto —dice, aun con expresión preocupada—. Me iré a la habitación y no volveré a salir. Tú les dirás que estamos juntos. Que regresé por lo de mi abuela y nos encontramos de casualidad fuera de casa. —Se muerde el labio, pensativa. Los tiene levemente hinchados y siento un deseo casi irrefrenable de besarlos. Ojalá esta mentira fuese cierta y yo tuviera el privilegio de besar esos labios a todas horas. Aunque también está el hecho de que es bastante insoportable y rebuscada. Tener una novia así no sería sencillo, más allá de lo tentador que suene besarla—. Entonces, me invitaste a tomar algo y nos dimos cuenta de que nos gustábamos.

La observo con los ojos entornados. Ben sabe que nunca invitaría a tomar algo a Amanda. Y también sabe que siempre me ha gustado. Es decir que lo más difícil no es que crea que decidí estar con ella, sino el hecho de que ella decidiera estar conmigo. Pero eso no puedo decírselo a Amanda.

—No te irás a ningún lado —aseguro—. Si tengo que mentirle a mi mejor amigo, entonces tendrás que sentarte a cenar con nosotros.

Lanza una carcajada desesperada.

—No puedo cenar con Olivia.

Cierro los ojos y echo la cabeza hacia atrás.

—Ya ha pasado mucho tiempo, Amanda. Sé que tuvisteis algunos problemas, pero éramos adolescentes. —Eleva una ceja lentamente—. Ciertas cosas que hicimos en esa época pueden no ser perdonadas, pero este no es el caso.

Esboza una sonrisa irónica porque sabe a qué me refiero. Pero yo me pierdo en el gesto. Estoy cansado de sus muecas sarcásticas y, al mismo tiempo, me atraen. Es ese círculo vicioso que siempre me ha generado. De no soportar escucharla a desear oír sus gemidos en el oído.

Estoy completamente desequilibrado.

Cuando le presto atención nuevamente, está pensativa. Un poco preocupada, pero intenta disimularlo cuando me descubre analizando su expresión.

—No puedo creer que acabe de ver a Ben y a Olivia —murmura—. Era obvio que Ben seguiría siendo tu amigo... pero ¿Olivia?

—Cuando mi hermana y tú os alejasteis de ella, después del accidente, comenzamos a pasar más tiempo con ella. Estaba sola.

—Lo sé. —Juguetea con el cordón de sus pantalones cortos—. Pero no pensé que seguiría siendo tu amiga después de... todo.

Suspiro.

—Pasaron muchas cosas, mis amigos fueron muy importantes para mí y lo siguen siendo. —Me observa—. Ben y Olivia están casados, ¿lo sabías?

Se toma su tiempo para responder.

—Por supuesto que no lo sabía. No sé nada de lo que ocurrió aquí mientras no estuve.

—¿Por qué?

—No había nada que me interesara saber ya... Salvo por mi abuela.

Siento el rechazo, pero no me afecta porque ya lo conozco muy bien. Es una especie de consecuencia que trae relacionarme con Amanda. Siempre fui irrelevante para ella.

—¿Nunca te interesó saber cómo llevaba yo lo de Rylee?

Se desliza hacia atrás y se lleva una mano a la boca. Se muerde la uña del pulgar. Mis ojos van desde sus ojos hacia sus labios, una y otra vez, hasta que finalmente responde.

—No. —Traga saliva—. ¿A ti te interesó saber cómo lo llevaba yo?

Ni siquiera me importa que Ben y Olivia nos estén esperando. No me interesa nada más que este momento que nunca tuvimos. Nos estamos mirando. Estamos hablando.

—Estaba demasiado enfadado como para que me interesara.

—¿Estabas enfadado porque me fui? ¿O por lo otro?

*Lo otro.*

¿Deberíamos ponerle un nombre a «lo otro» ahora que somos novios falsos?

—Lo otro no fue tan importante como que te fueras cuando intentábamos saber qué había sucedido con Rylee. Sobre todo porque esa última noche la pasó contigo.

—También estaba Olivia —me corrige rápidamente.

—Olivia no sabía nada —respondo sin darle tiempo a pensar en mentiras.

—Yo tampoco.

—No lo sé. Tú sabes guardar secretos.

—¿Qué vamos a hacer con Ben y Olivia? ¿Quieres que les digamos la verdad y que luego me vaya? —se apresura a sugerir, para desviar la conversación.

—Ah, no. —Le devuelvo una de sus sonrisas irónicas—. Ahora tendrás que soportar ser mi novia falsa ante todo el mundo. —Me pongo de pie lentamente—. Yo no soy como tú, no voy a dejarte sola en este momento.

Intenta disimular, pero noto el cambio en su expresión. Está angustiada. Lo que hemos hablado también le afecta y me sorprende. Solía pensar que a Amanda nada la conmovía. Extiendo la mano hacia ella, invitándola a que se ponga de pie.

—Si soy capaz de mentirle a Ben y que me crea… entonces lo podré hacer sin problemas. —Asiente con la cabeza, pero la noto aterrorizada—. Ve a cambiarte, les diré que nos encontramos de casualidad y que luego almorzamos o algo así. Y… no te preocupes, no creo que a Ben le cueste creer que caí rendido a tus pies.

* * *

Encuentro a Ben recibiendo tres cajas de pizza. Olivia está recostada en el sillón y se acomoda de inmediato al verme.

—Estaba seguro de que el rumor ese de que estabas con alguien era un cuento —dice Ben, caminando como si fuese el dueño de la casa. Apoya las pizzas sobre la mesa—. Dos de queso y una de *pepperoni*. Las de queso son para las chicas.

*Las chicas.*

Lo dice como si todo esto fuese normal.

—Voy a buscar los platos —dice Olivia, que se pone de pie rápidamente y se dirige a la cocina. Le suena el móvil de camino y la oigo contestar.

—Escúchame —comienzo a hablar, pero me cuesta mucho mentirle. Ben ha estado conmigo siempre. Crecimos juntos, nos emborrachamos por primera vez en la misma fiesta, jugamos al fútbol en el mismo equipo, fui el primero en saber que le gustaba Olivia. Él fue el primero en saber que me gustaba Amanda. Perdimos partidos. Ganamos un campeonato. Nos mantuvimos en contacto cuando estudiamos en extremos opuestos del país. Fui el padrino de su boda y permaneció a mi lado cuando Rylee ya no estaba. Ben es lo mejor que tengo—. Han sido unos días demasiado caóticos.

Me observa sin decir nada. Yo siento que la mentira está pintada en mi rostro, así que me ato a la verdad lo máximo posible cuando dice lo que estaba esperando.

—Ahora tienes tiempo. Cuéntamelo.

—Ha vuelto porque falleció su abuela. —Enarca las cejas. Todos conocíamos bien a Elizabeth. La abuela de Amanda era una mujer increíble, divertida, solidaria y amigable. Todo lo opuesto a su nieta, claro está.

—No lo sabía…

—Yo sí. Mi madre se había enterado, ya sabes cómo es. —Asiente con una sonrisa—. En fin, fui a casa de mis padres una tarde y nos vimos. Así que regresé unos días después porque el investigador quería su contacto. Resumiendo, terminamos almorzando juntos y… aquí estamos.

Frunce el ceño.

—Fuisteis a almorzar y ahora está aquí. —Espera una respuesta que no llega—. Y le dijiste a ese reportero que era cierto que estabas con alguien. No lo entiendo, Cooper. Perdóname. Sé que estás incómodo, te conozco más que a mí mismo, pero os habéis encerrado en el baño y habéis tardado demasiado tiempo. No te veo con cara de que os lo hayáis montado ahí dentro.

—No seas bruto, Ben —exclama Olivia cuando regresa a la sala cargada de platos.

—Es que no lo entiendo, Amanda te ha gustado siempre. Te vuelves a encontrar con ella después de todo lo que pasó con tu hermana, os acostáis y no tienes tiempo de enviarme un mensaje para contármelo.

—Cállate un poco, Ben —respondo, desesperado—. Perdón, lo sé. Pensaba decírtelo hoy, se suponía que ella no iba a estar, pero no me acordaba de que veníais.

—¿No te acordabas? —exclama Ben, al tiempo que Olivia lanza una risita.

Justo en ese momento, Amanda aparece. Lleva unos vaqueros rectos y una blusa de seda sin mangas que se ata al cuello. Es del mismo color que sus ojos. Está peinada y sin maquillaje. Preciosa. Me pondría de rodillas y le haría una reverencia.

—Yo le dije lo mismo, tenía más memoria cuando era adolescente —dice—. Hola, Ben, cuánto tiempo. Estás guapo.

—Solía parecerte un idiota —dice Olivia, mientras comienza a cortar las pizzas. Está más inquieta que nunca.

—He dicho que estaba guapo, no que no fuese idiota —responde Amanda rápidamente.

Yo observo la conversación como si no estuviera allí. Todo es demasiado surrealista. Hay palabras cordiales y bromistas, pero se nota la tensión en el ambiente. Estamos incómodos, algo que era común cuando Rylee y Amanda andaban alrededor.

Ben bebe cerveza, Olivia agua y Amanda comienza con una gaseosa, pero acaba aceptándole un vaso de cerveza a Ben. Yo no debería beber, pero al cabo de un rato estoy de los nervios y me sirvo medio vaso.

Olivia habla poco y se pasa el rato mandando mensajes con el móvil, algo que no es para nada habitual, mientras que Amanda dirige la conversación. Ben y yo nos limitamos a responder y ella continúa. Va de un tema al otro y, entre medias, hace alguna broma. Me doy cuenta de que Ben y Olivia no notan por qué lo hace, tal vez porque no la ven desde hace mucho tiempo o porque nunca le han prestado tanta atención como yo.

Amanda tiene miedo de lo que puedan preguntarle. O de lo que pueda decir. Así que se apresura a hablar y ocupa todos los espacios. Pone los temas con los que ella se siente cómoda sobre la mesa y evita, con mucho talento, los que no quiere enfrentar.

Nos manipula durante toda la cena y yo la dejo. Cuando nos trasladamos al sofá, ella prepara café y sirve unos *muffins* que hizo por la tarde, cuando yo no estaba en casa. Pasa por mi lado y me toma la mano. Siento que mi corazón deja de latir por un instante y luego me digo que debo acostumbrarme, entonces estiro la mano y la tomo de la cintura. Con un movimiento rápido la acomodo en mi regazo.

—¿Me has preparado *muffins*? —le pregunto, con mis ojos puestos en sus labios.

Con el rabillo del ojo, veo cómo Ben nos observa, analizándolo todo.

—Los preparé para mí —dice ella, con una sonrisita de esas que odio y que me enloquecen—. Pero no llegué a probarlos.

Hago un puchero y veo su mirada dirigirse a mis labios.

—¿Tienes algo mejor para mí? —pregunto. Cuando ella está a punto de responder, Ben nos interrumpe.

—¡Por Dios, Cooper! —Se pone de pie—. Ya nos vamos. —Observa a Olivia y le hace un gesto con el que indica que deben irse—. No puedo estar aquí y sentir que estás celebrando el triunfo del modo incorrecto.

Amanda lanza una risita y, cuando se mueve, ruego que no note lo dura que la tengo. Le doy una palmadita en la espalda indicándole que se ponga de pie y me despido de Ben y Olivia.

Cuando nos quedamos solos me mira y sonríe.

—No lo has hecho nada mal. —Suspira—. Parece que hasta tu pene sabe mentir.

# 23

# AMANDA

Tomo asiento en la cama y observo las sombras a través de la oscuridad. La silueta de la maleta que hice en medio de un llanto desconsolado por la noticia sobre la muerte de mi abuela. El móvil cargándose sobre la mesa a mi lado. Cierro los ojos al recordar que la última vez que escuché la voz de mi abuela fue a través de él. Si lo intento, todavía puedo oírla.

Me pongo de pie y siento la suavidad de la alfombra en la planta de los pies. En el espejo solo soy una figura sin rostro y me doy cuenta de que así me he sentido durante todo este tiempo. Una cáscara vacía… una persona sin personalidad. Una Amanda que no tiene nada que ver con la que solía ser y que está muy lejos de ser la que alguna vez soñé.

Estiro la mano como si pudiera tocar a esa Amanda que me observa desde el otro lado del espejo y me pregunto si en realidad esa noche Rylee se llevó algo de mí. Creo que se lo llevó todo, porque yo nunca supe quién era sin ella.

Chasqueo la lengua y me seco las lágrimas rápidamente. No estaba preparada para ver a Olivia y, aunque fingí que no me afectaba, por dentro sentía que me quedaba sin aire cada vez que me miraba. Sentarme a esa mesa fue como viajar al pasado y mientras intentaba llenar silencios y asegurarme de no darles la posibilidad de que me preguntaran algo que no quería responder; mi cabeza era un sinfín de imágenes del pasado. Almuerzos en el instituto, compartiendo mesa con Rylee, Cooper, Ben, Olivia, Andrew y algunas de las animadoras. Tardes maquillando a Rylee y a Olivia. Fiestas en las que nos emborrachábamos. Rylee y Olivia compitiendo por Ben…

Un sollozo me sacude por dentro y lanzo un lamento. Me dejo caer y tomo asiento en el suelo, con la espalda apoyada en el lateral de la cama. Estoy frente al reflejo de aquella Amanda vacía y la aborrezco. Rylee se llevó todo, porque ella decidía quién era yo.

Expulso el aire y siento que me quito un peso de los pulmones, pero regresa muy rápido. Esta noche no voy a poder dormir, así que me pongo de pie, me seco las lágrimas y abandono la habitación sigilosamente para no despertar a Cooper. Tomaré un vaso de agua, un té o una cerveza. Lo que sea que me asegure dormir un poco. Necesito dejar de pensar; no quiero preguntarme qué estoy haciendo, porque no tengo respuestas. No estoy de ánimos como para analizar mi pasado y mucho menos planear un futuro cuando ya no tengo sueños ni personas con las cuales compartirlos.

Cuando llego a la cocina, encuentro a Duque junto a la puerta del jardín. Me observa y mueve la cola lentamente. Le hago unas caricias e inclino la cabeza para mirar a través de la ventana. Frunzo el ceño al ver un colchón en medio del parque. Cooper está sentado sobre él, con los brazos extendidos hacia atrás, observando el cielo.

Sin siquiera pensarlo bien, abro la puerta y, cuando el frío nos golpea, Duque da un paso atrás. Yo hago lo contrario.

Atravieso el jardín y siento el frío en mis pies descalzos.

—¿Qué haces? —murmuro junto al colchón.

Cooper sigue con los ojos puestos en el cielo, que está sorprendentemente estrellado.

—Pienso.

Viajo con la mirada desde Cooper hacia las estrellas y regreso a él.

—¿En qué piensas?

—En todo.

Asiento con la cabeza, aunque sé que no me está viendo, y me abrazo porque la noche es más fría que cualquiera de las noches que he pasado en Texas en los últimos cuatro años.

Cooper se mueve y quita la manta que tiene sobre las piernas. Le da una palmadita al espacio vacío junto a él y, en primer lugar, pienso que no debería hacerle caso a su invitación, simplemente porque es Cooper y nunca lo he soportado. Pero luego me doy cuenta de que todo eso es estúpido. Que eso era parte de la Amanda que dejé de ser el día en que Rylee se fue.

Me acomodo en el colchón y él devuelve la manta a su sitio, cubriendo las piernas de ambos. Luego se estira, toma otra manta y me la entrega. La extiendo y me cubro la espalda y los hombros, y el frío ya no es tan intenso. Levanto la cabeza para observar el cielo.

—Cuando me cuesta dormir y la noche está tan bonita, me gusta salir a pensar aquí.

Giro la cabeza para mirarlo. La luz de la luna y las estrellas juegan sobre su rostro y me tomo unos segundos para observar su perfil. Cooper siempre me pareció guapo, pero odiaba su forma de ser. Si no hubiese sido por eso, estoy segura de que habría sido una adolescente enamorada de él, como todas las demás.

Y Rylee me habría odiado por eso.

—Yo tampoco puedo dormir —confieso—. No puedo creer que Ben y tú sigáis siendo amigos.

—¿Tú no serías amiga de Rylee?

Su pregunta hace que me dé un vuelco el estómago, porque la respuesta evidente es sencilla, pero no sé si es la verdadera.

—Por supuesto que sí —aseguro.

No sé si quiero convencer a Cooper o a mí.

—Olivia ha estado rara hoy —dice en un susurro.

Me tomo mi tiempo para responder. Yo solía querer mucho a Olivia, pero en cierto momento Rylee se cansó de ella y nos distanciamos. Le hicimos daño y no lo disfruté. Todo eso fue importante para mí. Me hizo analizar en quién me estaba convirtiendo, pero nunca tuve el coraje de pedirle disculpas. Mucho menos de confesarle que podría haber muerto por nuestra culpa. Porque Rylee se había encaprichado con Ben y yo no tuve las agallas de detenerla.

—Ella y Ben… —Suspiro—. Finalmente están juntos.

Cooper lanza una risita. No quita los ojos de las estrellas.

—Ben estuvo enamorado de ella durante años, pero le costó mucho trabajo —relata—. Ya sabes, Ben había tenido algo con Ry y eso hizo que Olivia se alejara porque, obviamente, no quería estar con alguien que había tenido algo con una de sus mejores amigas. Así que cuando vosotras os distanciasteis de ella… —Me mira—. Olivia estaba destruida. Después de ese accidente esperaba que vosotras actuarais diferente, pero seguisteis ignorándola y yo intenté acercarme. Así que la conocí mucho más y supe que sentía lo mismo por Ben. Después, él se fue a estudiar a Boston y ella se quedó en Chicago. —Eso lo sé, porque Rylee y yo también nos quedamos aquí—. Y ya llevan tres años juntos.

—Se los ve bien —digo, pero me parece un comentario vacío.

—Lo están. —Sonríe—. ¿Sabes que tienen un hijo?

Giro la cabeza de inmediato para mirarlo.

—¿Un hijo?

Se ríe.

—Sí, es lo que se supone que hacen las parejas —dice—. Levi tiene un año y medio y es igualito a Ben de pequeño.

—*Wow*.

Permanecemos en silencio durante lo que parece una hora. Cooper se tumba y yo me quedo sentada a su lado. Mi cabeza es un torbellino. Me torturo pensando en que Olivia y Ben tienen un hijo y Cooper una carrera. Me comparo, porque solíamos ser iguales en el instituto y yo no he conseguido absolutamente nada por haber decidido huir de la realidad.

En este momento tendría que estar cumpliendo los sueños de la Amanda de doce años que no quería que la desgracia del pasado la marcara. Pero ya no tengo sueños. Lo que me apasionaba, que era el teatro musical, también le apasionaba a Rylee. Ese sueño no era solo mío.

—Si observas las estrellas, los pensamientos se calman.

Muevo la cabeza para mirarlo. Sus ojos oscuros brillan bajo el manto nocturno. Está muy guapo cuando se muestra tan vulnerable. Con esa mirada podría ganar mucho más que un anillo de la Super Bowl.

—Si tú lo dices. —Me recuesto a su lado.

—Lo aprendí cuando la presión del fútbol me empezó a abrumar. Antes de empezar el último año de clases.

—Así que llevas tiempo haciéndolo —susurro.

—Y todo gracias a que Rylee me obligaba a dormir fuera durante los campamentos familiares.

Otra vez eso.

—Tú eras el que la hacías dormir fuera.

Chasquea la lengua.

—¿Por qué dices eso? —Giro la cabeza, pero él continúa mirando el cielo—. Ella me amenazaba con decirles a mis padres que había suspendido una asignatura o que me acostaba con chicas en la casa de Ben. Y al principio me enfadaba, hasta que empecé a disfrutar de la paz que me daba dormir allí.

Lo dice con una naturalidad que me confunde. Cuando le mintió a ese reportero y a sus amigos en la cena de hoy, no lo hizo tan bien.

¿Por qué parece que estuviera diciendo la verdad?

—Cooper —digo sin aliento—. Por favor, dime la verdad.

Esta vez mueve la cabeza para mirarme.

—Estoy diciendo la verdad. —Frunce el ceño—. ¿Rylee te dijo que yo la obligaba a dormir fuera?

Me siento una tonta. Parece algo *tan* banal, pero para mí es importante. Se suponía que Cooper la torturaba y ella lo pasaba mal. Regresaba de esos campamentos completamente angustiada por eso.

—Sí.

Se ríe.

—Muy propio de mi hermana.

Mientras él vuelve a mirar las estrellas, yo no veo más que recuerdos sin sentido a mi alrededor. Lágrimas tibias se deslizan hacia mis mejillas.

—Nunca me quitaste esos resúmenes —murmuro—. Los de ese examen en el que Rylee, Olivia y yo acabamos en Dirección.

Pienso que es ridículo y que no va a recordar de qué estoy hablando, pero me equivoco.

—Por supuesto que no, Amy. —Afortunadamente, no me mira—. Después de oír que te quejabas por algo relacionado con ellos durante una semana, los encontré sobre el escritorio de mi hermana.

# 24

# COOPER

Siento que los rayos del sol atraviesan mis párpados como si fueran de papel. Gruño y quiero moverme, pero algo pesado me lo impide. Abro los ojos en vano, ya que la luz no me permite ver demasiado. La brisa es suave y el aroma de la hierba húmeda me recuerda a los campamentos familiares. Rylee siempre me despertaba antes de que mis padres me descubrieran allí y yo fingía estar agradecido de que me dejara entrar a la tienda para dormir una o dos horas.

Pero estoy en casa, y el peso que siento sobre mi cuerpo tiene que ver con algo que nunca hubiese imaginado unas semanas atrás. Incluso ayer, esto hubiese resultado imposible.

Gruño y me acomodo lentamente. Estoy acostado de espaldas y tengo medio cuerpo de Amanda encima. Su cabeza en mi pecho y una pierna situada sobre cierta parte abultada de mí. Me quedo quieto durante unos segundos con la esperanza de que la excitación desaparezca, pero es imposible. Tengo a una mujer hermosa durmiendo sobre mí, bajo el manto de un silencio abrumador. Adoro esta casa por lo silenciosa que es. Y, por ese mismo motivo, a veces la odio.

Cuando mis ojos se acostumbran a la luz, observo a la chica que duerme sobre mi pecho con el cabello rubio desordenado y un brazo descansando en mi abdomen. En uno o dos cumpleaños, durante mi adolescencia, debo de haber pedido un deseo que se parecía más o menos a esto. Es una mañana preciosa en todos los sentidos. Tengo el día libre, así que me he despertado sin alarmas y hoy no tengo que seguir ninguna rutina. Puedo beber medio vaso de cerveza ya que me lo permito una vez por semana, fuera de la excepción que representa el vaso que tomo con mis compañeros tras un triunfo. Puede que, tal vez, me conceda probar los *muffins* que hizo Amanda. Ojalá tuviera más mañanas como esta, sobre todo por la parte de la chica durmiendo entre mis brazos.

Al cabo de unos minutos, me obligo a levantarme. Si Amanda despertara y descubriera que ha pasado la noche acurrucada contra mi cuerpo, entraría en crisis. Sería como tener una pesadilla apenas despertara, así que me muevo lentamente para ahorrarle el disgusto. Se va a enterar, pero no va a tener que verme en el momento de la revelación. Está completamente dormida, pero aun así me resulta liviana. Es pequeña comparada conmigo y eso me parece de lo más tentador.

Ya de pie junto al colchón, me aseguro de que continúe dormida y luego me dirijo a la cocina. Duque aparece de inmediato moviendo la cola y le permito salir al jardín para hacer sus necesidades. Esta vez ha pasado la noche solo, porque yo he tenido la suerte de dormir con Amanda. Suspiro, tengo que contenerme y no darle rienda suelta a lo que siento, porque esto ya me afectó en el pasado. Ayer tuvimos conversaciones más profundas de lo habitual, pero eso no cambia el pasado ni el hecho de que nuestra relación siempre ha sido demasiado complicada.

Antes de prepararme el desayuno, me doy una ducha. Estoy alterado por todo lo que ha ocurrido durante los últimos días y me da la sensación de que la rutina se me escapa de las manos. Además, no dejo de pensar en que he pasado las últimas horas mintiéndoles a las personas que más quiero. Eso no es propio de mí, sino de Amanda. Y no quiero que me enrosque en sus juegos.

Cierro los ojos y siento el agua tibia recorriendo mi cuerpo cansado. No recuerdo haber necesitado tanto un día libre como este. Planeo hacer de todo, excepto pensar en ese bendito contrato. Tampoco quiero pensar en el caso, aunque una vocecita me repite todo el tiempo en mi interior que debo conseguir que James tenga esa charla con Amanda.

Me anudo una toalla en la cintura y busco el móvil en mi habitación. Mi agente me pidió que fuera más activo en redes. Tengo mi cuenta verificada en la que comparto fotos y videos relacionados al fútbol o contenido que hago junto a mis *sponsors*, y una cuenta de videos donde todo tiene que ver con Rylee. Según mi agente, necesito mostrar algo de mi vida. Me pidió que mostrase un poco más de mi vida cotidiana.

Que a esta altura no sepa lo aburrida que es mi vida me preocupa un poco.

Regreso al baño y me saco una foto frente al espejo. Tengo el cabello húmedo, la barba un poco crecida y una cara de dormido que no es habitual en mí, pero me parece aceptable. La publico.

Ya en mi habitación, me quito la toalla y me encuentro con algo que parece mucho más despierto que yo. No me sorprende, teniendo en cuenta que he amanecido junto a Amanda. En mis planes, un baño lo iba a calmar. Sé que tengo otros métodos, pero no los pondré en práctica esta mañana. Tomo una camiseta blanca y unos pantalones deportivos, me visto rápidamente y bajo las escaleras sacudiéndome el cabello.

En la cocina, encuentro a Amanda atravesando la puerta con Duque en sus talones.

—Alguien ha sufrido el ataque de la lengua de Duque —bromeo, y ella resopla mientras se dirige al baño de la segunda planta. Sé que no está molesta con mi perro, sino porque ha dormido con el enemigo. Algo que resulta de lo más ridículo, teniendo en cuenta que soy la única persona en la que confía. Porque ella puede decir lo que quiera, pero el hecho de que esté viviendo en casa habla por sí solo.

Me detengo frente a la mesa y observo, un poco ansioso, los *muffins* que preparó Amanda. Quiero probarlos porque huelen increíble, pero debo cuidar mi alimentación al máximo. Solo en mi día libre me permito tomar un café grande como el que estoy a punto de prepararme y siento que debería ser suficiente.

Reviso la publicación mientras la cafetera hace su tarea. Odio publicar en mis redes sociales. Cada vez que lo hago me vuelvo obsesivo con los comentarios. Nunca llego a leerlos todos, pero lo intento. Me siguen principalmente tipos fanáticos del fútbol que me apoyan desde la primera temporada y que, en su mayoría, cuando tengo un mal partido no me hacen sentir mal por eso. También me siguen mujeres fanáticas del fútbol que a veces se ponen a discutir en comentarios con los tipos que escriben estupideces. La cosa se pone más intensa en los *playoffs*, cuando llegan comentarios de fans de otros equipos, aunque siempre son bastante divertidos.

También me siguen mujeres que no ven el fútbol, pero que me conocen por ser uno de los jugadores más importantes de la liga. Frunzo el ceño cuando me doy cuenta de que son las que están más activas en mi publicación de esta mañana. Dejo el móvil en la mesa y endulzo el café mirando los *muffins* y decidiendo si los probaré o no.

—¿Estás teniendo una conversación con los *muffins*? —Me sorprende Amanda, mientras toma uno y se lo lleva a la boca.

Gime de placer con los ojos cerrados y yo imagino lo que debe sentirse al arrancarle esa expresión entre las sábanas.

—Iba a probarlos —confieso.

—No te vas a arrepentir —dice, mientras comienza a prepararse un café con mis cápsulas. Si hay algo que Amanda hace bien, es sentirse cómoda en una casa ajena—. Ah. Eres ese tipo de celebridad.

—¿Qué? —Me giro con el bendito *muffin* entre mis dedos y la encuentro con los codos sobre la mesa, observando mi móvil. Resoplo e intento quitárselo, pero ella es más rápida y comienza a leer los comentarios.

—«Me ofrezco para empezar el día de rodillas ante Cooper Harris» —lee, imperturbable, y yo muerdo el *muffin*, entregado a la desgracia de seguir con una erección enorme mientras Amanda se burla de comentarios que desearía que salieran de su boca—. «No acepto menos que deslizar mi lengua sobre ese abdomen» —continúa—. Oh, no… este es increíble.

—Tu café está listo —menciono con la boca llena. Ben no mintió cuando dijo que este *muffin* era increíble.

—El café puede esperar, tienes un ofrecimiento extraordinario al alcance de tu mano, Cooper.

Si ella estuviese recibiendo comentarios en sus redes sociales como los que está leyendo, yo estaría agonizando de celos. Es obvio que a ella no le importa. De hecho, le parece ridículo.

Carraspea antes de leer.

—«¿Para qué quieres el anillo de la Super Bowl si aquí tienes el mío?».

Me atraganto y comienzo a toser, mientras Amanda estalla en carcajadas. Es terrible, de verdad que ese comentario me resulta ridículo hasta a mí. En medio de sus carcajadas me da un golpecito en la espalda, pero yo la evito y bebo un poco de café antes de morir ahogado.

Amanda se bebe su café con una risita y yo me siento avergonzado. Por supuesto que los comentarios que ha leído me parecen divertidos, y no voy a negar que me hace sentir bien gustarles a las mujeres, pero la actitud socarrona de Amanda me hace pensar que todo le resulta una tontería. Que no merezco halagos de ese tipo o que solo le puedo gustar a una mujer por mi cuerpo o mi dinero.

Odio ser tan inseguro cuando se trata de ella.

—¿Qué planes tienes para hoy? —Necesito cambiar de tema antes de sonrojarme como un adolescente.

—Déjame decidir, tengo muchas propuestas y planes. —Finge pensar—. Pues estaré aquí encerrada todo el día hablando con las paredes.

Lo suelta por la boca como si yo fuese el culpable de su situación, pero la entiendo. Yo también pasé por situaciones amenazantes, pero tenía un investigador detrás, la fama como escudo y una familia y amigos que me hacían sentir seguro. Amanda, por el contrario, está sola y un poco atrapada en la ciudad. Aunque estoy seguro de que el peor error que podría cometer sería ir a otro sitio donde pudieran seguirla.

—Hoy es mi día libre, si necesitas o quieres hacer algo puedo acompañarte. —Me observa desde detrás de la taza de café. Qué raro que esté tomando café y no té—. Y también puedo invitarte a almorzar. —Carraspeo porque sigo con la garganta molesta después del ataque de tos que he sufrido por el tema del anillo que quiere entregarme una seguidora—. Deberíamos continuar con el plan: si salimos, alguien nos verá juntos, y eso será bueno para tu seguridad y para que mi agente deje de torturarme.

No debería aclarar mis motivos, pero teniendo en cuenta que hemos dormido juntos, no quiero sembrar dudas. Por supuesto que me gustaría estar invitándola a almorzar en plan cita. Al igual que me hubiese gustado despertar con ella de la misma forma en que lo he hecho, pero sin ropa. Hubiese sido poético tener sexo con Amanda bajo el sol de la mañana.

*Ya basta, Cooper.*

Definitivamente, debo enfocarme en lo de no darles rienda suelta a mis sentimientos. Pero es tan preciosa y… tan irritante. Quiero desnudarla bruscamente, como si se tratara de un castigo, y hundirme despacio en ella. Deseo torturarla de un modo diferente al habitual.

—Está bien —acepta sin dar tantas vueltas como yo—. Seré la envidia de tus seguidoras.

* * *

Amanda aparece en el salón vestida de un modo que no me deja otra alternativa que comérmela con los ojos. Siempre ha sido una experta en esto de dejarme sin aire. Lleva una falda corta con tablas y una sudadera azul que deja escapar el cuello de una camisa blanca. Unas botas negras le cubren las piernas hasta debajo de las rodillas. La falda es tan corta que no puedo dejar de imaginar mis manos recorriendo sus muslos. Tiene la mitad del cabello recogido con un moño blanco, a juego con la falda de mis pesadillas.

—¿Qué? —pregunta, como si no estuviese a la vista que estoy babeando.

—¿Quieres ir a almorzar a algún sitio en particular?

Resopla.

—Si fuese Margot, no me estarías preguntando dónde quiero almorzar.

No le he contado nada sobre Margot; que la mencione significa que ha estado buscando mi nombre en internet. Me gusta saberlo.

Y respecto a lo que afirma… No es cierto, pero lo entiendo. Amanda nunca llegó a conocerme y está convencida de que soy una persona completamente diferente. En ambas salidas con Margot, le pregunté dónde quería ir a cenar, pero terminé eligiendo yo porque ella me pidió que lo hiciera. Tengo mis sitios favoritos, pero mi prioridad en una cita es que ambos estemos conformes. Aunque esto no es una cita, pero eso no es importante porque, dentro de la farsa que estamos a punto de llevar adelante, sí que lo es.

—En mis citas, me gusta que las chicas estén contentas —digo—. Así que siempre les doy a elegir. —La escucho resoplar, al tiempo que toma asiento en el sillón y cruza las piernas. Le echo un vistazo sin contenerme; sabe que esa falda le queda increíble y ya soy demasiado mayor para fingir—. Pero esto no es una cita, Amanda.

—Estamos fingiendo que lo es y eres pésimo mintiendo, así que me parece que lo mejor es que te ajustes al personaje y actúes como si esta fuese realmente una cita.

—Hace muy poco afirmabas que era un gran mentiroso.

Lanza una risita molesta.

—Pero luego te vi en acción, y estoy segura de que es una bendición que hayas decidido dedicarte al deporte en lugar de a la actuación.

Le doy una galleta a Duque y le prometo que volveremos pronto. Abro la puerta y le permito salir a Amanda primero, pero, otra vez, cuando llego al coche ella ya ha abierto la puerta por su cuenta. La próxima vez lo voy a dejar cerrado.

—Cuando estemos frente a todo el mundo, déjame hacerlo —digo ya en el coche.

—¿De qué hablas?

—De abrirte la puerta del coche.

Mantengo una mano en el volante y, con la otra, tomo las gafas de sol negras y me las coloco. Es mi día libre soñado. Soleado, cálido y con una rubia preciosa a mi lado.

—Vale, tú quedarás como un romántico y yo como una idiota.

—Prefiero no analizar la calidad de los novios que has tenido, si crees que eres idiota porque un hombre te abra la puerta del coche. A mí me gusta servir a mis chicas.

—¡Ay, Dios, Cooper! —exclama—. Cierra la boca.

Me río y pongo algo de música mientras nos dirigimos hacia el mercado. Antes de aparecer con el atuendo de mis sueños, Amanda me dijo que quería comprar fruta para hacer mermelada, algo que me dio un poco de ternura porque recuerdo que era una especie de ritual que ella tenía con su abuela.

La llevo a un mercado orgánico que tiene las mejores frutas y verduras, pero la noto confundida al instante. Creo que pasar tantos días encerrada no le ha hecho bien, así que la ayudo a elegir su compra mientras ella se desconcentra cada vez que alguien me da una palmadita en la espalda o me pide una foto.

Camino al coche, un tipo y su hijo me detienen. Me piden que les firme un jersey mientras una familia se frena a observarnos y graban con sus móviles. Desde otro rincón del aparcamiento tocan una bocina y, cuando acabo de firmar el jersey, una chica se acerca y se toma una *selfie* conmigo sin siquiera saludarme. Trato de seguir caminando, pero como se ha armado algo de revuelo, eso ha llamado la atención de otros y ahora estoy rodeado de varias personas que nos observan y nos hacen fotos. Agradezco internamente que Ben y Olivia vinieran a casa anoche y les mintiera. Igual que a mis padres. En minutos todo esto estará en redes y, en una hora, como mucho, ya estaremos Amanda y yo en los portales de noticias.

De regreso en el coche y con las bolsas de frutas en el maletero, suspiro y noto a Amanda acalorada.

—¿Te encuentras bien?

Traga saliva y se toma su tiempo para responder.

—He pasado cuatro años en un sitio muy pequeño. La ciudad es demasiado… enorme.

—Es tu ciudad, ya volverás a acostumbrarte cuando todo esté en orden.

—¿Y qué haré contigo mientras tanto? —Me mira—. Tú eres enorme, Cooper. No sé si podré hacer esto.

# 25

# AMANDA

Dormí con Cooper Harris.

No sé cómo ocurrió. Estábamos hablando… y, de repente, me despertaron los lengüetazos de Duque. Por un instante no supe dónde estaba, hasta que el aroma de la hierba me recordó lo que había ocurrido.

Encontré a Cooper en el jardín y estuvimos hablando. La noche había sido dura con todo lo de mi reencuentro con Olivia y Ben y el hecho de que su vida hubiese continuado, mientras la mía estaba en pausa.

Cooper fue… como suele ser últimamente. Generoso. Comprensivo. Sensible. Puros atributos que nunca creí que fuesen ciertos. Sin embargo, despertar allí me pareció demasiado. Sobre todo porque él ya había abandonado el bendito colchón y no sé en qué condiciones estaba cuando desperté. ¿Y si estaba pegada a él? ¿Y si alguna parte de mi cuerpo estaba en contacto con él?

Con la vergüenza invadiendo cada rincón de mi ser, atravesé la cocina, donde lo encontré con una camiseta, unos pantalones deportivos y el pelo goteando. Olía bien y, por Dios, a veces me resulta desesperante lo bueno que está y lo poco que soporto eso. Me molesta muchísimo sentirme de ese modo.

Ya más recuperada, decidí torturarlo un poco cuando vi su móvil con una publicación a la cual, si no fuese sido de él, le habría dado «me gusta». Solo llevaba una toalla anudada en la cintura y... Dios mío, era la representación gráfica de la belleza. Con el cabello mojado y la barba un poco crecida.

Había dormido con ese hombre al cual otras mujeres le dejaban comentarios completamente fuera de lugar, porque, más allá de que yo le hubiese dado «me gusta» a esa foto, jamás me habría atrevido a escribir un comentario dejando en claro que quería chupársela. Me resulta innecesario y violento.

Y me generó una ola intensa de celos, sin ningún tipo de sentido.

Así que no empecé el día de la mejor manera y las cosas siguieron complicándose. Ahora estoy en el aparcamiento de un mercado orgánico, un día de otoño precioso, con un pseudoataque de pánico mientras Cooper baja la ventanilla del coche porque se da cuenta de que me cuesta respirar.

—Ya estoy bien —digo, pero ni siquiera yo me lo creo.

Hemos venido a comprar y no sé cuántas personas se han acercado a Cooper. Primero fueron un par de comentarios, fotos y palmaditas. Pero luego se transformó en algo extraño. Empezaron a aparecer más y más. Le hacían fotos y lo tocaban sin pedirle permiso. Como si les perteneciera. Como si una vez que se transformó en el mejor jugador de la liga, hubiese perdido autonomía.

—Podemos almorzar en casa —comenta con suavidad. Mientras tanto, una chica de mi edad pasa caminando junto al coche y nos hace una foto disimuladamente. Cooper la ve, pero sigue hablando como si nada. Está acostumbrado—. Compramos algo rico y lo comemos tranquilos en casa.

Lo miro. Nada de lo que dice o hace encaja con la realidad de alguien famoso a este nivel.

—¿Siempre es así? —pregunto.

—A veces —murmura y se acomoda en el asiento. Está sentado de lado, observándome con el ceño fruncido. Se ha afeitado y tiene el peinado muy cuidado. Corto por los lados y un poco más largo en la parte superior. Es el mismo corte de pelo que ha tenido toda la vida—. Pero si vamos a almorzar, tal vez sea peor.

Lo observo sin responder. Siento algo similar a lo de aquella noche en la que decidí ver un partido. Cooper es tan modesto que, cuando pasas tiempo con él, no recuerdas que es un deportista de élite. De modo que cuando la gente reacciona, es raro. Además de que lo conozco desde los ocho años, siento como si todo el mundo estuviese tocando algo que me pertenece.

—¿Por qué? —Trago saliva.

—Estos eran fans. Es gente que me admira. —Extiende la mano, toma un mechón rebelde de mi pelo y lo acomoda detrás de mi oreja. Habla tranquilo, como si intentara calmarme con su voz—. Si vamos a almorzar, teniendo en cuenta que me acaban de hacer fotos y han grabado videos en los que tú sales, probablemente haya *paparazzis*.

—Es lo que queríamos, ¿no? —pregunto.

—Sí, pero podemos hacerlo poco a poco.

Interpreto sus palabras de un modo completamente diferente, no sé si porque hemos pasado la noche juntos o por los comentarios que leí en sus redes sociales. Tal vez sea porque me atrae, que es algo que ya no puedo negar. Después de cambiarme para ir a almorzar lo encontré en el salón, vestido de una forma que no es habitual, y sentí que se me caía la baba allí mismo. Se cambió los pantalones deportivos por unos vaqueros rectos con roturas, una camiseta verde oliva y una camisa a rayas por encima. Me gusta tanto como a las patéticas de sus seguidoras.

—Ya estoy bien —insisto—. Y estoy hambrienta.

—Yo no porque me he comido dos de tus *muffins,* lo que me obligará a no permitirme nada más esta semana.

Resoplo mientras se acomoda en el asiento y pone en marcha el coche. O esa nutricionista que tiene Cooper no está haciendo bien su trabajo o los psicólogos del equipo no están notando que está muy apegado a las reglas y que no se permite disfrutar de absolutamente nada. Tiene que cuidarse sin prohibirse tanto. Además, hace mucho ejercicio y come siempre lo mismo.

—Deberías abrirte un perfil en redes sociales —me sorprende, después de unos quince minutos de silencio. Finalmente, le pedí que eligiera dónde almorzar porque, si bien me siento en casa, la ciudad por momentos me resulta ajena.

—Tengo redes sociales, pero no las uso.

—¿Las tienes privadas? Necesitamos que sean públicas si queremos que llames la atención.

Me giro con una sonrisa burlona de esas que sé que detesta.

—¿Por qué creías que no tenía redes?

—Te busqué, pero no encontré nada. —Me echa una mirada—. Cuando te fuiste sin despedirte y habiendo hablado tan poco con los investigadores.

—Cambié el nombre de usuario y luego las puse privadas porque no quería que supieran dónde estaba.

—¿Por qué?

Eso también es impresionante. Está obsesionado con el caso de Rylee y con su trabajo y lo entiendo, pero me resulta sorprendente la disciplina y la constancia en ambos puntos. Aprovecha cada instante. ¿En algún momento se saldrá de su esquema pautado?

—Porque lo necesitaba y punto.

Asiente con la cabeza y no insiste. Cuando llegamos al restaurante, se gira y me mira.

—Ni se te ocurra bajarte del coche.

Lanzo una risita y me quedo allí sentada hasta que abre la puerta y me toma de la mano para bajar. Como si estuviéramos en el 1800 y esto fuese un carruaje. Le entrega la llave al chico que se encarga de aparcar los coches y este sonríe como si estuviera frente al mismísimo Dios.

Pongo los ojos en blanco.

—No hagas caritas —murmura cerca de mi oído y acomoda la palma de su mano en mi espalda, marcándome el camino—. Se supone que eres mi novia, te gusto y te encanta todo lo que hago.

—Yo quiero ser el tipo de novia que a veces se burla del novio. Es más divertido.

—A mí me encantaría tener una novia de esas, pero a la gente le gusta lo básico y esto es puro espectáculo.

Asiento y me dejo llevar.

El restaurante es moderno y lujoso. El suelo está cubierto de baldosas negras y blancas y Cooper se mueve como si lo visitara a menudo. Siento una molestia en la boca del estómago al considerar que probablemente haya traído a muchas mujeres aquí.

Un hombre vestido de negro saluda a Cooper y nos acompaña hasta la mesa donde nos indica que vendrán pronto a tomarnos el pedido. Me siento confundida, como si estos días encerrada, después de lo que pasó en casa de la abuela y de haber tenido que viajar hacia aquí de urgencia, me pesaran de pronto.

Cuando reacciono, encuentro a Cooper muy cerca y me doy cuenta de que ha movido la silla para que tome asiento. Me sorprende de tal modo que no soy capaz de poner los ojos en blanco como suelo hacer para molestarlo. Sonríe suavemente y me doy cuenta de que mi mirada se posa demasiado tiempo en sus labios.

Se sienta frente a mí.

—¿Qué quieres beber? —Se acerca, apoyando los codos en la mesa—. Si fuese tu novio lo sabría, pero aquí estamos.

Trago saliva e intento deshacerme de esta sensación. Estoy abrumada.

—Agua.

—Bien, dejamos el vino para la cena, entonces. —Se acomoda y observa el menú mientras yo miro a mi alrededor, incómoda. En una mesa cercana, una pareja de nuestra edad nos observa y, justo al lado, veo a un hombre hacernos una foto disimuladamente.

—¿De verdad creen que no notas cuando te hacen una foto?

Cooper sonríe, con los ojos puestos en el menú. Se arremanga la camisa; en la muñeca izquierda lleva un Rolex. Es mucho más sexi que el reloj inteligente que usa todos los días.

—También creen que no noto cuando hablan de mí. —Me mira—. O cuando se avisan unos a otros que estoy allí.

—Es molesto —digo, incómoda. Advierto que también me observan a mí, pero por alguna razón me molesta que lo hagan con él.

—Estoy acostumbrado. —Deja el menú sobre la mesa—. En realidad es algo bueno. La mayoría se entusiasma al verme; puede ser molesto en algunas ocasiones en particular, pero no deja de ser un gesto cariñoso o de apoyo.

—Definitivamente es más cariñoso que los mensajes que te dejan en las redes sociales.

—Son diferentes tipos de cariño, pero todos son necesarios —bromea.

Cuando el camarero se acerca, Cooper pide agua para los dos y una ensalada de atún para él. Yo no me avergüenzo de pedir una hamburguesa doble con queso; llevo con ganas de comer una desde que llegué. Antes de irse, el camarero hace un comentario que no entiendo así que cuando se aleja le pregunto a Cooper a qué se refería.

—Normalmente, elijo las mesas del fondo. —Revisa su móvil y lo apoya junto a su copa—. Cuando llegamos les pedí una mesa en el salón central porque no queremos pasar desapercibidos.

Está muy enfocado en nuestra relación falsa, mientras que yo estoy abrumada entre mi regreso a la ciudad, la fama de Cooper y lo que me inquietan sus manos. No puedo dejar de mirarlas y, si eran mi debilidad durante la adolescencia, lo de ahora ya es casi traumático. Cuanto más las observo, más las quiero tocar.

Cuando nos trae lo que hemos pedido, Cooper come lentamente. Yo estoy demasiado ansiosa, pensando en que una hamburguesa no era buena idea en un sitio como este y con una celebridad como compañía. Él me mira y yo finjo tener todo controlado, porque antes muerta que mostrarme débil ante este hombre.

—¿Cuándo comiste una hamburguesa por última vez? —Me mira, sin comprender el grado de estupidez de mi pregunta—. No me respondas. No lo recuerdas.

—Solo me permito pizza una vez a la semana porque es mi comida favorita.

Lo dice como si no le afectara y, si bien somos adultos y llevamos un buen tiempo sin vernos, el Cooper que yo recuerdo comía muchísimo y no se negaba ningún gusto.

—¿Es necesario ser tan estricto?

—Tal vez no, pero me sirve tener cierta disciplina. Sobre todo este año.

—Por lo del contrato…

—Ajá.

La hamburguesa está deliciosa, así que no vuelvo a hablar hasta que la termino y encuentro a Cooper observándome.

Siempre que lo descubro mirándome hace ese gesto de fruncir levemente el ceño que le queda increíble. Por Dios, no puedo dejar de pensar en lo bueno que está, pero decido culpar a la bendita fotografía que subió a sus redes.

El camarero se acerca a retirar los platos y le comenta a Cooper que hay varios *paparazzis* fuera. Cooper ignora su comentario y le pide dos copas de champán. Mientras las esperamos, sonríe y estira la mano para tomar la mía. En un primer momento no lo entiendo, pero me doy cuenta rápidamente de que es una respuesta al hecho de que hay *paparazzis* fuera y de que probablemente estén con sus cámaras intentando captar alguna imagen.

—El champán es para que estés tranquila —susurra, mientras acaricia mi mano con el pulgar—. Cuando salgamos se nos van a tirar encima; tú déjame que yo te guíe. —Asiento, observándolo atontada—. Te van a hacer fotos, sonríe. Si te sientes incómoda, mira hacia abajo y confía en mí. Sé que no es algo sencillo para ti, pero en esto tengo experiencia.

—Vale —murmuro.

El camarero sonríe cuando nos deja las copas, Cooper paga la cuenta y le pide al camarero que acerquen el coche a la salida. Bebe despacio, sin soltar mi mano, y yo hago lo mismo. Estoy nerviosa, pero no sé si se debe a los *paparazzis* o a que la mano de Cooper Harris está acariciando la mía. A los quince años no era tan débil.

—¿Está bueno? —pregunta.

Todo tierno, todo tan propio de este Cooper que tuve enfrente durante mucho tiempo, pero que nunca pude ver.

—Sí —respondo. Y yo no sueno como la Amanda que él y yo conocemos; aunque intente negarlo, esa se fue con Rylee hace cuatro años.

Cuando nos ponemos de pie, me siento levemente aturdida por el champán, ya que no suelo beber alcohol y me lo he bebido muy rápido. Cooper toma mi bolso y, antes de alejarnos de la mesa, me rodea la cintura con el brazo y me acerca a él. Muevo las manos lentamente por su espalda y le rodeo el cuello. Él mete la cabeza en el hueco de mi hombro, como si estuviera besándome el cuello, pero no lo hace.

Odio que no lo haga.

Cuando me libera, sonríe y me toma de la mano. Doy los pasos que nos separan de los *paparazzis* pensando que ni siquiera esa sonrisa ha sido real. Me pregunto cómo me sentiría si Cooper me dirigiese una sonrisa verdadera, porque, con mi pasado, dudo que algún día pueda conseguirla.

El ruido de las cámaras de los *paparazzis* me descoloca al principio. Parecen ametralladoras. Cooper me susurra «Tranquila, todo está bien... ya casi hemos llegado» en el oído y yo hago lo que me ha aconsejado. Sonrío, radiante, y luego miro hacia abajo. Tiene una mano en mi cintura y en la otra lleva mi bolso. Siento una enorme adrenalina al pensar en sus seguidoras. Porque yo sé la verdad, pero ellas no.

Levanto la mirada y observo a las cámaras con una sonrisa.

*Es mío*, pienso.

# 26

# AMANDA

Cooper pone música y no hablamos demasiado. La salida del restaurante fue caótica, pero él es un experto, de modo que pudimos subirnos al coche sin problemas y abandonar el lugar. No puedo evitar pensar en que, mientras yo estaba anclada en un pueblito de Texas fingiendo tener otro nombre, él estaba esquivando fanáticos y *paparazzis*. Y Olivia tenía un hijo con el chico de sus sueños.

Me doy cuenta de que veo las cosas de un modo diferente que los demás. El hecho de no haber estado en la ciudad mientras Cooper se transformaba en estrella de la liga de fútbol y mientras Olivia y Ben se enamoraban hace todo demasiado inmediato. Recuerdo al chico que soñaba con jugar en la liga profesional y a la chica que le gustaba un chico, pero que renunció a él porque su amiga lo había conquistado primero.

Cooper y Olivia han cumplido sueños. O metas. Si lo llevamos a un extremo más filosófico, han tenido su final feliz. O, al menos, el final feliz de esos adolescentes a los que conocí. Y me da la sensación de que, en realidad, no lo saben. Tal vez se hayan acostumbrado, pero para mí, que me detuve en ese momento exacto en el que sus realidades actuales eran solo deseos, es abrumador. Sobre todo porque yo no he logrado absolutamente nada, y los sueños que tenía dejaron de existir.

¿Olivia habrá pensado en Rylee mientras sostenía a su hijo en brazos por primera vez? ¿Habrá recordado que alguien a quien ella quería decidió eliminarla de su vida, solo por ese hombre que ahora es el padre de su hijo?

Probablemente, yo sea la única estancada en el tiempo. Aunque Cooper parece bastante empantanado en el pasado.

—Solo quiero asegurarme de que hayan realizado unas reparaciones —me dice, cuando aparca frente a la casa de sus padres. Yo siento que se me revuelve el estómago—. No quiero que te quedes en el coche.

Teniendo en cuenta que la casa de los padres de Cooper se encuentra exactamente enfrente de la casa en la que me dejaron una nota críptica, decido que tendré que soportar ir con él.

—¿No quieren vender la casa? —pregunto con la voz queda, mientras Cooper abre la puerta principal de la casa en la que transcurrió prácticamente la mitad de mi vida.

—Se supone que nos pertenece a Rylee y a mí. —Hace una pausa y quiero retractarme, porque no quiero escuchar su respuesta—. No me siento bien tomando la decisión sin ella.

Trago saliva. Él cree que Rylee va a regresar para reclamarle algo, y descubrirlo me generan ganas de salir corriendo.

—Claro —murmuro.

Cooper atraviesa el salón y yo voy absorbiendo recuerdos. Amaba esta casa.

Sonrío y tomo asiento en el sillón en el que veía películas con Rylee. Escucho a Cooper hablar por teléfono sobre algo relacionado con un arreglo, así que me pongo de pie y me dirijo a la escalera. Antes de subir, lo miro. Él asiente con la cabeza, dándome permiso para subir.

La madera ruge bajo mis pies y siento que atravieso un túnel hacia el pasado. La última vez que estuve aquí fue hace cuatro años; sin embargo, para entonces todo ya era diferente. A pesar de que trabajábamos juntas y compartíamos muchos momentos, ya no venía a casa de Ry como cuando éramos adolescentes.

Cuando atravieso la puerta de su habitación, juro que puedo oler su perfume. Mis ojos se mueven frenéticos hacia todos los rincones. Sonrío con amargura y me observo en el espejo. Soy la Amanda del presente, encontrándome con la del pasado. ¿Qué pensaría Rylee de esta nueva versión que estoy formando? De antemano, me odiaría por haber almorzado con su hermano, aunque estaría orgullosa de mí por este jueguito de fingir que estamos juntos. Claro que ella desearía que acabara muy mal, algo que probablemente suceda tarde o temprano, pero no porque yo lo desee.

Me detengo a observar el escritorio. Hay un recorte de un periódico. La noticia en la que anunciaban que el ídolo de la liga universitaria debutaría en la NFL y en su ciudad. Recuerdo cuando Rylee me lo contó. Fue en medio de los ensayos y ella no estaba muy contenta. Sus padres estaban felices por el regreso de su hijo, cuya carrera muy de cerca aquellos años. Tan de cerca que no habían acudido a varias de nuestras presentaciones, ya que coincidían con los partidos de Cooper.

Me muerdo el labio, angustiada, al ver una fotografía de Rylee junto a mí. Cuántas cosas me gustaría decirle. Si tuviera la oportunidad, le haría muchas preguntas. Mientras crecíamos, el vínculo tan fuerte que nos unía no me permitía ponerla en duda ni cuestionarle nada, pero a medida que crecíamos eso fue cambiando. Maduramos de formas diferentes, pero tampoco me animé a cuestionarle nada. Me arrepiento de no haberle preguntado por qué. Debería haber indagado para entenderla, en lugar de aceptarla y ya está.

A lo mejor, si no hubiese temido decirle lo que ya todo el mundo pensaba, los acontecimientos de aquella noche nunca habrían ocurrido. Si, simplemente, no me hubiese ocupado tanto en ser la amiga que la apoyaba en todo... la habría salvado. Me habría salvado a mí.

Y a Olivia.

Tal vez, Cooper no sufriría por tomarse un vaso de cerveza de más.

Y sus padres estarían en esta casa, siendo felices como siempre.

Chasqueo la lengua y pestañeo para desviar las lágrimas que amenazan con salir. Doy tres pasos y me pongo en cuclillas. Me doy la vuelta y observo la puerta. Está abierta, como la dejé al entrar, y oigo la voz de Cooper en la planta baja. Con dos golpecitos, levanto el tablón secreto de Rylee y encuentro la cámara de fotos que llevaba a todos lados en el fondo del hueco. La tomo en mis manos y le doy vueltas. Es plateada y tiene un montón de pegatinas pegadas. La cuerda está sucia porque Rylee la tuvo durante años en su bolso; la llevaba a la escuela y luego andaba con ella por el campus, pero siempre que se iba a dormir o cuando no la llevaba a algún sitio, la dejaba aquí. Evidentemente, esa noche no sintió que debía dejar nada registrado.

Sin pensarlo demasiado, la meto en mi bolso y bajo el tablón.

\* \* \*

Me doy una ducha mientras Cooper ve algo de fútbol en la televisión. Sus días libres son una maravilla. La casa no se siente enorme y vacía y yo me doy cuenta de que, tal vez, necesito tener sexo con alguien. Sobre todo cuando salgo del baño con una toalla rodeando mi cuerpo e imagino a Cooper haciendo lo mismo hoy por la mañana.

Me pongo el pijama, aunque son las cinco de la tarde, y me tiro en la cama. Tomo el móvil y abro mi cuenta en redes sociales. Reviso las publicaciones que tengo (son pocas y de hace unos años), borro algunas y pongo la cuenta pública. Luego, busco a Cooper, que tiene el *tick* azul y muchos seguidores. No me animo a seguirlo, pero reviso algunas de sus publicaciones, que están mayormente relacionadas con el fútbol. Ahora entiendo el revuelo de esta mañana. Cooper no suele publicar ese tipo de fotos, y lo más divertido es que va superando en «me gusta» a todas las demás.

Cometo el error de detenerme a observarla. El cabello húmedo y al natural. La barba un poco crecida. Los ojos pesados producto del sueño. La cicatriz cerca del tabique, que recuerdo que se la hizo en un partido del instituto. El abdomen marcado y los músculos del tamaño de mis sueños. Cooper no es enorme, pero tiene el cuerpo atlético del mejor jugador de fútbol de la liga. Mis ojos se aventuran hacia la mano con la que toma el móvil. Esos dedos siempre fueron mi perdición. Incluso cuando Cooper siempre fue completamente opuesto al tipo de chico que me gustaba, sus manos me inquietaban. Recuerdo que pasaba el rato observándolas cuando almorzábamos en la misma mesa del instituto e incluso en clase. Tenían una especie de imán que atraía a mis ojos. Estoy desesperada porque entren en contacto con mi cuerpo.

Resoplo y lanzo el móvil sobre el colchón. Ya me estoy volviendo estúpida.

Me pongo de pie y cierro bien la puerta. Luego, tomo la cámara de Rylee y regreso a la cama. La enciendo y lo primero que veo es una foto de Cooper y su mejor amigo. Por supuesto, el foco está puesto en Ben y es muy antigua. De cuando teníamos dieciséis y Rylee ya se había acostado algunas veces con él. En la siguiente foto, salimos Olivia, Rylee y yo con los labios pintados de rojo. Hay fotos de ella frente al espejo y sacando la lengua junto a mí, ya sin Olivia. Luego, me sorprenden fotos de mucho tiempo después. La primera es de ella en el cuarto del campus. Hay una foto de sus piernas, como si la hubiese sacado de incógnito, y me doy cuenta de que de fondo sale el profesor de Literatura.

Trago saliva cuando me sorprende una foto de Rylee completamente desnuda: tiene los labios pintados de rojo, los ojos cerrados y ambas manos enredadas en su revuelto cabello oscuro. Me imagino que se la tomó para enviársela a alguien, aunque luego encuentro una foto similar pero frente al espejo. Solo se ve su cuerpo desde los pechos hacia abajo y el brazo de un hombre está aferrando su cintura con fuerza. Él también está desnudo, y eso me hace fruncir el ceño y apagar la cámara.

Tomo mi portátil, lo enciendo y lo conecto vía Bluetooth a la cámara. Transfiero todas las fotos a una carpeta con el título «NUEVA CARPETA» y luego formateo la cámara. No necesito ver nada más, pero no quiero borrarlas. Tal vez más adelante me sienta lista para verlas.

Mientras tanto, planeo usar la cámara de mi mejor amiga para dejar registro de la nueva Amanda. Ya hubo mucho de mi antigua versión registrado en este aparato y me gustaría que, de forma simbólica, Rylee pudiera ver la transformación.

Que vea lo que hizo conmigo.

# 27

# COOPER

Disfruto del primer entrenamiento como hace tiempo que no lo hago. Me concentro y me desconecto por completo. Lo que más me gustaba del fútbol cuando era adolescente era que, una vez que empezaba a jugar, el tiempo se detenía. Podían transcurrir dos horas, pero para mí era como si hubiesen pasado dos minutos. La última vez que me sentí así fue en el fútbol universitario. Si cierro los ojos e imagino que llevo el jersey de los Bruins sobre mi pecho, puedo sentir el entusiasmo y la adrenalina que nunca he experimentado jugando en la liga profesional.

No tiene que ver con el fútbol. Sigo amando este deporte y disfrutando de mi trabajo. Me siento agradecido por tener la posibilidad de vivir de lo que siempre soñé, pero lo cargué de tantas miserias que ya no es igual. Todo lo que yo no podía llevar sobre mis hombros se lo lancé al fútbol y lo transformé en un medio para alcanzar un fin. Usé la fama para que el caso de mi hermana no quedara en el olvido y para protegerme como ahora hago con Amanda. Y no le permito que fluya, porque estoy aferrado a esta ciudad. No importa si puedo crecer en otro equipo o si el club de otra ciudad quiere pagarme más dinero. Necesito quedarme hasta entender qué pasó con Rylee.

Sin embargo, hoy me siento diferente.

Supongo que se debe a que utilicé el día libre para descansar, que es algo que no hago habitualmente. El almuerzo con Amanda comenzó tenso porque ella estaba incómoda, pero para mí fue como una especie de recreo. Paradójicamente, dejé de pensar en Rylee teniendo a Amanda enfrente de mí.

Llego a casa, lanzo las llaves sobre la mesa que está en la entrada y me pongo en cuclillas para saludar a Duque, que huele a Amanda. Una mezcla de pomelo y algo floral. Si tuviera más tiempo de olerla, como ayer cuando la abracé y fingí besarle el cuello para que los *paparazzis* obtuvieran lo que buscaban, podría definir exactamente las notas de su perfume.

Ojalá tuviera más tiempo. No me hubiese costado nada besarle el hueco de su cuello o morder la piel de su garganta.

Afortunadamente, el sonido de mi móvil me obliga a dejar de pensar.

BEN:

Veo que lo de Amanda va en serio.

No sé a qué se refiere específicamente, pero vi algunos comentarios en redes sociales que tenían que ver con ella. Así que me imagino que se debe a eso. De hecho, hoy he recibido un mensaje de mamá preguntándome cuándo llevaría a Amanda a Hammond.

BEN:

No me respondas este mensaje, sé que no te va a gustar, pero soy tu amigo y no puedo guardármelo.

COOPER:

Habla.

**BEN:**

Te he pedido que no me respondas.

**COOPER:**

...

**BEN:**

Bueno. Es que no me gusta esto... Amanda. Ya sabes.

Por supuesto que lo entiendo. Antes de reencontrarme con Amanda, pensaba lo mismo. De hecho, todavía soy muy cauteloso con ella. Sin embargo, puedo ver que está sola y que está en peligro. De modo que, aunque nunca hayamos sido especialmente cercanos, compartimos toda nuestra infancia y adolescencia. Es como una parte de mi familia con la que nunca he tenido relación.

Y también sé que Rylee nunca la dejaría sola.

El problema es que no puedo decirle todo esto a Ben.

**COOPER:**

Lo sé, pero no te preocupes.

**BEN:**

La mirabas muy embobado el otro día... y Amanda siempre ha tenido ese don contigo. No sabes decirle que no.

Suspiro. Me tomo el tiempo de pensar qué responderle para tranquilizarlo, pero sin decirle que no hay nada entre nosotros y que esto es una farsa. Gruño. Tendría que haberle dicho la verdad.

COOPER:

Cuando regresé a la ciudad ni siquiera hablamos. La última vez que la vi fue cuando tenía diecisiete años. Se supone que he cambiado un poco desde entonces.

BEN:

La mirabas con la misma cara de idiota.

Soy malísimo actuando, así que me avergüenzo un poco porque, si Ben lo vio, Amanda también. Y no me gusta la idea de que crea que puede manipularme.

COOPER:

De acuerdo, lo entiendo. Gracias por decírmelo.

BEN:

Ahora me siento un amigo horrible.

COOPER:

Por favor, Ben. Eso nunca. Eres todo lo que tengo.

—¿A qué se debe la cara de perrito mojado?

Resoplo y levanto la vista. Amanda me observa desde el otro lado del salón. Tiene unos vaqueros holgados y un *top* blanco sin mangas. No es un atuendo habitual en ella pero le queda increíble, o eso me parece a mí, que (como bien dice Ben) soy un bobo cuando está presente.

La miro sin responder. Tiene el cabello rubio suelto, con esas ondas enmarcándole el rostro. Preciosa. Quiero llevarla a almorzar de mentira otra vez.

—¿Cómo llevas la fama? —bromeo y paso por su lado, camino a la cocina.

—La última vez que miré mis redes sociales acababa de superar los cien mil seguidores.

Abro la nevera para prepararme una ensalada. La que Amanda llama «la ensalada de todos los almuerzos».

—No sabía que ya habías hecho públicas tus redes sociales de nuevo.

Resopla y toma asiento sobre la encimera. Todo mi cuerpo me implora que me ponga entre sus piernas, así puedo besarla hasta quedarme sin aliento.

No le hago caso a mi cuerpo, y sigo preparando mi ensalada.

—¿Qué clase de novio eres si no me sigues en redes sociales?

La palabra «novio», saliendo de sus labios y refiriéndose a mí, es música para mis oídos.

Música de terror, por supuesto.

—¿Tú me sigues?

—Claro, soy el tipo de novia que deja comentarios y «me gusta» a su novio.

Me detengo, la observo y enarco las cejas.

—¿Qué has hecho?

Lanza una risita y quiero matarla. Me seco las manos rápidamente y tomo el móvil. Ella se baja de la encimera de un salto y me empuja suavemente, para continuar preparando la ensalada. Es insoportable y quiero agarrarla de la cintura y pegarla a mi cuerpo durante el resto de la tarde.

Encuentro muchos «me gusta» de un usuario con el nombre de Amanda Owens y un comentario en la última foto. Aquella frente al espejo que subí después de la ducha y que me da cierta vergüenza porque no es el tipo de publicación que yo haría por elección propia.

«Mío».

Ese es su comentario.

Quiero mirarla, reírme, hacerle alguna broma irónica que la ponga de malhumor, pero decido preocuparme por que no vea cómo mis pantalones deportivos dejan en evidencia el efecto arrollador que tiene sobre mí.

Ben tiene razón. Él no sabe la verdad, pero sí que me conoce más que nadie. Esta farsa me va a terminar arruinando la vida.

—¿Cuántas gotas de aceite de oliva le pones? No quiero salirme del manual.

Nunca he entendido cómo un ser humano lograba generarme tantos sentimientos en tan poco tiempo. Y lo sigue haciendo. Desde que he entrado en la casa he sentido vergüenza, irritación, excitación y, ahora, me hace reír. Porque es obvio que no le pongo más que una cucharadita. Desde que incorporé la disciplina en mi alimentación, me resulta más fácil que todo sea pautado.

—Una cucharadita.

Pone los ojos en blanco y, después de mezclar los ingredientes, me entrega el plato.

—Sé lo que haces —dice—. El mismo pedido al supermercado cada semana. No está bien, Cooper.

—Es práctico.

—Insisto, no está bien.

Me río y tomo asiento para comer.

—Cuidado, Amanda. Que no soy tuyo realmente.

Su habitual rostro imperturbable se ve invadido por una especie de fiereza para nada común, pero decido ignorarlo porque el intercambio de mensajes con Ben me ha abierto los ojos y debo centrarme en la realidad. Estamos fingiendo porque ella necesita ayuda y yo debo actuar como lo haría cualquiera en mi lugar.

Abandona la cocina y yo almuerzo intentando no pensar en ella. En vano, porque recibo dos llamadas que tienen que ver con Amanda. En primer lugar, James, el investigador, que está ansioso por hablar con ella. Está al tanto de nuestra relación falsa (no de que es falsa, casualmente), pero le pido que le dé más tiempo hasta que se instale en la ciudad. Luego me llama mi agente, que ahora suena menos amargado que la semana pasada. Me dice que han publicado un artículo sobre Amanda en un portal importantísimo de moda. Hay varias fotos del atuendo que usó cuando salimos a almorzar y tomaron algunas imágenes de sus redes sociales para hablar de su estilo. Parece que tengo una novia falsa y *fashionista*.

Mi agente está fascinado con la situación y yo también, porque esto es lo que buscábamos. Sin embargo, cuando me dice que una revista de moda quiere entrevistarla, me niego. Siento que es demasiado pronto y, aunque sé que debería preguntarle antes a Amanda, también tengo claro que no va a ser sincera conmigo, y ayer la noté bastante abrumada. No quiero que reciba tanta presión de repente. Conozco el peso de la fama y también sé mucho acerca de ella.

—Lo entiendo —dice mi agente—. Lo dejaremos para más adelante.

—Me parece bien —coincido.

—Lo que no voy a aceptar es que te niegues a esta otra propuesta que he recibido hoy —dice con entusiasmo.

Me preocupo; su entusiasmo muchas veces es sinónimo de problemas.

—E! Entertainment se ha puesto en contacto conmigo. Te quieren para un episodio del *reality* de famosos.

—No tengo ni idea de qué hablas, pero si incluye la parte de *reality*... —me interrumpe.

—Simplemente graban un día de tu vida. Es uno de los programas más vistos de su parrilla. La gente te ama, Cooper, y lo hará más si le permites conocerte. Solo estarán en tus entrenamientos y en tu casa, grabarán un poco de tu privacidad, pero con límites. Y te harán preguntas a ti, a Amanda, a tus entrenadores…

—Debo consultarlo con Amanda —respondo. Sé que es una oportunidad interesante, pero estoy seguro de que no les van a importar tanto mis entrenamientos, teniendo en cuenta que la propuesta llegó después de que se viralizara la noticia de mi noviazgo.

—Me parece bien. Estoy pendiente.

Me llevo las manos a la cabeza e intento relajarme un poco antes de ponerme de pie e ir en busca de Amanda. Tras llamar a su puerta, la encuentro recostada en la cama, con un libro en sus manos.

Como no me gusta ocultar cosas, le cuento acerca de la entrevista que le negué al agente y me dice que está de acuerdo, lo cual me quita la culpa de haberme anticipado a responder sin consultarle antes. Luego, le cuento acerca de la propuesta de E! Entertainment y se entusiasma. Por supuesto, para alguien que tiene un máster en Teatro y Artes Escénicas y ha sido una experta en mentir toda la vida, un solo día fingiendo no le resulta pesado.

—Hay reglas —le digo, y tomo asiento en la cama.

—¿Reglas? ¿Para el *reality*? —pregunta, dejando el libro a su lado.

—Reglas para esto que estamos haciendo.

—¿Te refieres a lo de fingir que estamos juntos?

—Sí, quiero que tengamos reglas.

Pone los ojos en blanco, un gesto que esperaba.

—Venga… dilas —me anima.

—En realidad es una sola regla.

—Muy bien… Tú eres el jefe en esto. Es tu fama, no la mía. —Se cruza de brazos—. ¿Cuál sería esa regla?

—Que nunca me beses.

Me observa con el rostro imperturbable.

—No pensaba hacerlo.

—Si surge la oportunidad o crees, en medio de tu actuación, que es necesario… no lo hagas. No lo hagas nunca.

—Me queda claro, Cooper, que no quieres que te bese.

Esbozo una sonrisa suave.

—Eso no es lo que no quiero, Amanda. —Enarco una ceja—. Y tú entiendes muy bien a lo que me refiero. No voy a tropezar dos veces con la misma piedra.

# 28

# COOPER

Nueve años antes

Solo falta un partido.

El último con el equipo y el último en la ciudad.

Por la actitud que veo en esta fiesta soy el único que se siente nostálgico.

—¿No piensas beber nada? —me pregunta Ben, que aparece en la cocina con dos vasos. Levanto el que tengo en la mano, para que vea que sí estoy bebiendo.

—Debo conducir a casa hoy, así que esto será lo único que tome.

—¿Quién tuvo la idea de que condujeras a casa cuando debíamos festejar uno de nuestros triunfos más importantes? —De un salto, se sienta en la encimera a mi lado. Más adelante, un grupo de cuatro desconocidos juegan una partida de *beer pong*.

—Había dos opciones: conducía yo, o lo hacía Rylee. —Lanza una risita—. Así que ya tienes tu respuesta.

Ben y mi hermana se llevan bien, y el año pasado anduvieron en algo que, para sorpresa de nadie, no prosperó. Cuando se trata de mi hermana, no hay cosas estables ni permanentes. Puede amar algo con todo su ser y odiarlo al día siguiente sin ningún motivo. Y cuando odia algo (o a alguien), las cosas se ponen complicadas.

—¿Amanda no sabe conducir? —pregunta Ben, con los ojos puestos en Olivia, que se acerca a nosotros con una sonrisa. Desde que se alejó de mi hermana y de Amanda, pasa bastante tiempo con nosotros. Sobre todo después del accidente que sufrió hace unos meses. Estuvo ingresada un tiempo y luego debió hacer reposo en casa, así que Ben se encargó de llevarle las tareas y el material de estudio cada tarde.

Mi hermana casi explota del cabreo.

—Sí, va a clases todos los días con su propio coche —respondo.

—Cierto, conoces todos sus movimientos —bromea mi mejor amigo. Chasqueo la lengua en respuesta.

Amanda me gustó durante mucho tiempo. Entre los catorce y los dieciséis estuve obnubilado por ella, pasando del amor al odio de un día para otro. Hasta que crecí y el sentimiento se transformó en indiferencia. Es la mejor amiga de mi hermana desde que llegó a la ciudad y pasa mucho tiempo en casa; eso me permitió conocerla y entender que somos incompatibles en todos los sentidos. Además, nunca quiso tener nada que ver conmigo.

Y cuando digo «nada» es... absolutamente nada.

—¿De qué habláis? —Olivia se planta enfrente de nosotros y Ben estira la mano y le sacude el pelo. Ella se queja y él la toma de la mano y la abraza, fingiendo una amistad que nadie cree.

Él sí que es compatible con la chica que le gusta hace muchísimo tiempo, el problema es que es un idiota que cayó en las redes de mi hermana y ahora debe trabajar el doble. Olivia se muere por Ben, pero siente que Rylee y Amanda pueden ver mal que se involucre con él. Lo cual es ridículo, teniendo en cuenta que ellas llevan un año ignorándola.

—De cuánto le gusta Amanda a cierto amigo que tengo a mi lado —se burla Ben. Ella se pone seria, pero intenta disimularlo. Siento que a veces evita las conversaciones que tienen que ver con Rylee y Amanda. Como si tuviera secretos que no puede revelar.

—No me gusta Amanda —menciono y doy un trago a la cerveza que ya está tibia y que resulta ser más un castigo que un premio por el triunfo de hoy—. Sé que va con su coche al instituto porque cuando Rylee le comentó que podíamos ir juntos, dijo que ni loca se subía a un coche conducido por un idiota. Además, vive enfrente de casa: es imposible no estar al tanto de sus movimientos.

Ben lanza una carcajada y contagia a Olivia.

—¿Qué piensas de su atuendo? —pregunta Ben.

Olivia se muerde el labio inferior y niega con un gesto. Sabe que está metiéndose conmigo solo por diversión.

—No le he prestado atención… —digo con total sinceridad. Ben no me cree, pero en verdad lo de mi enamoramiento con Amanda quedó en el pasado—. Ah, allí está —afirmo cuando la encuentro. Está en el salón, junto a Parker, un chico del instituto que se caracteriza por escuchar música de Marilyn Manson y consumir todo tipo de drogas. Es propio de ella, eso de quedarse con los chicos que ninguna otra chica quiere tener a su alrededor.

—A estas alturas creo que disfruta eligiendo a sus opuestos —dice Olivia, que ahora está de pie con la espalda en la encimera, muy cómoda entre las piernas de Ben—. De todos modos, tiene una historia larga con Parker.

Me giro para observar a mi amiga y frunzo el ceño.

—¿Una historia larga? ¿En serio? —cuestiono.

—¿Es que nunca los has visto juntos? —se sorprende Ben.

—Sí, claro, pero solo los he visto besándose en alguna fiesta.

—Fue el primer chico con el que se acostó —dice Olivia como si tal cosa, y se da la vuelta para quedar frente a Ben. Empiezo a pensar que estoy de más, pero yo llegué primero a la cocina.

—Creo que me voy a ir. —Bajo de un salto y voy en busca de mi hermana, que, por suerte, está lo suficientemente aburrida como para aceptar que regresemos a casa.

* * *

Amanda no había ido a la fiesta con su propio vehículo. Me entero de ello cuando Rylee me asegura que pasará la noche en casa y, minutos después, se sube al coche como si fuese lo más común del mundo.

Camino a casa, mi hermana le pregunta por Parker y ella le dice que solo estaban hablando un rato. Parece que han quedado como amigos. Ahora no puedo dejar de pensar en que se acostó con él.

Una vez llegamos, me dirijo a mi habitación y me doy una ducha. Como todavía es temprano, pienso en jugar alguna partida *online* antes de dormir. Me pongo unos pantalones de franela y una camiseta blanca y voy a la cocina a prepararme un café.

Elijo una cápsula de café moca, porque soy fanático del chocolate en todas sus formas, y tomo la leche de la nevera para añadirle un poco.

—¿Qué haces? —Me doy la vuelta de inmediato cuando escucho la voz de Amanda. Pensaba que estaba solo y... ya de antemano es extraño que se dirija a mí por elección propia.

—Un café —murmuro mientras se me van los ojos. Puede que esta chica me sea indiferente desde hace un tiempo, pero tampoco soy tan fuerte. Tiene el pelo suelto y desordenado y lleva solo uno de mis jerséis viejos del equipo que Rylee me pidió para dormir, y unas medias blancas enrolladas en los tobillos.

Un sueño.

—Quería… —susurra y se acerca lentamente.

—¿Quieres un café? —pregunto, sin dejar de mirarla. Necesito grabarme a fuego esta imagen para recordarla el resto de mi vida. Está preciosa con mi número en su pecho.

Tal vez, Ben tenga razón. Yo todavía quiero a esta chica.

—No tomo café. —Se detiene a mi lado con una sonrisa.

—Es cierto, tú eres más del té.

—Ajá… —Se pone de puntillas y lleva sus dos manos a mi cabello. Quiero reaccionar, pero mi cuerpo no me lo permite—. Pero en este momento solo te quiero a ti.

Enarco las cejas y mis ojos se dirigen de inmediato hacia sus labios que, sin vacilar, impactan contra los míos. No me detengo a procesarlo; deslizo mis manos sobre su cintura y la acerco a mí. Profundizo el beso. Ella lanza un gemido suave cuando nuestras lenguas se encuentran y yo siento que voy en caída libre. No es la primera ni la última chica a la que voy a besar, pero ni en mis planes más optimistas esto era posible.

Siento las manos de Amanda enroscándose en mi pelo y enloquezco. Con un movimiento rápido, la tomo en mis brazos y la acomodo sobre la encimera. Me muevo hasta quedar entre sus piernas y la beso con todas mis ganas. El ritmo es perfecto, la manera en la que sus dedos acarician mi pelo, el sabor de sus labios… Todo es tan fascinante que me olvido de preguntarme cómo hemos llegado a esto. Tal vez porque ver el 83 en su pecho ha sido un golpe demasiado fuerte para mis defensas. Por un instante, me pregunto qué va a ocurrir cuando nos separemos.

¿Dirá algo? ¿Debo hacerle alguna pregunta? No me da tiempo a resolver ninguna de mis dudas, porque unas carcajadas conocidas me interrumpen. Rompo el beso y me giro, para encontrar a mi hermana con su bendita cámara fotográfica.

—Veo que tenías ganas de besar a mi mejor amiga.

Me giro, nervioso, para ver a Amanda. En un arrebato de estupidez, pienso que va a estar incómoda o sorprendida, pero se está riendo. Tiene las manos sobre mis hombros, pero las lleva nuevamente a mi pelo y me despeina con una sonrisa.

—A veces eres tierno, hermanito —dice Rylee—. Solo queríamos confirmar cuánto te gustaba Amanda. Ahora puedes encargarte de tu café.

Amanda se baja de un salto y se va tras mi hermana.

Me quedo quieto, frente a la taza de café a medio preparar, hasta que las risas se pierden escaleras arriba.

# 29

# AMANDA

Llevamos evitándonos tres días.

O puede que solo sea yo la que lo esté haciendo, desde que Cooper decidió abrirle la puerta de esta casa a un fantasma enorme que intentaba ignorar. Supuse que los dos lo hacíamos, que ninguno decía nada de aquella última vez en la que nos dirigimos la palabra para olvidarlo, pero me doy cuenta de que, de los dos, soy la única que siente culpa y vergüenza por el tipo de persona que fue. Él no tiene la necesidad de esconder sus miserias bajo la alfombra como yo, que vivo intentando remendar el pasado.

Aunque me frustre, los años no me ayudaron a ser mejor persona.

Me pasé la adolescencia haciendo cosas de las que me arrepiento y lo que más me perturba es que no recuerdo haberme sentido mal por ello. Con Rylee hacíamos bromas pesadas todo el tiempo y nos parecía un juego de lo más divertido. Incluso hubo un momento en el que todo se volvía demasiado aburrido cuando no estábamos acechando a alguna víctima.

Por eso fue insoportable volver a ver a Olivia.

Ella fue nuestra amiga y también parte de ello. Sabe cada una de las cosas que hicimos e intentó detenernos más de una vez. Incluso, hubo un momento en el que comencé a prestarle atención. Sin embargo, cuando intentaba hacer reflexionar a Rylee, ella se enfadaba y yo sentía que no era buena amiga si no la acompañaba. Fue eso lo que terminó desatando una especie de guerra entre Rylee y Olivia, de la que la segunda nunca se enteró.

Tardé años en darme cuenta de que, en realidad, Ben no importaba. Olivia llevaba mucho tiempo enamorada de él, pero Rylee jamás se había mostrado interesada. Esa competición ridícula fue una excusa de mi mejor amiga para generar un conflicto con Olivia y alejarla de nosotras. Y funcionó porque, aun cuando no era lo importante, Olivia necesitó años para animarse a tener algo con él.

Y ahora tienen un hijo.

Me cubro la cara con las manos y expulso un sollozo contenido. Por momentos, pienso en cómo vería aquello Rylee. Me da la sensación de que odiaría saber que Olivia alcanzó ese final feliz y me enfada, porque una parte de mí sigue siendo *team Rylee*. Pero luego me acuerdo de todo lo que he ido descubriendo estos días y lo disfruto. Si Rylee manipuló a todo el mundo para alejar a unos de otros, este final le parecería terrible. Olivia y Ben han formado una familia y yo llevo un tiempo viviendo con Cooper. Lo estoy conociendo, pero ella ya no puede interponerse para ocultarme lo maravilloso que es su hermano.

Aunque, pensándolo bien, todavía lo está consiguiendo. Habíamos logrado estar en paz, salir y pasarlo bien. Fingir ser una pareja sin discutir ni decirnos cosas horribles el uno al otro. Hasta que el pasado se puso en medio. Un pasado construido por Rylee.

Oigo unos golpes en la puerta y me seco las lágrimas, nerviosa.

—Soy Cooper —exclama desde afuera.

Ni siquiera las lágrimas pueden evitar que ponga los ojos en blanco. Esa aclaración siempre me resulta ridícula, pero él lo sigue haciendo. ¿Quién iba a ser, si no? ¿Duque ha aprendido a llamar a la puerta?

—Me lo he imaginado —respondo irónicamente—. ¿Qué quieres?

—¿Puedo pasar?

Carraspeo y me abanico con las manos, en un intento de disimular el rostro lloroso, aunque sé que es en vano.

—Sí.

Cuando entra, lo hace lentamente. Duque se cuela entre sus piernas y se sube a la cama de un salto. Moviendo la cola, se recuesta y apoya la cabecita sobre mis piernas.

—¿Qué pasa? —murmura Cooper, preocupado.

—Nada.

—Estás llorando, Amanda. —Toma asiento en la cama—. ¿Es por tu abuela?

Me tomo mi tiempo para responder. Tal vez esté sensible por la pérdida de mi abuela. No tener sus palabras cuando me siento sola y desorientada es algo nuevo. Sin embargo, lo que siento tiene mucho más que ver con él que con ella. Que haya traído ese recuerdo del pasado y lo haya acomodado entre nosotros me hace sentir expuesta. Todo este tiempo he odiado a una persona por lo que me dijeron de ella y, a pesar de tener fresco el recuerdo de lo que le hice, me abre las puertas de su casa, me entrega su fama para que la use como escudo, comparte conmigo el amor de su perro. Me invita a ser parte de su vida. Algo que, por supuesto, no merezco. Lo de Cooper no era un complejo de superhéroe. Era más bien una realidad.

—Tengo unos cuantos motivos para no sentirme del todo bien. —Una necesidad de sentirme fuerte frente a él me lleva a ser desagradable—. Pero no es de tu incumbencia, Cooper. ¿Qué necesitas?

Resopla, agotado. Me imagino que debe de ser bastante molesto tener que soportarme aquí después del tipo de persona que fui. Y eso que no sabe ni la mitad de la historia.

—Me evitas desde hace tres días, de modo que apenas te he visto, y quería saber cómo estabas. Además, no te hace bien pasar tanto tiempo encerrada. No me refiero solo al cuarto, también a la casa.

Me ahogo de solo oír sus palabras. La casa es inmensa y cómoda. Tiene un gimnasio enorme, un jardín precioso y hasta un pequeño cine privado. Me he pasado días en el cuarto. Escondiéndome, como llevo haciendo desde aquella noche que lo cambió todo.

—Después de lo que hablamos, me puse a pensar en el pasado. Bueno, es algo que hago muy de vez en cuando; pero haber visto a Olivia nuevamente lo cambia todo. —Mi repentina confesión nos sorprende a ambos—. ¿Recuerdas el accidente de Olivia?

—Por supuesto. —Hace ese gesto con las cejas que me da ganas de estirar los dedos y tocarle la cicatriz que tiene justo debajo, donde comienza la nariz. Sus ojos me invitan a hablar y yo empiezo a ser consciente de que no soy capaz de negarles nada.

Nunca debí negarle nada a Cooper Harris.

—¿Sabes lo que ocurrió? —Esbozo una sonrisa amarga—. Lo hicimos Rylee y yo.

Traga saliva, nervioso.

—¿De qué hablas?

—Ese día nos reunimos en casa de Olivia. En teoría, arreglaríamos las cosas, pero yo sabía la verdad. Rylee quería ponerle laxante en el café para que se sintiera mal durante el partido. —No puedo sostenerle la mirada, de modo que me enfoco en mis manos, que acarician a Duque mientras él se mantiene sobre mis piernas con los ojos cerrados—. Yo lo sabía y se lo permití. Le dije que se controlara, que no se le fuera la mano, pero era obvio que lo haría, así que no tengo excusas. Supuse que era una broma pesada como todas las anteriores.

—Olivia era una voladora y Rylee animaba en el mismo grupo que ella. Sabía que si se sentía mal durante el partido, podía ocurrir algo grave. Las voladoras arriesgan la vida cada vez que salen al campo de juego.

—Lo sé. Es decir, se suponía que sería solo un poco y en ese momento realmente creí que sería así; pero ahora… —Lanzo una risa triste—. Era obvio que pretendía que se hiciera daño. Y lo peor es que ni siquiera entiendo por qué.

—No fue por Ben —afirma—. Él no le interesaba tanto.

—Creo que, en parte, fue mi culpa. Olivia no era como yo. Ella le decía lo que pensaba a Rylee. Incluso cuando hacíamos este tipo de bromas, siempre intentaba frenarnos y luego yo empecé a prestarle atención. Me di cuenta de que se nos estaba yendo de las manos. —Me acomodo en la cama y Duque se adapta nuevamente; no está en sus planes despegarse de mí y se lo agradezco; no me siento bien teniendo esta conversación con Cooper—. A Rylee no le gustaba que no la apoyara y puede que estuviera molesta porque Olivia hacía que me replanteara ciertas cosas.

—Puede ser, pero eso no sería tu culpa, Amy. —Suspira—. Ya sabes lo que pienso: aquí todos elegimos quién queremos ser. Erais amigas, pero todas erais diferentes.

—Dime lo que piensas de mí; no tienes que ser siempre tan correcto.

—No sé qué esperas que te diga. Sé cómo erais Rylee y tú. —Se lleva una mano a la cabeza y sacude su cabello rubio—. Eso no me sorprende, sino el hecho de que lo describas como una broma pesada. Olivia podría haber muerto si se daba un mal golpe.

Me encojo de hombros.

—Siempre fui una mierda, y probablemente no haya cambiado.

—No digas eso. No es cierto.

En este momento en el que me odio tan profundamente, me saca de quicio que lo suavice. Preferiría que me insultara por lo que hice.

—¿Te arrepientes? —me pregunta y desata algo en mi interior. Porque... ¿realmente importa? ¿Cambia algo si me arrepiento? Solo en su sentido simbólico. El daño que hice no cambia por el hecho de que lo lamente.

Lo observo. Me pierdo en sus ojos oscuros y esas pestañas que los enmarcan. No. No son sus ojos los que me hacen sentir de este modo. Es esa mirada que Cooper siempre ha reservado para mí. De cierta confusión, porque le gusto, pero soy todo lo que detesta. La angustia crece como una ola en mi interior y arrasa con todo. Con el odio, la culpa y la vergüenza. Me desborda un llanto desesperado e, inmediatamente, Duque se acerca y se acurruca un poco más sobre mis piernas. Cooper extiende el brazo y toma mi mano.

—Ey.

—Sí que me arrepiento. Me arrepentí en el mismo instante en el que la vi caer.

—Tranquila, ya ha pasado mucho tiempo. Ahora somos adultos y vemos las cosas de otra manera. Estoy seguro de que no volverías a hacer algo así.

*Yo no estoy tan segura.*

—Le dije a Rylee que era peligroso —confieso—. Sé que piensas que no era así, pero de verdad que a veces temía no ser la amiga que ella esperaba.

Cooper sonríe, angustiado.

—Rylee era así, solo quería divertirse y estoy seguro de que no se daba cuenta cuando lastimaba a alguien.

No quiero expiar mis culpas, porque todo lo que hice fue siempre decisión mía. Sin embargo, que Cooper defienda a Rylee cuando ella se pasó la vida destruyéndolo a sus espaldas me molesta un poco.

—Decía que tenías complejo de superhéroe.

Lanza una risita suave.

—Lo sé. Me lo decía todo el tiempo. —Estira el brazo y acaricia la cabecita de Duque, mientras con la otra mano sigue tomando la mía—. Supongo que era una cosa de mellizos. Ella destruía las cosas y yo intentaba reconstruirlas.

Siento como si todo a mi alrededor se sacudiera. Porque ahora sé que mientras ella bromeaba con él acerca de que tenía complejo de superhéroe, a mí me lo describía de otro modo. Que mientras ella lo amenazaba con delatarlo a sus padres, invertía las cosas para hacerme creer que el malo de la película era él. Ojalá Cooper pudiera reconstruir lo que Rylee destruyó en mí.

—Rylee quería que nos odiáramos —murmuro.

—Y a Rylee siempre se le dio bien conseguir lo que quería.

\* \* \*

Salimos a cenar temprano. Yo sigo agobiada, pero Cooper insiste con que debo salir un poco. Creo que se siente culpable por haber sacado a relucir ese recuerdo de nuestro pasado, lo cual es ridículo, porque la única que debería sentir culpa soy yo.

Es el día previo a un partido importante y, aunque he estado encerrada en la habitación, sé que Cooper se ha pasado el día viendo videos de su equipo y del rival. A pesar de que no sé mucho de fútbol, tengo claro que ser mariscal de campo no es para cualquiera. Todas las jugadas pasan por él, y eso es lo que lo hace maravilloso. La cabeza de Cooper es perfecta para esto.

Es bueno planificando, poniéndose metas y cumpliéndolas. No sé si ser así lo transformó en el mejor mariscal de campo de la liga o si el deseo de ser el mejor mariscal de campo de la liga lo transformó en el que es ahora.

Pero es diferente al Cooper que recordaba.

Saco la cámara de Rylee de mi bolso y le hago una foto. Lleva una camisa blanca y unos vaqueros desgastados, con unas Jordans y la barba un poco crecida. Ojalá hubiese disfrutado de ese beso que nos dimos a los diecisiete años.

—¿Esa es la cámara de Rylee?

Sabía que me haría esa pregunta, pero estoy obsesionada con esta cámara y quiero usarla. Ya le he sacado alrededor de cien fotos a Duque en lo que va de la semana.

—Sí.

—¿Siempre la has tenido tú? La busqué por todos lados.

Ahora toca mentir, algo que desearía no hacer. O no lo sé, tal vez me fascine mentir y siempre encuentre excusas para hacerlo.

—Sí. Están de moda estas cámaras digitales y pensé que era bueno para mis redes sociales. Por cierto, ya he superado el medio millón.

Lanza una risita, pero sigue con los ojos puestos en la cámara.

—Siempre pensé que encontraría algo en ella. Rylee hacía fotos todo el tiempo.

—Es cierto. —La meto en el bolso rápidamente; no debí traerla—. Pero me la regaló cuando estábamos en la universidad.

Asiente y mastica lentamente la comida aburrida que ha pedido. Yo me inclino sobre mis macarrones con queso.

—El investigador sigue necesitando hablar contigo —murmura, y pierdo el apetito al instante. Mentí en todas mis declaraciones y ya no puedo volver atrás. Tal vez debería decir la verdad y atenerme a las consecuencias, pero si quiero volver a empezar, lo mejor es mantener el discurso.

—Ya dije todo lo que sabía.

—Pues necesito que se lo repitas. ¿Es mucho pedir?

No sé cómo decirle que no. Estoy viviendo en su casa y está fingiendo ser mi pareja porque cree que así puede protegerme. Intenta cuidarme, incluso cuando me he portado fatal con él toda mi vida.

—Lo haré, solo... dame una semana.

Asiente y sigue comiendo.

Tengo una semana para repasar mis mentiras.

# 30

# AMANDA

Cooper iba en serio con eso de que no me daría uno de sus jerséis.

Me paso toda la mañana insistiendo, hasta que me doy cuenta de que no va a dar el brazo a torcer. Revuelvo el armario pensando en qué ponerme, solo tengo la poca ropa que traje de Texas y lo que compré en el centro comercial. Después de aquel artículo en el cual halagaban mi vestuario, me siento presionada a tomar una buena decisión. Aunque sé que lo que todo el mundo espera es que la novia de Cooper vista un jersey con un enorme número 83 en el pecho y la espalda. Gruño y Duque me observa con la cabecita ladeada desde la cama.

Me decido por una falda corta de color rojo y un *top* básico azul. Si Cooper no piensa darme un jersey, lo mínimo que puedo hacer es vestirme con los colores del equipo. En los pies, me pongo unas medias blancas y las únicas zapatillas que tengo que, afortunadamente, son rojas con tres tiras blancas. Me recojo el cabello en una cola alta y me maquillo un poco. Solo máscara de pestañas y un labial rojo que combina con el atuendo.

Me observo en el espejo con la nariz arrugada. Me parece demasiado aburrido. Me quito todo y lo lanzo a la cama. Duque se revuelca sobre la ropa como si fuera lo mejor que le ha pasado en el día y yo me decanto por el vestido rojo ajustado que usé la noche en la que encontré esa amenaza en casa de la abuela. Me pongo unas botas del mismo color y, como si me hubiese leído la mente, Cooper llama a la puerta. Le abro y lo encuentro ya vestido y peinado, con una chaqueta azul en la mano.

—Ah —dice, mientras me recorre con la mirada—. Pensé que todavía no estabas lista.

Me doy la vuelta y regreso al espejo. No le costaba nada darme su jersey.

—¿Qué quieres? ¿Ya debemos irnos?

Cooper va al estadio con su propio coche y voy a ir con él aunque sea temprano para el partido. Nunca he ido a un partido de fútbol fuera del instituto. Estoy un poco nerviosa.

—Tenemos unos minutos todavía. —Levanta el brazo en el que tiene la chaqueta—. ¿Quieres que te preste esta?

Lo observo. Tiene unos vaqueros rectos de un tono celeste, una camiseta gris desgastada, Jordans negras y una chaqueta de cuero. Impecable como siempre, pero con un toque rebelde. En algún momento una mujer lo logrará conquistar y se llevará como premio al hombre más maravilloso y guapo que he tenido el castigo de conocer.

Le arranco la chaqueta de las manos para ignorar mis pensamientos y regreso al espejo, mientras me la pongo. Es una chaqueta del equipo, de color azul, pero que no tiene el número 83. Yo quiero tener algo suyo.

—¿Te gusta? —pregunta.

—Sí, pero prefería un jersey. Es lo que todo el mundo espera.

—Lo lamento por el mundo. —Entra en la habitación y le da unas caricias a Duque, que sigue revolcándose en mi ropa—.

No es para tanto. Les gustan tus atuendos y la chaqueta es mía.

—No tiene el 83 —me quejo, y él reprime una sonrisa.

—No sabía que te gustaba tanto mi número.

Pongo los ojos en blanco.

—Claro que lo sabes. —Me doy vuelta—. ¿Qué hago después del partido?

—Mi agente estará contigo en el sector que ocupan los familiares y ya le he dicho que te lleve conmigo después del partido. —Suspira—. Por cierto, hoy estarán Olivia y Ben. Ellos siempre que pueden van a los partidos que jugamos en la ciudad.

Se me revuelve el estómago; durante la cena lo pude manejar bien, pero sé que sin Cooper me pondré nerviosa. No me preocupan las mentiras, puedo controlarlo, y sin embargo, estoy cansada. Quisiera dejar de huir y de mentir para construir algo real. Aunque el panorama no es el mejor, la farsa que he montado con Cooper es enorme y ya no puedo escapar.

—¿Estarán en el mismo sitio?

—Sí. —Se pone de pie y da un paso hacia mí—. ¿Crees que estarás bien?

Levanto la vista para mirarlo y me tomo mi tiempo. Tras un suspiro, respondo:

—Sobreviviré.

* * *

Me seco las manos en los muslos. Estoy nerviosa, pero tener la chaqueta de Cooper cubriendo mi cuerpo me hace sentir protegida. Lo cual es ridículo y molesto, pero no lo puedo evitar. En cuanto me la puse sentí su calor abrazándome. Y su perfume me está enloqueciendo. Si me detengo a pensar en que esta tela estuvo sobre su cuerpo, me quedo sin aire.

Rylee me pegaría una bofetada si escuchara estos pensamientos.

Miro a mi alrededor, como si pudiera descubrir a Edward Cullen leyendo mi mente. Solo encuentro al agente de Cooper, a Ben, a Olivia y a su hijo.

Afortunadamente, llegaron justo antes de que comenzara el partido. Así que entre la presentación de los equipos y el comienzo del juego, no hablamos demasiado. Ben se pasó el rato de pie, con un vaso de cerveza en la mano y el ceño fruncido. Según he podido escuchar a mi alrededor, Cooper ha empezado el partido un poco disperso, pero al cabo del segundo cuarto, ya está haciendo de las suyas. El público enloquece cada vez que tiene el balón en sus manos.

Yo enloquezco cada vez que lo veo dar órdenes.

Cooper es un mariscal de campo con dotes de planificación y gran autoridad. Me pregunto si aplicará eso a otros ámbitos de su vida, y eso me hace olvidar el marcador o que tengo a mi lado a una persona que solía ser una gran amiga en el pasado. Me giro a observarla.

Ben ha aprovechado el tiempo de descanso para ir en busca de algo para comer. Me preguntó si quería algo, pero estoy demasiado nerviosa para comer. El agente de Cooper también ha estado muy atento a mis necesidades, yo solo necesito que esto termine y tener de compañía a Cooper exclusivamente.

Y a Duque, claro.

—Al fin te has animado —murmura Olivia.

La observo, intentando captar de qué habla. Tiene a Levi, su hijo, sentado en el regazo. Resulta extraño, porque en mis recuerdos Olivia sigue siendo esa chica de veintidós años que vi por última vez aquella noche en la que todo cambió. Está diferente. Además de mucho más madura, se la ve relajada. Feliz.

Me resulta molesto pensar en qué opinaría Rylee si supiera que Ben es el padre del hijo de Olivia. Durante un período de su vida, hizo todo lo que pudo para que esta pareja no tuviera ningún tipo de oportunidad. Si Rylee estuviese aquí… ¿Ben y Olivia habrían formado una familia? La respuesta es obvia.

—¿A qué te refieres? —Mi voz suena seca; llevo mucho tiempo sin hablar.

—A Cooper. —Sonríe, pero no es natural. Puede que no la vea hace mucho tiempo o que nuestra amistad se rompiera hace diez años, pero sé reconocer una sonrisa falsa—. Siempre te gustó.

Arrugo la nariz y observo el campo de juego. Me gustaría que Ben regresara para que esta conversación terminara.

—En realidad no, solo me parecía que estaba bueno. Estoy segura de que en el instituto todas estábamos de acuerdo en ello.

Resopla y lanza una risita.

—Si fuese así, no se lo hubieses ocultado a Rylee.

Por alguna razón, me molesta que la mencione.

—No se lo oculté a Rylee. —Me muevo incómoda.

—Me dijiste en una fiesta, cuando estabas saliendo con Parker, que Cooper te intrigaba. Que Rylee odiaba que te acercaras a él, pero que a ti te apetecía conocerlo más.

—Estaba ebria.

—Dicen que el alcohol te arranca la verdad.

La miro sin responder. Me tomo mi tiempo. Está molestándome y lo sabe, pero yo ya no tengo dieciséis años y aprendí de mis errores. Sí, merezco que Olivia sea desagradable conmigo, pero yo me pasé mucho tiempo tragando. Ya no quiero hacerlo.

—Bueno, en definitiva, estamos juntos. Así que tal vez es cierto que esa fue la voz de mi conciencia —resuelvo. No tiene sentido discutir, cuando en realidad ella tiene que creer que lo que hay entre Cooper y yo es real.

—Si no te conociera... —dice, y echa un vistazo a mi atuendo—. Si no te conociera, no me preocuparía, pero Cooper es mi amigo y, todos estos años que no has estado aquí, Ben y yo hemos sido prácticamente como su familia. Él no lo pasa tan bien como parece. No necesita más problemas.

Lanzo una risita.

—¿Crees que soy un problema?

—En cierto modo, siempre lo has sido. —Siento cómo la sonrisa desaparece de mis labios. No voy a discutírselo—. Aunque te veo diferente sin Rylee.

—Ha pasado un tiempo... —me justifico, pero me interrumpe rápidamente.

—Vosotras no estabais bien. Esa noche te vi distinta.

Estoy a punto de responder. No sé cómo hacerlo o qué decir, pero tengo claro que quedarme callada es peor.

—¡Perritos calientes! —exclama Ben a nuestro lado, Olivia me regala una sonrisa maliciosa, con Levi saltando de alegría sobre su regazo.

—¡Mmm! —festeja junto al niño—. Mi momento favorito del partido del tío Cooper.

# 31

# COOPER

He tenido un buen partido, lo cual es un alivio porque los primeros minutos fueron horribles. Me costó mucho concentrarme. Saber que Amanda me estaba viendo me generó una especie de timidez propia de la adolescencia. Quería lucirme, pero no dejaba de preguntarme qué estaría pensando. Ni siquiera en el fútbol universitario me sentí así.

También me preocupaba que pasara tiempo con mi agente. El tipo es un indagador nato y, aunque sé que ella es buena mintiendo, temí que dijera algo que no encajara con lo que yo le había contado. Esto de la mentira me hace sentir incómodo. Para colmo, no me gustaba la idea de que pasara tiempo sola con Ben y Olivia. A pesar de que en la cena ella se manejó muy bien, sé lo que piensa Ben y, probablemente, su esposa piense lo mismo. Me inquietaba que el hecho de que yo no estuviera allí los impulsara a hacerle algún comentario desafortunado.

Trago saliva, nervioso, mientras me ducho. La intranquilidad no era producto de que ella les dijese algo que no debía a Ben y Olivia. En realidad, no me gustaba la idea de que la hicieran sentir mal. Y, teniendo en cuenta que esta semana me he mantenido un poco alejado de ella, me sorprende que me preocupe su bienestar. Parece que me he metido muy bien en el personaje. O que se me da bien eso de ser la única persona que tiene en el mundo.

Se me llena el pecho de una emoción completamente desafortunada. Me gusta estar para ella. Me enloquece que, en su cabeza, yo sea alguien importante. Alguien que forma parte de su vida.

La encuentro fuera, con ese vestido de color rojo que se pega a su cuerpo y mi chaqueta cubriéndola. Lo que hago a continuación es una muestra de lo que haría si tuviera el privilegio de ser verdaderamente el novio de Amanda. La tomo de la mano y la acerco a mí. Hay cámaras y algunos fanáticos, así que me aprovecho de ello. Utilizo la excusa. Le rodeo la cintura con un brazo y llevo la mano libre a su cuello. Siento su respiración cerca de mi oído. Se ha puesto unas botas de tacón, así que está más alta (y muy sexi).

—¿Te encuentras bien? —pregunto—. ¿Cómo ha ido todo?

—Bien, aunque prefiero que Olivia me ataque en tu presencia.

Tomo un poco de distancia para mirarla. Mis ojos se aventuran hacia sus labios pintados de rojo. Estamos muy cerca y tengo que concentrarme para escuchar a los fans que gritan mi nombre. Amanda logra eclipsarme.

—¿Qué te ha hecho?

Me doy cuenta de inmediato de que no me cuesta nada desechar los años de amistad que tengo con Olivia, solo porque Amanda ha hecho un comentario minúsculo sobre ella. Me reprendo internamente por ello.

—Nada importante; no confía en mí, pero supongo que es lo que haría cualquiera que me conociera.

Entiendo a Olivia porque a mí también me sucede. Han pasado casi diez años de esa noche en la que me dio un beso falso para burlarse de mí junto a mi hermana, y no puedo evitar recordarlo todo el tiempo. Fue un juego tonto de adolescentes, pero me dolió y me hizo sentir estúpido. Para ella fue una broma pesada, pero para mí fue mucho más. Por eso no quise darle mi jersey. No quiero verla con él puesto, lo cual es absurdo porque a cualquier jugador le gustaría ver a una chica como Amanda con su jersey. Y, teniendo en cuenta que siempre me ha gustado, debería ser una fantasía hecha realidad. Sin embargo, eso ya lo vi una vez. Tuve la fantasía frente a mis ojos y no duró nada. Me sentí débil, estúpido y traicionado. No quiero que se ponga un jersey con mi número para fingir otra vez. Si no va a usarlo porque es realmente mi novia, no quiero nada.

Un pensamiento que incluya las palabras «Amanda» y «novia» debería preocuparme, pero ya estoy completamente jodido.

Y acabo de ganar un partido que todo el mundo afirmaba que perderíamos. Aunque todavía falta un poco, siento que ha sido un gran paso para conseguir meternos en los *playoffs*.

—No puedes cambiar el pasado, Amy. —Observo sus cejas y luego sus labios. Y esos ojos azules que en mi vida representan un mar embravecido, peligroso. Inclino la cabeza y rozo su cuello con la nariz—. Pero sí puedes tomar decisiones diferentes en el presente.

Una de sus manos, que estaban a los lados de mi cintura, se cuela debajo de mi chaqueta de cuero. Me recuerdo que es falso. No quiero que me suceda como la última vez.

—Lo sé.

—¿Me dejas llevarte a cenar? —susurro, con una desesperación por besar su cuello que se siente pesada en mi pecho.

—¿Es una cita? —se burla.

—Supongo que sí —respondo—. Es lo que hacen los novios.

* * *

Empieza a ser común esto de darle la mano a Amanda.

La entrada en el restaurante es caótica. Los *paparazzis* se nos tiran encima y estamos cansados. Si esto no fuese una farsa, los planes hubiesen sido completamente diferentes. Me imagino que la hubiese llevado a casa y pienso en eso mientras Amanda ojea el menú. Estoy seguro de que la hubiese arrastrado a la ducha conmigo y, pese al cansancio, le hubiese hecho el amor. Luego, ni siquiera hubiese perdido tiempo en secarla. Me hubiese acostado con ella, con nuestros cabellos goteando. Suspiro, quiero dejar de soñar despierto y no lo logro. Estoy seguro de que pediríamos pizza y nos la comeríamos en la cama, mientras vemos algo divertido en la televisión y nos damos besos con sabor a salsa de tomate y queso.

Nunca en la vida he hecho ese tipo de planes. Ni con Amanda, ni con nadie.

La única novia a largo plazo que he tenido fue durante mi época en la universidad, y la relación terminó porque nos dimos cuenta de que ninguno de los dos tenía tanto interés en el otro. De modo que jamás comí pizza en la cama con una novia después de tener sexo. Mi vida es mucho más aburrida de lo que la gente piensa.

—¿Crees que quedará mal que me pida unas alitas de pollo picantes?

Sonrío, porque gané un partido importante y estoy cenando con una chica que me gusta. Punto. No pienso analizar mucho más.

—¿Por qué quedaría mal?

—Porque lo más probable es que tú comas una ensalada.

—No creo que coma una ensalada, pero ¿qué tiene que ver lo que yo elija con lo que elijas tú?

—No lo sé. —Suspira—. Oleré a picante después.

Me lo dice como si fuese a besarla.

O como si me importara que su boca oliera a picante, en caso de besarla.

—Dicen que están buenas —le digo—. En general, todo está bueno aquí. El chef es uno de los que más estrellas Michelin tiene en el mundo.

—Y tú vienes aquí y comes una ensalada.

—Pero vengo contigo, que eliges platos deliciosos.

Digo la última palabra mirando sus labios, que estoy seguro de que merecen unas cuantas estrellas Michelin. Sé que esos labios dan besos increíbles, porque nos besamos a los diecisiete y todavía no he conseguido que me dieran uno que lo superara. Además, me resulta sexi que sea malvada. Porque lo es. Amanda es perversa, y yo quisiera ofrecerme como sujeto de pruebas para que haga conmigo lo que desee. Estoy cansado de fingir que no estoy loco por ella.

Por suerte, esta noche está un poco más habladora de lo habitual y no me permite pensar demasiado. Me cuenta lo que le dijo Olivia y, hasta cierto punto, me hace sentir bien. Ben y ella son muy importantes en mi vida. Me acompañaron en momentos difíciles y siempre están ahí para celebrar mis triunfos. No me gusta que acuse a Amanda o que la haga sentir mal por su pasado, porque después de lo que hablamos el otro día, sé que se siente arrepentida de algunas de las decisiones que tomó. Sin embargo, saber que tengo dos personas velando por mi felicidad me hace sentir bien.

Sin darme tiempo a responder, me cuenta lo que habló con mi agente, que está muy motivado porque en unos días grabaremos el episodio del bendito *reality*. Y, luego, me dice que se quedó con ganas de comer un perrito caliente y que Levi es un bebé precioso.

Come las alitas con destreza, mientras yo corto mi filete aburrido. Desearía comer alitas con ella, besarle los labios para limpiar la salsa que los cubre. Quiero decirle que me sigue gustando, porque ella sabe que me gustaba antes y por eso le pareció divertido burlarse de mí.

Cuando salimos del restaurante, los *paparazzis* siguen ahí. Entonces decido hablar, que es algo que nunca hago. Ni siquiera lo planeo; cuando uno me pregunta si creo que conseguiré un anillo esta temporada, lo miro y le respondo con una sonrisa: «Este es mi año, obtendré un anillo porque estoy en una buena racha. Mira la novia increíble que he conseguido».

Amanda ríe en el viaje de regreso a casa; me dice que le gusta cuando me salgo de mis límites. Yo le digo que es todo su culpa. Hemos tenido un buen día y una buena cena. Parece que las cosas se ponen en orden entre nosotros después de que sacara a colación el tema del beso falso.

Pero mi vida pocas veces tiene orden, y por eso me aferro tanto a la rutina. Es lo único que puedo controlar.

—¿Qué ha ocurrido? —pregunto, con el corazón desbordado, cuando llegamos a casa.

El barrio está lleno de policías. Hay coches y motocicletas. Luces que parpadean.

—Intentaron entrar, un tipo rompió la alambrada de la parte de atrás —dice el guardia de seguridad del barrio. Trago saliva y observo a Amanda. Su rostro está muy lejos de ser el de aquella chica que disfrutó de unas alitas de pollo picantes hace una hora.

# 32

# AMANDA

He descubierto que me descoloca cuando Cooper no está tranquilo.

Estamos en casa, con su investigador. Alguien con quien he estado evitando hablar. Todo parece indicar que ha llegado mi hora.

Duque está sentadito junto a mis piernas y Cooper tiene el ceño fruncido. Lo pasamos tan bien en la cena, y él tuvo un partido tan bueno, que me fastidia acabar el día de este modo. No me agrada verlo preocupado o inquieto, salvo cuando quien lo molesta o lo inquieta soy yo.

—He hablado con la policía —dice James—. Daisy, la chica que vive justo enfrente, logró ver al tipo. Afortunadamente, no llegó a entrar a ninguna de las propiedades. Tenía el cabello rapado y estaba vestido de negro, pero la policía no llegó a tiempo para detenerlo y logró escapar. Lo bueno es que la vecina lo tuvo cara a cara y fue quien avisó al guardia de seguridad del barrio. Lo más interesante es que llegó a ver que tenía un tatuaje en el cuello. Una pirámide, con algo parecido a una luna llena en el centro. Ese dato nos sirve para seguir alguna pista.

Siento ganas de vomitar, pero disimulo. Es como si estuviera viendo ese tatuaje. Nunca he tenido una memoria envidiable, pero hay cosas que son difíciles de olvidar. El tipo que me siguió en el centro comercial también lo tenía.

—Voy a contratar a un guardaespaldas —responde Cooper.

James lo observa, serio.

—Viven varias familias en este barrio. Tal vez no tenga que ver contigo.

—Puede tener que ver conmigo, no me quiero arriesgar —le confirma él.

El detective me observa y le sostengo la mirada, algo que normalmente me resulta natural. Cooper no mintió cuando dijo que este tipo sabe hacer su trabajo. Tiene un don para hacerme sentir incómoda.

—Sé que necesitas tiempo para hablar y estoy más que dispuesto a esperarte. No sé si tu novio te ha contado que te busqué por todos lados. —Sus ojos son intensos y parece que analizara hasta el más mínimo gesto. Pero yo soy buena ocultando mis sentimientos—. Trabajo en esto hace muchos años y nunca ha sido tan difícil hallar el paradero de alguien. No de alguien vivo.

—Necesitaba dejar el pasado atrás. —Suspiro—. Perdí a todas las personas que tuve en la vida.

No le estoy mintiendo, pero sí estoy usando mi pasado para ocultar la verdad. Yo nunca me habría ido de aquí si no me hubiese sentido obligada a hacerlo. Estar lejos de la ciudad y de mi abuela fue el peor castigo que podría haber tenido.

—¿Crees que esto puede tener que ver con tu regreso?

*Por supuesto. Hasta me han escrito cartas de bienvenida.*

Pero no puedo decírselo. Doy por sentado que Cooper no dijo nada sobre lo que ocurrió en casa de mi abuela, pero sé que lo hará llegado el momento. Solo me está dando tiempo.

—No lo sé... —respondo.

Cooper me observa. Sé que él también lo ha pasado bien esta noche y me resulta absurdo centrarme en ello en medio de esta situación, pero es que hoy sentí que estaba pasando el día con ese chico de oro del que hablaba todo el mundo en el instituto. Ese Cooper que yo nunca pude ver porque Rylee se hacía enorme para ocultármelo.

Ella quería que yo lo odiara.

Y deseaba que Olivia no tuviera ninguna oportunidad con Ben.

Rylee nos hacía cómplices de sus juegos, salvo cuando jugaba con nosotras.

Y, al mismo tiempo, en estas situaciones no dejo de preguntarme cómo actuaría ella. De algún modo, siento que todavía juega conmigo.

—¿Crees que podremos hablar esta semana? —pregunta—. Suelo ser más insistente, solo te estoy dando una tregua porque eres la novia de Cooper y, hasta ahora, nadie había logrado la proeza de enamorarlo.

—No me siento bien recordando el pasado, pero lo cierto es que tampoco puedo aportar mucho. Dije todo en mi declaración antes de irme a Texas.

—¿Texas, eh? —se burla cuando nota que no quería darle ese dato. El tipo es peligroso, sabe hacer las preguntas hasta llevarte a la confusión—. Definitivamente elegiste el peor lugar.

Lanzo una risita suave, pero Cooper está serio y deseo volver el tiempo atrás; solo unas horas, al momento en que él sonreía en el restaurante.

—La semana que viene juego fuera de la ciudad —le dice a James, pero luego me mira—. Hablaré con el entrenador. Me parece que lo mejor es que vengas conmigo.

Lo observo, confusa. No sé si quiero viajar, pero también me da miedo quedarme aquí sola. Pregunto una estupidez.

—¿Qué haremos con Duque?

Su rostro se suaviza.

—Le pediremos ayuda a Daisy.

James resopla.

—Os dejo tranquilos por ahora, pero oye, Cooper, necesito unas horas con vosotros esta semana. Todavía quieres saber qué ocurrió con Rylee, ¿verdad?

Cooper cierra los ojos y los vuelve a abrir. Parece cansado.

—No hay nada que me importe más en la vida.

\* \* \*

Llevamos el colchón al jardín. Es de una plaza y media y pertenece al cuarto de invitados.

Cooper toma un calefactor para exterior y yo me llevo varias mantas. Duque nos observa desde la comodidad del sillón. El invierno está a la vuelta de la esquina, igual que la Navidad y los *playoffs*.

Me he puesto unos pantalones de franela, igual que Cooper, y él me ha prestado una sudadera calentita, que además me queda enorme. Lo organizamos todo como si fuese algo de todos los días y nos metemos en la cama juntos, como si estar tan cerca el uno del otro tuviese sentido.

Algo dentro de mí se quiebra. Me gusta pensar que Rylee no puede estar aquí para detenerme, aunque tengo claro que no haré nada con Cooper y que él tampoco lo permitiría. Sé que le atraigo, eso es obvio, pero no confía en mí, y una vez que la confianza se rompe, es imposible recuperarla.

—No tendría tanta paciencia con nadie —murmura. Está acostado con la espalda en el colchón, observando el cielo. Yo estoy a su lado, en la misma posición—. Lo sabes, ¿verdad?

—¿Con lo del detective?

—Con todo.

Suspiro. Me tomo mi tiempo para pensar la respuesta.

—Lo sé.

—Muy bien —responde.

—Pero no sé por qué… —Giro la cabeza para mirarlo—. ¿Por qué tienes paciencia conmigo?

—Tengo la mente entrenada para ganar juegos —dice—. Soy un mariscal de campo, tengo que hacer planes para obtener triunfos.

—¿Y qué tiene que ver eso conmigo? —Me deleito observando su perfil.

—Eres un juego que nunca he podido descifrar. —Se gira y me mira—. Y para ganar, hacerlo es lo más importante.

—¿Y qué premio obtendrías? —pregunto.

—Eso tampoco lo sé.

# 33

# COOPER

La expresión de terror en el normalmente imperturbable rostro de Amanda cuando llegamos a casa y encontramos el barrio lleno de policías me hizo tomar la decisión de contratar a dos guardaespaldas. Lo había hecho hace unos años, cuando sufrí amenazas, pero no es algo que me resulte cómodo. Tener a alguien oliéndote el culo todo el día no es agradable. Y hubiese contratado solo a uno (para ella), pero supe que se enfadaría y me pareció que yo podía hacer el sacrificio si eso la mantenía segura.

James ha estado insoportable esta última semana, y con toda la razón del mundo. Sospecha que Amanda sabe algo más de lo que declaró en su momento y puede que yo piense lo mismo. Sin embargo, no la veo bien. Además, si una vez se fue, puede hacerlo de nuevo. Así que no quiero presionarla y provocar que se vaya.

Y prefiero no preguntarme el motivo.

Algo que me ayudó a llegar lejos con el fútbol fue mi constancia. Sé plantearme metas y seguir los pasos para conseguirlas. Cuando era pequeño me costaba mucho, pero un mariscal de campo debe tener carácter, confiar en sí mismo y ser rápido a la hora de planificar. Es decir que, en lo que se refiere a Amanda, soy un mariscal de campo horrible.

No puedo dejar de pensar en la cena posterior al partido. Amanda estaba exultante, de buen humor y parecía feliz de estar pasando el rato conmigo. Con decir que no puso los ojos en blanco ni una sola vez. Disfrutó de esas alitas picantes como si fuera la última vez que las comería y me felicitó por el partido. Además, me contó todo lo que le dijo Olivia y no paró de hablar de Levi, algo que no esperaba porque no creía que le gustaran los niños.

—Me encantaría decirte que estos dos me resultan insoportables, pero no hay un momento en el que no los tengamos pegados —dice Amanda, en referencia a los guardaespaldas, que ahora se ríen por su comentario.

Está exagerando. Cuando estamos en casa, ellos están fuera. Y el hecho de que los haya contratado es positivo; ahora puede salir de casa tranquila porque sabe que tiene a alguien que la protege.

—No tendrías esas botas si no fuera por ellos —menciono.

Hace dos días se fue de compras, algo que recuerdo que Amanda hacía mucho con mi hermana. Nuestras familias siempre tuvieron una buena posición económica, así que Rylee siempre encontraba excusas para ir de compras. Yo solía decirle que no entendía para qué seguía comprándose ropa idéntica y ella se enfadaba. Usaba *tops* y pantalones negros, botas de combate, faldas cortas y sudaderas. Todo era de color negro y parecía idéntico. Sobre todo, si la comparaba con Amanda, que siempre tuvo un estilo muy personal. Incluso cuando no se esmera, como en este momento.

Se ha puesto unos *leggings* negros con un *top* del mismo color, mi chaqueta (todavía no me la ha devuelto y eso me encanta) y unas botas con piel. Estamos a pocos días del comienzo del invierno y es demasiado friolenta.

—Bonito avioncito, Harris —se burla, cuando estamos a punto de subir a mi avión privado. Hablé con mi entrenador y no tuvo problema en que Amanda viniera. Sin embargo, no me gustaba la idea de subirla al avión del equipo y que le miraran el culo como estoy haciendo yo ahora mismo, mientras subo detrás de ella. Parece que cuando no usa falda, mis ojos no pueden evitar gravitar en torno a él. Tiene un culo increíble—. ¿Me estás mirando el culo?

Jake, su guardaespaldas, reprime una carcajada. Yo me siento avergonzado por un instante, pero luego recuerdo que para todo el mundo es mi novia. Le sigo el juego.

—Ni en veinte vidas lograría dejar de mirar ese culo, mi amor. —Deslizo una mano en su cintura para subrayar el comentario.

Se da la vuelta en medio del pasillo, se pone de puntillas y me rodea el cuello con los brazos. Luego, se inclina y susurra en mi oído.

—Te permito mirarlo, aunque es una pena que nunca vayas a poder tocarlo.

Ya excitado desde temprano, tomo asiento y le indico que lo haga frente a mí. Ella se acomoda como si perteneciera allí. Como si se subiera a un avión privado dos veces por semana. A Amanda siempre le han sentado bien los lujos. Como esa falda de Miu Miu con la que iba a clases a los dieciséis años.

Suspiro e intento relajarme. Tenemos poco más de tres horas de vuelo y aprovecharé el tiempo para ver algunos videos más. Los días previos a los encuentros me tomo mi tiempo para ver el último partido que jugamos y mucho tiempo para analizar al próximo rival.

Ya en el aire, Amanda está concentrada viendo una película, mientras yo veo jugadas en mi tableta. Estoy tenso, así que le pido unas copas de champán a la azafata. Normalmente, mi cabeza está centrada en los partidos. No importa cuán atento esté al caso de Rylee, eso ya es parte de mi vida y no me desconcentra, pero Amanda sí. A pesar de que he cumplido con los entrenamientos habituales y me he pasado muchas horas analizando jugadas del equipo de Arizona, sigo sintiendo que no estoy listo para este partido. Y debo llevar al equipo a los *playoffs* como sea.

Una vez que la azafata nos entrega las copas, junto con una bandeja con bombones rellenos, Amanda se inclina para brindar conmigo. Se ha quitado la chaqueta y está toda vestida de negro. Parece una ninja infiltrada en mi vida, algo que parece bastante acertado en mi mente.

—¿Qué miras? —pregunta, ya con la espalda en el asiento y las piernas cruzadas. Se ha quitado las botas y me gustaría estar sentado junto a ella, con sus piernas sobre las mías. Desearía poder dejar de analizar jugadas, cerrar los ojos y darle un masaje en los tobillos.

—Videos del equipo al que nos enfrentamos mañana.

—Ya has visto cientos de esos… —dice, y me hace sentir bien. Entonces es solo un sentimiento de inseguridad y tal vez sí que esté listo para el partido.

—Es lo que debo hacer. —Me llevo la copa a los labios y la observo—. Debo estar preparado.

—No creo que sea bueno prepararse de más —dice y sonrío, porque Amanda no sabe absolutamente nada de fútbol y me resulta tierno. La mayoría de las mujeres con las que he estado sabían muchísimo—. No pongas esa cara, idiota. No sé nada de fútbol, pero obsesionarse con el trabajo te acaba desorientando. Es así en todos los aspectos de la vida.

—Cuéntame con qué te obsesionaste tanto como para desorientarte.

Se acomoda en el asiento.

—Cuando me tocó interpretar a Bella. —Carraspea—. Fue mi sueño durante mucho tiempo, así que quería hacerlo bien. Además, Rylee era parte del musical. Habíamos soñado con ello toda nuestra vida, así que me pasé día y noche viendo musicales y películas. Intentaba conocer mejor a Bella, para interpretarla de la mejor manera, pero yo sabía hacerlo. Yo podía hacerlo a mi modo, tenía el talento y me había preparado. En uno de los ensayos, el director habló conmigo. Me dijo que no me veía como lo había hecho en las audiciones, que me veía fría o distante del personaje. —Sonríe con melancolía—. Me había atado a la representación de otro, dejando de lado todo lo que yo sentía por ese personaje y lo que me permitía interpretarlo de una forma más cálida, más real.

Dios mío, Amanda era fanática de *La Bella y la Bestia*, lo recuerdo muy bien. De hecho, mi hermana odiaba esa película y se obsesionó por culpa de ella.

—Esto es un deporte.

—Es un deporte que haces muy bien —me corrige—. Eres bueno, Cooper, siempre lo has sido. —Se inclina y apoya los codos en las rodillas—. Eres el mejor mariscal de campo porque esa cabecita… —me señala— funciona muy rápido y tu cuerpo sabe cómo moverse. Y entrenas demasiado para lanzar el balón como lo haces. Pero esa cabecita… —dice, y me vuelve a señalar— debe funcionar rápidamente cuando es necesario. No pienses tanto, disfruta del fútbol, que yo sé que antes lo hacías.

—Lo disfruto.

—Pero estás cansado. Tómate estas horas para descansar, Cooper. No para dormir, para *descansar*. Ve una película, lee algo.

—Vale. —Presiono el botón de mi tableta y la dejo sobre el asiento a mi lado—. Puedo descansar hablando contigo. Cuéntame por qué dejaste los musicales. Yo también recuerdo cuánto los disfrutabas.

Me devuelve una sonrisa amarga.

—Era un sueño que tenía con Rylee. No pude seguir sin ella.

* * *

Llego a Arizona con la cabeza un poco más liberada. Amanda me ha confesado que le inquieta no estar haciendo nada. Que por momentos decide fingir que no se da cuenta de que las cosas están completamente al revés, porque no tiene otra opción. Pero echa de menos trabajar y está muy poco acostumbrada a no hacerlo.

No es una cuestión de dinero, porque heredó todo lo que dejaron sus padres y también su abuela. La casa está en venta porque estaba a su nombre y su familia siempre tuvo una posición acomodada. Además, está viviendo conmigo, que si hay algo que me sobra es dinero. Pero la entiendo. Le falta un propósito y sé que regresar a la ciudad es difícil. Todo es demasiado extraño sin Rylee y ella no está acostumbrada a esa ausencia como yo.

Acomoda un millón y medio de productos de cuidado de la piel en el baño de la habitación del hotel. Afortunadamente, es grande, aunque no es como en casa, que cuando la presencia de Amanda me desborda puedo huir. Tampoco sé qué vamos a hacer con el asunto de la única cama del cuarto. Ya lo había pensado, pero no era muy coherente de mi parte pedir una habitación doble cuando se supone que Amanda es mi novia.

—Yo voy a dormir en el sillón —menciono.

Como la habitación es una *suite*, tenemos un gran salón con una mesa, sillas, un sillón grande y una televisión. Amanda puede dormir en el otro sector, donde está la cama.

—No dormirás en el sillón la noche anterior al partido, Cooper. —Sale del baño y yo me tengo que esforzar para no mirarle el culo otra vez. Situación que comienza a frustrarme, porque no soy ese tipo de hombre—. Ya hemos dormido juntos dos veces, en el jardín de tu casa.

Escucharla decir que dormimos juntos es música para mis oídos. Y, es cierto, pero no es lo mismo. La primera vez que dormimos juntos, ni siquiera me di cuenta de que eso estaba ocurriendo. Y la segunda fue después de lo que pasó en el barrio y… no lo sé. Acostarme con Amanda en un cuarto de hotel me suena a que la voy a tener dura toda la noche previa a un partido importante.

—Ya veremos más tarde —digo, para evadir la realidad—. ¿Quieres ir a cenar conmigo?

Es temprano, pero mi plan es cambiarnos, cenar y acostarme con tiempo como para lograr dormir ocho horas. El partido de mañana me sigue generando cierta inquietud en la que prefiero no profundizar.

—¿Es una cita de novios? —bromea.

Pienso en el pobre Cooper de dieciséis años que soñó todas las noches con llevar a esta chica a cenar y quiero mandar todo a la mierda y besarla de verdad. Algo que sería ridículo porque soy el único interesado de los dos en hacer real esta mentira.

Se pone un suéter blanco con botones de una lanilla muy fina que deja ver la sombra de sus pezones. Me pregunto cómo voy a hacer para no mirarle las tetas durante toda la cena, pero me lo planteo como un desafío del cual podré estar orgulloso más tarde. Tiene el cabello suelto con esas ondas que me vuelven loco. Pongo todo mi esfuerzo en no babear.

—¿No tendrás frío? —pregunto, porque la tela de ese suéter es un chiste. Además, las mangas le llegan hasta el codo y lleva una falda de seda.

—Me pondré un abrigo. —Sonríe, mientras se dirige a la habitación y regresa unos minutos después con el abrigo colgando del brazo y un bolso pequeño. Los tacones de sus botas resuenan en la habitación y mis ojos no pueden dejar de dar vueltas alrededor de ella. Parezco Duque cuando alguien tiene su comida favorita.

Amanda es mi comida favorita y solo la he probado una vez.

La entrada al restaurante no es tan caótica como en Chicago, pero varios de los comensales nos observan y hacen eso que Amanda odia de sacarnos fotos de incógnito. A mí no me importa, estoy acostumbrado y me encuentro cenando con la mujer más hermosa con la que podría estar. Esta vez se pide sushi, y cada vez que se lleva una pieza a la boca me pregunto si me conviene mirarle los labios o ese suéter del demonio. Amanda suele usar montones de collares, pero esta vez no se ha puesto ninguno. Tiene el pecho y el cuello libre de distracciones, de modo que todos los caminos me llevan a sus pezones.

—¿Tienes frío? —pregunto, dejándome en completa evidencia.

—No. ¿Por qué lo dices? —Sonríe, triunfal. Me está haciendo el mismo jueguito que hizo con mi hermana hace unos años. Sabe que sigo estando loco por ella.

—Hay ciertos indicios que uno no puede dejar de lado —menciono, al tiempo que ella lanza una risita.

—Indicios a los que no deberías estar atento.

—Pero los cuales se empeñan en robar mi atención. —Apoyo los codos sobre la mesa, ignorando mi cena—. ¿Eso te gusta?

—¿Que tu atención esté puesta en mis tetas? Creo que es bueno para esta farsa que estamos llevando adelante.

—En tus tetas, no —digo en un susurro. Ella deja de comer y me mira con los ojos bien abiertos. Parece intimidada, es una expresión que nunca había visto en Amanda—. Pregunto si te gusta que toda mi atención esté puesta en ti.

Se toma su tiempo para responder.

—No lo sé, no creo que estés poniendo toda tu atención en mí. Seguro estás pensando en que todos nos están viendo, probablemente tu cabeza te diga que solo eres parte de un juego como los que yo solía jugar en el pasado. Y piensas en el partido de mañana. —Toma una pieza de sushi y se la lleva a la boca. Cuando acaba de masticar, remata—: ¿Acaso esa es la poca atención que me puedes brindar? Si es así... No, no me gusta. Yo siempre quiero más.

# 34

# AMANDA

La farsa sigue su curso y es todo lo que tengo.

Desde aquella noche en la que cambió todo, he ido perdiendo partes de mi vida. Rylee, mi trabajo, mi pasión, mi ciudad y mi abuela. En ese camino, perdí parte de mi esencia y ahora intento encontrarla. Quiero entender quién fui, quién soy y quién quiero ser.

Y la relación falsa con Cooper es una especie de despedida a la antigua Amanda. Es un juego, como los que acostumbraba a jugar con Rylee, pero que solo disfruto por momentos. Ya no soy la misma; hay mentiras que ahora me pesan y sentimientos que son demasiado intensos para ocultarlos. Siempre pensé que Cooper estaba bueno, pero ahora no puedo dejar de mirarlo. No puedo ocultar cuánto me gusta que me preste atención. Y debería estar acostumbrada, porque esos ojos oscuros siempre estuvieron interesados en mí. Durante nuestra adolescencia nunca hablamos demasiado, pero él solía mirarme todo el tiempo.

Pasamos dos noches en Arizona durmiendo en la misma cama y, a pesar de que fingí desinterés, fue asfixiante. Aunque había espacio de sobra para los dos, Cooper comienza a abarcar demasiado. Es como si todo mi espacio personal estuviese invadido por su aroma y por su piel dorada. Y no solo ocurre cuando compartimos una cama. Es una situación permanente.

El vuelo de regreso a casa fue divertido. Él estaba de buen humor porque tuvo un buen partido y el equipo ganó. Y yo estaba de buen humor a pesar de que pasé dos noches en la cama con un hombre que me encanta, pero que ni siquiera me tocó. Empezamos una película que abandonamos en la mitad porque era malísima, y fingimos que éramos novios ante las azafatas y los guardaespaldas. Yo me puse nuevamente ese suéter blanco para molestarlo y él me acomodó en su regazo y empezó a bromear con que la temperatura estaba bajando, por la reacción de mi cuerpo, que nada tenía que ver con el frío.

Comimos palomitas y bebimos champán. Como esta vez me senté a su lado, le pregunté en un murmullo si alguna vez había tenido sexo en su avión privado y me dijo que no.

En medio de esta farsa, todavía no acepta entregarme un jersey con su nombre.

Duque hizo un escándalo cuando llegamos a casa y, unos días después, pasamos Navidad allí porque Cooper tuvo partido esa tarde. Fue la primera vez que comió algo fuera del menú habitual. Hicimos videollamada con sus padres y sentí que el corazón se me salía del pecho cuando vi a su madre a través de la pantalla. Tuve que reprimir un sollozo que sé que Cooper notó, porque aprovechó ese momento para deslizar una mano en mi muslo y presionarlo en un gesto cariñoso. A pesar de esa última noche con Rylee, la familia de Cooper siempre fue mi familia. Mi corazón es mitad Owens, mitad Harris. Así que les prometí que iría a verlos a Hammond, aunque supongo que lo haré cuando acabe esta farsa con Cooper.

Y, a pesar de que no tenga un motivo claro, no quiero pensar en que la mentira con Cooper se acabe. Sé que cuando consiga la renovación de su contrato, terminaremos. Y yo lo sigo evitando, pero en algún momento tendré que decirle la verdad y hacer lo que deba, aunque signifique arriesgar mi vida.

Esta pausa es un recreo, y me estoy dando un tiempo antes de que todo explote. Y hacerlo con Cooper a mi lado, a quien cada día conozco más, lo hace especial. Él es especial. No por el fútbol, ni por la fama, sino porque es tierno, vulnerable e increíblemente sexi. Con el perdón de Rylee, que sé que me odiaría por esto, Cooper me gusta mucho. Creo que jamás me ha gustado un hombre de esta manera. Y hoy es un gran día, porque tenemos que fingir ante las cámaras de E! Entertainment durante veinticuatro horas.

—Pueden grabar todo lo que quieran, tal como acordamos —les explica Cooper a los cámaras y productores que invaden el salón—. Salvo mi intimidad con Amanda. Estaremos juntos, como siempre, seguiremos nuestra rutina, pero… —El equipo del *reality* lo mira sin entender, y yo también—. Por ejemplo, intentaremos no besarnos.

Enarco las cejas ante la ridiculez. Tengo claro que no quiere besarme, ya me lo dijo hace un tiempo, pero no pensé que fuera a decírselo a ellos. ¿Qué pareja pasaría un día sin darse un beso solo para que no se viera en televisión?

—¿Cómo? —pregunto, fingiendo sorpresa—. ¿No podré besar a mi novio durante todo un día? —Todos a nuestro alrededor ríen, menos Cooper—. Es E!, no Disney, Cooper.

Él se ríe, me toma de la cintura y esconde la cabeza en el hueco de mi cuello.

—Ni se te ocurra besarme, Amy.

*Amy.*

Pocas veces usa ese apodo, pero cuando lo hace me derrito por dentro.

—¿Estaban listos para conocer al mariscal de campo más tímido? —bromeo, y él escapa de mi cuello. Creo que se da cuenta de que ha hecho el ridículo.

—Me gusta ser reservado con lo que es importante para mí. Sé que es estúpido.

Todos alrededor asienten, no sé si porque confirman que es una estupidez lo que ha dicho o porque quieren ponerse a trabajar. Yo, por mi parte, estoy lista y entusiasmada porque voy a poder fingir que Cooper es mi novio.

No puedo dejar de pensar en esas seguidoras que le dejan mensajes obscenos en redes sociales. La vez pasada, decidí molestarlo y me puse a ver los mensajes privados que le envían, mientras él insistía en que no lo hiciera. Me bastó con leer tres. En uno de ellos, una chica muy guapa de Arizona lo invitaba a tomar algo cuando jugaran allí. *Mala suerte*, pensé, Cooper estuvo cenando conmigo en Arizona y compartimos cama (aunque no lo pude ni tocar). El segundo mensaje tenía fotos de una mujer desnuda y el tercero, la foto del pene de un hombre.

Así que decidí abandonar la tarea, pero ahora me deleito pensando en cuántas personas me envidiarán por ser la novia (falsa) de Cooper Harris.

Las primeras horas son difíciles. Nos piden que hagamos nuestra rutina, pero no es lo mismo con tanta gente alrededor. No somos novios realmente, y lo cierto es que gran parte de nuestro desayuno habitual lo pasamos burlándonos el uno del otro. Ni siquiera Duque logra meterse en el personaje. Se despista oliendo a los cámaras o ladrando cuando alguno se nos acerca demasiado.

Como Cooper tiene el día libre, elaboramos un cronograma entre nosotros y luego la productora armó un guion. Desayunaríamos como siempre, luego yo prepararía unos *muffins* para la tarde y Cooper vería algunos videos del próximo rival. Una vez que hacemos todo eso, nos vamos a almorzar fuera, así que un cámara nos acompaña en el coche junto a un productor que se entusiasma cuando consiguen una escena interesante en un restaurante en el que se arma un caos de *paparazzis*, como ocurre habitualmente.

Cuando volvemos a casa, tomamos asiento en el sillón y vemos dos capítulos de una serie. Cooper apoya los pies sobre la mesita y yo me acuesto con las piernas sobre las de él. Me imagino que la situación es un poco aburrida para la gente que está trabajando y yo no presto atención a nada de lo que ocurre en la serie de televisión porque en un momento dado Cooper comienza a acariciarme los pies. Tomo asiento y me acurruco en sus brazos. El perfume de Cooper que tanto me gusta me invade por completo y escondo la cabeza en el lado de su cuello. Sus músculos se endurecen, como si estuviera en tensión. No debería ser tan incómodo fingir, es solo un abrazo y llevamos más de dos meses viviendo juntos.

Intento no analizarlo y aprovecho el momento porque, por primera vez en la vida, quiero que alguien cuide de mí. Supongo que haber perdido a mis padres siendo tan pequeña me afectó en algunos aspectos. Y uno de mis grandes problemas mientras crecía fue el hecho de no sentirme cómoda al mostrar mis debilidades. Cuando salía con chicos nunca quería que adoptaran un rol protector, e incluso con el único novio que he tenido a largo plazo, en la universidad, se lo dejé en claro en cuanto empezamos a estar juntos. Con Cooper, en cambio, siento la necesidad de dejarme cuidar. Sentirse débil está bien también, y me gustaría que él supiera que no hago esto para incordiarlo, pero se me hace muy difícil mostrar lo que siento.

Se mueve un poco, inquieto, y quiero decirle que no voy a hacerle nada, que conozco mis límites, pero llevamos micrófonos y eso no puede escucharlo nadie más. Muevo la cabeza para observarlo. Él me devuelve la mirada y estamos tan cerca que siento su aliento intentando entrar en contacto con el mío. Me inclino hacia delante y le doy un beso suave en la mejilla.

Un rato más tarde, me preparo un té para mí y el bendito café de la semana de Cooper. Sirvo los *muffins* y, cuando él se acerca, lo tomo de la cintura y lo empujo suavemente hasta dejarlo atrapado en la encimera. Lo rodeo con los brazos y apoyo la mejilla en su pecho. Oigo su corazón acelerado y me entusiasmo. Cuelo las manos bajo su camiseta. Tiene la piel suave y tibia. Recorro su abdomen con los dedos sin dejar de mirarlo y él se inclina para, otra vez, esconder la cabeza en mi cuello.

Subo con mis manos, recreándome con sus músculos. Recuerdo aquella noche en la que Rylee me pidió que lo besara para burlarnos de él porque ella estaba segura de que estaba muerto por mí. Yo lo detestaba porque Rylee me contaba cosas falsas acerca de él, pero también sentía una especie de adrenalina especial, ya que era Cooper. Y punto. No me preguntaba por qué. Solo me parecía que era un gran desafío molestarlo, aunque en el fondo a lo mejor quería saber qué se sentía.

—Tengo hambre —murmura, y me empuja lentamente—. Cuando reacciono, veo que algunos de los productores ya no están y me siento un poco avergonzada; por un momento he olvidado que estábamos acompañados.

Tomamos nuestras infusiones mientras Cooper vuelve a ver videos del próximo rival y luego nos separan para hacernos preguntas y que contemos cosas que van a aparecer en medio del programa.

Más tarde, me cambio y le pido a Cooper que me ayude con algunos ejercicios en el gimnasio mientras él entrena. Algo que, por supuesto, nunca he hecho.

—¡Esto es muy sexi! —chilla una de las productoras cuando Cooper me está ayudando con uno de los ejercicios. Está despeinado y sudado, indicándome cómo debo ponerme en cuclillas lentamente. Siento su erección en mi espalda y me pregunto si la productora lo estará viendo. Trago saliva, excitada y enfadada por los celos, y en una reacción estúpida arqueo la espalda, acariciando su erección con mi trasero. Cooper lanza un suspiro y desliza la mano que tenía en mi cintura hacia mi abdomen. Me siento en el cielo por un instante.

Hasta que se aleja para seguir con su entrenamiento.

Cuando ya va acabando la jornada, cenamos con Olivia y Ben, pero esta vez hablo poco. No quiero que Olivia haga ningún comentario sobre mi pasado ante las cámaras, pero ya he entendido que la amistad que ella tiene con Cooper es mucho más verdadera que la que tuvo alguna vez conmigo o con Rylee. Sé que no va a hacerme daño porque nunca le haría daño a él.

Cuando finaliza el día estoy cansadísima, pero Cooper luce más despierto que nunca.

—¿Te divertiste? —me dice cuando estamos solos—. Porque ahora el que se va a divertir soy yo.

# 35

# COOPER

He pasado el día en un limbo. Amanda ha estado jugando conmigo de una forma que nunca había hecho. Me abrazó, me besó en la mejilla, se acurrucó en mis brazos y acarició mi exultante erección con ese culo hermoso en el que no puedo dejar de pensar desde que volvió a la ciudad. He estado bajo el efecto de la droga más peligrosa de mi vida, ante productores y cámaras. Con un micrófono que me habría dejado en evidencia si le hubiese pedido que se detuviera.

Y lo peor es que jamás se lo hubiese pedido. Amanda me ha vuelto loco y yo se lo he permitido porque sentirla cerca es adictivo y peligroso. Y yo siempre he sido un tipo muy sano que, evidentemente, necesita de estos jueguitos para sentirse vivo.

Porque eso es lo que ha pasado. Amanda me ha hecho sentir vivo después de cuatro años y, esta tarde, no he tenido tiempo de pensar en Rylee ni en el fútbol. Solo tenía ojos para mirarla. Toda mi atención en ella. Todas mis fuerzas enfocadas en controlarme.

Sin embargo, ya no hay más cámaras ni micrófonos y como la farsa ya no tiene lugar aquí, ella se retrae. Tiene talento para la mentira. Puede simular muy bien que es mi novia ante todo el mundo y ahora, fingir que no sintió nada cuando metió las manos bajo mi camiseta para tocarme. Pero yo no soy el mismo chico de diecisiete al que engañó con un beso.

Crecí, tuve novias, salí con mujeres que no me importaban, me transformé en el mejor jugador de fútbol universitario, perdí a mi hermana, sufrí amenazas, mis padres abandonaron la ciudad, me convertí en el mejor jugador de la liga profesional de fútbol y me eché un caso al hombro para encontrar la verdad acerca de mi hermana. Sus jueguitos conmigo ya no funcionan, y parece que los jueguitos tampoco encajan con ella ahora que Rylee no está.

—¿Te has divertido? —digo y me mira, sorprendida—. Porque ahora el que se va a divertir soy yo.

—No sé a qué te refieres.

Sonrío. Le sigue hablando al Cooper Harris que recuerda, que no tiene nada que ver con este. Bueno, en algunos aspectos sigo siendo el mismo, pero en otros, ya no.

—Te dije que no quería que me besaras. —Doy un paso hacia ella.

Está en la cocina con un pijama de pantaloncitos cortos y camiseta de tirantes. Es de seda rosa y parece tan suave como su piel.

—No lo he hecho. —Niega con un gesto—. No te he besado.

—Has hecho cosas peores. ¿No te parece? —Me acerco más y veo cómo mantener el gesto imperturbable en su rostro se vuelve insostenible para ella—. Puedo enumerar cada una de las cosas que me has hecho.

—Debíamos fingir.

—¿Crees que era fundamental para nuestra credibilidad que refregaras tu culo en mi pene?

Lanza una risita.

—Probablemente.

—No tenemos diecisiete, Amy. Sabes que tu culo me vuelve loco y evidentemente hay alguna parte de mí que te vuelve loca también.

Suceden cosas en su expresión. Una lucha entre sentimientos que se le quieren escapar y su fuerza de voluntad deteniéndolos. Se vuelve a reír y chasquea la lengua. Sé que le gusto y no me sentía así antes. Cuando éramos adolescentes y ella me encantaba, sabía que no era mutuo. Pero ahora lo es. No soy idiota.

—Estábamos fingiendo —insiste, cuando ya estoy prácticamente pegado a ella. Sus pezones hacen acto de presencia, y qué bien que se ven bajo esa tela. Mis ojos van desde allí hacia sus ojos. Enarco una ceja.

—Demuéstramelo —susurro en su oído y la tomo de la cintura. Inclino la cabeza y le acaricio el cuello con los labios. Ella se mantiene impávida durante un instante, pero cuando me pego un poco más y mi cuerpo entra en contacto con el suyo, lanza un sollozo suave y mueve la cabeza para darme más acceso—. Te gusta esto, ¿verdad? —Le beso el cuello con suavidad. Besitos sueltos por toda su piel. Se le agita la respiración—. Respóndeme, Amanda. Cuando estamos solos, mando yo.

Lanza un suspiro contenido y me agito por dentro. Es cierto que en este tipo de situaciones me gusta ser el que mueve los hilos, pero saber que eso puede gustarle a Amanda me excita de un modo que no deseo. No ahora, cuando quiero dejarla en evidencia.

—Cooper… —murmura. Cierra los ojos y deja caer la cabeza hacia atrás.

¿Solo por unos besos en el cuello y un par de palabras? Madre mía, quiero hacer un desastre en esta cocina.

—Amy, eres preciosa cuando no finges. —La tomo de la cintura y la acomodo sobre la encimera—. Te podría haber hecho esto a los dieciséis, cuando preparamos palomitas y luego acabamos durmiéndonos juntos en el sillón mientras mi hermana tenía sexo con Ben.

Otra risita. Quiero comerme esos labios mientras se ríe.

—No sabía que eras mandón. —Me rodea la cintura con las piernas. Yo las recorro con mis manos.

—Eres tan suave, Amy. ¿Quién hubiese pensado que alguien tan perverso pudiera tener esta piel?

—No soy perversa —se defiende, pero no es como siempre. Está completamente fuera de juego.

—Eres perversa y me encantas. Me gusta que juegues conmigo si luego te pones así.

Lanza otro sollozo y mueve la cadera, rozando mi erección. Estoy a dos movimientos del orgasmo, así que la detengo.

—Amy, preciosa. —Deslizo mis manos hacia su cintura. Mis manos parecen enormes sobre ella. Estoy a un movimiento del orgasmo. Deslizo los pulgares hacia arriba y acaricio la parte baja de sus pechos. Ella vuelve a mover la cadera, desesperada—. Escúchame, hay algo que quiero saber.

—¿Qué? —pregunta entre gemidos.

Salgo de la ensoñación y la miro. Está completamente entregada a mí, con las piernas abiertas y los ojos cerrados. Nunca imaginé a una Amanda que confiara en mí, y yo quiero hacer lo mismo con ella, pero todavía tengo mis reparos. Me acerco a su oído y le pregunto:

—¿Alguna vez le contaste a Rylee cómo destruiste su jueguito?

Ella lanza un suspiro y abre los ojos. Yo me muero por besarla, pero me contengo. Deslizo los pulgares una vez más, sintiendo la forma de sus pechos. Luego, le doy un beso en la mejilla, como el que ella me dio antes.

—Buenas noches, Amy. Sigue así y puede que la próxima vez, finalmente, te ganes mi jersey.

# 36

# COOPER

## NUEVE AÑOS ANTES

Lo de Rylee lo entiendo: ella es así.

Mi hermana disfruta de generar incomodidad en los demás. Le gusta desestabilizar a las personas y se siente poderosa cuando tiene los sentimientos de otras personas en sus manos. Es extraño, pero estoy acostumbrado. Crecí a su lado. Por supuesto que hubiese preferido tener una hermana con la que compartir más que solo los viajes de la casa al instituto y del instituto a la casa. Me hubiese gustado que se entusiasmara por mis logros en lo que respecta al fútbol, en lugar de hacerme sentir que era un obstáculo entre nosotros. Le gusta decir que mis padres me prefieren por ello, transformando lo que amo en algo por lo que debería sentir culpa.

Pero no es cierto. Para nuestros padres, ambos somos especiales. Por supuesto que les hace feliz que yo haya conseguido una beca universitaria gracias al deporte, pero eso no significa que me quieran más. No es cierto que yo le quité la atención a Ry; de hecho, ella se ha pasado la vida generando situaciones que han atraído más atención que el fútbol.

Como este instante, en el que no puedo dejar de sentirme humillado por lo que ha pasado con Amanda en lugar de estar feliz porque estamos a un solo partido de ganar el campeonato. Ni siquiera me emociona pensar en que en unos meses me traslado a Los Ángeles para comenzar la universidad y jugar al fútbol en uno de los mejores equipos.

Me dejo caer en el pequeño sofá de mi habitación y lanzo un suspiro. Tendría que haberme dado cuenta… Amanda me detesta. Tomo el mando y enciendo la consola de videojuegos. Normalmente juego en línea con Ben, pero eso implica hablar y no quiero contarle lo que ha ocurrido. Al menos por ahora. Me inclino hacia delante, apoyo los codos en las rodillas y dejo caer la cabeza. Mi hermana va a publicar esa foto y voy a quedar como un idiota frente a todo el mundo. Y tal vez lo sea… porque imaginé muchos besos con Amanda, pero ninguno tan cruel. Nunca debería haber esperado algo real de parte de ella.

Levanto la vista, presiono los botones del mando e inicio la partida. Juego como un autómata. Me siento humillado por Amanda, pero lo que me duele es Rylee. Mi hermana planificó todo con la intención de lastimarme. Ella sabe que Amanda me gusta… Tenía clarísimo que iba a seguir ese beso y que ahora me sentiría así. ¿Por qué no le importa? ¿Por qué lo disfruta?

Chasqueo la lengua, me acomodo en el sofá y me prohíbo seguir pensando en ello. Ya me preocuparé cuando esa foto empiece a circular por el instituto. Justo cuando tengo que jugar mi último partido. Entonces, me doy cuenta.

Es eso.

Rylee quiere arruinármelo. En el fondo sabe que, entre el fútbol y ella, siempre la elegiría a ella. No me dolería perder ese partido como me duele que haya decidido burlarse de mí cuando en poco tiempo ni siquiera estaré en la ciudad. Lo más probable es que gane ese partido y lo disfrute. Pero lo de esta noche, sé que lo voy a llevar adonde vaya.

Me pongo de pie y lanzo el mando sobre la cama. Le echo un vistazo a mi habitación, como si no hubiese pasado diecisiete años de mi vida aquí. La colcha está revuelta, producto de la siesta de la tarde. En la mesa junto a mi cama hay una lámpara cuya base es un balón de fútbol. Es horrible, pero me la regaló mamá, así que tiene un significado especial. En las estanterías, a la izquierda de la habitación, hay varios premios que he obtenido en los últimos años. Del borde de un cuadro con la foto de uno de mis jugadores de fútbol favoritos, cuelga una medalla. Mi cuarto es un culto al fútbol.

En la pared frente al escritorio donde acostumbro estudiar y hacer mis tareas, hay un calendario. Cada mes, con una animadora sexi, aunque ninguna es tan guapa como la chica que acaba de humillarme. Suspiro y sigo observándolo todo. Me guardo imágenes, porque pronto este será mi pasado. Me digo que alejarme de Rylee me va a hacer bien, que empezar de cero en otra ciudad va a ser difícil porque todo lo anterior lo comencé con ella; pero que al final será lo mejor. Tal vez ya hemos hecho demasiadas cosas juntos. A lo mejor nos toca ser felices estando bien lejos. Y quizá también sea mejor para mis padres, ellos podrán brindarle la atención que ella desea y eso la va a tranquilizar. Rylee necesita paz y no la tiene cuando yo estoy cerca.

Miro por la ventana y en la oscuridad de la noche solo encuentro la casa de Amanda, justo enfrente. Me doy la vuelta y recorro la habitación, cuando el pomo de la puerta se desliza hacia abajo y ella aparece.

Amanda.

Me quedo de pie en medio de la habitación, mientras ella cierra la puerta y se aproxima lentamente. La observo, con el ceño fruncido. Por dentro, el corazón me late como si estuviera corriendo para cruzar la línea y marcar el *touchdown* de mi vida.

En realidad soy un idiota, porque ella me gusta.

Y porque es inalcanzable.

Desvío los ojos hacia sus pies. Todavía lleva esas medias blancas amontonadas en los tobillos. Se mueve tan despacio, que me da tiempo a recorrer sus piernas con la mirada. Espero que mi hermana aparezca, pero la puerta está cerrada. Es cierto que podría estar escondida debajo de la cama para conseguir la toma perfecta de mi nueva humillación, pero sé que estamos solos. Decido preguntarle qué necesita o por qué está aquí, pero mi cerebro está muy ocupado analizando cómo mi jersey viejo le acaricia los muslos.

Ella sigue sin hablar.

*Por favor, di algo.*

Estoy *tan* quieto que siento que ella puede ver cómo los latidos de mi corazón me sacuden por dentro. Se mantiene en silencio hasta detenerse frente a mí. Sus ojos celestes recorren mi rostro y se posan en mis labios.

*No.*

*Por favor.*

Con movimientos lentos, acomoda una de sus manos en mi mejilla. La otra en mi pelo. Siento que se eleva, mientras yo me mantengo en mi sitio. Siento el calor de sus labios antes de que entren en contacto con los míos.

Esta vez todo es más lento. Mantiene sus labios sobre los míos y yo espero... Sé que tengo que alejarme, pero es que después de esto nunca más podré besarla.

Es ahora o nunca.

Acomodo las manos en su cintura, inclino la cabeza, y con ayuda de mis labios, separo los de ella. Amanda lanza un suspiro que se cuela en mi boca. Ahora es mío. Ese suspiro está dentro de mí. Lanzo un gemido y la acerco. Siento el latido de su corazón y me pregunto si estará notando el estruendo que está haciendo el mío.

No tenía ni idea de que podía sentir tan intensamente hasta este momento.

Amanda desliza una de sus manos hacia mi pecho y yo recorro su costado con una de las mías. Me detengo en el muslo y viajo con una caricia lenta hacia arriba, arrastrando la camiseta. Disfruto de cada pequeño tramo. Es la única vez que voy a sentir su piel, así que cuando mis dedos se encuentran con la tela de su ropa interior, deslizo un dedo debajo. Una caricia suave en su cadera, mientras la beso y ella me deja.

Mi hermana no va a aparecer, deduzco.

Lo que no significa que yo pueda olvidar lo ocurrido.

Rompo el beso con suavidad. Le acomodo la camiseta, con mis ojos en los de ella.

Tan hermosa.

*Y tan cruel.*

—Cooper —susurra.

—Eres preciosa —le digo, con mis labios rozando los de ella.

Cierra los ojos y me desespero porque quiero verlos. Quiero que me vea y que se sienta obligada a recordarme cuando ya no esté en la ciudad.

—Cooper… —repite, pero no le permito continuar hablando.

—Eres preciosa y me gustas —le digo—, pero eres como ella.

Abre los ojos de inmediato. Esto sí que va a recordarlo.

—Ella no sabe que estoy aquí —murmura.

—Eres preciosa, pero eres como ella. —Le doy un beso suave y contradictorio en los labios—. No es cierto que ella es cruel y tú la acompañas porque es tu amiga. Tú también disfrutas de hacer daño.

—Cooper, no...

—Así que solo eres preciosa. Me gustan tus ojos, pero no tu corazón. —Libero su cintura y doy un paso hacia atrás—. Espero que te hayas divertido conmigo. Ahora vete.

Me observa durante unos segundos y yo le sostengo la mirada, aunque me estoy muriendo por dentro porque me siento completamente humillado.

Y porque yo no soy este. No me siento cómodo en este rol.

Se da la vuelta y abandona la habitación.

Al día siguiente, desayunamos junto a mi hermana y mis padres. Compartimos algunas miradas, pero no son incómodas.

Me pregunto si alguna vez se animará a contarle a Rylee que le gustó *tanto* besarme, que no pudo evitar meterse en mi cuarto en busca de más.

De la foto besándonos en la cocina nunca supe nada más. Y ganar el último partido en Chicago fue maravilloso.

# 37

# AMANDA

Siento que me han propulsado al pasado en la nave espacial más rápida del mundo y ahora gravito en la galaxia sin rumbo, perdida en tiempo y espacio.

Ni siquiera sé cómo llego a la habitación, una vez que Cooper abandona la cocina.

Mi cabeza es una sucesión de imágenes, de momentos. Recuerdos que, aunque lo haya intentado durante mucho tiempo, nunca voy a olvidar. Como esa noche en la que lo besé, primero, porque Rylee me lo pidió y, luego, porque sentí que necesitaba más.

Tomo asiento en la cama y cierro los ojos, con la habitación a oscuras. Lo recuerdo todo muy claramente. Teníamos una venganza pendiente por el asunto de los apuntes que Cooper me había quitado, algo que hace unas semanas descubrí que no fue real. Rylee me sugirió que besara a Cooper en la fiesta. Tanto ella como yo sabíamos que él iba a seguirme el beso, pero luego, yo le diría que solo lo estaba poniendo a prueba y lo dejaríamos como un idiota frente a todo el mundo.

Me pareció un plan ridículo desde el comienzo. Cooper era demasiado popular como para que a alguien le importara que una chica lo rechazara después de tirársele encima en busca de un beso. Cooper tenía chicas tirándosele encima de forma permanente, así que el hecho de que me siguiera el beso no implicaba nada. Además, a mí nunca me gustó la atención, de modo que no acepté y le sugerí a Rylee que lo hiciéramos en su casa. Si él me seguía el beso fuera de la situación de la fiesta, iba a ser más humillante. O no lo sé. En cierta manera, siempre me pareció un plan estúpido. Supongo que lo que ella en realidad quería era burlarse de él y alejarnos más. Eso lo acabo de entender.

Me echo hacia atrás y apoyo la espalda en el cabecero. Tal vez Rylee no quería burlarse de él y por eso aceptó cuando le pedí que no compartiera la fotografía con nadie. Si me mintió durante tantos años respecto a cómo la trataba su hermano y fue ella quien me quitó los resúmenes, tiene mucho sentido. Parece que le interesaba más alejarme a mí de Cooper, que a Olivia de Ben.

Oigo las patitas de Duque en la oscuridad y sonrío cuando siento un lametón en la mano. De un salto, se sube a la cama y se recuesta a mi lado. Tal vez sea hora de irme de esta casa, estoy evadiendo la realidad desde hace meses, porque no tengo un rumbo claro. Y no se trata solo del peligro, sino del hecho de no saber quién soy o si todavía estoy a tiempo de cambiar. Llevo muchos años sintiéndome horrible por todo lo que hice en el pasado.

Esa noche, cuando besé a Cooper, pensé que se reiría o que discutiría con Rylee, pero su reacción fue completamente diferente. Se sintió decepcionado por mí y lastimado por su hermana. Ni siquiera abrió la boca, solo se limitó a observarnos, mientras nosotras nos reíamos como estúpidas. Como si exponer a alguien, mentir y lastimar fuese algo divertido.

Y luego, Rylee se durmió extasiada por la adrenalina posterior a una aventura; pero yo no pude dejar de pensar en la mirada de su hermano. En retrospectiva, creo que esa fue la primera vez que vi al verdadero Cooper y ni siquiera me di el tiempo de procesarlo. Durante todos estos años, seguí pensando que maltrataba a su hermana y que solo era el chico de oro para quienes no lo conocían. Y de esto, la única culpable soy yo.

Porque esa noche en la que besé a Cooper empecé a ver todo con claridad. Sé que lo lastimé, pero con el tiempo supuse que fue un mal necesario, ya que, de lo contrario, él nunca hubiese tenido la posibilidad de abrirme los ojos.

Cuando me dijo que yo era como Rylee, estaba en lo cierto. Ella nunca me obligó a ser su amiga ni a ser parte de sus planes. A veces, si sentía que yo quería echarme atrás, me presionaba. Pero al final yo aceptaba. A pesar de que tenía la opción de detenerme, seguía adelante. Y esa noche lo cambió todo porque me di cuenta de que ya no podía esconderme tras las espaldas de Rylee. No tenía más excusas, debía cambiar o aceptar que era como ella.

Empecé a pensar en todo lo que había hecho y en que ese sería el recuerdo que alguien tendría de mí. Las huellas que estaba dejando en las personas eran desagradables.

Me di cuenta de que Cooper se iría a la universidad y me recordaría siempre como la perra que jugó con su corazón. Y que Andrew me recordaría como la chica a la que quiso conquistar y que empapeló la escuela con fotos de su pene. Una fotografía que, por cierto, me había enviado en confianza. Sin embargo, lo que marcó la diferencia fue lo de Olivia. Porque ella no me recordaría como la zorra que casi acaba con su vida por una broma pesada que pasó los límites. Olivia tendría recuerdos bonitos conmigo, porque nunca supo la verdad.

A la mañana siguiente, tras ese beso con Cooper, le pedí a Rylee que no publicara la fotografía que nos había hecho. Sabía que a él no le afectaría en nada, pero yo no quería verla. Ese beso había significado algo importante y quería atesorarlo.

Por supuesto que Rylee no aceptó mi sugerencia, de modo que me armé de coraje y decidí jugar con su mente como hacíamos a diario con todo el mundo. Le dije que me daba asco que me vieran con Cooper y, probablemente, eso la hiciera feliz, ya que la fotografía nunca salió a la luz. Luego, desayuné en la mesa de los Harris, como si nada hubiera pasado. Cooper actuó conmigo como todos los días, y yo hice lo mismo. Básicamente, no nos dirigimos la palabra, aunque yo no pude evitar mirarlo un poco más de lo habitual. Hoy pienso que, a lo mejor, tuve la necesidad de observarlo, porque nunca lo había hecho.

Él ganó el último partido con el equipo de fútbol del instituto y se fue de la ciudad con la gloria bajo el brazo. Yo seguí aquí, pero cambié. Porque esa noche, Cooper me hizo darme cuenta de que no quería ser la que dejaba huellas desagradables en las personas y, aunque en muchos casos ya era tarde, necesitaba modificarlo a futuro. El problema es que todavía a veces me olvido de que ya no soy esa persona; es muy difícil dejar los malos hábitos. Por eso es que hoy Cooper vuelve a tener razón.

Llevamos dos meses compartiendo casa y él no termina de confiar en mí. Y me parece bien, porque sigo siendo la misma mentirosa. Todavía guardo secretos que él necesita saber. Todo lo que quiere averiguar desde hace años yo lo sé. Y no se lo voy a decir, porque si Cooper me odia por ese beso estúpido, nunca podría perdonar lo que pasó.

De lo que pasó esa noche, no hay vuelta atrás.

* * *

Cuando lo veo a la mañana siguiente, tiene el rostro cansado, lo cual tiene sentido porque son las seis de la mañana y ayer nos acostamos tarde. Normalmente a esta hora estoy dormida y no nos cruzamos hasta el almuerzo, pero no he logrado pegar ojo y he decidido utilizar el recurso de la abuela.

—Buenos días.

Oír su voz de recién levantado me genera una sensación extraña. Siento calor en las mejillas y se lo atribuyo a la cacerola que tengo frente a mí.

—Buenos días. —Me giro para observarlo, desesperada por fingir que lo de anoche no me afectó. No la parte en la que me dio tres besos en el cuello y enloquecí, eso no me importa. De hecho, creo que merece saber que me gusta. Lo que no me apetece es mostrar cuánto me pesa mi pasado. Porque yo me prometí a los ocho años que mi pasado no marcaría mi futuro. Y, aunque superé la prueba más difícil, que fue la pérdida de mis padres, luego atiborré mi pasado de víctimas. Fui una niña feliz y me transformé en una adolescente cruel.

—¿Qué haces despierta tan temprano?

Tiene el cabello húmedo y huele a jabón. Lleva puestos unos pantalones de compresión debajo de unos *shorts* deportivos y una sudadera.

—Estaba aburrida —invento, porque es mejor que decir que no he dormido en toda la noche por pensar en lo que ocurrió con él la noche anterior.

Chasquea la lengua y se asoma detrás de mi hombro.

—¿Estás haciendo tus mermeladas? Me acuerdo de que las hacías con tu abuela.

A veces creo que no tiene mucho sentido fingir con él. Parece que se ha pasado la vida observándome.

—Me calmaba cuando perdí a mis padres… Bah, era una manera de entretenerme que se le ocurrió a mi abuela. Además, me salen muy buenas. Así que me ayuda a calmar la mente y después tengo algo sabroso para desayunar.

—Sabes que nadie desayuna eso, ¿verdad?

Sonrío. Es cierto, pero la abuela desayunaba pan con mermelada y yo la imité.

—Todavía nadie ha descubierto lo bueno que es empezar el día saboreando algo dulce.

—O no se animan a hacerlo —susurra en mi oído.

Cuando se aleja, me doy la vuelta.

—Pensé que la tortura había sido cosa del momento. Avísame si planeas sostenerlo en el tiempo. —Sonríe, mientras se prepara su batido clásico de cada mañana—. Por cierto, ¿cuándo ves a tu nutricionista?

Frunce el ceño y me mira.

—¿Por qué?

—Quiero ir contigo.

Detiene lo que está haciendo y se queda mirándome.

—Es la nutricionista del equipo. ¿Para qué quieres ir conmigo?

—Porque estoy segura de que no sabe que no disfrutas de una sola comida. ¿Crees que eso es saludable? Pues no lo es. Mírate, estás cansado y acabas de levantarte.

—No he dormido bien. He estado pensando en cierto pijama de seda…

—Cállate. —Resoplo—. Pareces cada vez más cansado.

—Estoy cansado, esto es así. —Continúa preparando su batido—. Lo aprendí en el instituto y en la universidad se profundizó. Siempre supe que el fútbol profesional sería demandante, pero todavía lo disfruto. Todos los que hacemos esto estamos agotados.

—El otro día vi a Reynolds, el que juega en Las Vegas. Estaba de fiesta con dos mujeres y no parecía tan cansado.

—¿Dónde lo viste?

—Había un video en redes, alguien lo grabó y se viralizó.

Lanza una risita.

—Ve el próximo partido de Las Vegas, Reynolds es un desastre. Los que estamos agotados somos los que hacemos este trabajo como corresponde.

Muevo la cacerola para alejarla del calor y me doy la vuelta.

—¿Siempre haces lo correcto?

—Eso intento.

Me muerdo el labio inferior. Acomodo un pie descalzo sobre el otro.

—¿Qué puedo hacer para que no hagas lo correcto al menos una vez?

Él me sostiene la mirada y luego se lleva el enorme vaso con su batido a la boca. Se lame los restos que humedecían sus labios y sonríe.

—Existir. —Sonríe—. Mientras tú existas, yo nunca tendré la mente despejada como para hacer lo correcto.

# 38

# RYLEE

**Ocho años antes**

Estoy retocándome el pintalabios rojo frente al espejo del baño cuando Amanda aparece.

—¿Qué pasa? —pregunta.

—Hola, ¿no? —respondo, y ella me devuelve un gesto impaciente.

Amanda está cambiada desde que empezamos la universidad. En un principio lo consideré normal. Son muchos cambios, pero tenerme a mí debería hacer todo mucho más sencillo para las dos.

—Hola —dice, al cabo de un rato.

Yo seguía observándome en el espejo. No pensaba hablarle hasta que me saludara. Esos jueguitos de poner los ojos en blanco no van conmigo. Sobre todo viniendo de ella.

—Acabo de cruzarme con el profesor de Literatura. Creo que he tenido un orgasmo en medio del pasillo.

Doy unos golpecitos con el dedo índice sobre mis labios para difuminar el color.

—Entonces… —Guarda el móvil en el bolsillo de su falda—. Me has hecho venir de forma urgente para decirme que te gusta el nuevo profesor de Literatura.

No esperaba que le causara gracia mi declaración; pocas cosas divierten a la nueva versión de Amanda. Está demasiado enfocada en los estudios. Lo cual es comprensible. Yo también quiero cumplir mi sueño de trabajar de lo que amo, pero entretanto planeo divertirme. Como siempre.

—Me acostaré con él y, teniendo en cuenta que eres mi mejor amiga, quería que lo supieras antes que nadie.

—¿Piensas contárselo a muchas personas más? —se burla, porque sabe que es la única amiga que tengo. O, al menos, la única a la que le cuento todo.

—No lo sé, pero agradece tener la primicia.

—Gracias por la primicia.

—Y ni se te ocurra hacerle ojitos, es mío.

Pone los ojos en blanco. Sé que Amanda no intentaría nada con un profesor porque es demasiado fría para algo así. Mi hermano la llamó Reina del Hielo durante mucho tiempo, pero cuando Amanda se enteró cambió el apodo por Reina de los Reptiles. Si hay algo en lo que mi hermano no es bueno, es en esto de ponerles sobrenombres a las personas. En todo lo demás, es maravilloso. Así que aquí me encuentro, intentando alguna vez superarlo en algo sin tener posibilidad de éxito.

—En lo último en lo que estoy pensando es en hacerle ojitos a un profesor. —Se detiene—. ¿En qué piensas? Estás sonriendo.

—¿Te acuerdas cuando Cooper te llamaba Reina del Hielo?

—Por supuesto, lo había considerado inteligente hasta que me enteré de que me llamaba así. Conociéndolo, está claro que podría haberse esforzado más.

—Es que no sabes cómo te llamó luego. —Lanzo una carcajada y Amanda deja caer los hombros, frustrada—. Reina de los Reptiles.

—¿Eh?

—Por la sangre fría —explico entre risas—. Es realmente malísimo.

—Por suerte se dedica al fútbol.

En cuanto oigo esas palabras, me pongo seria. No me molesta que mi hermano juegue al fútbol, claro. Pero que alguien lo haga tan bien a veces es un poco insoportable. La gente se enloquece y, siendo realistas, tampoco es un héroe nacional; solo sabe lanzar muy bien el balón.

—¿Qué ocurre?

Sí. Amanda está diferente desde que comenzó la universidad, pero es en estos momentos en los que la vuelvo a encontrar. Cuando no necesito decir mucho para que sepa cómo me siento o por qué actúo de la forma en la que lo hago. Puede que esté más amargada de lo habitual, pero tal vez pueda aceptar ese cambio.

—Tuvimos un fin de semana un poco terrible.

—¿No estuvisteis de campamento familiar?

Sí. El bendito campamento es la costumbre más patética de mi familia. Era divertido cuando éramos pequeños, pero hace años que se transformó en una pesadilla. Además, Cooper está estudiando en Los Ángeles y lo hicieron viajar para mantener la tradición.

—Sí. Sabes que hace tiempo que dejé de disfrutarlos.

—Pero no veías a Cooper hacía tiempo. —Frunce el ceño—. La semana pasada me dijiste que lo echabas de menos.

—Claro que lo extraño, pero él sigue siendo Cooper.

—¿Te dejó durmiendo fuera? —bromea.

—Eso me lo hacía cuando éramos pequeños.

—Nunca entendí cómo tus padres no se daban cuenta.

—Cooper no es lo que parece, nunca lo fue. ¿El chico bueno y popular que juega al fútbol? —Chasqueo la lengua—. Ese es el que ven quienes no lo conocen realmente. Siempre sacó provecho del favoritismo de mis padres. En los campamentos me obligaba a dormir fuera y se burlaba de mí. Ahora solo habla de sus partidos y su ingreso en UCLA. —Suspiro—. Ya sabes, para marcar la diferencia.

Amanda estira el brazo y toma con su mano la mía. Con el pulgar, me da una caricia suave. Estos momentos son los que me recuerdan quién es Amanda en mi vida. La única persona que solo tiene ojos para mí.

—¿Hay algo más? —Da un paso hacia mí—. Te veo… apagada, más allá de ese pintalabios que te queda increíble y de que planeas conquistar a un profesor de Literatura.

Lanzo una risita, pero me pongo seria rápidamente.

—Lo de siempre —suspiro—. Mis padres no vendrán a nuestra presentación del viernes por la noche porque Cooper juega con su equipo y planean ver el partido por televisión.

Amanda me observa, apenada.

Mi hermano es mi mellizo, pero somos completamente diferentes: él tiene el cabello rubio como mamá y yo, castaño como papá. Él tiene ojos marrones y yo, verdes. Él es bastante más alto y un poco menos inteligente. Cooper es transparente, pero yo no lo soy. Soy un poco rebuscada y mucho más intensa. Él deposita toda su pasión en el deporte y eso lo transformó en el mejor mariscal de campo de la liga la temporada pasada y le dio el pase directo a la universidad. A mí, en cambio, la pasión a veces me complica un poco la vida, pero me gusta divertirme. Puede que en eso seamos parecidos: los dos sabemos cómo permanecer en la cabeza de las personas. Él, jugando bien al fútbol. Y yo, bueno, tengo mis métodos.

# 39

# AMANDA

El equipo está oficialmente en los *playoffs* y Cooper decidió aprovechar su día libre para visitar a sus padres. Como ahora tenemos seguridad en la casa y guardaespaldas, no es necesario ir con él a todos lados y puedo salir mucho más que antes. Sin embargo, no me gustó la idea de quedarme en casa cuando podía pasar el día con él.

Desde lo que ocurrió hace una semana, cuando estuvo a punto de besarme, no dejo de pensar en cómo repetirlo. No es algo que dependa de mí y él fue claro cuando me pidió que no lo besara. Quiero que suceda, pero en este caso no voy a dar el paso. Él sigue sin confiar en mí y no puedo culparlo. Yo tampoco lo haría.

Me acomodo en el asiento y lo observo. Tiene una gorra de béisbol y una sudadera verde oliva de Chanel. Hoy es de esos días en los que abandona su reloj inteligente. Sus manos siguen siendo una obsesión para mí. Como cuando era adolescente y no me permitía asumirlo. Sostiene el volante y el Rolex brilla en su muñeca.

Intentó que no fuera con él a Hammond, pero está a la vista que no lo consiguió.

—Preferías que me quedara —afirmo.

Gira la cabeza y me observa, luego vuelve a poner los ojos en la carretera.

—Eso ya lo sabes.

—Lo sé porque asumiste que lo haría. —Resoplo—. Y pensabas llevarte a Duque.

Estira la mano y pasa a la siguiente canción. He conectado mi teléfono y parece que nada de lo que suena le agrada. Es la primera vez en mi vida que tengo frente a mí a este espécimen: un Cooper Harris de malhumor.

—Es *mi* perro.

Me doy la vuelta y lo veo. Está en el asiento trasero, recostado en un almohadón. Se durmió en cuanto salimos de Chicago.

—Él me hubiese echado de menos —digo—. Tú no, eso está claro.

—Por supuesto —confirma.

Me giro, sorprendida.

—¿Por qué estás de malhumor?

—Porque no planeaba que vinieras conmigo a casa de mis padres.

Lo observo en silencio. Cooper me informó que iría a visitar a sus padres la noche anterior. Me preguntó si tenía problema en que se llevara a Duque porque su padre lo adora y en el mismo instante le dije que iría con él porque no quería estar sola en la casa. Me insistió con lo de los guardaespaldas, pero como mi problema no era la seguridad, sino que quería pasar el día con él, le dije que de todos modos prefería ir.

—Podrías haberme dicho que no con más firmeza, Cooper.

—No puedo decirte que no. —Me mira—. ¿No te das cuenta?

Lanzo una risita.

—No puedes decirme que no porque eres el hombre ejemplar que hace siempre lo correcto. —Chasqueo la lengua.

—No es así. Si Ben me estuviera arruinando la existencia, lo mandaría a la mierda. —Suspira—. A ti no puedo decirte que no, es parte de mí.

—¿Quieres decir que te estoy arruinando la existencia? —No le doy tiempo a responder—. Además, te negaste cuando te pedí un jersey. En repetidas ocasiones.

Lanza una risa cargada de ironía.

—Me refiero a que nunca me hacías caso cuando éramos adolescentes. Me ignorabas todo el tiempo, pero si un día se te ocurría dirigirme dos palabras, en lugar de ignorarte te hacía caso. —No hacía eso intencionalmente y tampoco lo recuerdo de la misma forma que él. Lo cierto es que Cooper me caía mal y Rylee odiaba que hablara con él, así que lo evitaba—. Pero bueno, al menos pude decirte que no en lo del jersey, aunque no me hubiese generado tantos problemas como lo hará esta visita.

Resoplo.

—Solo tienes que fingir de la misma forma en la que lo vienes haciendo. —Me detengo y lo miro—. O tal vez mejor, Cooper, porque de verdad que eres malísimo mintiendo.

—Yo te lo dije y tú no me creías...

—Rylee se quedó con todos los genes del engaño.

—Eso también te lo dije. —Estira la mano y cambia de nuevo la canción que está sonando—. Tienes un gusto pésimo en música, Amy.

Me sacude un vuelco en el estómago. Sucede cada vez que me llama de esa manera. Me resulta cariñoso y nadie es afectuoso conmigo desde hace mucho, mucho tiempo.

—Eres más divertido malhumorado que cuando quieres actuar correctamente —menciono.

—¿Qué obsesión tienes con eso? ¿Te gusta discutir con todo el mundo?

Es que soy rebuscada. Me gusta discutir con él, no con todo el mundo. Me gusta molestarlo. Quiero fastidiarlo tanto que tenga que presionarme contra la encimera como la otra noche. Voy a incordiarlo hasta que vuelva a pegar su boca en mi cuello. A él también le gusta discutir conmigo.

—Me gusta discutir contigo, Cooper.

—Bien, hoy no tendrás que esmerarte mucho —dice, a lo que lanzo una risita e inclino el asiento hacia atrás. Cierro los ojos—. No seas ridícula, Amy. En diez minutos llegamos. Es Hammond, no Alaska.

No le respondo, porque en realidad sé que estamos cerca y he entrado en pánico. Mientras estaba molestándolo he olvidado los nervios que me genera volver a ver a los padres de Rylee. Así que cierro los ojos y respiro hondo. Dejé la ciudad en el peor momento de sus vidas sin despedirme y nunca más me comuniqué con ellos, salvo por la videollamada de Navidad en la que prácticamente no dije nada. Josh y Lilly fueron mucho más que los padres de mi mejor amiga para mí. Claro que siempre tuve a mi abuela, pero ellos me incluían en todos los planes familiares, salvo ese bendito campamento anual. Cenaba muchas noches allí y era una invitada en todas las fiestas de cumpleaños de la familia. Ellos me abrieron las puertas de su casa y Lilly me aconsejó en muchas ocasiones. Los Harris me dieron la posibilidad de crecer dentro de un entorno familiar que ya no tenía.

Y yo les pagué de la peor manera.

Por eso, además de querer incordiar a Cooper y de desear pasar el día con él, me quise obligar a hacer esto. Es momento de dar la cara y de prepararme para cuando todo acabe saliendo a la luz. Me pareció que era buena idea pasar un día con ellos antes de que me odien.

—¿Tus padres se enfadaron conmigo cuando me fui? —pregunto, sin siquiera abrir los ojos.

—Por supuesto que no; ellos nunca se enfadaban contigo.

—Así que tú eres el único que se enfadó.

—Yo me enfadé, pero ellos se decepcionaron. —Siento sus palabras como un puñal, pero mantengo los ojos cerrados, en un intento de encontrar la paz—. Ya habías declarado y no podías aportar mucho más; lo que los decepcionó fue que no los acompañaras. Que no estuvieras para ellos.

Asiento con la cabeza y me preparo. Porque además de volver a verlos, tendré que volver a mentirles.

\* \* \*

La casa está situada sobre Wildwood Road. Tiene dos plantas y la fachada cubierta de ladrillos anaranjados. Desde fuera parece amplia para dos personas, pero tiene ciertas similitudes con su casa en Chicago.

Cooper baja de la camioneta y abre la puerta trasera. Duque sale de un salto y corre hacia la puerta. Contrario a lo que hago siempre, tardo en bajar. Estoy nerviosa y, en el intento de guardar mi móvil en el bolso, se me vuelca y cae todo el contenido a mis pies. Gruño, me inclino y comienzo a tomar todas mis cosas y a meterlas, ansiosa, en el bolso. Cooper abre la puerta y dice algo como «¿Qué has hecho ahora? Eres una pesadilla», pero yo estoy temblando, mucho más histérica de lo que esperaba. Cuando acabo de meter las cosas y cierro el bolso, me acomodo en el asiento y veo a Lilly en el porche de la casa, con una sonrisa.

—¿Vamos? —dice Cooper y me hace reaccionar.

—Sí, perdón —me disculpo—. Se me había caído todo.

—Eso me ha parecido —bromea, con una sonrisa tierna. Parece que el Cooper malhumorado se ha quedado en algún sitio de la carretera. Y lo entiendo: si yo tuviera unos padres como

Lilly y Josh y estuviera a punto de verlos, lo último que sentiría sería fastidio.

—¡Cooper! ¡Amanda! —exclama Lilly, y se dirige a nosotros con una sonrisa inmensa. Tiene un suéter color crema y unos vaqueros; la madre de Rylee y Cooper siempre tuvo un estilo muy casual que yo adoraba—. ¡Qué alegría! —dice, mientras abraza a su hijo, que es enorme a su lado. Luego se detiene y se gira para verme. Estoy de pie junto a Cooper, con el bolso en una mano y los nervios dominándolo todo. Siento que he vuelto al pasado, pero esta vez es uno bonito. Uno que no tiene nada que ver con mentiras, engaños ni traiciones.

—Amy. —Lilly sonríe y me observa de pies a cabeza. Yo dejo de verla porque se me llenan los ojos de lágrimas, lo que hace que ella sonría aún más y me envuelva en un abrazo—. Qué alegría verte, mi amor. Estás preciosa. —Se aleja un poco y me mira—. Estaba desesperada porque Cooper tuviera una novia, pero nunca imaginé que sería una de las personas a las que más quiero en este mundo.

Sonrío, pero me rompo por dentro. Porque no es cierto que soy la novia de Cooper y porque no merezco ser una de las personas que más quiere esta mujer.

—¿Papá? —pregunta Cooper, y Lilly me libera y nos indica que entremos a la casa. Nos cuenta que Josh está cocinando su típica barbacoa, una que recuerdo que hacía muy bien, y Cooper me dirige una mirada rápida cuando subimos los escalones del porche. Otra sonrisa tierna y el calor de sus dedos entre los míos. ¿Me ha dado la mano?

Lanzo una mirada acalorada a nuestras manos y luego lo miro.

—¿Te parece bien? —murmura y, entonces, recuerdo que estamos fingiendo. Por un instante he tenido la idea ridícula de que me había sonreído y luego tomado de la mano porque me ha notado conmovida por haber visto a su madre. Me estoy metiendo en el personaje más de la cuenta.

Asiento y le echo una mirada a la casa cuando entramos. Cooper toma mi bolso y lo lleva a una habitación en la segunda planta. Cuando regresa, su madre está en la cocina, mientras yo observo unas fotografías que hay en el salón.

—Le dije a mi madre que pasaría la noche aquí, pero luego te sumaste tú y no le dije que no lo haría.

—Podemos quedarnos, no tengo nada agendado para mañana —digo irónicamente.

—La cama es pequeña —menciona, justo cuando los pasos de su madre empiezan a sonar más cerca. Entonces, me toma de la cintura y me pega a su cuerpo—. A puertas cerradas se me está haciendo difícil no fingir.

El corazón salta en mi pecho.

—No niego que lo deseé muchas veces. —Cooper me libera en cuanto oye la voz de su padre. El que se acercaba era él, entonces. Tiene una sudadera del equipo de fútbol de Chicago y unos pantalones deportivos. El padre de Cooper solía ser el más divertido de la familia y le encantaba hacer planes que Cooper amaba y Rylee detestaba—. Pero Rylee se ponía como loca cuando le decía que vosotros acabaríais juntos.

Quiero sonreír, pero el comentario me toma por sorpresa. Es obvio que Rylee odiaba la idea de Cooper y yo juntos, pero no sabía que era un tema de conversación o de broma. Nunca me imaginé con Cooper, así que se lo digo.

—Yo nunca me imaginé con Cooper.

—Yo me pasé todas las noches de la adolescencia imaginándome con Amanda —dice Cooper, y me giro rápidamente para mirarlo.

Josh se lanza en un abrazo a su hijo, le da unas palmadas fuertes en la espalda y luego sonríe y me saluda a mí también.

—No queremos saber qué hacía además de imaginarse contigo.

—¡Josh! —exclama Lilly entrando a la sala, mientras Cooper estalla en carcajadas.

—Ven, ayúdame con la comida —le pide Josh a su hijo, y ambos desaparecen hacia el jardín trasero que todavía no he ido a ver.

—Estaba mirando las fotografías. —Tomo un portarretrato y se lo muestro a Lilly, que se acerca con una sonrisa.

El salón está repleto de fotos de Cooper y Rylee. Cooper con diferentes equipos de fútbol, el del instituto, el de la universidad y el de la liga profesional. Hay fotos de él jugando con su padre en el jardín trasero de su casa en Chicago. Rylee está radiante en todas sus fotografías, siempre vestida de negro, con los labios rojos y su cabello oscuro. Hay una fotografía en la que está conmigo, disfrazadas de Bella y Rapunzel.

—Justo pensaba en decirle a Cooper que te pidiera alguna foto de las actuaciones que hacíais en la universidad. —Ladeo la cabeza—. Sabes que nunca íbamos.

—Sí, me acuerdo. Yo no tengo ninguna, pero es probable que haya algunas en la casa de mi abuela. Ella no se perdía ninguna.

Me acuerdo de que, en esa época, Rylee se ponía muy triste cuando sus padres no iban a verla, sobre todo porque nunca se perdían un partido de Cooper.

—Yo hablaba mucho con tu abuela. De hecho, me enteraba de que existían dichas actuaciones porque tu abuela siempre iba. Rylee nos las ocultaba, hasta que un día le pregunté por qué lo hacía. Josh y yo queríamos verla, porque ella era maravillosa en el escenario. —Suspira y yo siento que necesito hacer lo mismo, pero no encuentro aire en mis pulmones—. Me dijo que le daba vergüenza que fuéramos, que ya era mayor y no necesitaba a sus padres como en un acto escolar. Así que nunca fuimos, pero me gustaría tener el recuerdo.

Asiento lentamente.

—Voy a buscar en casa de la abuela. Seguro que conseguiré alguna.

# 40

# COOPER

—¿Cómo era Rylee en la universidad? —le pregunto a Amanda.

Estamos en el jardín trasero, yo estoy tomando un café y ella un té. Mis padres ya se han acostado y nosotros lo haremos pronto, pero incluso cuando Rylee nunca vivió aquí, esta casa me recuerda a ella. Supongo que por la presencia de mis padres.

—Mentirosa.

Frunzo el ceño y la miro. Está rara. Se conmovió al ver a mamá y se estuvo riendo con papá como hacían siempre. Sin embargo, la noté más pensativa de lo habitual.

—¿Mentirosa?

Suspira y acomoda la taza sobre una pequeña mesita a nuestro lado. La noche es fría, pero el cielo está despejado y se ven las estrellas. Estoy retrasando el momento de ir a acostarnos porque la cama es pequeña y, después de lo que pasó hace una semana, no quiero que hagamos algo de lo cual nos arrepentiríamos luego.

—Siempre fue mentirosa —responde—. Me contaba cosas sobre ti que no eran ciertas.

Lanzo una risita. Rylee siempre fue así conmigo. A mis padres también les contaba historias inventadas e hizo lo mismo con Ben en aquella época en la que estuvieron juntos.

—Hacía eso con todo el mundo, y le gustaba contar historias sobre mí.

Su mirada se detiene en mi rostro. Se toma su tiempo, como si quisiera explicar algo muy difícil.

—En la universidad ella solía estar angustiada porque tus padres no iban a nuestras representaciones. Ella insistía en que no lo hacían porque les importaba más ver tus partidos, pero hoy tu madre me ha dicho que en realidad ella les ocultaba estas obras. Y que luego les pidió que no fueran.

Arrugo la nariz.

—Déjame ver si te he entendido. ¿Ella decía que estaba angustiada, pero en realidad no les permitía ir?

—Exacto. Tal vez porque quería que te odiara, pero tú ni siquiera estabas en la ciudad. —Resopla—. Creo que a veces mentía sin motivos y, en esa época, nosotras ya no éramos las mismas.

—¿En qué sentido?

Se acomoda en el sillón para verme de frente.

—Esa noche. —Se aclara la garganta—. La del beso. —Se detiene, como si no supiera por dónde empezar—. Tenías razón. Había muchas cosas que hacía Rylee con las que yo no estaba de acuerdo, pero elegía hacerlas junto a ella. Creo que sus travesuras me divirtieron solo al comienzo; era mi mejor amiga y no podía decirle que no. Me convencía a mí misma de que lo hacía porque era una buena amiga, pero en realidad estaba eligiendo ser esa persona.

—¿Te divertías cuando le pusisteis laxante en el café a Olivia? —pregunto—. ¿O cuando me besaste? También le llenasteis la taquilla de condones a Andrew y pegasteis una foto enorme de su pene.

—Hicimos muchas más cosas que esas, pero no me divertí en ninguno de esos casos. Rylee lo pintaba como una aventura increíble y yo la seguía porque era mi amiga, pero de todos modos acababa siendo parte de ello. Sintiese culpa o no, decidía seguirla. —Toma la taza de té y bebe un sorbo, observándome. Está preciosa, tiene los ojos cansados y el cabello revuelto—. La noche del beso me di cuenta de que no quería ser más esa persona y que, además, cuando no le decía a Rylee que se detuviera, tampoco la ayudaba. Es decir, una buena amiga debe decirle a la otra cuando está cometiendo un error.

—Ben lo hace —comento—. De hecho, me dijo que era un error estar contigo.

Enarca una ceja, indignada, y yo lanzo una risita. Estiro la mano y enrosco mis dedos en los de ella. Devuelve la taza a la mesa sin soltarme.

—Después de esa noche fui un poco diferente con Rylee, así que naturalmente nos distanciamos. Ella estaba enfadada porque decía que yo era una amargada que no me unía a sus planes y yo empecé a enfocarme en los estudios —relata—. Luego me eché novio y ella estaba muy enfocada en conquistar a un profesor.

Abro los ojos, sorprendido.

—Dime que no se acostó con un profesor.

—No te lo diré—. Chasquea la lengua—. Creo que me perdí muchas cosas de ella en esa etapa; aunque compartíamos dormitorio en el campus y pasábamos tiempo juntas, era todo más frío. Y ella seguía con sus planes y sus travesuras, pero lo hacía por su cuenta.

Nos mantenemos en silencio un rato, pero una pregunta me ronda por la cabeza y entonces decido hacerla.

—¿Por qué odiabais a Olivia?

—Yo no la odiaba, pero cuando a Rylee le empezó a gustar Ben, ellas entraron en una especie de competición y, obviamente, me puse del lado de Rylee.

—Porque eso es lo que debía hacer una buena amiga —me anticipo.

—Exacto. Pero creo que a tu hermana no le interesaba Ben. Solo quería molestar a Olivia, porque, por alguna razón, no quiso ser más su amiga.

—En realidad, lo sabes. Me lo dijiste el otro día. La razón eras tú. —Nuestros dedos juguetean en un contacto que me resulta de lo más natural—. Siempre eras tú, Amanda. Rylee te quería para ella sola. Por eso nos alejaba a Olivia o a mí. Ella tenía sus cosas, pero te adoraba.

Esboza una sonrisa triste.

—Yo también la adoraba.

Le doy un tironcito a su mano.

—¿Crees que la volveremos a ver?

Sus ojos se recrean en nuestras manos y, luego, en mí.

—No. No lo creo.

* * *

Sigo pensando en sus palabras, pero la cama es muy pequeña y Amanda tiene esos pantaloncitos cortos que me arruinan la vida. Yo he estado a punto de dormir con camiseta, pero la calefacción está muy alta y tengo a la mujer de mis sueños a mi lado.

—No tengo sueño —murmura y se acomoda de costado. Su rodilla sobre mi muslo.

—Mañana me salto el primer entrenamiento, pero tengo los otros dos.

—¿Por qué enuncias lo que harás mañana?

—Porque siempre lo hago antes de dormir. —La cama se mueve cuando Amanda intenta contener sus carcajadas—. Me gusta ser organizado, tú eres demasiado espontánea.

—Es más divertido no saber lo que va a pasar, Cooper. —Lanza un suspiro de asombro y levanta la rodilla un poco más. No sé cómo ha ocurrido, pero una de sus piernas está doblada sobre mi cadera. Sus labios, cerca de mi oído—. Esto es terrible, Coop. —¿Me ha llamado Coop?—. Me acabo de dar cuenta de que haces con tu vida algo terrible. Es como si leyeras libros o vieras películas conociendo el final.

—Las vidas de los personajes de los libros o las películas son un poco más emocionantes que la mía.

—Eres un jugador profesional de fútbol. Muy famoso —sentencia—. Y tienes una novia falsa. No me parece poco emocionante y hay muchos clichés involucrados.

Me río y ella se acomoda.

—Perdón. ¿Te molesta? —pregunta y apoya la cabeza en mi pecho.

—¿Quieres que consiga otra almohada?

—¿Eso quiere decir que te molesta?

Quiere fastidiarme, me doy cuenta. Pero no lo va a conseguir, como tampoco lo hizo el día de la grabación en casa. Yo también sé cómo molestarla.

—No me molesta —murmuro. La rodeo con un brazo y ella se acomoda. Ese sitio entre sus piernas que tanto me atrae está prácticamente rozando mi muslo—. Ojo con lo que haces ahí.

Chasquea la lengua, pero sé que ella está tan excitada como yo. Lo que sucedió en la cocina la vez pasada marcó un precedente. Me mentalizo porque debo dormir, mañana tengo que conducir hasta Chicago e ir a entrenar, así que intento poner la mente en blanco para descansar, pero Amanda acomoda una de sus manos en mi pecho y comienza a juguetear con sus uñas. Me gustaría que hubiese luz suficiente como para ver sus uñas rojas sobre mi piel.

—El beso me gustó, por eso regresé a tu cuarto más tarde.

—Lo supuse —respondo, haciendo caso omiso al hecho de que, probablemente, quiere que la bese ahora.

—¿Te gustó? —pregunta.

—Me habría encantado, si hubiese sido real.

Muevo el brazo libre y acomodo una mano en su rodilla. Acaricio su piel y la acerco. Ahora ese sector entre sus piernas está directamente sobre el lateral de mi muslo. Solo nos separa la tela de sus pantalones cortos y su ropa interior. Ella hace un movimiento involuntario, como si quisiera pegarse a mí.

—Eres perversa —murmuro—. Y me encanta.

—Cooper.

—Amanda, por favor. —Quiero soltarme, besarla, tocarla por todos lados y obtener finalmente lo que siempre quise. Pero es Amanda y esto nunca acabaría bien. Sería increíble, de eso no tengo dudas, pero sé cómo soy en lo que tiene que ver con ella. Me vuelvo débil y sensible porque es la chica que siempre quise. Y no necesito que me rompa el corazón una vez más para saber que no tenemos ni la más mínima oportunidad de construir algo que valga la pena.

—¿Qué? —murmura. Y esta vez sé que es cierto. Quiere que la bese y se muere de ganas de estar conmigo también. Pero nunca saldría bien.

—No sigas, salvo que estés segura de que no me harás daño esta vez.

Su cabeza sigue sobre mi pecho, su mano también. Su pierna todavía rodea mi cuerpo. Sin embargo, se detiene. Sabe que me hará daño. Y yo no debería olvidar ese detalle.

# 41

# RYLEE

## Ocho años antes

Me cruzo de piernas con un movimiento lento.

Charlie, el profesor de Literatura, mantiene la mirada en el grupo. Es frustrante. Llevo seis meses intentando captar su atención y no lo logro. O, al menos, no el tipo de atención que me gustaría obtener de él.

Es alto, delgado y con el cabello oscuro: el cóctel de mi perdición, sobre todo teniendo en cuenta que es unos cuantos años mayor que yo, que con mis diecinueve recién cumplidos estoy demasiado interesada en meterme en la cama de alguien que supere, como mínimo, los treinta y cinco.

Charlie tiene cuarenta. A esta altura puedo definir la situación como algo desesperante. Necesito conocer su experiencia en la cama mientras me recita un extracto de cualquier obra de Shakespeare.

Cuando sus ojos se encuentran con los míos, esbozo una sonrisa suave y seductora y, nuevamente, cruzo las piernas con lentitud. Llevo una falda corta y la ropa interior más pequeña que he encontrado. Enarco una ceja cuando se le traban las palabras, producto de la vista privilegiada con la que cuenta: solo me siento en la primera fila para sus clases. Quiero que me vea.

*Quiero que me vea y me desee.*

Me inclino hacia delante, apoyando los codos sobre la mesa, y cuando nuestros ojos se vuelven a encontrar, acomodo los brazos para que su atención vaya hacia mi escote. No tengo ni idea de lo que está diciendo. Estoy completamente obsesionada por tener su atención y es la primera vez en mucho tiempo que logro que me observe dos veces.

Me muero por meterme en su cama y que no pueda pensar en nadie más que en mí. Deseo desesperadamente estar desnuda bajo su cuerpo. Que se acomode entre mis piernas y me enseñe lo que aprendió durante todos aquellos años en los que yo era una niña, pero él ya era un hombre.

—¿Tomamos un café? —Me quedo sin aliento cuando escucho la voz de Amanda.

La encuentro de pie a mi lado, con el bolso colgando de su hombro y unos libros entre los brazos.

—Tengo que hacerle unas preguntas al profesor —respondo.

Amanda pone los ojos en blanco y se dirige a la puerta.

—Te espero en el café de la esquina; no tardes, que Will pasará a buscarme.

Resoplo. Detesto tener que ajustar el tiempo con mi amiga por culpa de su novio. Además, Will tiene todas las posibilidades de ser el definitivo. Me parece muy pronto para perder a mi mejor amiga.

—Harris —menciona el profesor cuando me encuentra frente a su escritorio. Está firmando unos papeles y sé que abandonará la sala pronto, no puedo perder el tiempo.

—Profesor, me gustaría hablar sobre la última lectura. —Sonrío y abrazo mis libros—. Me resultó tan fascinante que necesito
debatirla con alguien.

—¿No ha sido suficiente el debate que hemos hecho en
clase? —pregunta, con la vista puesta en los documentos que
está firmando. Al comienzo del año era mucho más amable,
ahora entiende que lo que en realidad quiero es meterme en su
cama. Y por supuesto que le gusta la idea, pero me imagino
que no está en sus planes perder el empleo.

—No. Además, tengo algunas preguntas sobre la entrega de
la próxima semana.

Charlie detiene lo que está haciendo y levanta la vista hacia
mí. Lanza un suspiro, se quita las gafas y las acomoda sobre el
escritorio. Me observa.

—Harris...

—Puedes llamarme Rylee.

Sé que no es apropiado, pero es tan estructurado que disfruto de incomodarlo. Además, yo misma lo vi perdiendo la mirada en mis tetas. No me va a engañar con su rectitud.

—Eres mi alumna, prefiero llamarte Harris. Tú deberías hacer lo mismo. —Esboza una sonrisa suave, muy adecuada para
su rol de profesor—. Sé que te gusta debatir las lecturas y que
disfrutas de las clases, pero no quiero que esto se mezcle.

—¿A qué te refieres? —frunzo el ceño, fingiendo sorpresa.

Su expresión es más seria ahora. Sé que tiene claro que
quiero tener sexo con él. Y, aunque lo niegue, es obvio que le
encantaría hacerlo.

—Eres mi alumna, yo soy tu profesor. Sé que intentas que
atravesemos esa línea, pero no va a ocurrir. Estoy casado y tengo una familia.

—No quiero casarme contigo —expreso, y se queda sin palabras. Me imagino que creería que me iría con el rabo entre las

piernas, pero yo quiero otra cosa entre mis piernas y no me detendré hasta obtenerla. Aparte, aunque fuese malísimo en la cama, ya se ha convertido en un desafío. Apoyo las manos en el escritorio y me inclino hacia él—. Quiero aprender de ti. Así como me enseñas literatura, quiero aprender mucho más.

—Eso no será posible, Harris —declara, mirándome a los ojos. Luego, toma sus pertenencias y abandona el salón.

Estoy segura de que esta noche se va a tocar pensando en mí. O tendrá sexo con su mujer, pero también pensando en mí.

Por el momento, me conformo con ello.

* * *

Ya en el café con Amanda me encuentro de malhumor.

Durante las últimas semanas hemos ido a varias audiciones para roles secundarios en diferentes teatros de la ciudad y no hemos tenido suerte. Para colmo, a Cooper le está yendo genial en Los Ángeles. Ya es el mariscal de campo sensación de la temporada como siempre y además tiene una novia guapísima que también parece ser la definitiva.

Todos encuentran al amor de su vida menos yo.

—¿Por qué tienes esa cara? —pregunta Amanda, mientras le da un sorbo a su té de hierbas. Tiene el cabello recogido en una coleta con una cinta roja que combina con el tono de sus labios y sus bailarinas. Lleva puesto un conjunto de falda y camiseta negra y un abrigo con estampado *tweed*. Siempre ha tenido un estilo particular, pero la universidad y el noviazgo la tienen radiante. Si mi hermano la viera, estoy segura de que rompería con su novia para intentar conquistarla.

Y vaya que serían una pareja impresionante. Él, con su cabello rubio y sus ojos oscuros. Con la espalda que delata lo bueno que es en el fútbol. Estoy segura de que si no fuese por mí, ellos estarían juntos. Me esforcé tanto en mantenerlos alejados que es molesto descubrir que no tuvo sentido. Ambos encontraron a alguien más y yo, como siempre, quedé en segundo plano.

—Nada —respondo, mientras endulzo mi capuchino.

Amanda me observa, mientras saborea una galleta con virutas de chocolate.

—No te creo. ¿Es por el profesor de Literatura? —Deja la galleta en el plato y me observa intensamente—. Te lleva más de veinte años.

—Ya sabes que me gustan mayores.

—Bueno, creo que es algo que deberías modificar. Tal vez probar con alguien de veinte o veintitrés.

Apoyo la taza, irritada.

—Son malísimos en la cama, Amanda. —Ella lanza una risita, a partir de la cual deduzco que Will debe ser maravilloso en cuanto al sexo y eso, nuevamente, me fastidia—. Calla, no quiero saber cuán bueno es Will.

Ni siquiera he acabado mi bebida cuando el novio de Amanda llega y se sienta en la silla desocupada junto a su novia. Cambiamos de tema y hablamos de trivialidades, mientras él le acaricia el muslo y le regala sonrisas todo el tiempo. Al cabo de un rato, digo que tengo cita en el médico y me retiro.

Invierto el resto del día en investigar quién es la esposa de Charlie.

# 42

# COOPER

Suceden varias cosas.

Por un lado, Amanda se reúne con el investigador en cuanto regresamos a la ciudad y le cuenta lo mismo que había relatado en su declaración. Solo agrega algo nuevo: que desde que regresó a Chicago ha descubierto que Rylee le mintió sobre muchas cuestiones, que le ocultaba otras y que, de alguna manera, la quería alejar de todo el mundo. James se inquieta un poco con esos datos, porque Amanda siempre fue considerada una persona cercana a Rylee dentro del caso y esta situación, de algún modo, la ubica en otro lugar. Sobre todo, porque la notó un poco resentida con mi hermana. De todos modos, es un aporte que le resulta interesante, porque el trabajo de James también consiste en conocer a Rylee. Y parece que mi hermana fuese una persona diferente, según quién sea el que declare. Solo hay una cosa en la que todos coincidimos: Rylee sabía guardar secretos y se le daba bien engañar a todo el mundo.

Además de hablar con James, Amanda decidió meterse en el rol de la novia falsa con todo lo que eso implica y ahora está muy centrada en el tema de mi alimentación. Hace unos días le pidió una cita a la nutricionista del equipo y yo todavía no he logrado que mis compañeros dejen de mencionarlo y de burlarse de mí. Así que tuve varias citas con la nutricionista y con el equipo psicológico y me siento a gusto con ello. Es cierto que tengo una clara tendencia a obsesionarme con las rutinas y la nutrición es un campo en el cual soy demasiado metódico, pero la verdad es que tampoco tengo tiempo de ponerme creativo, así que Amanda me aseguró que se encargaría de ello, como retribución al hecho de que está viviendo en casa.

En cuanto a lo que pasó esa noche en casa de mis padres, todo parece indicar que estamos de acuerdo en fingir que nunca ocurrió, aunque desde la noche en la que casi le quito toda la ropa en la cocina, no dejamos de lanzarnos comentarios provocadores y de tomarnos de la mano siempre que tenemos la excusa. Como en este momento, en el que el frío en Chicago está en su punto álgido y estamos embarcando en mi avión privado, otra vez.

Aunque tiene su guardaespaldas, la sigo llevando conmigo cuando juego fuera de la ciudad porque sé que no quiere quedarse sola.

Toma asiento en su sitio habitual sin dejar de mirar su móvil y yo me acomodo frente a ella. Ayer me pidió una camisa blanca y cometí el error de dársela. No tenía ni idea de para qué la quería, pero supuse que se haría unas fotos para sus redes sociales. El estilo de Amanda sigue dando que hablar, así que cada vez que salimos a cenar o publica algo en redes, inmediatamente empiezan a analizar su atuendo en los sitios de moda.

—Mira —dice, sin dejar de observar su móvil. Se inclina para mostrarme lo que está viendo—. Son las fotos que me hicieron para la revista.

Tomo su móvil y observo una foto en la que lleva poco maquillaje, unos vaqueros rectos y una camiseta blanca. Está sentada sobre el campo de juego del estadio de Chicago con un balón de fútbol en la mano. Porque la chica del momento, para todo el mundo, es mi novia. Me siento patético, pero de vez en cuando disfruto de que todos crean que Amanda es mía.

—Estás preciosa —confieso—. ¿Cuándo tienes la entrevista?

Una de las revistas de moda más importantes de la ciudad sacará a Amanda en su portada e incluirá una entrevista central. Por ahora solo ha hecho la sesión de fotos, pero supongo que la llenarán de preguntas sobre mí y eso me inquieta.

—Continúa mirando el resto de las fotos —me indica. Yo le hago caso y comienzo a ver las que siguen. Hay varias de Amanda con ese mismo atuendo, en las gradas y en el campo. Luego hay otras que se las tomaron en el estudio de la revista, donde hacen fotos para producciones de moda (o algo así me contó Amanda). Son varios atuendos que ella misma seleccionó, muchas faldas con tablas, camisas y vestidos. Todo le queda increíble y podría empapelar mi habitación con las fotos de esta mujer—. La entrevista es la semana que viene, pero no te preocupes, la idea es que hablemos de moda y, por supuesto, me harán algunas preguntas referidas a ti, pero nada demasiado rebuscado.

Asiento y le entrego el móvil.

—Me encantan las fotos, y los atuendos que elegiste te quedaban muy bien.

Lanza una risita, como si le causara gracia mi comentario.

—Gracias, señor correcto.

Pongo los ojos en blanco y luego le indico con un gesto que se ponga el cinturón. Cada vez que volamos, ella está entusiasmada haciendo cosas y olvida ponerse el cinturón o acomodar sus pertenencias. Es como una niña pequeña a la que tengo que estar regañando.

—En serio me gustan las fotos —insisto—. Y los atuendos.

—Yo hubiese preferido tu jersey. —Ladea la cabeza y enarca una ceja. Me arranca una sonrisa—. De hecho, creo que me estoy contagiando de tu actitud correcta. Ellos querían que usara un jersey tuyo en las fotografías del campo de juego. Tenían uno allí, pero les dije que no.

—¿Por qué?

—¿Es broma, Cooper? Dijiste que no querías que lo usara. No voy a hacerlo si no te apetece. Además, no sé si me quedaría bien. Tal vez no sean los colores adecuados para mí. Quizá deba buscarme un novio verdadero en otro equipo. ¿Alguno que tenga camisetas negras y blancas?

—Cierra el pico —le digo—. Los colores de Chicago te quedan increíbles. El azul combina con tus ojos, el rojo contrasta con tu pelo y el blanco... con nada, si fuese negro combinaría con tu alma.

Abre la boca, sorprendida, y me lanza su chaqueta.

—Te odio.

—Bas.

Frunce la nariz.

—¿Qué?

—Me odiabas. —Sonrío—. Ya no lo haces, y eso te está volviendo loca.

Enarca las cejas, sorprendida, y yo vuelvo a lanzar una carcajada. Me quito el cinturón cuando alcanzamos la altura suficiente y la azafata se acerca a preguntarme si necesitamos algo. Amanda se pone de pie y se acomoda en mi regazo. Lo hace habitualmente porque en el vuelo debemos fingir y yo le sigo el juego porque me encanta tenerla en mis brazos.

—Solo privacidad —le respondo a la azafata. Cuando se retira, Amanda me observa con las mejillas sonrojadas. Me río y me da un golpecito en el hombro.

—Así que para esto querías mi camisa. —Cambio de tema. Ella se mantiene sobre mi regazo, con un brazo rodeándome el cuello—. Te queda bien, te la regalo.

Tiene mi camisa blanca medio abierta, sobre una camiseta del mismo color y una falda corta con tablas de un tono gris oscuro. En los pies lleva unas botas grises hasta la rodilla.

—Gracias —susurra en mi oído—. ¿Y cuándo verificamos si los colores de Chicago me quedan bien?

Acomodo una mano sobre su muslo; no lleva medias, lo cual es una locura teniendo en cuenta el frío que hace en Chicago. Muevo un poco la mano, hasta que parte de mis dedos se escurren bajo su falda.

—Si algún día quieres destruirme, empieza haciendo algo con tus manos —menciona.

—¿Qué? —Frunzo el ceño, sonrío y niego con la cabeza. Una reacción tras otra.

—Siempre me han gustado tus manos. Son grandes y tus uñas son… no sé. Parecen claras en contraste con tu piel.

Levanto la mano libre y la observo. Es mi mano, llevo viéndola toda la vida.

—Y qué prefieres, ¿verlas así o tocando algo en particular? —pregunto—. ¿O dentro de algún sitio?

Lanza una risita, pero sigue con las mejillas sonrojadas. A estas alturas sé que no estamos fingiendo. La atracción es asfixiante.

—Tendría que ver, a lo mejor solo son bonitas.

—Son muy hábiles. —La interrumpo—. No tengas dudas. De hecho, puedes probar. Es gratis.

Reprime una sonrisa y se muerde el labio inferior.

—¿Has pedido privacidad para torturarme?

—He pedido privacidad porque quedaba bien, teniendo en cuenta que tenemos que fingir delante de todos.

—¿Ahora estás fingiendo?

No soporto más esta tortura. Antes tenía que soportarlo porque ella no tenía ninguna intención conmigo, pero ahora es diferente. Quiero besarla y sé que ella quiere que la bese. Estamos aquí, metiéndonos mano como dos adolescentes poniendo la excusa de la relación falsa cuando nadie nos está viendo.

Detengo la mirada en sus labios, claro que quiero besarla otra vez, pero teniendo en cuenta que ahora nadie está fingiendo, no sé a dónde nos llevaría eso. Estamos viviendo juntos y si esto acaba mal no quiero dejarla sola. Soy la única persona que tiene y no quiero que se sienta incómoda conmigo.

—¿Por qué piensas tanto? —insiste.

—No estoy fingiendo.

—¿Y en qué pensabas? —Se mueve para observarme mejor y yo acomodo la mano entera bajo su falda. Estoy agonizando. Si ya me gustaba cuando era insoportable, ahora que se preocupa por mi alimentación o por mi salud mental he perdido todo tipo de autonomía.

—En besarte. No puedo pensar en otra cosa que no sea besarte, Amanda. —Suspiro—. ¿Quieres que lo haga?

—Sabes que puedes, no tienes que preguntar.

—No he preguntado si puedo hacerlo, quiero saber si *quieres* que lo haga.

—Quiero —murmura—. Igual que las otras dos veces, Cooper. Por si todavía no lo tienes claro, no habría regresado a tu cuarto si todo se hubiese tratado de una broma pesada.

No quiero pensar en eso. No tiene sentido, cuando los dos hemos cambiado tanto. En esa época no nos conocíamos como ahora y Rylee se había encargado de meter un par de obstáculos entre nosotros. Esta Amanda que tengo sentada sobre mi regazo es mucho más que la mujer de mis sueños. Es todo lo que quiero. Con sus mentiras y todo.

La observo y grabo en mi memoria el momento. Sus ojos azules en los míos combinan con el cielo al otro lado de los cristales. Llevo la mano libre a su rostro y la atraigo hacia mí. Ella esboza una sonrisa suave, como si estuviera feliz de recibir un beso de mi parte. Ese gesto me hace sentir enorme, mucho más que cuando obtengo un triunfo en un partido importante. Esa sonrisa no tiene nada que ver con marcar tres *touchdowns* en un juego. Que quiera que la bese es mucho más reconfortante que cualquier premio que pueda recibir. Puedo esforzarme y lograr ser el mejor lanzador, pero ganarme a esta chica es mucho más difícil y, por supuesto, más reconfortante. Porque siempre lo quise.

—No te preocupes si esto sale mal —susurro—. Nunca te voy a dejar sola.

—Cooper...

La acerco hacia mí y no la dejo hablar. Nuestros labios se encuentran y es completamente diferente a las otras dos veces. La primera fue torpe y desesperada. La segunda, cargada de resentimiento. Esto es otra cosa. Ahora nos conocemos y ninguno está intentando herir al otro. Amanda lanza un gemido suave y yo sonrío.

—Preciosa —musito sobre sus labios y profundizo el beso.

Me rodea el cuello con los brazos cuando nuestras lenguas se encuentran y yo la tomo de la cintura con la mano que tenía sobre su muslo. Entonces, rompe el beso. Acomoda una rodilla a cada lado de mis piernas hasta quedar a horcajadas y toma mi rostro con sus manos.

—Mi vida es un desastre y lo único que puedo hacer es pensar en ti —gruñe—. Pienso en ti todo el día, Cooper. —Me besa bruscamente—. Te odio por ello y te adoro por hacerme sentir algo después de tanto tiempo.

Sonrío y me besa. Deslizo las manos bajo su falda y presiono su trasero con suavidad. Pasé muchos años deseando esto, pero lo había olvidado. Amanda es la única mujer que quiero y ese es un problema enorme del que no quiero ocuparme ahora. Sin pensar, tomo su ropa interior entre los dedos; es tan pequeña que, con un simple movimiento, la rompo y se la quito. Ella abandona mis labios y observa mi mano, donde tengo el pedazo de tela.

—¿Estás loco?

—Por ti —gruño, y la acerco hacia mí. Le beso el cuello, mientras mis manos continúan jugando bajo su falda. Siento esa parte de su cuerpo desnuda sobre mis pantalones y lanzo un suspiro. Ella comienza a moverse, así que me la quito de encima, me pongo de pie y la arrastro hacia el fondo del avión, donde está la habitación que pocas veces uso, salvo en los viajes largos o cuando necesito descansar después de un partido.

Es cómoda y está bien decorada, con una cama doble con forma redondeada que se encuentra frente a las ventanas. Una cama en la que nunca he hecho otra cosa más que dormir. Al otro lado hay un sillón blanco con almohadones grises, junto a una mesa con tazas de café y un adorno floral.

—Esto desbloquea otro límite de millonario —bromea, y yo tardo en reaccionar porque verla de pie, con el cabello revuelto, mi camisa y esa falda que sé que esconde algo que deseo hace prácticamente una vida, ya me tiene con el ritmo cardíaco acelerado.

Amanda me quita la camiseta y me arrastra hacia la cama.

—¿Recuerdas que te dije que cuando estamos solos el que manda soy yo?

—Lo he tenido en mente cada día desde que lo dijiste —menciona, mientras se quita las botas. Tomo asiento en la cama y me la como con los ojos.

—Quítate la camisa —le digo. Ella se muerde el labio inferior y asiente, con las mejillas sonrosadas. Es otra Amanda, una que nunca hubiese imaginado—. ¿Te gusta que te den órdenes?

—Solo si eres tú quien lo hace —responde, mientras se quita la camisa.

—Ahora quítate la camiseta y ven conmigo.

Sé que no lleva nada debajo de la camiseta, pero, aun así, cuando se la quita me deja sin aliento. Su cabello revuelto cae como una cascada sobre su pecho desnudo y quiero llorar de solo verla.

—Ven aquí, Amy. —Se acerca lentamente y cuando la tengo de pie junto a la cama, tomo sus pechos, uno con cada una de mis manos y le beso el ombligo sin inclinarme demasiado, porque la cama está sobre dos escalones que Amanda no ha subido.

Se acomoda con una de mis piernas entre las de ella, para que yo siga jugando con sus pechos, y con un movimiento suave, roza su centro en mi pierna. Lanza un gemido leve y lo vuelve a hacer. Respiro hondo, porque estoy completamente excitado.

—Esto es molesto —digo en un susurro. Le bajo la cremallera de la falda y se la quito mientras ella lanza un sollozo. —¿Qué pasa?

—Me estás volviendo loca, Cooper. Quiero quitarte la ropa.

—Yo te veo muy cómoda, refregándote contra mi pierna.

Se muerde el labio inferior y lo hace una vez más, solo que esta vez está desnuda y yo siento que me quedo sin aire. La tomo de la cintura y la lanzo a la cama, al tiempo que me pongo de pie y me quito los pantalones y el bóxer de un tirón. Mi pene hace acto de presencia desesperadamente y ella lo observa como si fuese un bien preciado. Como si valiera más que este *jet* privado.

Con una sonrisa, separa las piernas como una invitación.

—¿Me quieres ahí? —pregunto, dando un paso hacia la cama. Ella separa más las piernas y asiente—. Nada de engaños, Amanda. Aquí estamos solos, tú y yo.

—Lo sé. —Lanza un sollozo cuando me acomodo sobre ella y se mueve para sentirme entre sus piernas.

—Veo que no estás mintiendo en absoluto —digo, mientras le deslizo el pulgar por su humedad. Ella estira los brazos y me obliga a acercarme.

—Bésame, Cooper.

Cumplo su deseo. La beso profundamente, con nuestros cuerpos desnudos y enroscados. No tenía ni idea de lo que soñaba, cuando soñaba con ella. Es todavía más hermosa y sensible. Es el bendito amor de mi vida y no puedo creer que la tengo aquí, en mis brazos y dispuesta a permitirme hacer lo que quiera con ella. Sin mediar palabra, estiro un brazo y tomo un condón. Me lo pongo sin dejar de mirarla. Es mía completamente. Voy a acostarme con Amanda ahora y nadie podrá detenerme. Puede que lo lamente durante el resto de mi vida, pero estoy seguro de que lo que siento en este momento será imposible de replicar. Estoy excitado y nervioso. Expectante. El corazón me late acelerado, las manos me sudan y quiero que este momento sea importante para ella también. Necesito que me recuerde para siempre.

—¿Qué pasa? —Sonríe. Su cabello rubio sobre la almohada, el cielo al otro lado del cristal. Quitando el éxito que tengo en mi carrera, hace mucho tiempo que no me sucede algo tan bueno. Hace mucho que no pienso solo en mí. En lo que quiero en un instante específico, sin importar cómo podrá terminar. Estoy siendo irresponsable y es maravilloso.

—Estoy a punto de acostarme con la chica que me ha gustado toda la vida, en el cielo. —Sonrío—. ¿Qué te parece?

—Que no me he dado cuenta de que estaba en el cielo hasta que me has tocado.

Imaginaba este momento más apasionado, con un tipo de sexo más desesperado en el que no tendría tiempo ni de observarla, pero parece que estuviéramos flotando. Saboreando el instante. Nos acariciamos como si quisiéramos tatuar el recuerdo en nuestros dedos. Nos besamos como si nuestros labios nunca fueran a sentir nuevamente algo tan increíble.

—Vamos a regalarles un espectáculo a las nubes —menciono y me inclino sobre ella, que separa las piernas para mí—. Eres preciosa, Amy.

Ella cierra los ojos y lanza un suspiro cuando me siente en su interior. Luego los abre y me mira, pero me lanzo sobre ella y la beso. No despego mis labios de los de Amanda, mientras me muevo. Lo hago lentamente, Amanda me toma del pelo y me pide un poco más.

Pero yo no quiero darle un poco más. Quiero dárselo todo.

No sé muy bien cómo acabo con la espalda sobre el colchón y con Amanda sobre mí. Me encanta dar órdenes en la cama, pero con ella es imposible porque es la única que siempre consigue hacer conmigo lo que le apetece.

Y yo nunca en la vida le diré que no.

La veo moverse sobre mí, su pelo como un manto dorado sobre esa piel que siempre deseé tocar. El cielo a sus espaldas la transforma en una especie de diosa. Cierro los ojos y me contengo, porque estoy a punto y necesito que ella disfrute de esto tanto como yo. O más, si eso es posible. Acomodo las manos en su cintura y acompaño sus movimientos.

—Qué desgracia para tus seguidoras —murmura y abro los ojos—. Nunca podrán hacerte esto.

Sonrío.

—Así que eres celosa.

—Muy celosa —remarca—. Cuando algo es mío, nadie me lo quita.

—Yo puedo ser tuyo si tú quieres —digo—. No me interesa nadie más.

Deslizo una de mis manos hacia su trasero y llevo la otra al sitio en el que nuestros cuerpos se conectan. Humedezco el pulgar y luego la acaricio entre sus piernas. Amanda arquea la espalda y se mueve más rápido, hasta que lanza un sollozo.

—Más alto, Amy. —Sigo jugueteando con el dedo y comienzo a mover las caderas—. Quiero escuchar cuán tuyo soy. ¿Te gusta hacerlo conmigo en el cielo?

—Cooper —exclama. Muy alto—. Sí.

Cuando su cuerpo tiembla sobre el mío y lanza un suspiro, la muevo. Apoyo su espalda sobre la cama y gimo, desesperado, moviéndome sobre ella.

—Tú eres mía, Amanda. Y tengo al cielo de testigo.

# 43

# RYLEE

**Ocho años antes**

Cambiamos nuestro habitual café posterior a las clases por un café previo a las clases, básicamente porque me cansé de que Will apareciera todas las tardes absorbiendo la atención de Amanda. Me inventé que me había sumado a un grupo de estudio por la tarde. No podía decirle que el cambio se debía a que no soporto a su novio.

Me inclino en mi asiento cuando la camarera sirve un té de hierbas acompañado de un bollo de canela frente a Amanda. Deslizo las fotos en mi móvil y repaso la información mentalmente: Charlie y Lauren llevan quince años casados. Tienen tres hijos: Phil, de doce años; Lucas, de nueve, y Sabrina, de seis. Lauren los lleva a clases todas las mañanas antes de ir a trabajar (en una clínica pediátrica) y Charlie se encarga de pasear al perro (un pastor inglés de cuatro años llamado Arthur).

—¿Qué te tiene tan ocupada? —pregunta Amanda—. Anoche apenas te oí llegar a la habitación.

Lo de compartir cuarto con Amanda parecía muy buena idea al comienzo, pero a medida que ella comenzó a volcar toda su atención en las clases y en su novio se tornó difícil. Hay algunas cosas que ya no puedo contarle, porque no las entiende. De modo que me paso la mayor parte del tiempo contándole mentiras, como en este momento, que en lugar de confesarle que estuve demasiado ocupada investigando la vida de nuestro profesor de Literatura, evito responderle. En cambio, abro mis redes sociales y busco rápidamente la foto que publiqué hace unos minutos. Giro el teléfono y se la muestro.

—¿No es preciosa? —Sonrío y ella me devuelve el gesto.

En la fotografía estamos Amanda, Will y yo, la semana pasada en este mismo café del campus. Él está apoyado en su asiento, con esa pose seductora que tanto lo caracteriza y Amanda sonríe con la cabeza ladeada. Lleva los labios de un tono cereza que le queda increíble. Yo estoy más adelante, porque soy quien hace el *selfie*. Y, por supuesto, no estoy acompañada de ningún hombre seductor que me toma de la cintura o me roba un beso entre sorbos de café.

—Es preciosa.

Dejo caer los hombros y sigo observando mi móvil.

—Echo mucho de menos a Will —expreso—. Todo por culpa de este maldito grupo de estudio que nos ha obligado a cambiar el horario de nuestro café.

—Él también te echa de menos —dice Amanda, mientras arranca un trozo del bollo de canela. Tiene las uñas de un tono borgoña que encaja perfecto con el fin del otoño en Chicago—. Me lo confesó anoche.

Se me revuelve el estómago de solo pensar en que Will estuvo anoche en nuestro cuarto mientras yo fingía estar en un grupo de estudio. Si bien es sexi, no me puedo imaginar la situación de él y Amanda acostándose. Tal vez porque Amanda es demasiado fría. Tener sexo con ella debe ser lo más cercano a encontrarse con un témpano de hielo en una cama.

—Hasta mi hermano le ha dado «me gusta» a la foto —comento, sin que venga a cuento de lo que estábamos hablando.

Me observa con la taza de té en alto. Le da un sorbo fingiendo desinterés. No sé por qué le importa lo que haga mi hermano, pero es algo que noté a comienzos del año y que utilizo cuando estoy aburrida y tengo ganas de que reaccione.

Bebo un sorbo de mi café y lanzo un gesto de satisfacción.

—¿Tu hermano tiene una cuenta en redes sociales con la que da «me gusta» a cosas que no tienen nada que ver con el fútbol? —Se lame el dedo cubierto de glaseado.

—Tiene dos cuentas. —Le doy un mordisco a mi cruasán—. La oficial y la no oficial. Las fotos con su novia, por ejemplo, las publica en su cuenta no oficial.

—No sabía que estaba con alguien —dice Amanda, como si no le importara.

Y es que no debería importarle, pero cuando estábamos a punto de graduarnos y Cooper tenía el último partido con el equipo, yo había montado toda una escena para dejarlo en ridículo y, de la noche a la mañana, Amanda se puso muy insistente con que no lo hiciera. Solo era una foto en la cual ellos se estaban besando. Desde entonces tengo la duda de si, en realidad, a ella le interesaba mi hermano. No sería raro, teniendo en cuenta que él le interesa a todo el mundo.

—Pues sí. Tiene una novia muy guapa que creció en Palm Springs y ahora estudia en UCLA, como él. Es un año mayor y le encanta el fútbol. Papá está convencido de que sale con él solo porque es el mariscal de campo estrella de la universidad.

—Y tú qué cuentas —cambia de tema bruscamente—. Hace días que no hablamos. Ese nuevo grupo de estudio tuyo te tiene demasiado ausente.

—Intento enfocarme en los estudios; pensé que sería más fácil.

Me regala una sonrisa suave, una que no es propia de ella. No de la amiga que se sumaba a cada una de mis aventuras, incluso a las que podían terminar con finales desafortunados.

—Lo sé. Especializarse en Teatro y Artes Escénicas sonaba demasiado sencillo.

—Yo solo quería estudiar Comedia Musical —bromeo, y Amy lanza una carcajada. Ojalá recuperara a mi amiga, la que no dudaba un instante en mandar al diablo a cualquiera que se pusiera en mi contra. Bajando el tono de voz, suelto—: ¿Por qué actúas diferente?

Frunce el ceño y apoya la taza de té con suavidad.

Lleva puesta la sudadera roja con el escudo de la universidad en el pecho, una falda gris y medias blancas de rejilla que le cubren las piernas. Y sus clásicas bailarinas del mismo color que la sudadera. El modo de vestir de Amanda es tan peculiar y tan propio de ella que estoy segura de que no existe un estilo de moda que logre englobar todo lo que representa. Es un estilo completamente personal.

—¿A qué te refieres?

Suspiro y me acomodo en el asiento. Yo llevo unos pantalones de cuero negros y unas botas. Opté por una camisa porque puedo abrirla un poco si tengo la necesidad de molestar a Charlie en la clase de hoy. Si no fuese por la bendita clase de Literatura, habría venido con un pantalón de deporte y la camiseta con la que he dormido.

—Hace un año nos estábamos divirtiendo mucho… —digo.

—No estábamos en la universidad, Ry. —Sonríe—. Estoy de acuerdo en que fue una etapa más divertida.

Tomo la goma que llevo en la muñeca y me recojo el cabello en una coleta. Cuando termino, la observo. Parece tranquila, pero sé que miente.

—¿Por qué me pediste que ocultara la fotografía en la que besabas a Cooper?

Pone los ojos en blanco y se deja caer contra el respaldo.

—Ni idea, Ry. Supongo que habían sucedido muchas cosas. Sabes que lo pasé mal con todo lo que ocurrió con Olivia. Y, luego, Cooper tenía su último partido y aunque ya tenía la beca para estudiar en la universidad, le venía bien terminar el campeonato con un triunfo.

—¿Me hiciste ocultar la foto porque querías que mi hermano fuera feliz? Dijiste que era porque te avergonzaba haberlo besado.

Resopla.

—En primer lugar, no la ocultaste. Yo tengo la foto.

—Porque me dijiste que tú la tendrías hasta que fuera el momento de humillarlo. Todavía estoy esperando que llegue ese bendito momento.

—Ry, tu hermano ni siquiera está en la ciudad. —Se inclina y apoya los codos en la mesa—. Aparte, ¿cuál es la humillación de estar besándome?

Lanzo un silbido, indignada. Hace mucho que no discuto con Amanda, pero supongo que es porque no tenemos el tiempo suficiente.

—Teníamos una historia para contar. La verdadera historia. Que solo te acercaste un poco y mi hermano te saltó encima. Hubiese sido maravilloso, pero decidiste que querías graduarte del modo más aburrido posible.

Amanda se pone de pie bruscamente. Enarco las cejas, sorprendida, porque ella siempre ha sido la más paciente de las dos.

—Tengo que estudiar, Ry. No me interesa en lo más mínimo discutir por una tontería del instituto.

Toma dinero de su bolso y lo lanza en la mesa. Antes de que se retire, hago lo que corresponde: tener la última palabra.

—Y por cierto, Amanda. —La llamo. Ella se detiene, se gira y me observa—. «Lo que ocurrió con Olivia» —pronuncio lentamente, mientras marco las comillas con los dedos— fue que estuvo a punto de morir porque *nosotras* decidimos ponerle un laxante a su bebida. Hazte cargo de tus decisiones.

* * *

Ya es casi la tarde y estoy observando a Charlie dando detalles de nuestra próxima lectura. Lleva unos pantalones negros, un suéter de punto gris y una chaqueta negra por encima. Es bastante aburrido a la hora de vestirse, pero la ropa es lo que menos me importa; en mis sueños está desnudo.

Cuando acaba la clase, me acerco. Él nota mis movimientos y se apresura a guardar sus cosas en el maletín. Que use ese tipo de cosas no lo hace sexi en absoluto, sobre todo porque sé que cada noche, cuando llega a casa, su esposa toma ese maletín y lo acomoda sobre el sofá.

Mi querida Lauren, que parece estar muy insegura respecto a su marido. No solo se lo revisa, sino que toma su móvil en medio de la noche para leer sus mensajes. Lo que no sabe ella es que quien busca la verdad merece el castigo de encontrarla.

Y yo me haré cargo de ello.

—Harris, llego tarde a otra clase.

—Oh, lo lamento. Solo tenía una consulta, pero puedo hacerla la próxima clase.

Hago un movimiento torpe y los tres libros que llevo en los brazos se caen al suelo. Charlie no duda un instante y se inclina para recogerlos.

Aprovecho el momento para tomar las bragas que tengo en el bolsillo de mi chaqueta y las lanzo dentro del maletín. Elegí las más pequeñas que tenía, las usé para que el *shock* fuera más fuerte y las guardé especialmente para él.

Espero que Lauren tenga una amiga que la sepa consolar esta noche.

# 44

# AMANDA

Me siento flotando en una nube, pero ya estoy en tierra hace unas horas. Llegamos a Los Ángeles por la tarde, Cooper pasa unas horas con sus compañeros viendo videos del rival mientras yo permanezco en la habitación procesando lo que ha ocurrido. Cuando Cooper regresa, me saluda con un beso rápido en los labios y me propone salir a cenar. Como si todo esto fuese lo más común del mundo.

Lo observo moverse por la habitación y me siento en una montaña rusa.

Evito pensar demasiado. Me pongo un vestido de seda verde oliva, aprovechando que la temperatura en Los Ángeles es mucho más agradable que en Chicago. Cooper me pide que me abrigue y me doy cuenta de que hace mucho tiempo que no recibo ese tipo de comentarios. Supongo que cuando tenía a mis padres o a mi abuela, naturalicé el hecho de contar con alguien que me recordara que me abrigara o que comiera. Una persona que se preocupara por que descansara, como yo también lo hago con él. No recuerdo cuándo fue la última vez que alguien cuidó de mí.

En ese instante, mientras abandonamos el hotel camino al restaurante, pienso en lo terrible que será perder a Cooper. Llevo dos meses viviendo en su casa y hemos tenido sexo solo una vez. Así y todo, puedo adivinar lo desgarrador que será no tenerlo alrededor por lo que él representa en la vida de quien le importa. Cooper lo da todo por las personas que quiere. Con decir que dedica su pasión más grande, el fútbol, a encontrar a una hermana que siempre lo despreció.

Cenamos pescado y mariscos en un restaurante de Malibú con unas vistas increíbles y parece una primera cita. Aunque ya lo habíamos hecho en varias ocasiones, esta vez es diferente porque sabemos que no estamos fingiendo. Cooper me toma de la mano mientras esperamos la comida, me cuenta que cerró un acuerdo con una marca de motocicletas para ser embajador y con una cadena de restaurantes. También menciona que una famosa compañía de bebidas con la que trabaja hace un tiempo quiere que hagamos una campaña juntos, lo cual le entusiasma porque sabe que echo de menos trabajar y que me siento insuficiente en ese aspecto. A mí también me gusta la idea, pero tengo la cabeza en otro lugar. Solo puedo pensar en subirme a su avión privado y quedarme a vivir allí arriba, donde nada pueda alcanzarnos. *Donde las mentiras sean eternas.*

De regreso en el hotel nos acostamos temprano con la intención de que Cooper pueda descansar, pero aunque intentamos mantener las manos lejos el uno del otro, es imposible. Tenemos sexo de un modo diferente a cualquier otro que haya tenido en la vida. Es lento y, por momentos, agonizante. Nos miramos a los ojos y me pregunto en qué estaba pensando cuando decidí creer en las mentiras de Rylee.

Sigo observándolo cuando acabamos desnudos y con nuestras piernas enredadas. De costado y con mi cabeza sobre su hombro, estiro la mano y le hago caricias en el nacimiento de su pelo, mientras una de sus manos descansa sobre mi trasero. Las sábanas están tiradas por el suelo y este acto, cargado de sentimiento, me recuerda a ese beso que nos dimos a los diecisiete años. Otra vez, Cooper le abre las puertas a un nuevo comienzo. Y esa vida mía, marcada por ciclos relacionados con pérdidas, empieza a cambiar. Quiero esta nueva vida en la que los ciclos están marcados por el amor de Cooper, despertándome una y otra vez.

—Qué bonito tenerte desnuda —murmura.

—Al final lo has conseguido —bromeo. Él lanza una risita.

Cierro los ojos, dispuesta a dormir de ese modo, cuando su voz suave me quita el sueño.

—¿Esto es todo? ¿O escondes algo más bajo la piel?

Trago saliva, nerviosa.

—¿Tú qué crees?

Se toma su tiempo.

—Creo que siempre escondes algo más, pero yo lo acabo encontrando. —Mueve la cabeza y me da un beso suave en la frente. Luego, con su otra mano, una palmada suave en mi trasero—. Me gusta tener desafíos contigo. Descansa.

\* \* \*

Le digo a Cooper que la cena me sentó mal, pero sé que los vómitos que me sorprenden por la mañana son producto de las emociones que estoy atravesando. Después de pasar cuatro años huyendo y después de tantas pérdidas, tener a Cooper conmigo y lo que está ocurriendo entre nosotros me hace feliz. Me gusta estar con él, me siento cómoda y protegida. Sin embargo, sigo teniendo secretos que van a acabar rompiendo con todo lo que estamos construyendo y no sé si soltarlos ahora, antes de que lo que siento sea más profundo, o evadirlos en el intento de ocultarlos para siempre.

Es imposible construir algo con alguien a quien le estás ocultando una verdad que busca desde hace mucho tiempo.

Así que me muevo desde el frenesí que me genera tener a Cooper, al desconcierto de no saber cómo decirle la verdad sin perderlo.

—¿Cómo te encuentras? —pregunta unas horas después, cuando ya me siento mejor.

—Estoy bien.

—No tienes que ir si te sientes mal.

Realmente me siento bien y no existe posibilidad de perderme el partido. Quiero disfrutar de esto, porque todo lo que estoy haciendo se trata justamente de regalarme momentos. De ser feliz, al menos por un tiempo. Y ver a Cooper jugando al fútbol es desconcertante. Es atractivo e inspirador. Cooper es competitivo. Él puede bromear con sus compañeros en el vestuario y luego mantener una intensidad arrolladora en el campo de juego. Puede estar abocado al caso de su hermana y luego regalarles un triunfo a miles de fanáticos. Sonríe para una fotografía y firma jerséis con su número, mientras su cabeza es una máquina rutinaria que le dice qué hacer, cuándo y dónde para conseguir sus objetivos. Pero luego se lanza en el sofá con su perro y pasa horas hablando con él y haciéndole caricias. Cooper no tiene complejo de superhéroe, como decía su hermana. Él lo es, porque puede luchar contra todo y alcanzar metas, sin dejar de ser él mismo.

Y creo que estoy comenzando a enamorarme de él.

—Toma —dice con una sonrisa—. Aquí tienes lo que tanto deseabas.

Sonrío y tomo su jersey. Tiene el 83 delante y detrás y su apellido en la espalda.

—Así que era muy fácil… —bromeo—. Solo teníamos que acostarnos.

—No. —Enrosca un dedo en la presilla de mis vaqueros y me atrae hacia él. Me da un beso rápido en los labios—. No teníamos que acostarnos, era todavía más fácil que eso. Solo… no debías fingir. Siempre es más fácil decir la verdad.

Lo siento como un tortazo.

—A veces es aburrido —bromeo.

—Bueno, entonces dices la verdad y, para no aburrirte, nos acostamos. —Sonríe—. Me encantaba la idea de que usaras mi jersey, pero quería que esta vez fuese cierto.

Me muerdo el labio inferior, me pongo de puntillas y lo beso.

Ya en el estadio, no tengo que lidiar con Olivia ni con Ben, ya que solo van a los partidos en Chicago. Aunque estoy empezando a pensar en reunirme con Olivia para aclarar algunas cosas. Yo no soy la única que le está mintiendo a Cooper, y antes de dar el salto, contarlo todo y destruir lo que tengo con él, quiero saber en qué posición se encuentra ella.

Tras el primer período de un partido en el que Cooper se está luciendo y los rivales solo lo pueden detener dándole golpes que estoy sufriendo más de lo que pensaba, una periodista me sorprende con el pedido de hacerme una foto. Esta vez estoy vestida como he querido estarlo desde el primer partido. Llevo el jersey de Cooper, unas medias de encaje blancas que me cubren la totalidad de las piernas y botas del mismo color. Tengo el cabello recogido en una cola alta, los ojos delineados y los labios pintados de rojo. Y no soy la novia de Cooper Harris, pero tampoco estoy fingiendo. Estoy aquí para verlo, él estaba entusiasmado porque estuviese aquí y hoy cenaremos y pasaremos la noche juntos. No necesito ninguna etiqueta. Solo quiero extender esto en el tiempo.

Hasta que la mentira nos alcance y lo destruya todo.

Ya en el último período, no hay forma de perder este partido. El rival lo ha intentado todo, pero Cooper está encendido y el equipo responde rápido. Uno de los corredores parece ser más veloz que nunca y el público local está muy silencioso. Este será su último partido de la temporada y Chicago está a pocos partidos de llegar a la Super Bowl.

Entonces, hacen lo único que pueden para detener a Cooper. Ni siquiera me doy cuenta de cómo ocurre. Hay un forcejeo y acaba en el suelo. Y él siempre se pone de pie enseguida. Hay un griterío a mi alrededor y siento que se me corta la respiración. Me pongo de pie, intentando entender lo que ocurre, y lo veo rodar sobre el campo de juego. Eso me tranquiliza, sé que los golpes en este deporte pueden ser fatales, pero es algo en lo que me propuse no pensar desde que me reencontré con Cooper. Que no haya perdido el conocimiento me permite respirar; sin embargo, cuando veo que sale caminando por sus propios medios, junto a los médicos, no lo dudo y me dirijo al vestuario. Solo quedan unos minutos de juego y tengo una credencial en el cuello que me permite acceder, así que no me detengo.

De camino hacia allí no veo nada; estoy ensimismada en la preocupación de que se haya lastimado, que sea algo grave o que no pueda seguir jugando los *playoffs*. Lanzo un sollozo cuando lo veo.

—¿Amy? —Se sorprende—. ¿Qué haces aquí?

—¿Te encuentras bien?

Se acerca cuando ve mi rostro cubierto de lágrimas. Me siento una exagerada.

—Sí, mi amor. Solo ha sido un golpe. De hecho, debería estar allí fuera. —Cooper odia abandonar a mitad del juego, pero supongo que como el partido ya estaba prácticamente cerrado y no dejaban de darle golpes, el entrenador consideró que no hacía falta arriesgarlo.

—No seas cabezota, Cooper. —Frunzo el ceño y entro al vestuario detrás de él.

Los médicos le hacen un chequeo rápido y encuentran varias contusiones, lo cual es común. Cuando me aseguro de que todo está en orden, le doy un beso rápido en los labios y lo espero fuera, mientras comienzan a llegar sus compañeros.

* * *

Decidimos regresar a Chicago tras el partido; Cooper estaba cansado y nos pareció mejor pasar la noche en casa. Habitualmente sale a tomar algo con sus compañeros cuando obtienen un triunfo, pero me dijo que solo quería descansar y estar conmigo. Lo cual me llenó el cuerpo de mariposas, algo que la antigua Amanda no se permitiría.

Tomamos una cena liviana en el vuelo, mientras Cooper revisa las crónicas del partido. Es tan obsesivo que ni siquiera disfruta del triunfo. Se queja de algunos comentarios que lee en redes sociales y estalla en carcajadas cuando se topa con algunos memes del partido en los que, por supuesto, soy protagonista. Hicieron la típica cuadrícula con varias expresiones mías bajo el título «¿Qué Amanda Owens eres hoy?».

—Estabas muy metida en el partido —se burla.

—Te estaban moliendo a golpes. La cara de enfadada y la de preocupación se deben a ello.

—Me gusta esa en la que estás bebiendo gaseosa.

—Esa es del descanso.

—¿Y la risa? —Señala la fotografía en la que estoy riendo.

—Tom se cayó solo, sin que nadie lo tocara —me río—. Y en la que me muerdo el labio es porque estás muy bueno, Cooper Harris.

Lanza el móvil y nos dirigimos a la habitación. No nos hemos acostado desde ayer por la noche y, aunque solo han pasado unas horas, estoy que me subo por las paredes. Una vez que cierra la puerta, me pongo de puntillas y lo beso suavemente mientras enredo los dedos de una mano en su cabello. Con la otra, tomo su rostro. No quiero dejar de hacerlo nunca.

Sin dejar de besarlo le quito la camiseta y luego me separo para quitarle las zapatillas, el pantalón y la ropa interior. Lo arrastro hacia la cama y esta vez me deja hacer lo que quiero. Me saco las botas y me acomodo junto a él. Todavía llevo las medias y su jersey, pero me quité la ropa interior porque me parecía una sorpresa sexi que no tengo ni idea de si le va a gustar.

Me detengo a observar su cuerpo. Tiene un rasguño en el cuello que lamento no haber hecho yo y varias heridas en el pecho y las costillas. Me inclino y beso cada una de ellas. Él cierra los ojos y suspira cada vez que dejo un beso sobre su piel.

—Voy a comenzar a darles dinero a los rivales a cambio de que me golpeen —murmura con voz cansada—. Así mi chica me cuida.

—No es divertido, te han dado golpes durante todo el partido.

—La cosa se pone dura en los *playoffs* y todo el mundo decía que Los Ángeles se quedaría con el triunfo. Estaban frustrados. —Estira los brazos hacia mí—. Estás preciosa con mi jersey, solo falta que te ponga otra cosa mía que tengo aquí entre las piernas.

Lanzo una risita mientras él desliza sus manos hacia arriba, arrastrando consigo la camiseta. Se queda mirando mis piernas, enfundadas en las medias.

—Quítate el jersey.

—Se suponía que estaba cuidando tus heridas.

—¿Y te pareció que era buena idea ponerte esto sin ropa interior? —Les da un tironcito a las medias—. Quítate el jersey y ponme un condón ahora mismo.

Sigue recostado y habla con la voz cansada, pero no deja de observarme con los ojos casi cerrados. Me quito el jersey, tomo un condón del cajón y se lo coloco lentamente. Me vuelve loca que reaccione a mí de esta manera. Ni siquiera tengo que tocarlo, ni hacer mucho para que se excite.

Estoy a punto de quitarme las medias cuando me detiene. Me acomoda sobre él, con las piernas a ambos lados de su cadera.

Desliza sus manos desde mi cintura hasta mi trasero. Lo toma suavemente y sigue su camino por la parte trasera de mis muslos. Una de sus manos se cuela entre mis piernas y lanzo un gemido. Con un dedo, juguetea con mis medias hasta que me doy cuenta de lo que intenta hacer.

—Cooper...

—¿Qué tal si usas la boca para besarme?

Me inclino para hacerle caso y, con un movimiento de lo más natural, rompe las medias entre mis piernas.

—Me encanta romperte la ropa. No soporto ver este cuerpo cubierto de algo que no sea yo.

—Estas medias me encantaban —me quejo, aunque adoro ver esta versión de él tan diferente a la que muestra a diario.

—Puedo comprarte un millón si lo deseas —murmura con la voz rasposa. Su rostro cansado me resulta de lo más excitante—. Será un placer romper un millón de ellas para acostarme contigo.

—Me gusta cuando hablas sucio.

—A mí me gusta tenerte así, toda para mí.

Cooper es tan metódico y organizado que esta versión de él no la hubiese imaginado nunca. Es demasiado sexi, con el rostro cansado y la voz en un susurro, dándome caricias justo donde ha rasgado las medias. Sabe exactamente cómo hacerlo. Como si tuviera un máster en lo que me gusta. Como si hubiese nacido para mí. Mis ojos se van hacia su erección, la tomo con ambas manos, me acomodo sobre él y me muevo hacia abajo.

Lanza un suspiro y sus manos recorren mis muslos, donde mis medias todavía están intactas. Sus ojos entrecerrados no se despegan de mi rostro y mi cuerpo y yo logro olvidar las mentiras. No pienso en las verdades que oculto mientras me rompo y él me toma de la cintura y me atrae hacia su cuerpo. No sé de dónde saca la fuerza para moverse debajo de mí.

—Quiero que seas mía para siempre —dice entre gemidos—. Y tengo miedo de no conseguirlo.

# 45

# RYLEE

### Ocho años antes

Mi máster en Teatro y Artes Escénicas está en pausa. Sigo asistiendo a clases y aprobando exámenes, pero, hasta esta noche, mis esfuerzos estuvieron puestos en otro lugar.

Retoco mi pintalabios rojo frente al espejo; lo llevo impecable, pero necesito una capa fresca para marcar a mi presa. Sonrío y me deslizo la lengua por los dientes para quitar todo rastro de maquillaje. Doy un paso hacia atrás y observo mi atuendo. He elegido un vestido negro ajustadísimo y unos tacones del mismo color. No llevo ropa interior porque el factor sorpresa suma muchos puntos en estos casos.

Quiero disfrutar al máximo de esta noche por la cual he trabajado durante tantos meses.

Me doy la vuelta y me miro el culo. Pellizco la tela del vestido y lo deslizo más arriba. Quiero tentarlo un poquito. Después de rogarle durante dos meses a su esposa que lo perdone por algo que nunca hizo, se merece cierto reconocimiento. Y conmigo se va a llevar el primer premio.

La noche en la que Lauren encontró mis bragas en el maletín, yo estaba, como hacía habitualmente, estacionada frente a la casa de ventanales enormes. Los vi discutir y me fui satisfecha.

Los meses siguientes el trabajo duro continuó. Mientras hacía compras innecesarias en el supermercado de la zona, me encontré con su empleada doméstica en varias ocasiones. Llevaba meses teniendo charlas banales con ella, esperando ganarme su confianza, y gracias a esta situación familiar difícil decidió lanzarse al cotilleo. Me habló de una inminente separación, ya que Lauren había perdido la confianza en Charlie. Mencionó que recibió llamadas de parte de una mujer que aseguraba estar acostándose con su esposo (yo), que encontró un pintalabios en el coche de él (lo lancé yo, porque el muy idiota lo deja en el aparcamiento del campus con los cristales bajados) y unas bragas (usadas) en el maletín de él (mías).

Lo más sorpresivo del caso es que no había contemplado que Charlie cambiara a raíz de todo esto. Unas semanas más tarde, empezó a llegar a clases con el cabello desordenado y unas marcas oscuras bajo los ojos. Y, a pesar de que la versión cuidadosa y pulcra de él me encantaba, descubrí que este profesor atormentado y desolado me parecía incluso más atractivo.

Además, sabe que fui yo quien dejó las bragas en su maletín. Está tan destruido que parece que quiere ahogarse en la desgracia dándome el gusto.

—Rylee —me llama desde la habitación—. ¿Te encuentras bien?

*Qué tierno.*

Después de dar vueltas durante semanas, me ha traído a un hotel. El apartamento en el que está viviendo es una caja de zapatos y, después de que su esposa lo echara de la hermosa casa de dos plantas que compartían con sus hijos, supongo que se debe sentir horrible llevando a alguien como yo a ese cuartucho.

—Estoy bien —digo en un susurro y atravieso la puerta. Él está sentado en la cama con unos pantalones azules y una camiseta negra. Desde que es un hombre separado, también utiliza ropa más informal. Lo que hace que parezca más joven, a pesar de todos los indicios de que está completamente afligido por la reciente ruptura.

—Ahora no me quedan dudas. —Me recorre con la mirada y está a punto de ponerse de pie cuando lo detengo con un gesto.

Sonrío y, con movimientos lentos, recorro mi cuerpo con las manos. Cuando llego a mis muslos, tomo el bajo del vestido y lo deslizo hacia arriba. Pensaba torturarlo y hacerlo esperar un poco más, pero la verdad es que yo llevo más tiempo que él deseando este momento.

Los ojos de Charlie se achican en un gesto completamente sensual mientras tiro del vestido hacia arriba y lanza un silbido cuando descubre que no llevo nada debajo.

—Quietecito ahí —susurro, antes de quitarme el vestido por la cabeza. Él se muerde el labio inferior con un gesto desesperado. Me imagino que no está pensando en Lauren ni en sus hijos pequeños. Mucho menos en Arthur, el perro.

Me doy la vuelta, abro las piernas y me separo las nalgas con ambas manos. Lo escucho dar un suspiro. Muevo la cadera, tentándolo, y luego me doy la vuelta otra vez y doy unos pasos hacia él. Me detengo entre sus piernas y él se lanza de inmediato con sus manos sobre mí. Me da un beso en el abdomen y desliza sus dedos hasta mis pechos. Arqueo la espalda y me responde con un gemido.

Con suavidad, me obliga a dar unos pasos hacia atrás y se pone de rodillas a mis pies. Lo observo desde arriba. Él, completamente vestido y yo, solo con mis tacones. Ese hecho tan simple me enciende por completo, así que cuando me toma de las caderas y acomoda la cabeza entre mis piernas, me pierdo. Siento sus dedos presionando mis muslos y su lengua haciéndome caricias en el sitio en el que más lo necesito. Primero es suave, pero cuando me sacudo el pelo y lanzo un gemido, Charlie lleva sus manos hacia mi trasero y lo estruja con fuerza. Con mis manos, tomo su cabeza y lo mantengo ahí. Empiezo a mover mis caderas lentamente, pero al cabo de unos minutos él me empuja hacia atrás, se pone de pie y me arrastra hacia otro rincón de la habitación.

Aprovecho el momento para quitarle la camiseta sin emitir una palabra. Él murmura «Querías que te enseñara, ahora debes hacer caso» y lanzo una risita, porque en realidad la artífice de todo esto fui yo y no tengo mucho que aprender en esta materia.

Toma asiento en el suelo alfombrado y tira de mí hasta que acomodo las rodillas en el sofá en el que él tiene apoyada la espalda. Entiendo rápidamente que quiere continuar haciendo lo mismo de hace unos minutos, así que separo las piernas y bajo mi cuerpo, hasta que su lengua está otra vez en mi entrepierna.

—Me tienes aquí, donde tanto querías —susurra entre mis piernas—. Úsame.

Gimo y me muevo buscando el placer, como si estuviera sola. Escucho unos gruñidos que escapan de esos labios que están haciendo arte sobre mí. Separo las piernas, desesperada, y encuentro mi reflejo en un espejo enorme que cuelga de la pared. Tengo el cabello suelto y desordenado y Charlie está saboreándome como si le fuera la vida en ello. Tiene ambas manos agarrando mis piernas, pero aparta una de ellas, desabrocha el botón de sus pantalones y se baja la cremallera. Parece que tuvo la misma idea que yo, porque no lleva ropa interior, y me muerdo el labio inferior cuando veo su erección a través del espejo. Llorisqueo y me muevo buscando placer, pero el llanto se transforma en un grito desesperado cuando veo que rodea su pene con la mano libre.

—Shhh —dice.

Siento el sonido vibrando por todo mi cuerpo y mientras lo observo resbalar la mano alrededor de su erección, al mismo ritmo que su lengua sobre mí. Mi cuerpo comienza a temblar y pierdo el control por completo.

# 46

# COOPER

Amanda está echada en mi cama.

Si me drogara, creo que en mi momento álgido de éxtasis vería esta imagen. Si estuviera durmiendo, este sería el sueño más maravilloso. Sus ojos celestes delineados, el cabello rubio sobre la almohada y el pintalabios rosado desgastado por mis besos. Su cuerpo desnudo completamente a mi disposición, incluso cuando acabo de tener sexo con ella, porque no puedo dejar de hacerlo. Me declaro completamente adicto.

—Tendré que maquillarme otra vez —murmura mientras se gira. Me pongo de pie mientras lanzo una risita. Nos estábamos preparando para una gala que organiza todos los años una de las revistas más famosas de la ciudad y yo no pude contenerme cuando la encontré medio desnuda en mi habitación.

—La maquilladora sigue en el salón, supongo que debe de estar al tanto de la situación.

Lanza un gruñido, sonrojada.

Amanda es muy expresiva. Es imposible tener sexo con ella y que no se entere todo el mundo. Me gusta que se ponga tímida cuando se lo menciono luego, porque significa que es algo que no puede controlar. Que Amanda no pueda ocultar sus sentimientos es mi nueva obsesión.

Se pone de pie y se dirige al baño. Estas semanas con ella están siendo maravillosas. Salimos a cenar, tenemos mucho sexo y dormimos juntos; pero eso no significa que no note ciertas cosas. Como que sigue evitando hablar de la campaña que nos propuso una marca de bebidas energéticas a cambio de una suma de dinero más que importante. Por alguna razón, desde que estamos juntos de verdad, intenta desligarse. Sobre todo en lo que representa un compromiso a largo plazo.

Me doy cuenta, pero no se lo digo. Pienso en que tal vez se deba a que teme que lo nuestro no tenga futuro o al hecho de que planea abandonar la ciudad. Sin embargo, yo sé lo que quiero. En mis planes no cabe la posibilidad de perderla, de modo que haré lo imposible para convencerla de que no existe un hombre que esté más dispuesto que yo a entregarle su vida.

Si Amanda ya me atraía y me enloquecía, lo de ahora es una especie de fijación. No puedo dejar de pensar en ella. Planifico actividades que sé que le gustan para verla sonreír, me atrevo a imaginar cómo sería ir de vacaciones con ella después de que acabe la temporada. Vivir con ella, construir un futuro con alguien que conoce todas mis facetas. Una mujer que no es como las demás, que están obnubiladas por el jugador de fútbol y no por quien soy. Alguien que sabe cómo he llegado a donde estoy y que entiende lo de Rylee. Amanda es la única mujer con la que quiero estar; teniendo en cuenta que es ella o nadie, haré todo lo que tenga a mi alcance.

Soy bueno planificando, poniéndome metas y esforzarme para cumplirlas.

—¿Qué te parece? —pregunta.

La observo con la boca abierta. Se ha puesto un vestido que, aparentemente, es negro.

—Es transparente —es lo único que me surge decir y Amanda lanza una carcajada.

—Es de encaje y tul. —Se mueve para mostrarme cómo la silueta del vestido se agita armónicamente sobre su cuerpo. Está increíble. No puedo creer lo hermosa que es—. Me he puesto un corsé *nude*, pero no te preocupes, que debajo tengo ropa interior…

—Pero arriba no, puedo verte las tetas desde aquí. —Sonrío—. Me gusta, presumiré de ellas ante todo el mundo.

—No se ven —se queja y da dos pasos hacia el espejo para verse.

—No se ven *tanto* —concuerdo—. Yo las veo porque solo tengo ojos para ellas.

Se ríe.

—Ven, necesito que me ayudes con los zapatos.

Por supuesto que sí. Haré lo que me pida, como lo he hecho toda la vida. Abandono todo lo que estoy haciendo y me encuentro, al instante, de rodillas, ayudándola a ponerse unos tacones del mismo color que el vestido.

—Voy a pensar toda la noche en lo maravilloso que será regresar y quitarte la ropa interior —relato, mientras ella acomoda el otro pie sobre mi muslo—. ¿Este vestido se puede romper?

Le saco otra carcajada que, por cierto, es más reconfortante que tenerla en la cama. Cada risa que le robo a Amanda me parece un triunfo.

Hace unos días me encontré con un mensaje de audio después del entrenamiento. Era Amanda, en un ataque de risa. Como estoy obsesionado con sacarle una sonrisa, había hecho una compra *online*: cincuenta tipos de medias de encaje diferentes; negras, blancas y *nude*. Dentro, había pedido que dejaran una nota en la que decía: «Para que no te quedes sin existencias. Aunque no lo parezca, me encantan».

—Ni se te ocurra —responde, en referencia a mi idea de romper su vestido.

—Puedo pedir unos cuantos reemplazos —bromeo y lanza una risita.

—Voy a pedir que me arreglen el desastre que has hecho con mi maquillaje.

Abandona la habitación fingiendo estar enfadada y yo la alcanzo un rato después.

La cita es en un famoso teatro de la ciudad y, a pesar de que estoy acostumbrado a este tipo de eventos, esta vez me parece diferente. Habitualmente, vengo sin acompañantes. En alguna ocasión, mi agente me impuso el plan de asistir con alguna actriz que necesitaba prensa y que también me ayudaba a construir una imagen de tipo normal. Y con «normal» me refiero a uno que no está obsesionado con la desaparición de su hermana.

Esta vez, me hacen demasiadas fotografías en la alfombra roja, pero me resulta más cómodo hacerlo con Amanda que, además, está radiante. Su cabello rubio contrasta con ese vestido de infarto y lleva los labios de un tono rosado suave que, afortunadamente, me permitirá besarla mucho sin que deba retocarlo todo el tiempo, como ocurre cuando los lleva más oscuros. No pierdo el tiempo y lo hago. Le doy un beso suave en la alfombra roja que los fotógrafos reciben con entusiasmo y luego dentro del recinto, mientras nos dirigimos a la mesa que nos han asignado.

Como es habitual, encuentro mi nombre en una mesa destinada a deportistas. Le extiendo la mano a cada uno de ellos y les presento a Amanda.

—¡Al fin vienes acompañado! —exclama John Nguyen. Es jugador de la liga profesional de béisbol y tenemos muy buena relación, aunque está muy lejos de saber algo acerca de mi vida privada. Fuera del tema de Rylee, que eso intento que lo sepan todos, no me gusta compartir mucho de lo demás. Así que tampoco me pone feliz que esté mirando a Amanda de ese modo. Algo que me hace pensar en que soy más posesivo de lo que creía, teniendo en cuenta que el tipo tiene a su esposa sentada a su lado.

—Lo importante es que dure —agrega Brandon Kelly—. Algo que no sucede habitualmente.

Amanda, que estaba relajada a mi lado, gira la cabeza hacia él, mientras yo respiro hondo e intento calmarme. Es un jugador de baloncesto que está pasando por un buen momento. Juega en la liga y se transformó en la estrella del equipo hace dos temporadas. Es bueno, pero fuera del campo de juego deja bastante que desear. Es el típico deportista al que la fama le nubla un poco la realidad. Un mujeriego al que le gusta que le hagan fotos mientras desfila con diferentes mujeres en una misma semana.

Además, suele hacer estos comentarios desagradables que me dan ganas de mandarlo a la mierda. Me contengo, porque sé que soy mejor que él. Sonríe y apoya sus brazos tatuados sobre la mesa. Tiene las mangas de la camisa dobladas hasta el codo y cada rincón de su cuerpo cubierto de trazos de tinta. Igual que su cuello y sus sienes. Casi no le quedan espacios libres.

Una vez que termino de entretenerme con sus tatuajes, en un intento de no generar una pelea apenas comenzado el evento, sonrío.

—No te preocupes, sigues siendo el primero en el *ranking* de hombres a los que las parejas no les duran nada.

Amanda lanza una risita, pero desde ese momento la noto extraña. Apagada y nerviosa. Sigo con mi plan de aprovechar que tengo esos labios a mi disposición y la vuelvo a besar. Una y otra vez. Cuando bailamos. Antes de cenar. Le quito unos besos con sabor a chocolate y menta después del postre y la beso de regreso a casa. Estoy saldando una deuda de años; años de no tenerla y de no tener a ninguna mujer que me hiciera sentir de este modo.

—Estoy loco por ti, Amy —le digo mientras le quito la ropa interior—. Te deseo más que al anillo de la Super Bowl, pero no se lo digas a mis compañeros.

Todavía con ese vestido increíble acariciando su cuerpo, me rodea con sus piernas.

—Dijiste que debías descifrarme. —Suspira cuando me acomodo entre sus piernas, completamente desnudo—. ¿Has conseguido hacerlo?

—Todavía no, mi amor. —Le beso los pechos a través del vestido y ella gime, pidiéndome más. Me doy cuenta de que los nervios y la ansiedad que percibí en el evento desaparecen. Me siento enorme por tener la capacidad de quitarle esos sentimientos—. Sé que los juegos son lo tuyo, pero yo soy un buen mariscal de campo. —Tiro de su ropa interior hacia abajo y se la quito. Levanto un poco el vestido, me muevo y le doy un beso suave entre las piernas. Luego, le paso la lengua. Ella se retuerce y, entonces, llevo la mano hacia allí y la observo con una sonrisa ladeada. Deslizo el pulgar y vuelvo a chupar—. Soy experto en observar y conocer el campo de juego y la posición de mis compañeros. Pero mi mayor habilidad es la recuperación mental rápida. —Muevo la tela del vestido, me acomodo entre sus piernas nuevamente y le doy unos golpecitos en su entrada con mi erección. La noche anterior, me dijo que quería que no usara condón; hablamos del tema porque no es algo que yo acostumbre a hacer y necesitaba asegurarme de que todo estuviera en orden. Sonríe cuando se da cuenta de que voy a darle el gusto. Me deslizo dentro de ella y comienzo a moverme lentamente. Observo nuestros cuerpos conectados. Es magnífico. Es un juego que no puedo perder—. Sé cómo recuperarme de los errores cometidos y superarlos.

—Eso me da cierta tranquilidad —murmura.

—Tú confía en nosotros, Amy. Déjame ganar este partido.

# 47

# AMANDA

OCHO AÑOS ANTES

Rylee revuelve su capuchino con gesto compungido. Yo la observo por encima de mi taza de té. Estamos en la cafetería del campus en la que tomamos algo juntas todas las mañanas. Compartimos cuarto, pero esto se ha transformado en algo habitual y lo disfruto mucho. Es una especie de recreo que me recuerda a épocas en las que pasar el rato con Rylee era el mejor plan. Salvo en días como hoy.

—¿Qué ocurre? —pregunto.

Me observa como si estuviese preguntando algo obvio y puede que tenga razón. Sé por qué lleva el cabello en un moño desordenado, el rostro sin maquillar y los ojos hinchados por haber llorado toda la noche. Lo que no entiendo es cuál es la verdadera razón. Porque aunque me costó años darme cuenta, en el mundo de Rylee nada es lo que parece.

—Hay un video rondando por el campus en el que aparezco teniendo sexo con el profesor de Literatura. ¿Te parece poco?

—Eso lo sé. Pero también te conozco, Ry. —Me inclino y apoyo los codos sobre la mesa. Bajo el tono de voz porque no quiero que nos oigan—. Si ese video existe es porque tú lo grabaste.

Me observa sin responder. Sé que me dirá que lo grabó para verlo luego, porque el profesor de Literatura le encanta y lleva meses luchando por él. Sin embargo, lo que yo creo es que el profesor le pareció atractivo, luego descubrió que tenía una esposa y eso se transformó en todo un reto. Y Rylee es de esas personas que cuando tienen un desafío, lo dejan todo. Así que se lo llevó a la cama y no grabó el video porque lleva meses enamorada de él, sino para tener una prueba... una especie de trofeo.

—Sabes que llevo meses intentando tener algo con él. —Abre el bolso que reposa sobre sus muslos y toma unas gafas negras. Se las coloca con los dedos temblorosos. Con los años también aprendí que es una gran actriz—. Charlie tiene una familia y supuse que sería la única vez que lo tendría.

—Así que quisiste tener un recuerdo —menciono.

No le creo. De hecho, me resulta extraño que el video se haya viralizado en foros de estudio. Si ella sola lo tenía... bueno, cualquiera podría pensar que Rylee se lo pasó a alguien o que alguien lo tomó de su móvil. Sin embargo, yo la conozco desde los ocho años. Ese video llegó adonde llegó porque ella así lo quiso.

—Sí. —Mueve su capuchino a un lado y se inclina para bajar la voz—. ¿Lo has visto? No por nada tiene tres hijos. Ese hombre tiene mucha práctica. No sé cómo todavía sigues jugando con menores de veinticinco.

Esbozo una sonrisita falsa. Odio esta versión de Rylee. ¿Así era yo cuando le decía a todo que sí? ¿Así me recuerda todo el mundo?

Chasqueo la lengua antes de responder. Yo no juego con menores de veinticinco. Tengo un novio de veinte, con el cual llevo cinco meses. Es dos años mayor que yo y lo pasamos bien juntos. Nos acostamos y lo disfrutamos. Fin del asunto.

—Rylee… —Suspiro—. ¿Quieres hacerme creer que no fuiste tú quien hizo circular ese video en todos los foros de la universidad?

Hay un lapso de tres o cuatro segundos en los cuales Rylee no reacciona. Luego, lanza una risita. Y yo sonrío, satisfecha.

—Pues, sí. Yo lo hice.

—Entonces, vuelvo a la pregunta del comienzo. ¿Por qué finges estar preocupada por la situación que tú misma creaste?

Resopla y yo tomo la taza de té en mis manos, dispuesta a beber antes de que se enfríe.

—Supuse que ahora que tienes un novio y que lo único que te interesa es estar con él o estudiar, no te divertiría ser parte de esto.

—Por supuesto que no sería parte de eso —declaro y la sorprendo—. Entiendo que el profesor te guste, pero es mayor que tú y tiene una familia.

—Se separó. —Arranca un pedazo de su cruasán y se lo lleva a la boca, visiblemente satisfecha por la situación.

—No quiero saber cuánto tuviste que ver con esa separación.

—Entonces no diré nada. —Deja caer su cuerpo contra el respaldo de la silla, mientras desliza el dedo por la pantalla de su móvil. Yo tengo medio té y un bollo de canela que no voy a poder comer porque, de repente, se me cierra el estómago. Ruego que no haya roto una familia, porque hay quienes deseamos tener una toda la vida.

—Rylee… —murmuro.

—Oh —exclama, mirando su móvil—. Creo que hoy no tendremos clase de Literatura. —Gira su teléfono y me muestra la pantalla. Es un correo electrónico con un membrete que lleva el logo de la universidad—. El profesor ha sido removido de su cargo.

# 48

# AMANDA

Me despierto temprano, junto a Cooper, como todas las mañanas. Le preparo su batido, pero variando las frutas para que no
sea tan metódico. Acepta una rodaja de pan con mermelada casera de fresas y yo bebo un té mientras mis ojos no pueden dejar de buscarlo.

Cooper está muy cerca de obtener el triunfo más importante de su carrera. Una situación que me recuerda a la última
vez que nos vimos. Es por ello por lo que temo ser, nuevamente, la persona que le hace daño en un momento imborrable de
su vida.

Con todo esto en la cabeza, una vez que abandona la casa,
resuelvo que es momento de decidir qué hacer. Si tanto me arrepiento por las huellas que dejé en las personas de mi pasado,
tengo en mis manos la posibilidad de hacerlo de otro modo esta
vez. Solo que la verdad que escondo está relacionada con un
pasado que no puedo modificar.

Duque me acompaña hasta la habitación de Cooper, me
meto en la cama con el portátil bajo el brazo e introduzco el
nombre de Rylee Harris en el buscador. El resultado contiene
cientos de artículos y la mayoría están relacionados con Cooper.

Él se encargó de mantener el caso en boca de todos, opacando lo que más amaba por su hermana.

Rylee nunca hubiese hecho algo así por él.

Sé que disfruta del fútbol, pero no es como antes. Está obsesionado con hacerlo bien para permanecer en la ciudad y poder seguir trabajando en el caso de Rylee. Es adorable con los fans, pero sé que no le gusta estar rodeado de *paparazzis* todo el tiempo y estoy segura de que no brindaría tantas entrevistas si no fuese porque quiere tocar el tema de su hermana.

Si yo le dijera la verdad, le haría daño, pero luego podría dejar el pasado atrás y volver a ser ese Cooper feliz al que el fútbol le apasionaba. Lo que me detiene es que eso implica perderlo, y el lado más egoísta de mí no quiere hacerlo.

Hasta el día de hoy, nadie me ha querido del modo en que él lo hace.

Acurrucado a mi lado, Duque estira el cuello para lamerme las lágrimas. Sé que no me sirve que Cooper me quiera de este modo, porque a pesar de que estamos juntos y soy completamente transparente con él, está todo lo demás. Mientras no sepa la verdad, no verá a la verdadera Amanda y, aunque las posibilidades de perderlo son altísimas, al final va a saberlo.

Siento las manos sudadas y la angustia escalando por mi garganta. Si no es en este momento, será en unos años. Sé que, en definitiva, le voy a romper el corazón porque las cosas ya no son como antes. Ya no se trata de una persona con la que compartí momentos en el pasado a la cual le oculto una verdad por el hecho de que me resulta conveniente. Ahora estamos juntos. Esto es lo más cercano a un noviazgo que he tenido en la vida y ya no quiero ser la que Rylee deseaba que fuera. Si tanto me arrepiento de no haber actuado de otro modo en el pasado, es ahora cuando debo demostrar que he cambiado. Que todavía puedo ser feliz como me lo propuse a los doce años.

Incluso cuando esa felicidad no sea junto a Cooper.

Paso la mañana leyendo artículos que solo plantean hipótesis estúpidas y veo videos de Cooper en los que habla del caso. Me genera ternura ver cómo en los primeros estaba más retraído e incómodo, y cómo con el paso del tiempo logró soltarse. Se acostumbró a hablar ante una cámara sobre un tema que le hace daño. Es inspirador y me alegra pensar que tiene muchos chicos ahí afuera que lo admiran. Ojalá todos ellos sean alguna vez como Cooper. El mundo necesita de muchos más como él.

Expulso un llanto cargado de angustia y, con las manos temblorosas, busco la carpeta en la que descargué las fotos de Rylee. Quiero verla. Necesito recordar quién era, porque en los últimos meses he descubierto tantas mentiras que quiero entender por qué la adoraba del modo en el que lo hacía.

En la primera foto encuentro a Cooper y su mejor amigo. Ben está cambiado ahora. De adolescente era ese tipo de chico con rostro perfecto del que se enamoran todas las chicas. Ahora tiene rasgos más marcados y tiene un aspecto más masculino. Sin embargo, Cooper está igual. Tiene la misma sonrisa y la mirada dulce que no entiendo cómo no pude ver en ese momento. Tiene el pelo un poco más largo en la fotografía y no hay rastros de barba. La espalda es ancha, pero no como ahora. La única gran diferencia que noto es que en ese momento no estaba agobiado por la presión. El fútbol todavía era un escape, no una prisión.

Y yo no lo amaba como lo hago.

Tengo que decirle la verdad y liberarlo de todo esto.

Ya me atendré yo a las consecuencias de las decisiones que tomé en el pasado. Porque ya no tengo doce años y entiendo que sí, el pasado me marcó. Cada cosa que me ha ocurrido en la vida me ha transformado en esta persona y ya no puedo esconder las desgracias bajo la alfombra. La pérdida de mis padres me transformó en una niña desesperada por la felicidad. Una niña que se acostaba por la noche y se prometía ser feliz, trabajar en musicales, recibir aplausos y ramos de flores a la salida de un teatro. Juré que me casaría con el hombre de mis sueños y que tendría hijos. En mis sueños, siempre formaba una familia.

*Familia.*

Era un concepto intrigante para mí, por eso a veces era tan callada. Me gustaba analizar lo que pasaba a mi alrededor cuando en una actividad escolar nos visitaban familiares y yo solo tenía una abuela. Cuando iba a casa de Rylee y los Harris me hacían parte de la familia, yo no lo aceptaba. No quería una familia prestada. Los amaba, pero quería la mía. Lo seguía soñando cuando tenía quince años e imaginaba una casa con el amor de mi vida y muchos niños, en la que preparaba mermelada casera y veíamos musicales una y otra vez.

Tal vez todavía lo sueñe, pero ahora soy un poco más realista.

A lo mejor consigo lo de los niños, pero nunca lo del amor de mi vida. Porque a él ya lo he encontrado en el último sitio en el que creí que lo haría y ahora ya no puedo resolver mis errores del pasado. Cooper me va a odiar cuando sepa la verdad.

Me quedo observando una foto en la que estoy con Rylee. Noto que mi apariencia no condice con la forma en la que me sentía. Esa chica que veo en la imagen no tiene nada que ver conmigo. Ni con la que soy ahora, ni con la que era en ese instante. Yo quería ser como Rylee, porque ella no cargaba una desgracia sobre los hombros. Ella tenía una familia y encontraría el amor para luego tener unos hijos preciosos cuando fuese adulta. Tal vez, creía que ser como ella me ayudaría a alcanzar mis sueños. Lo cierto es que ser como Rylee me los arrebató todos.

Y en este momento, está a punto de quitarme lo más sincero que he tenido en la vida.

Paso rápido las siguientes fotos. Estamos en el instituto y luego en la universidad. Hay fotos de Rylee desnuda y de un hombre que me repugna. No sé quién es, porque no le veo el rostro. A Rylee le gustaban los tipos más mayores y nunca se comprometía con nadie. Le atraían los imposibles o los que tenían poder sobre ella; disfrutaba mucho del proceso de conquistarlos y, cuando finalmente lo lograba, ya no le importaba.

Sonrío cuando encuentro una foto de ella en el teatro. Rylee era distinta a todo el mundo, por eso me ayudó a salir del pozo cuando llegué a la ciudad. Me acogió en sus brazos y, por momentos, me ayudó a olvidar todo lo que había perdido. Me enseñó lo que era la amistad, aunque la amistad para ella era muy diferente que para todos los demás.

Frunzo el ceño cuando llego a la última foto. Es la mano de Rylee, con las uñas pintadas de dorado, sosteniendo una tarjeta blanca. Parece que los bordes estuvieran quemados, o tal vez sea solo un efecto que lo simula. En un extremo localizo un logo que me resulta conocido y se me revuelve el estómago. Es una invitación, reconozco la fecha pero no el lugar. Hay coordenadas. Le hago una foto con el móvil y me pongo de pie rápidamente.

\* \* \*

Introduzco las coordenadas en el GPS y me siento aliviada cuando me da el resultado. La casa de Cooper está a veinte minutos del lugar y, aunque estuve a punto de enviarle un mensaje avisándole que usaría uno de sus coches para ir a hacer unas compras, me detuve. No quiero decirle nada más que incluya mentiras.

Conduzco sin pensar en nada. La ciudad está nevada y preciosa, algo que no tiene nada que ver con la forma en la que me siento. Las imágenes de Rylee en las fotografías que revisé hace un rato hacen aparición en mi mente. El logo de esa invitación es igual al maldito tatuaje que recuerdo con demasiada claridad. El mismo que tenía el tipo que me persiguió en el centro comercial.. El que describió Daisy que tenía aquel hombre que se metió en el barrio. Siento las manos temblorosas sobre el volante. El jugador de baloncesto que estaba en la mesa de aquel evento al que fuimos con Cooper también lo tenía. Pude verlo entre una gran cantidad de tatuajes que cubrían su cuerpo. Fue irónico y me observó demasiado. Me da pánico saber que está cerca de Cooper. Ese es otro motivo para decir la verdad.

Respiro hondo, y cuando llego al sitio, descubro que tengo el rostro empapado de lágrimas. Parece otra ciudad, otro mundo… otro bosque, pero es aquí donde ocurrió.

Bajo del coche y miro a mi alrededor. El bosque está cubierto de nieve, así que tiene un aspecto muy diferente a aquella noche. Los árboles que ahora están nevados, esa noche estaban cubiertos de hojas anaranjadas. La tierra estaba seca y no resbalaba. Recuerdo el sonido de la grava bajo mis pies y cómo los pasos de Rylee sonaban diferente, con aquellas botas rojas de ensueño. Recuerdo su atuendo porque no era el habitual. Nunca estuvo más guapa que esa noche.

Atravieso el bosque buscando recuerdos, pero es distinto. Todo lo relacionado con esa noche lo recuerdo desordenado, así que me imagino que debo adentrarme más para encontrar el sitio exacto. Pero es difícil. Siento que el pánico me asfixia y que no me deja dar un paso más. Me doy la vuelta para regresar al coche cuando un ramalazo de terror me atraviesa de repente. Comienzo a correr y, cuando ya estoy a pasos del coche, resbalo y caigo. Me doy la vuelta, asustada, pero no hay nada que temer.

Es de día.

Y no es *esa noche*.

# 49

# RYLEE

CUATRO AÑOS ANTES

Siempre fui la segunda.

Era la hermana de Cooper Harris, una promesa del fútbol.

La hermana melliza del chico popular que no se parecía en nada a él. ¿Era ese un halago? Por supuesto que no. No parecerse a Cooper era un error.

Hasta que una tarde apareció una niña en el vecindario que llegó para cambiarlo todo. Amanda fue la primera persona que me prestó más atención a mí que a Cooper. Ella deseó tener un vínculo conmigo desde el primer momento y me hizo sentir importante.

Por eso decidí transformarla en mi segunda.

En la amiga de Rylee Harris.

Y con el paso de los años, no solo dejé de ser la segunda de Cooper, sino que me transformé en la pesadilla de todo el mundo. Ser diferente a mi hermano comenzó a estar bien porque tenía poder. En el instituto todo el mundo hacía lo que yo quería. De lo contrario, entendían que las consecuencias podían ser terribles.

Me transformé en animadora y fui casi tan popular como Cooper, pero no fue hasta que descubrí que mi hermano quería tener lo único que me pertenecía, que acabé con los pocos vestigios que quedaban de aquella Rylee que era vista siempre como una segunda opción.

Los chicos populares se morían por estar conmigo y las chicas querían ser mis amigas, pero yo tenía a Amanda y no necesitaba nada más. Ella era fiel y confiaba en mí. Amanda estaba segura de que, así como yo engañaba a todo el mundo, nunca lo haría con ella. Estaba equivocada, claro. Ella era la segunda y a la segunda se le miente y se la utiliza a su antojo.

Incluso cuando es tu mejor amiga.

—El director cree que lo puedo hacer mejor.

Me giro lentamente y observo a Amanda.

Lleva puesto unos pantalones deportivos negros y un *top*. No es su atuendo habitual. Amanda prefiere las faldas, los vestidos y los atuendos llamativos. Así y todo, nunca logró llamar la atención más que yo. Hasta ahora.

—Estoy de acuerdo con él —respondo.

Ella se acomoda. Está sentada sobre los tablones del escenario y ahora me observa, preocupada. Hacía mucho tiempo que no me prestaba tanta atención. En la universidad se enfocó demasiado en los estudios y en el idiota del novio (que afortunadamente ahora es su ex) y nos distanciamos un poco. Además, en los últimos años del instituto Olivia empezó a sembrarle dudas respecto a mi forma de divertirme.

—Tal vez no estoy lista para hacer esto —murmura.

Después de soñarlo durante toda nuestra infancia, Amanda y yo somos parte de un musical de verdad; sin embargo, no lo estoy disfrutando del todo, porque le dieron el papel principal a ella y se suponía que era mi segunda. En todos estos años, nunca ha destacado más que yo y me frustra más de lo que esperaba. Sobre todo porque ya no me adora como antes.

—Todavía estás a tiempo de hablar con el director y pedirle otro papel.

Me observa con el rostro imperturbable.

Algo que siempre me gustó de Amanda es que todo parece importarle una mierda. Siempre tiene la misma expresión de la que nadie puede sacar absolutamente nada. Lo que me inquieta es que no solía utilizarla conmigo.

—Rylee, me dieron el papel de mis sueños.

Amanda es rubia. Rubísima de ojos celestes. Claro que usará peluca para interpretar a Bella, pero el director es un idiota. Ese papel debería haber sido mío, sobre todo porque, aunque ella canta muy bien y sabe expresarse con su cuerpo, no es tan buena como yo en la actuación.

—Lo sé, pero si te sientes insegura no debes presionarte.

—No me siento insegura.

Llevo la mano a la cabeza, me desenrosco el moño que me había hecho en el pelo y lo sacudo. Tengo el pelo bastante largo y en los ensayos es molesto.

—No sé qué quieres que te diga. Estabas quejándote de lo que te había dicho el director.

—No me he quejado, solo te lo estaba contando. No renunciaré, únicamente esperaba que me dieras un consejo.

Juro que quiero responderle, porque más allá de estos últimos años, Amanda siempre fue una buena amiga. Pero es que...

—Necesito meterme en la cama de ese hombre hoy mismo.

Amanda se da la vuelta para ver de qué estoy hablando. Resopla.

—Esto no es la escuela ni la universidad, Ry. No mezcles las cosas. —Sonrío. Me encanta mezclar las cosas. El tipo es el maldito dueño del teatro; un empresario muy conocido en la ciudad que está buenísimo—. Además, es mayor para ti.

—Tiene cuarenta y cinco.

—Tú tienes veintidós.

—Ya hablamos de lo aburridos que son los de veinte en la cama.

Pone los ojos en blanco, un gesto muy propio de Amanda, mientras yo me pongo de pie. El ensayo terminó hace más de una hora y somos las únicas que todavía estamos aquí. Las luces están prácticamente apagadas. Amanda continúa sentada ahí, con el guion en sus manos.

Me muevo por el escenario con los pies descalzos. Practico los movimientos del primer acto. Estoy sobre los tablones del teatro más importante de la ciudad, y si no fuese porque mi mejor amiga se quedó con el papel que yo quería, lo estaría disfrutando.

No sé cuánto tiempo me muevo, pero bailar siempre me ha abstraído de todo. Es una de las pocas actividades que desconectan mi mente. Cuando me doy cuenta, Amanda está guardando sus pertenencias en su bolso. Corro hacia ella y tomo mi mochila. Saco una petaca de dentro.

—Rylee, estamos en el trabajo.

Esta vez soy yo la que pone los ojos en blanco.

—Te pareces a mi hermano últimamente, haces todo el tiempo lo correcto.

—¿Por qué no haría lo correcto?

Le doy un trago a la petaca y ella se da la vuelta, revisando que no quede nadie allí.

—Porque es aburrido —respondo y se la entrego.

Ella resopla y se la lleva a los labios, bebe un trago y carraspea. Arruga el rostro en una expresión de asco. Yo lanzo una risita y guardo la petaca en la mochila.

—Vamos a buscar a mi príncipe azul.

—¿Qué dices?

Me río, sin responderle. Llevamos casi un mes ensayando aquí y, teniendo en cuenta que el papel que me dieron es una mierda, decidí enfocarme en analizar los movimientos de Jason Russell, el atractivo dueño del teatro.

Arrastro a Amanda tras bambalinas y atravesamos un pasillo corto que nos deja en la zona de vestuario y maquillaje. Es tarde y no queda nadie. Amanda murmura algo, pero no le hago caso. Bajamos unas escaleras y atravesamos un salón vacío con varias puertas a ambos lados. Giramos a la derecha y descendemos tres escalones.

—Ahora te callas —susurro.

—Si no estoy hablando.

—Bueno, vamos a ver qué hace mi príncipe azul.

—¿Cómo sabes que está aquí? —Sonrío. Amanda ha estado tan inmersa en su trabajo que ni siquiera sabe la cantidad de veces que me escabullí aquí en lo que va del mes. Gruñe—. Por Dios, Rylee. Te meterás en problemas, otra vez.

—Todo sea por amor —me burlo—. Mira. Jason se reúne aquí con un grupo de personas todas las semanas.

—Un sitio y un horario extraño para tratarse de una reunión laboral —menciona.

—Cállate. —Le doy un golpecito en el hombro—. Voy a mirar.

—Gracias por avisarme.

Me inclino y miro hacia la sala en la que están reunidos. Es pequeña y la puerta de madera está cerrada, pero tiene dos cristales alargados que dejan ver un poco. Hay dos tipos con unas máscaras extrañas. La luz en la sala es tenue y se oye una música suave de fondo. Me pongo de puntillas, para intentar ver lo máximo posible. Hay velas que producen un juego de luces sobre las paredes. Veo a otro tipo, que lleva una máscara similar a las anteriores.

—Hay olor a… —murmura Amanda, pero no le hago caso—. ¿No es raro el olor?

Puede ser. Es un aroma a sándalo bastante fuerte. Tal vez provenga de las velas, pero no lo creo. No son del tipo de las que tengo en mi habitación, sino de las largas, que no tienen aroma. Descansan sobre unos candelabros que me gustaría ver más en detalle.

Regreso a mi lugar.

—Tienen unas máscaras extrañas, fíjate.

Me muevo para dejarla en mi lugar. Ella se asoma y observa, pero se vuelve rápidamente.

—Rylee, debemos irnos —me alerta—. Un tipo me ha visto.

—¿Eres estúpida?

Tira de mi brazo y comienza a correr desesperada. Hacemos el mismo recorrido y estoy a punto de caer cuando me tropiezo subiendo las escaleras. Me ayuda a no perder el equilibrio, y cuando atravesamos la puerta, me observa agitada. Yo me río. Hacía tiempo que no lograba arrastrar a Amanda en mis aventuras.

Comienza a moverse rápido y, cuando llegamos a la esquina, dobla y se detiene. Me observa, inquieta, lo cual me resulta completamente exagerado.

—No ha sido Jason quien me ha visto, pero no debemos meternos en problemas. —Frunce el ceño—. Esa reunión era… singular, Rylee. Un tipo tenía una máscara de ciervo con flores, pero el que me ha visto no llevaba el rostro cubierto. —Niega con la cabeza—. Y tenía un tatuaje enorme en el cuello.

# 50

# COOPER

Llevo más de diez minutos dentro del coche, en el aparcamiento. Teniendo en cuenta que estamos a semanas del que podría ser el partido de mi vida, el entrenamiento de hoy debería preocuparme. Estuve demasiado lento, me costó leer los movimientos de mis compañeros y responder con las jugadas que planificamos después de pasar varios días analizando al próximo rival. Además, me di un golpe en la cadera. No es grave y con los días voy a estar bien, pero no es algo que me suceda habitualmente. *Habitualmente* estoy más atento.

Deslizo el dedo sobre mi móvil, viendo las fotos que publicó Amanda en sus redes sociales. Está preciosa en todas ellas, pero me detengo a observar aquellas en las que está a mi lado. Hacemos buena pareja y la química cuando estamos solos es algo completamente nuevo para mí. Ya sea en la cama, como durante una conversación o cuando cenamos fuera. Todo el tiempo una fuerza nos arrastra el uno hacia el otro. Pero aunque está a la vista que somos perfectos, hace mucho tiempo que aprendí que la perfección no existe.

Lanzo el móvil hacia el asiento a mi lado y me inclino para ver mi rostro en el espejo retrovisor. Estoy cansado, quiero ir a casa, tomar a mi chica, meterme en la cama y evadir todos los problemas; pero ya no tengo diecisiete años. Soy un adulto que debe cumplir con sus obligaciones y que no puede huir de la verdad, aunque duela.

Me dirijo a la casa de James. A pesar de que tiene un estudio, normalmente nos reunimos en su casa o en la mía. Por el tema de la fama y el hecho de que siempre es mejor asegurarse de que nadie nos escuche. Conduzco con la mente en blanco y aprovecho un semáforo para escribirle a Amanda. Le cuento que voy a ver a James y que llegaré un poco más tarde, y me responde de inmediato con una foto de ella y Duque en la cama. Tiene el cabello húmedo y está enfundada en un pijama abrigado. Me muero por acurrucarme a su lado. Está nevando desde esta mañana y el invierno está arrasando fuerte en la ciudad, como siempre, solo que antes no tenía una *casi novia* con la cual esconderme bajo las sábanas para dormir, besarnos y hacer el amor.

—No voy a decir nada sobre el próximo partido —dice James cuando me recibe en la puerta.

Es fanático del fútbol como casi todo el mundo y nació y creció en Chicago, al igual que yo. Es un seguidor ferviente del equipo, pero también me conoce. Sabe que soy perfeccionista y obsesivo al extremo. Y que también me esfuerzo por no contaminar mi cabeza de presiones porque la necesito limpia para poder ganar partidos.

—Me parece bien —respondo con una sonrisa.

Nos dirigimos en silencio hacia el salón. Afortunadamente, su esposa y sus hijos no están en casa. Solo hay un gato gris dando vueltas, pero no es para nada amigable.

—¿Cómo van las cosas con Amanda?

Me quito la gorra, me rasco la cabeza y me la vuelvo a acomodar.

—Estamos bien. —Suspiro—. Siempre he querido tener algo con ella, pero no me ha hecho caso hasta ahora. Era todo más bien platónico. —Me observa sin decir nada—. Pero que eso no te detenga para decirme lo que creas importante.

Asiente.

—Le sigo dando vueltas a lo que hablé con ella. Yo estudié su declaración una y otra vez y tengo los videos. Antes de esfumarse de la ciudad se mostró consternada por la desaparición de Rylee y por el hecho de no saber qué había ocurrido esa noche. Se la veía preocupada y asustada y es entendible que su actitud ahora no sea la misma porque ha pasado mucho tiempo y ella tomó distancia de todo. —Aprieta la mandíbula—. Ahora lo que prepondera es el rencor.

—Yo también lo noté. Hace unas semanas le pregunté cómo era Rylee en la época universitaria, porque yo apenas la vi aquellos años. —Me quito la gorra nuevamente, estoy nervioso porque no quiero desconfiar de ella—. Me dijo que era mentirosa.

—Eso es algo en lo que todos coinciden.

—Yo también estoy de acuerdo con ello. Rylee mentía todo el tiempo, pero Amanda también lo hacía. —Me pongo la gorra y acomodo la espalda en el sillón—. Creo que en la universidad se distanciaron un poco. Me dijo que su relación no era la misma que cuando yo estaba en la ciudad.

—Me mencionó lo mismo.

Trago saliva, me acomodo en el asiento. Estoy inquieto.

—¿Qué piensas? ¿Hay algo que deba saber?

Respira hondo y sacude la cabeza.

—Puede que Amanda sepa algo que no ha dicho, pero no creo que debas preocuparte. —Guarda silencio y ladea la cabeza, observando un punto fijo. Luego me mira—. Salvo por que Olivia Halle no haya dicho la verdad.

—Eso no puede ser. —Niego con un gesto rotundo—. Olivia es mi amiga.

—Pero también era amiga de Amanda en ese momento.

—No. Ellas llevaban años distanciadas. —Me deslizo las mangas de la sudadera hacia los codos y me inclino hacia delante. Me apoyo en las rodillas y lo observo.

—¿Confías más en Olivia que en Amanda? —pregunta.

—Sin duda.

Me observa, imperturbable.

—¿No confías en tu novia?

*Tu novia*. Me estalla el corazón como a un quinceañero. Suspiro.

—No lo sé.

—Olivia Halle siempre declaró lo mismo sobre esa noche —menciona—. Fue muy específica y muy precisa. Hablé tres veces con ella y podría asegurarte que usó incluso las mismas palabras.

—¿Eso está bien?

Me da un golpe suave en la espalda, supongo que es capaz de ver lo nervioso que estoy.

—No. —Niega con la cabeza lentamente—. No es lo habitual y siempre me ha generado dudas, pero déjalo en mis manos. Tú tienes unos partidos importantes que ganar. Ve a disfrutar de tu novia y no le des vueltas a esta conversación.

\* \* \*

Pienso que lo que me ha pedido James es imposible hasta que llego a casa y encuentro a Amanda en mi habitación, con los labios pintados de un tono cereza que sabe que me vuelve loco. Se pone de pie en la cama y me rodea con los brazos. Comienza a besarme el cuello, las mejillas, la frente y cada rincón de mi rostro.

—Te echaba de menos —murmura—. Y luego me puse a leer comentarios en tus redes sociales.

Lanzo una risita. Lo sigue haciendo y luego se enfada como si fuese algo que pudiera cambiar.

—¿Estás celosa? ¿Otra vez?

*Dios mío, cómo me gusta que esté celosa.*

—Sí, así que no me importa que estés cansado.

—Eres muy cruel —susurro en su oído, mientras comienza a quitarme la camiseta.

—Te lo mereces. —Me besa un hombro y luego el otro. Toma un pintalabios del bolsillo de sus pantalones de pijama y se lo desliza sobre los labios. Frunzo el ceño, pero lo entiendo cuando comienza a besarme el pecho. Está dejando sus labios por todo mi cuerpo.

—¿Me estás marcando? —bromeo—. ¿Cómo hacen los perros?

Lanza una risita. Se retoca el labial otra vez y me besa el abdomen. Tengo todo el cuerpo lleno de sus labios. Es una tortura hermosa.

Ni en mis sueños más optimistas hubiese imaginado este escenario.

Se baja de la cama, me quita los pantalones y el bóxer. Luego se pone de rodillas y comienza a besarme los muslos y las rodillas, lentamente. Tomo mi erección y la acaricio poco a poco. Sé que le gusta verme hacer eso. Además, si no me alivio de alguna forma, voy a explotar.

—Te odio —gruñe. Lleva el pintalabios nuevamente a sus labios y me rodea. Me besa la espalda, el lateral de la cadera y el trasero. No deja un espacio de mi cuerpo sin una estampa de sus labios.

—¿Ya puedo montarte? —pregunto en un susurro ansioso cuando regresa frente a mí para dejar un par de besos más en mis pectorales.

—Lo haré yo. —Me besa los labios, lanza el pintalabios al colchón y me empuja hacia allí.

—Las sábanas blancas —susurro.

Un comentario muy propio del obsesivo que soy.

—Cállate, Cooper. Eres millonario, puedes comprar otras mañana.

Suelto una risita, pero la interrumpo cuando siento a Amanda sobre mí.

—Estás precioso con mis labios por todo tu cuerpo —dice, mientras se desliza sobre mi erección—. Y no quedan dudas de que eres mío.

—No quedan dudas de que eres posesiva.

—Solo cuando se trata de ti.

Estiro el brazo y tomo el pintalabios que ha dejado abandonado sobre las sábanas. Con una mano, la sujeto con firmeza de la cadera y con la otra arrastro suavemente el pintalabios sobre su abdomen. Dibujo un corazón alrededor de su ombligo. Un suspiro escapa de su boca. Lanzo el pintalabios sobre la cama y la miro. Solo lleva puesta la parte de abajo de su ropa interior, que ha echado a un lado antes de acomodarse sobre mí. Enrosco los dedos y tiro de ella, acompañando sus movimientos. Nunca me cansaré de esto, aunque me gustaría tener más. Quiero todo con ella, empezando por que sea mi novia de verdad.

—¿Por qué eres posesiva conmigo? —inquiero.

—Porque todas esas mujeres que quieren tenerte así no saben lo que yo sé.

—¿Y eso qué es?

—Que sabes querer muy bien.

Frunzo el ceño, cuando veo una lágrima deslizándose en su rostro. Niega cuando nota que intento detenerme.

—Amy...

—Eres todo lo que siempre soñé, Cooper —confiesa, sin dejar de moverse—. Y no voy a permitir que nadie me lo quite.

# 51

# AMANDA

### Cuatro años antes

—Si me gustaran los pequeños, Scott sería mi primera opción —menciona Rylee mientras revuelve su armario.

Hacía mucho tiempo que no cruzaba a su casa. Pasamos gran parte del día juntas, en los ensayos, así que una vez que nos separamos, no solemos volver a vernos. Cuando estudiábamos era diferente, no importaba que pasáramos la mañana juntas en clase, siempre nos volvíamos a ver por la tarde y en la mayoría de los casos me quedaba a cenar en su casa. Éramos inseparables, hasta que dejamos de serlo, sin ningún motivo que yo tenga claro.

—Tiene veinticinco. —Pongo los ojos en blanco.

Scott tiene el papel de Gastón en el musical y, paradójicamente, tengo algo con él. Me pasé la infancia despreciando a ese personaje, hasta que acabé enganchándome del artista que lo interpreta. No tenemos nada serio y estoy muy lejos de estar enamorada de él, pero lo pasamos bien juntos.

—Ya sabes lo que pienso de ello. —Sonríe y lanza un montón de ropa negra sobre la cama. Tiene una pequeña maleta abierta con un neceser de viaje dentro.

—¿Tienes que llevarte muchas cosas? —cambio de tema.

En algún momento aprendí que intentar meterle algo en la cabeza a Rylee es imposible. Una vez que ella toma una decisión respecto a algo, eso queda decretado para toda la eternidad. Y ya había entendido que, para ella, los chicos de nuestra edad eran unos imbéciles. El problema, era que para mí estar con hombres tan mayores era raro. Sobre todo, porque Rylee se cree muy madura, pero en realidad no lo es.

—Desearía no estar haciendo esta maleta —gruñe.

Por alguna razón, no quiero hablar del tema. Por supuesto que en otro momento le hubiese dado la razón, pero ya no tengo dieciséis años. Cooper es uno de los diez mejores jugadores del *draft* de la NFL. De hecho, todo el mundo asegura que será el primer elegido para formar parte de la liga profesional de fútbol y eso anticipa que regresará a la ciudad, ya que el equipo de Chicago es el primero que tendrá opción de elegir este año. Además, es un mariscal de campo y la gente empezó a hablar de él hace unos meses por su gran actuación en la liga universitaria. Y no me refiero a nuestro entorno, sino a toda la gente de este país. Incluyendo, por ejemplo, artículos en los portales de deportes más influyentes que lo describen como la figura que marcará el futuro del deporte más importante.

Todo es demasiado maravilloso como para no sentirse un poquito orgullosos de él. Incluso yo, que lo detesté toda la vida, siento cómo se me pone la piel de gallina cada vez que escucho a personas desconocidas deseando verlo jugar.

—Lo sé —murmuro—. ¿No lo echas de menos?

Deja de meter ropa negra en su maleta y me mira.

—Por supuesto que no.

Asiento y ella continúa con su tarea.

Entiendo que no se llevan bien y que Cooper nunca fue lo que todo el mundo veía, pero ya somos adultos y tal vez él haya cambiado. Yo he cambiado, de hecho.

¿Rylee? Bueno, probablemente ella siga siendo la misma.

Nos mantenemos en silencio durante un rato, mientras intento procesar el modo en el que voy a tocar el tema. No estoy aquí por casualidad. Si bien durante los últimos años Rylee me ha ocultado muchas cosas, estoy al tanto de su inminente relación con Jason Russell. De hecho, ella tiene muy clara mi opinión. Una que, por supuesto, no le importa ni le agrada.

Pero quiero intentarlo una vez más.

—¿Sabe Jason que viajas? —pregunto, como si la relación me pareciera lo mejor del mundo.

—Sabe que viajo a Las Vegas, pero no conoce los motivos. —Suspira y toma asiento en la cama—. Afortunadamente, no le gusta el fútbol. Él es más del béisbol, de modo que no va a estar viendo el *draft*.

Asiento.

—¿Todavía no le has dicho que eres la hermana de Cooper?

Me mira sin responder y su expresión me inquieta.

Se incorpora y continúa con su maleta.

—No, porque para él soy Rylee y eso es más importante que ser la hermana de Cooper.

Me doy cuenta de que mi comentario le ha sentado mal, porque vive comparándose con su hermano de una manera que ya resulta enfermiza. A Cooper nunca le importó que ella llamara muchísimo más la atención que él. Y en el instituto lo hacía mucho.

—Me refiero a que todo el mundo está hablando de él.

Intento salvar mi comentario, pero parece que la enfurezco todavía más.

—Todo el mundo no, solo quienes están interesados en el fútbol. Y no es el caso.

—Vale.

Aunque no es así.

A mí no me interesa el fútbol en lo más mínimo y he visto mucha información en redes sociales sobre Cooper Harris. Suspiro y decido hablar. He venido a casa de Rylee porque me inquieta su relación con el propietario del teatro de Chicago en el que trabajamos. Lo hablé con mi abuela, algo que no hago habitualmente, y estuvo de acuerdo conmigo. Me dijo que no debía apoyar a Rylee en todo. Que una buena amiga también tiene la obligación de alertar y aconsejar, así que aquí estoy.

—Me preocupa tu relación con Jason. —Resopla—. Escúchame y luego puedes mandarme a la mierda como haces siempre. Tiene cuarenta y cinco años y tú veintidós. Entiendo que te gusten más mayores, pero acabas de salir de la universidad, estás trabajando en tu primer musical. Él ya tiene hijos.

—Está divorciado y tengo un buen perfil de madrastra —bromea.

—Me refiero a que estáis pasando por etapas diferentes. Una cosa es que te acuestes con él, pero ahora tenéis algo... supuestamente serio.

—¿Qué quieres decir con eso de «supuestamente»?

—Que eso es lo que te dijo, pero no lo vi besándote delante de todos en el teatro.

—Porque es profesional.

—¿Qué hay de esas reuniones? —Muevo la mano en un gesto desesperado—. Y esas máscaras de animales extrañas.

Lanza una risita.

—Es un juego con su grupo de amigos.

—No tiene quince años, Rylee.

Sonríe, cierra la maleta y luego da dos pasos hacia la puerta de su habitación.

La abre.

—Ya puedes irte, Amanda.

* * *

Estoy recostada en el sofá, viendo la televisión. Mi abuela me prepara un té y me lo alcanza sin emitir una palabra. Estoy frustrada y ella sabe muy bien que prefiero no hablar en estas situaciones.

Rylee me echó de su casa por haberle dado un consejo. Solo intentaba ayudarla, pero ni siquiera quiso escucharme y, ahora entiendo que, al final, ese ha sido el motivo por el cual estos últimos años nuestra relación se ha ido enfriando.

Cuando éramos más pequeñas yo era diferente y no me molestaba que ella controlara todo, pero ahora me resultaba insoportable. Quiero ser libre de darle mi opinión, sobre todo cuando estoy preocupada por ella. Y, aunque por momentos me convence de que estoy exagerando respecto a su relación con Jason…, hay algo en mi interior que me hace desconfiar.

Tomo asiento lentamente y observo la televisión. Estoy viendo el *draft* de la NFL por primera vez en mi vida y están a punto de revelar el nombre del primer *pick*. En la pantalla van y vienen, entre el presentador y Cooper. Todo el mundo sabe que será él.

Contengo el aliento al verlo. Tiene un aspecto increíble, con un traje negro hecho a medida y el cabello rubio bien peinado. Parece relajado y confiado y la inminente fama le sienta muy bien. Cooper es el sueño de cualquier chica con buen juicio y yo recuerdo, cada tanto, ese beso increíble que nos dimos hace unos años.

Incluso cuando sabía qué ocurriría, el corazón me da un salto cuando el presentador dice su nombre. Me acomodo en el asiento y lo veo ponerse de pie con una seguridad envidiable. Tranquilo. Estoico. Muy propio del Cooper Harris que yo conozco. Le da un abrazo a su padre y luego a su madre, leo un «gracias» en sus labios que hace sonreír a Lilly. Por último, abraza a Rylee. Ella mantiene una sonrisa suave en los labios, pero él se toma un instante para mirarla. Leo sus labios. «Te quiero, Ry», le dice. Ella no duda en responder: «Yo más».

# 52

# AMANDA

—Cooper está mejor —menciona la psicóloga que nunca notó el conflicto que estaba teniendo con la comida. La nutricionista está a su lado. Ambas me observan con rostro amable, pero sé que no les simpatizo. No es habitual que la pareja de un jugador se inmiscuya en estas cosas, pero sentí que debía hacerlo.

Después de hablar con él y de aquella reunión con el equipo de psicólogos, comenzó a despegarse de sus rutinas de vez en cuando; sin embargo, me doy cuenta de que a veces siente culpa y no es algo que pueda resolverse de un día para el otro. Me preocupa lo que pueda pasar si yo dejo de estar alrededor. ¿Quién va a estar atento a que coma lo que corresponde? Si se obsesiona más de la cuenta esto puede derivar en algo más complejo y sé que nadie estará lo suficientemente pendiente como para notarlo.

—Todavía siente culpa cuando come algo fuera del plan. Lleva años sin probar una hamburguesa. —Suspiro—. No soy psicóloga ni experta en nutrición como ustedes, pero es la persona más importante que tengo en la vida y quiero estar tranquila de que encuentre el equilibrio entre lo que es saludable y lo que no. Privarse de una hamburguesa durante no sé cuánto tiempo no es sano para su cabeza. Principalmente, porque conozco a Cooper desde los ocho años y sé cuánto le gustaba la comida basura.

La nutricionista sonríe.

—Quédate tranquila, nos centraremos en ello.

—Desde ya —agrega la psicóloga—, agradecemos que te involucres. No todas las familias lo hacen.

*Familia.*

Ojalá Cooper fuera mi familia, pero solo estoy ordenando las cosas. Dejando el terreno lo mejor posible para cuando yo ya no pueda estar atenta a su alimentación. Asiento con una sonrisa y las saludo antes de retirarme y regresar al coche donde me espera mi guardaespaldas. Contengo las ganas de llorar. No sé cómo voy a soportar estar lejos de Cooper ni qué haré con mi vida. Tampoco sé qué sucederá conmigo una vez que se sepa la verdad. No es que espere salir ilesa de esto.

Gruño cuando mi móvil suena una vez más. Es un número desconocido que me llama desde hace tiempo y al que no contesto porque temo que tenga que ver con las amenazas. No puedo seguir escondiendo los muertos en el armario, así que decido contestar.

—¿Amanda Owens? —dice un hombre al otro lado de la línea—. Al fin logro dar contigo. Mi nombre es Robert Sterling, soy el abogado de tu abuela. Nos conocimos hace un tiempo.

—Lo recuerdo. Él fue quien me asesoró cuando Rylee desapareció—. Te contacto en esta ocasión porque me gustaría reunirme contigo, a fin de realizar la lectura del testamento de tu abuela. No tenía a nadie más que a ti, pero hay cosas que debo entregarte en mano.

Frunzo el ceño.

—Está bien. ¿Cuándo podríamos vernos? —Decido que lo mejor es quitarme esto de encima cuanto antes.

—Lo antes posible, me ha costado mucho dar contigo. —Suspira—. Si tienes un hueco hoy por la tarde, no nos tomará mucho tiempo.

Observo la hora en mi móvil; he quedado con Olivia esta tarde. Llevo tiempo armándome de valor para hablar con ella y no quiero postergarlo.

—Podría acercarme más avanzada la tarde.

—Me parece bien. Mi secretaria te enviará la información por correo electrónico.

—No tengo acceso a mi correo. —Me pongo el cinturón de seguridad—. Mándemela por mensaje si es posible.

Por si acaso, una vez que termina la llamada, le escribo a Cooper. Está en su segundo entrenamiento del día, pero sé que revisará su móvil cuando acabe. Le cuento que veré a Olivia y que luego me reuniré con este abogado. Le aclaro que el guardaespaldas me acompañará, porque sé que me hará esa pregunta, y le comparto la dirección de la reunión con el abogado por si acaso. Aunque vaya con mi guardaespaldas, nada me da más tranquilidad que saber que él está atento. Voy a echar mucho de menos eso.

Nunca pensé que sería tan agradable sentirse protegida por Cooper Harris. Hubiese sido maravilloso descubrirlo antes de arruinar todas mis opciones de construir algo a futuro con él. Podría haber abierto los ojos y verlo yo misma, pero decidí que debía quedarme solo con la versión de Rylee porque era mi mejor amiga y no me engañaría. Cierro los ojos y echo la cabeza hacia atrás; pasé años creyendo a una persona que le mentía a todo el mundo delante de mí. ¿Acaso me creía tan especial?

Cuando el coche se detiene, me siento atontada. Anoche no dormí bien. Cooper se puso a cambiar las sábanas después de que las mancháramos de pintalabios rojo, luego nos dimos una ducha juntos y cenamos pizza en la cama. Se saltó un entrenamiento y en el momento no le preocupó. Más tarde lo noté inquieto, así que lo hablamos. Está demasiado acostumbrado a no hablar sobre lo que siente o lo que le genera ansiedad. Me volvió a preguntar lo de la campaña de bebidas energéticas, pero no supe cómo explicárselo. Si lo nuestro se termina, no le va a gustar ver esa campaña por todos lados, y además dudo que la marca se lo tome bien.

Por supuesto que no se lo dije, pero empiezo a sentir que tengo una cuenta regresiva en la cabeza y ya no puedo dilatarlo más.

—Hola. —Olivia me recibe en su casa, inquieta. Hemos estado a solas en varias ocasiones, pero no es lo mismo compartir asientos en un partido de fútbol que encontrarnos en su casa para hablar de lo que venimos evitando—. Pasa.

La casa es muy bonita y tiene dos plantas, aunque no se asemeja a la de Cooper en absoluto. Olivia no está trabajando en este momento, porque decidió abocarse al cuidado de su hijo y Ben tiene un buen cargo en una multinacional. Les va bien.

—¿Levi? —le pregunto, mientras la sigo hacia una cocina espaciosa y completamente blanca.

—Está durmiendo, supongo que en algún momento nos interrumpirá. —Suspira—. ¿Quieres beber algo? ¿Un té? ¿Limonada?

—¿Limonada? Está nevando.

Lanza una risita, pero su actitud inquieta permanece ahí.

—Te preparo un té —resuelve.

Me acomodo en una de las banquetas y la observo. Ya he practicado esta conversación más de mil veces en mi mente. Lamentablemente, no tengo más tiempo.

—No quiero dar muchas vueltas —le suelto, cuando me acerca una taza humeante.

—Está bien. —Toma asiento—. Dime.

Su rostro es igual al que recuerdo, solo que más afinado. Ya no es el de una adolescente ni el de una chica de veintidós años. Olivia, esa amiga con la que compartí fiestas, borracheras y travesuras, ahora es madre. Tiene esta casa bonita y un esposo. Todas las noches cena con el chico del que se enamoró en la adolescencia y con el que comparte un hijo.

Olivia pudo formar una familia, mientras yo corría hacia el otro lado.

Parece que disfrutara al huir de mis sueños.

—¿Por qué mentiste?

Desvía la mirada de inmediato. Por supuesto que esperaba la pregunta. De hecho, es hasta ridículo que nunca lo haya hecho. Cuando la noche en la que desapareció Rylee, ella se apresuró a mentir contando una historia completamente diferente a la realidad, debí preguntarle por qué lo hacía. Pero me mantuve callada, porque facilitaba las cosas.

Olivia me entregó en bandeja una coartada.

—Supongo que intentaba ayudarte.

—No recuerdo haberte pedido ayuda.

Me observa, con el rostro inexpresivo.

—Estábamos distanciadas, Amanda. —Mueve su taza de té a un lado—. Pero eso no significa que no te considerara alguien importante. Compartimos muchos años.

—También Rylee. —Me apresuro, necesito sacar todo lo que tengo dentro—. ¿No te importó que mentir le hiciera daño?

Lanza una risita.

—Tú y Rylee nunca fuisteis iguales. Eso es lo que tú querías creer. —Apoya los codos sobre la mesa—. Y para mí no representabais lo mismo.

Los ojos se me llenan de lágrimas, pero las contengo. Me siento demasiado arraigada a estas personas y a esta ciudad. Supongo que mientras dejaba huellas horribles en las personas, había otras que estaban sembrando algo de amor en mí. Ese amor que tanto deseaba y no supe ver.

—Cooper no lo sabe —menciono, y su rostro se transforma—. Él no sabe que mentiste en tu declaración.

—Y no tiene por qué enterarse, Amanda —me advierte.

Mis ojos dan una vuelta por esa cocina, pienso en mi cocina en Texas. Aquel sitio nunca me pareció un hogar. Llevo una vida siendo ajena a todo.

—Voy a decirle la verdad. —Trago saliva—. No puedo seguir ocultándole lo que pasó.

—¿Qué pasó? —Tiene los ojos llenos de lágrimas, odio traer el pasado a estas vidas en las que todo estaba bien hasta mi regreso. Sigo dejando huellas horribles tras mis pasos. —Si él te importa, guárdatelo. No le va a hacer bien.

—Para él es muy importante, está muy abocado al caso.

Lanza un resoplido.

—Y eso es lo que, justamente, no le permite avanzar. Lleva años solo, nunca ha tenido una pareja ni una vida normal. Se supone que es el jugador de fútbol que siempre soñó y no es feliz. Llevo años intentando que deje el pasado atrás porque… Vamos, Amanda, tú lo sabes muy bien. Rylee no va a regresar. Si hubiese tenido la posibilidad, ya lo habría hecho con el único objetivo de atormentarnos a todos.

—Lo sé, pero Cooper odia la mentira y yo no puedo seguir sosteniéndola.

—Amanda, Cooper es mi amigo.

—Lo sé.

—¡No! —exclama. Luego suspira y baja el tono—. Todos estos años, los que estuvimos con él fuimos Ben y yo. No me importa lo que sienta por ti, aunque todos sabemos que está completamente enamorado, como siempre. No te voy a permitir que lo lastimes, porque cuando mi vida se fue a la mierda y

Rylee y tú me disteis la espalda, él fue el único que estuvo allí para mí. Y ni siquiera era mi amigo.

Intercambiamos miradas cargadas de angustia.

—Yo lo amo y ya lo he perdido todo.

—Vas a perderlo si le dices la verdad. Cooper odia que le mientan.

Asiento con la cabeza.

—Lo sé, pero prefiero darle lo que necesita. Tal vez, en unos años lo valore.

—Le vas a romper el corazón.

Me pongo de pie y esbozo una sonrisa triste.

—Confío en que Ben y tú cuidaréis de él. —Me dirijo hacia la puerta y me doy la vuelta antes de despedirme—. ¿Por qué mentiste en tu declaración?

—Alguien mencionó que era lo mejor para todos.

# 53

# COOPER

Quiero pedirle a Amanda que sea mi novia, pero hace rato que pasé la adolescencia. No sé si es algo que deba hacer o si el hecho de que estemos juntos ya significa que lo es. Pero quiero serlo. Quiero hablar de ella llamándola *mi novia* y que sea cierto. Necesito que me diga que sí para asegurarme de que lo que llevamos haciendo desde hace un mes es real.

Cuando llego a casa me recibe Duque con cara de dormido. Mueve la cola suavemente y su poco entusiasmo me recuerda que Amanda no está. Ahora es así. Cuando Amanda no está cerca, Duque y yo somos unos desgraciados.

—Nuestra chica tenía cosas que hacer. —Me pongo en cuclillas y le acaricio el lomo. A veces, cuando empiezo a enloquecer con las mentiras del pasado y me lleno de dudas respecto a Amanda, recuerdo cuánto la quiere Duque y eso me tranquiliza. Los perros pueden ver más allá y él la aceptó desde el primer momento.

Voy directamente hacia al gimnasio y él me sigue. Sabe que no quiero que dé vueltas a mi alrededor mientras entreno porque es peligroso, pero le permito que me acompañe. El gimnasio de casa es un espacio grande. Las paredes están pintadas de negro y suelo escribir mis rutinas con tiza. A veces escribo mensajes para recordarme lo importante que es entrenar, incluso cuando estoy cansado.

Me detengo y me muerdo el labio inferior. Debajo de mis rutinas, aparece un mensaje con la letra de Amanda: «Relájate, ya eres increíble». Sacudo la cabeza con una sonrisa.

Me está volviendo loco. No puedo dejar de pensar en ella y, a pesar de que por momentos tengo mis dudas o intento mantenerme cauteloso, no me engaño. Amanda siempre logró generar lo que ninguna otra chica pudo. Llama mi atención y me mantiene ahí, obnubilado tras sus pasos. La diferencia es que ahora no está mi hermana y ella es distinta. A lo mejor esa noche cuando regresó a mi cuarto para continuar el beso fui demasiado cruel con ella. Estaba herido, pero tal vez no se escudaba detrás de Rylee para lastimar a las personas, sino que adoraba tanto a mi hermana que no podía decirle que no.

Algo parecido a lo que me pasa a mí con ella.

Me acerco a la pared y tomo una tiza gastada que encuentro en el suelo. Debajo de sus palabras escribo: «¿Quieres ser mi novia?».

—Ya sé que piensas que soy un idiota, Duque. —El perro me observa recostado desde el otro extremo del gimnasio—. Pero tú tienes su atención todo el día, déjame un poquito de esta chica que me gusta desde antes de que tú nacieras.

Me pongo los auriculares y comienzo con la rutina sin dejar de pensar en ella. Me dijo que hoy pasaría por casa de Olivia, lo cual me alegra porque no me gusta que esté tan sola. Sé que mi amiga también tiene ciertos reparos con ella, pero alguna vez fueron muy cercanas. Tal vez hablar las ayude a limar asperezas.

Luego, me dijo que se reuniría con el abogado de su abuela para la lectura de su testamento. Me hubiese gustado acompañarla porque no debe de ser un momento agradable, pero no me lo pidió y no quiero ser tan intenso. Además, todavía no somos novios oficialmente. En caso de que acepte, las cosas serán diferentes. Amanda pasó gran parte de su vida sola. Tuvo a su abuela y a mi hermana, pero no sé si en algún momento se sintió parte de una familia o tuvo la certeza de que alguien estaba allí para ella. Quiero ser esa persona. Quiero que construyamos algo juntos, porque yo empiezo a acostumbrarme a estar solo y no me gusta.

Intento enfocarme en el entrenamiento, pero es difícil. Tengo muchas cosas en la cabeza y mi trabajo ocupa el segundo lugar. En caso de que ganemos el próximo partido, nos queda uno más antes de la Super Bowl. Cuando era pequeño, jugar esa final era todo a lo que aspiraba, y en caso de lograr llegar a esa instancia, ni siquiera entiendo cómo ha ocurrido. Ha sido una temporada extraña, con todo lo de la renovación de mi contrato y el regreso de Amanda. Sin embargo, eso me hace pensar que lo voy a lograr. No es una temporada más. Están ocurriendo cosas a mi alrededor y eso me hace confiar en que el destino quiere seguir dándome sorpresas.

Siento que las cosas están a punto de cambiar.

\* \* \*

Me doy una ducha y como unas tostadas con hummus, uno de mis *snacks* favoritos. Estoy limpiando la vajilla que he usado, cuando oigo la puerta y las uñas de Duque haciendo un escándalo sobre el suelo del salón. Abandono la tarea y hago lo mismo que mi perro, pero un poco más calmado. Encuentro a Amanda con las mejillas rosadas por el frío y una chaqueta que debería ser más abrigada. Ha estado nevando todo el día.

—¿Cómo ha ido todo? —Sé que estaba un poco nerviosa respecto a su encuentro con Olivia e imagino que la reunión con el abogado no debe haber sido lo que se dice alegre.

—Bien —vacila.

Asiento para darle tiempo a que me diga la verdad. Ella se inclina para acariciar a Duque, pero siento que se mueve por inercia.

Algo ha salido mal.

Algo está a punto de cambiar y tal vez no tenga nada que ver con el fútbol.

—Tenemos que hablar. —Afirmo y su mirada se encuentra con la mía—. ¿No es cierto?

Asiente y se acomoda en el sillón con la mirada perdida. Ni siquiera se detiene a quitarse la chaqueta. El estómago me da un vuelco y me arrepiento de haber comido.

—He estado con Olivia hoy por la tarde y luego he ido a la lectura del testamento de la abuela —dice, con voz queda.

Tomo asiento a su lado.

—Lo sé. ¿Está todo bien? —pregunto, ansioso.

—No, en realidad no —Su mirada se encuentra con la mía. Esos ojos preciosos—. Pero no es nuevo, Cooper. Necesito ser sincera contigo, no digo que no lo haya sido hasta ahora, pero… —titubea.

—Lo entiendo, dímelo. Yo también quiero que seas sincera conmigo.

Suspira y estira la mano para acariciar la cabecita de Duque. Luego, me observa. Sus ojos recorren mi rostro. Se muerde el labio inferior y sacude la cabeza lentamente.

—Ojalá te hubiese conocido antes —murmura.

—Me conoces desde los ocho años —bromeo, porque no quiero que los nervios acaben conmigo.

—Conocerte de verdad —susurra—. Como lo he hecho esta vez.

—¿Qué pasa?

—Sé más de lo que declaré. —Traga saliva y yo siento cómo se me acelera el corazón—. Siempre supe más de lo que dije, pero puede que hoy entienda todo un poco mejor.

—Puedo llamar a James —menciono, con los nervios a flor de piel.

—Te prometo que hablaré con él, pero antes necesito hacerlo contigo. Te lo debo. —Asiento—. Odio no haber hecho las cosas de otro modo, pero ya no lo puedo cambiar. Quiero que sepas que todo lo que ha pasado entre nosotros ha sido real, al menos por mi parte. Estas semanas juntos han sido lo más cercano a un sueño que he tenido en mi vida. Eres increíble. Eres tierno, inteligente, tenaz. Eres bueno, Cooper. Mereces ser feliz y dejar el pasado atrás. Porque nada de lo que ocurrió tuvo que ver contigo. Tú hiciste todo bien desde el principio.

—También fue real para mí —respondo—. Y todavía lo es.

Extiendo la mano y tomo la suya.

—Lo sé. Tú nunca mientes.

La observo.

—¿Tú mientes?

Esboza una sonrisa suave.

—Solía hacerlo demasiado, pero lo peor que hice fue sucumbir al miedo. Mentí por miedo, por una cuestión de supervivencia que no me llevó a ningún lado, porque mi vida es una mierda de todas maneras.

—¿Mientes ahora? —pregunto, con el corazón desbocado.

Sus ojos danzan sobre los míos.

—Esta es la primera vez en la que voy a ser completamente sincera contigo, Cooper. —Presiona mi mano con la suya—. Te voy a contar lo que pasó esa noche.

# 54

# AMANDA

## Cuatro años antes

Llevo la mitad del día en la cama, leyendo un libro que encontré en la biblioteca de la abuela. Cuando soñaba con dedicarme al teatro musical, no imaginaba que fuera tan duro. Los ensayos duran muchas horas, sobre todo cuando tienes el papel principal. Tengo los músculos agarrotados de los nervios que me genera cada función y creo que no lo disfruto como esperaba.

Gruño cuando oigo el sonido del móvil y estiro la mano para alcanzarlo. Tomo asiento en la cama y resoplo cuando descubro que se trata de Rylee. Si bien nos vemos a diario en los ensayos y compartimos funciones, la relación ya no es la misma. Comenzamos a distanciarnos en la universidad y, en parte, sé que soy responsable. Después de la noche del beso con Cooper, ya no pude verme del mismo modo y tampoco a ella. Así que, mientras todo continuaba sin cambios, yo ya no podía responder de la misma forma. Más de una vez, me encontré pensando en la mirada de Cooper después de ese beso fingido. Una decepción que, probablemente, hoy él ni siquiera recuerde.

Pero yo sí que lo hago. Porque ese beso sirvió para que abriera los ojos.

Desde aquella noche, me replanteé cada una de las decisiones que tomé durante esos últimos años y decidí que, a pesar de que no podía cambiarlas, sí podía dejar de hacerlo. Y para dejar de hacerlo, debía alejarme de Rylee. Algo que no fue para nada sencillo, teniendo en cuenta que es, prácticamente, la única persona que tengo en la vida, además de mi abuela.

RYLEE:
¿Tienes planes para esta noche?

Suspiro. Ojalá tuviera un plan imposible de cancelar, pero no lo tengo. Y Rylee lo sabe porque estoy dedicada completamente al trabajo. Ya ni siquiera me estoy viendo con ningún chico.

AMANDA:
Dormir, supongo.

RYLEE:
He estado hablando con Olivia. Hoy ha vuelto mi hermano y nos cruzamos porque pasó por casa a visitarlo. Quedamos en hacer reunión de chicas esta noche. ¡Como en los viejos tiempos!

Leo el mensaje varias veces porque necesito que el corazón me estalle todas las veces que sea necesario. Ha vuelto Cooper, a quien no veo desde hace cuatro años y la última vez que hablamos me dijo, en pocas palabras, que era una mierda.

Después de que yo lo hubiera besado dos veces.

¿Y qué dice de Olivia? ¿Como en los viejos tiempos? ¡Si Rylee detesta a Olivia!

AMANDA:
¿Hablas en serio?

RYLEE:
¿Por qué no hablaría en serio?

Podría hacer una lista de razones. Porque no soporta a Olivia. Porque a mí apenas me dirige la palabra desde que cuestioné su relación con Jason Russell. Porque el hecho de que su hermano haya regresado no le supone ningún tipo de alegría.

Sin embargo, decido hacer lo de siempre. Me torturo, diciéndome que soy una mala persona por desconfiar de alguien con quien compartí la mayor parte de mi vida.

AMANDA:
Está bien. ¿Venís a mi casa?

No existe la más remota posibilidad de que vaya a casa de Rylee. No quiero cruzarme con Cooper ahora que es mucho más atractivo y maduro que la última vez que lo vi, sobre todo teniendo en cuenta que lo besé y que nunca he dejado de pensar en esa noche. Además, ahora soy diferente y las cosas me afectan mucho más que cuando tenía diecisiete.

RYLEE:
Iremos a casa de Olivia. Te paso a buscar a las siete y vamos en coche.

Espero a Rylee en la puerta rogando no cruzarme con Cooper. Vivo exactamente frente a su casa, así que me acomodo en la parte más oscura del porche. Es ridículo, porque nos conocemos desde los ocho años y nunca hemos estado muy unidos. Además, es obvio que me lo cruzaré ahora que se instalará en la ciudad.

Lo que prefiero es que no sea hoy.

—¿Qué llevas puesto?

La voz de Rylee me hace saltar. Estaba completamente perdida en mi cabeza y no la he visto aproximarse. Me echo un vistazo, aunque sabía que haría algún comentario referido a mi atuendo. Es algo que Rylee hace normalmente y a lo que estoy acostumbrada. Siempre ha sido ese tipo de persona que mira a todo el mundo de pies a cabeza con ojo crítico. Y yo tengo un estilo bastante particular. Disfruto mucho de pensar qué ponerme para determinada situación y casi nunca voy vestida como el resto.

Y, en esta ocasión, tampoco voy vestida como el resto ni como me vestiría normalmente. Llevo unos *leggings* de color negro y un suéter de punto gris, lo mismo que he usado todo el día en la cama. Solo me detuve a delinearme los ojos y pintarme los labios de un tono púrpura con el que estoy obsesionada.

Doy una vuelta y estiro los brazos.

—Lo puedes ver con tus propios ojos.

En otro momento, me hubiese preocupado y estaría entrando a casa para cambiarme. Sin embargo, estoy enfocada en no caer en los juegos de Rylee. Además de que no tengo ganas de pensar en qué ponerme.

—Evidentemente, el teatro musical no era para ti.

Esto ya es habitual. Desde aquella audición en la que obtuve el papel principal, Rylee destaca todo el tiempo que no soy lo suficientemente buena, algo que jamás hubiese hecho antes. Para ella, yo solía ser maravillosa. Hasta que dejé de bailar al son de su ritmo. Tal vez, si nunca hubiese bajado la cabeza ante cualquier cosa que propusiera, no habríamos llegado a ser amigas.

—¿Qué tiene que ver el teatro con mi atuendo? —cuestiono, mientras nos dirigimos al coche aparcado frente a su casa. No es el de Rylee y no tiene mucho sentido ir en coche a casa de Olivia que vive relativamente cerca, pero me lanzo al asiento del copiloto rezando desaparecer antes de que aparezca Cooper.

—No lo sé, pero evidentemente no te hace bien.

Suspiro.

—Estoy un poco cansada, nada más. —Me pongo el cinturón de seguridad y la observo. Tiene el cabello oscuro brillante, las cejas perfectamente peinadas y los labios delineados y rellenos de un tono cereza que queda perfecto con su tono de piel—. Espero que esta no sea ninguna trampa.

Pone el coche en marcha sin responder. Ha sido un comentario casual, y sé que no es el mejor que podría haber lanzado, pero he supuesto que se defendería o algo por el estilo. Insisto—. Esto no tiene nada que ver con lo que pasó la última vez que se te ocurrió que era buena idea reunirse con Olivia para limar asperezas, ¿no?

—Tú sabías que aquella vez no limaríamos asperezas con Olivia.

Por supuesto. Rylee me había anticipado lo que haría, yo lo acepté y, por ende, fui su cómplice. No necesito que me lo recuerde.

—Lo recuerdo muy bien —menciono.

—Perfecto. —Sonríe y me mira—. No olvides la parte en la que te pareció divertido ponerle laxante en el café.

—Te pedí que tuvieras cuidado.

Lanza una carcajada.

Es un tema difícil que nunca hablamos, pero que yo tengo en la punta de la lengua todo el tiempo. De todo el daño que hice, eso es lo que me provoca más arrepentimiento.

—Eres mi mejor amiga, ya sabías que no lo haría. Solo te repites eso porque eres una cobarde que no acepta las decisiones que toma.

—¿Cobarde?

Chasquea la lengua, mientras aparca en casa de Olivia. Estamos bastante cerca de casa, así que sigo sin tener claro por qué no hemos venido caminando. Sobre todo, teniendo en cuenta que Rylee suele beber demasiado y no creo que esta noche sea la excepción.

Olivia nos recibe con una sonrisa suave. Llevo bastante tiempo sin verla porque, al igual que como estoy haciendo con Cooper, evito cualquier situación en la que pudiéramos coincidir. Salvo hoy, que Rylee me encontró con la guardia baja y no me pude negar.

La casa de Olivia está tal cual como la recuerdo. Es bonita, con un salón espacioso, varios sillones. Una mesa rectangular con sillas a juego y flores por todos lados. Junto a los sillones, hay una mesa pequeña donde ha servido unos *snacks*. Tiritas de manzana con mantequilla de cacahuete y canela, palomitas dulces y patatas fritas. Ha puesto también una botella de gaseosa, una jarra con agua y una botella de vodka. Rylee se quita la chaqueta de cuero que lleva puesta y se sirve un vaso de vodka. Yo tomo asiento en el sillón y agarro el cuenco de palomitas, estoy nerviosa y necesito ocupar las manos y la boca.

—¿Tus padres están fuera? —pregunta Rylee, como si nunca nos hubiéramos distanciado. Como si no la hubiese mandado al hospital porque le pareció divertido meterle laxante en el café.

*Necesito dejar de pensar en eso.*

—Decidieron pasar el fin de semana en la casa del lago. Y mi hermana está en una fiesta. No regresará hasta tarde.

—¡La casa del lago! —exclama Rylee, de un modo demasiado sobreactuado que solo noto yo que la conozco más que su propia madre—. ¿Recuerdas cuando pasamos un fin de semana allí?

—Sí —responde Olivia, incómoda.

Yo sigo metiéndome palomitas en la boca para evitar hablar. Ese fin de semana en el lago fue significativo. Principalmente, porque Rylee se lo pasó teniendo sexo con Ben. En ese momento todavía éramos amigas de Olivia, pero todo estaba a punto de venirse abajo.

—Mi hermano se pasó el rato con cara de culo —agrega y se sigue moviendo por el salón, con un entusiasmo innecesario. Ladeo la cabeza y la observo. Me llama la atención que se mueve por con el vaso de vodka en la mano, pero prácticamente no bebe.

—No nos vemos desde hace mucho. —Me sorprende Olivia, sentándose a mi lado. Tengo que tragar una bola de palomitas antes de responder.

—Es cierto —coincido. Siento cierta nostalgia, me gustaba mucho hablar con Olivia. Cuando Rylee nos lo permitía, claro. Porque siempre estaba en esta postura de ser la que dirige las conversaciones y es el centro de atención.

—Estas muy guapa. —Sonríe—. Bueno, siempre lo has sido, pero… no sé. Te noto cambiada. Como más… —vacila—. ¿En paz?

—Yo la veo más amargada —dice Rylee. Olivia ladea la cabeza y frunce el ceño. Ella también está diferente. Tiene el cabello teñido de rojo, pero su actitud es la misma de siempre.

—¿Para qué quiero enemigos, cuando tengo a Ry? —comento, haciéndome la graciosa. Noto que el líquido en el vaso de Rylee se ha reducido considerablemente, pero no la he visto beber. Decido relajarme porque no quiero enloquecer.

Olivia nos pregunta sobre las funciones y yo le cuento todo, como hacíamos cuando estábamos en alguna fiesta y Rylee se iba con un chico. En algún momento empezamos a ver videos musicales que nos gustaban a los quince años y a recrear las coreografías. El vaso de Rylee está vacío y ella muy metida en su móvil. No ha mencionado a Jason Russell en toda la noche y lo tomo como algo bueno. Quizá ya no estén saliendo. No sé por qué me importa tanto.

En un momento, Olivia recibe un mensaje y resopla.

—Mi hermana está borracha y debo ir a buscarla porque se siente mal. Me ha escrito su mejor amiga, que también está borracha. —Gruñe y sacude el móvil con una mano—. ¿Me esperáis? No voy a tardar más de una hora.

En otro momento le hubiese dicho que era tarde y que podíamos vernos otro día, pero realmente lo estoy pasando bien, así que le digo que la esperaremos, cuando noto que el rostro de Rylee se transforma.

—Hagamos un brindis antes —dice y comienza a repartir vasos. Ha estado un rato callada y noto en la expresión de Olivia que también la ve rara.

Hacemos el brindis y Olivia abandona la casa. Yo me recuesto en el sillón y siento que el cansancio me ataca de un minuto al otro. Sueño con Cooper. Es algo breve y silencioso. Quiero hablar, pero no me salen las palabras. Su rostro comienza a esfumarse y estiro la mano.

—¡Amanda! —susurra Rylee—. Despierta.

Tomo asiento en el sillón y la observo, pero estoy algo mareada. Frunzo el ceño cuando noto que lleva otra ropa. Tiene un *top* rojo sin tirantes de un material brillante y una falda a juego.

—¿Por qué te has cambiado?

—Porque vamos a una fiesta —dice, tirando de mi brazo. Yo niego con la cabeza, pero me obliga a ponerme de pie. Gruñe—. Muévete, Amanda.

No sé cómo sucede, pero me arrastra hacia la calle. Tropiezo por un momento, pero logra sostenerme y luego me acomoda en el asiento del copiloto del coche con el que vinimos a la casa de Olivia. Cuando se ubica frente al volante, suspira.

—Has bebido, no puedes conducir —me las arreglo para decir.

—No he bebido, lo eché todo a una de las plantas de la madre de Olivia. —Me extiende una botella de plástico—. Bebe un poco de agua.

Me la llevo a la boca, pero luego me detengo. Esta es una trampa, igual que lo fue la última vez que fingió reconciliarse con Olivia. Solo que, en esta ocasión, lo está haciendo conmigo. En mi mente confusa me pregunto por qué no iba a hacerlo, si al final nunca fui tan especial para ella.

Finjo beber agua y miro a través del cristal. Estoy mareada. No tengo dudas de que puso algo en mi bebida.

—Sé que has planeado algo —digo sin titubear—. ¿Olivia lo sabía?

Resopla.

—Por supuesto que no. Iba a llevarla a ella, no a ti, pero la idiota de su hermana decidió beber de más y no he tenido opción. —Se gira y me observa. Tiene el rostro desencajado. No recuerdo haberla visto así alguna vez.

—¿A dónde me llevas?

Extiende un brazo y toma mi mano, presionándola suavemente.

—A la muerte.

# 55

# RYLEE

## Cuatro años antes

Siempre he encontrado placer en manipular a las personas, principalmente a los hombres. Sin embargo, con Jason las cosas no se dieron del modo que planeaba. Quería trabajar duro para conquistarlo, pero resultó ser muy fácil y, aunque luego tenía la idea de hacerlo sufrir, como a todos los anteriores, no lo logré. Él acabó conquistándome y manipulándome. Pero al contrario de lo que sucedía con los hombres a los que yo seducía, soy plenamente consciente de lo que hace conmigo.

Y lo acepto sin dudarlo.

Estar arrastrando a Amanda, quien fue mi mejor amiga gran parte de mi vida, es más de lo que cualquier hombre ha hecho alguna vez por mí. Sin embargo, no tengo otra opción y, de alguna manera, siento que Amanda se lo merece.

—¿A dónde me llevas? —pregunta, a lo que le respondo de la forma más sincera que se me ocurre.

—A la muerte.

No dice nada, lo que me recuerda cuánto me conoce. Sabe que siempre consigo lo que quiero y que soy difícil de convencer. No hay nada que pueda hacer para detenerme.

—Sé que lo odias, pero estoy enamorada de Jason. Quiero ser parte de su vida y de todo lo que tenga que ver con él. —Cierro los dedos alrededor del volante; estamos a menos de veinte minutos del destino. Cuando Olivia regrese a casa no nos encontrará, pensará que nos aburrimos y yo la veré en unos días. De Amanda ya no quedará nada.

—¿Qué tiene que ver Jason en todo esto? —pregunta.

No debería estar tan lúcida, le indico que tome agua nuevamente y me hace caso.

—Jason pertenece a una sociedad secreta. —Me muerdo el labio inferior—. ¿Recuerdas aquella reunión? ¿Las máscaras de animales?

—Te dije que eso era algo raro… —murmura.

—No es raro, es maravilloso. Es la sociedad secreta más antigua de la ciudad y no le abren las puertas a nadie. —Me pongo seria—. Tengo la posibilidad de ser parte de ella, ya que pienso casarme con Jason pronto, pero para admitirme, me piden que entregue a quien será el sacrificio de este año.

—¿De qué demonios hablas? —exclama.

Lanzo una risita desesperada. No quiero hacer esto. Me gustaba la idea de entregar a Olivia, a pesar de que ellos siempre quisieron a Amanda. El plan era decirles que no lo había conseguido, pero que tenía a otra chica en su lugar.

—Todos los años homenajean el pasado de la ciudad. Lo hacen a través de una celebración en el bosque, que acaba con un sacrificio.

—¿Hablas en serio, Rylee? —solloza—. Déjame volver a casa.

Intenta abrir la puerta, pero está bloqueada.

—Bebe agua y cálmate. Lo pasaremos bien.

—¿Y luego me sacrificarán? —exclama.

Está asustada y no me gusta. No quiero hacerle esto a Amanda.

—Me pidieron que te entregara a cambio de entrar en la sociedad y lo acepté, pero planeaba traer a Olivia en tu lugar…

—No puede ser tan importante, Rylee. —Sus manos tiemblan y se le cae la botella—. ¡Soy tu mejor amiga!

—Ya no. Has cambiado mucho últimamente. De todos modos, ya te estoy perdiendo.

—Hemos pasado por muchas cosas juntas. —Intenta convencerme, pero yo estoy muy segura de lo que quiero. Quiero ser parte de esta celebración y disfrutar de ello cada año. Quiero entregarle mujeres a la tierra que me vio crecer—. ¿Y nuestros sueños?

—Ya no me interesa el teatro —afirmo—. Y tu sueño estúpido siempre ha sido tener una familia, porque nunca has superado el hecho de que eres una huérfana destinada al fracaso.

Me observa sorprendida. Amanda fue mi mejor amiga porque me permitió manipularla. De no haber sido así, la hubiese descartado como a Olivia hace mucho tiempo.

—No sabía que pensabas eso de mí.

—Ahora lo sabes.

Detengo el coche justo donde me lo indicó Jason y le envío un mensaje.

—¿Por qué cambiaste en la universidad? —pregunto en un susurro. Amanda sigue temblando en su asiento. Tiene el rostro lleno de lágrimas. Espero que se calme porque está cada vez más horrible. Esta noche debe ser mágica y verla morir con la cara hinchada no va a generar mucha emoción.

—Me di cuenta de que no quería ser como tú —escupe.

Lanzo una carcajada.

—¿Y cómo ocurrió semejante revelación?

—Cooper.

Ese nombre, en sus labios, me golpea cual bofetada.

Yo siempre he querido mucho a mi hermano. Él es mi opuesto, algo que yo jamás podría ser. Y aunque por momentos me parecía estúpido, supe encontrar lo bueno en él. Lo que no he podido evitar nunca es ponerle a Amanda en contra. Porque, vamos, todos nos dábamos cuenta de que estaba completamente enamorado de ella. Y no me gustaba la idea de que me la quitara.

—Cooper, eh. —Finjo desinterés.

—Después de que me pidieras que lo besara para burlarme de él, regresé y lo besé de verdad. —Sonríe, pero las lágrimas siguen brotando de sus ojos como un torrente—. Fue increíble. Nunca me han besado tan bien.

—¿Crees que molestándome te voy a dejar ir? Olvídalo.

—No. Solo quiero mostrarte quién soy de verdad, ahora que ya no me dedico a cumplir las órdenes de alguien que piensa que soy una huérfana destinada al fracaso. Quiero que me conozcas antes de entregarme a unos desquiciados para que me quiten la vida. —Niega con la cabeza—. Quería ser una gran amiga, porque pensaba que tú lo eras, pero me equivoqué. En lugar de decirte que lo que hacías estaba mal, me amoldé para ser igual que tú. Pero ser como tú es monstruoso.

—¿Y tú qué eres? —pregunto con ironía. Nada de lo que está diciendo me afecta.

—Solía ser una niña que deseaba tener un futuro mejor que su pasado, pero no lo conseguí, porque crecí humillando y torturando a todo el mundo. Estos últimos meses me he preguntado si quiero seguir con el teatro y si alguna vez podré tener una familia. Alguien que me ame e hijos ruidosos. Parece ser que no tendré nada, pero tú tampoco.

Asiento y observo a través del cristal, justo cuando aparece Jason. Lo reconozco aunque lleva puesta una máscara de venado, con los cuernos cubiertos de flores naturales. Está sin camiseta y tiene unos símbolos pintados sobre la piel del pecho y los brazos. Son llamas y flores. Nunca lo he visto tan guapo.

Sin quitarle los ojos de encima, muevo la cabeza, señalando a Amanda. Descubro su sonrisa a través de la máscara. Mis ojos se detienen en el tatuaje que tiene en el cuello. Es el símbolo de la orden. Una pirámide con llamas y flores. Lo tendré pronto y eso me llena de adrenalina. Llevaba tiempo sin encontrar mi lugar. Siempre debí pertenecer a esta sociedad secreta.

Jason se mueve a través del bosque hasta quedar al otro lado del coche. Desbloqueo la puerta y él recibe a Amanda. La toma de las muñecas, la gira y se inclina en su oído.

—Bienvenida, Amanda Braun.

Frunzo el ceño. El apellido de Amanda es Owens.

—Ese no es mi apellido —murmura ella.

—Ese es el único que realmente importa. —Jason la gira nuevamente y la observa, embobado, lo que genera que un ramalazo de furia corra por mis venas.

No puedo soportar que la mire así. No quiero que mire a ninguna mujer, salvo a mí. Ya logré que dejase de hablar con su exesposa y que no visitase más a sus hijos. No soporto que su atención esté sobre alguien más. Intento controlar la ira, pero no lo consigo y estoy tan ensimismada en ello que no lo veo venir. Con un movimiento rápido, Amanda se zafa del agarre de Jason y toma algo que llevaba bajo la manga.

Su abuela le enseñó defensa personal toda la vida. Fue algo tan constante y habitual que lo olvidé completamente, porque nunca tuvo sentido. Siempre le insistía con que llevara una navaja y gas pimienta en espray a todos lados.

—Si tú te resistes, Rylee tomará tu lugar —dice Jason.

Amanda me mira y espero que lo libere. Es lo que hubiese hecho siempre. Sin embargo, le clava la navaja en el cuello, cerca del tatuaje.

—Al fin me conoces, Rylee. Esta soy yo cuando no sigo tus órdenes.

Le da un golpe a Jason y corre entre los árboles.

Lo intento, pero, al cabo de un rato, sé que no lograré alcanzarla.

# 56

# AMANDA

### Cuatro años antes

Evité beber el agua que me ofreció en el coche, pero todavía continúo algo mareada porque estoy segura de que puso algo en mi bebida, en casa de Olivia. La noche es fría, pero estoy sudada. Corro a través del bosque, en el intento inútil de orientarme. Estuve atenta durante todo el recorrido, pero cuando Rylee mencionó sociedades secretas y un sacrificio, perdí todo tipo de control. Sentí pánico por lo que mi mejor amiga podía hacerme y eso me destruyó por completo. En este momento, huyo de ella; asustada y temiendo por mi vida.

Estoy escapando de una de las personas más importantes que he tenido en la vida.

Estiro el brazo y me limpio las lágrimas con la manga de la sudadera. Me doy la vuelta y siento alivio al no encontrarla detrás de mí. Sin embargo, no me detengo. Oigo un suave sonido de tambores y percibo luz a una distancia cercana. Aminoro el ritmo y me muevo para ver a través de los árboles. Temblando de pies a cabeza, veo hombres con el torso desnudo y los mismos símbolos que llevaba Jason pintados sobre su cuerpo. Son llamas y flores. También hay mujeres, pero son minoría. Todos llevan máscaras con largas astas cubiertas de flores u orejas con pétalos rosados.

El aire huele del mismo modo que en aquella pequeña reunión en el teatro.

Las luces provienen de varias fogatas dispuestas a lo largo del bosque.

Me oculto detrás de un árbol cuando veo a Jason aparecer como si nada, con Rylee a su lado. Siento la corteza en la yema de mis dedos cuando me agarro con fuerza. Mi amiga parece estar bien a simple vista, pero Jason la está sujetando con fuerza del brazo y, por un instante, me cuestiono ir hacia allí para ayudarla. Sin embargo, lo que prevalece es la supervivencia.

Me alejo con cautela para no hacer ruido. Siento las lágrimas tibias sobre el rostro helado y cuando estoy lo suficientemente lejos de aquel lugar como para no llamar su atención, corro hacia el lado opuesto. El bosque me parece infinito. Siento que me desplazo en círculos y los músculos agarrotados de las piernas me ruegan que me detenga. No lo hago y tampoco dejo de pensar en la forma en que me habló Rylee. Las palabras que dijo retumban en mi cabeza y ruego que el bosque cubierto de hojas anaranjadas cambie, que me muestre una escena diferente a la que veo desde que empecé a correr.

Se me antoja una eternidad, pero no tengo noción del tiempo. Creo que lo que ocurrió en casa de Olivia fue hace una década. Me tomo el rostro con las manos y lanzo un sollozo cuando llego a una carretera desolada. Me muevo por la vera del camino sin saber si me dirijo hacia el lado correcto. Estoy completamente desorientada y no me siento a salvo. Ni siquiera tengo el móvil, porque lo dejé en casa de Olivia.

—¿Te encuentras bien? —pregunta un tipo de unos setenta años. Se ha detenido justo a mi lado, con un camión que transporta leña—. Es peligroso que estés aquí sola.

—Voy hacia la comisaría, pero no sé si estoy yendo hacia el lado correcto.

Me observa con seriedad y, aunque no debería confiar, me encuentro completamente sola y sé que necesito ayuda para salir de aquí.

—Sube, yo voy hacia el mismo lado. Estamos a unos diez minutos nada más.

Titubeo. Sé que no es buena idea subirme al vehículo de un desconocido, pero tengo miedo de que Jason y Rylee me vuelvan a encontrar, de modo que me arriesgo.

El tipo está escuchando música *country* y la noche es cada vez más cerrada. Todavía estoy algo mareada y siento las piernas como gelatina. Iré a la comisaría y haré la denuncia. Jason mencionó que, si escapaba, Rylee ocuparía mi lugar. Además, todo lo que ha ocurrido esta noche ha sido una locura e, incluso si esto afecta los planes de Rylee, debo denunciarlo. Sobre todo porque sé que ella necesita detenerse. Sus juegos deben terminar.

—Tengo una nieta de tu edad —dice el tipo. Tiene una boina azul sobre la cabeza, de la que escapan cabellos grises a los lados—. Si puedo ayudarte en algo más, solo dilo. Es lo que me gustaría que hiciera alguien si mi nieta estuviera en tu lugar.

Asiento con un gesto. Se me hace difícil soltar las palabras.

—Por cierto, me llamo Joseph O'Nelly.

—Yo soy Amanda.

Sonríe y conduce en dirección a la comisaría sin hablar mucho más. Paradójicamente, me siento protegida en la camioneta. Después de correr a través del bosque desconocido, cualquier sitio resulta más agradable. Una vez que llegamos, le doy las gracias y él me devuelve una sonrisa.

Me dirijo hacia la comisaría, pensando en lo que voy a decir. Me preocupa que cuando mencione una sociedad secreta y sacrificios se me rían en la cara, pero sé que es lo que debo hacer. Subo los escalones de la entrada y cuando tomo el pomo de la puerta, algo me detiene. A través del cristal veo un amplio mostrador y dos personas con uniforme detrás. Reconozco a uno de ellos en el instante en que mis ojos se posan sobre él. Es el mismo tipo que estaba en aquella reunión secreta que descubrí con Rylee en el teatro.

Y tiene el mismo tatuaje de la pirámide que Jason tenía en el cuello.

En el mismo sitio.

Bajo las escaleras sin siquiera darme la vuelta. Tropezando con los escalones. Me caigo y gimo de dolor cuando una de mis rodillas impacta fuerte contra el suelo. Sin lamentarme demasiado, me pongo de pie y me encamino por el mismo lado por el que llegué, sin dejar de darme la vuelta. Afortunadamente, ninguno de los tipos llegó a verme.

Me pregunto qué hacer, con el corazón desbocado, cuando distingo el camión de leña del señor O'Nelly. Está más adelante, como si hubiese emprendido su camino pero algo lo hubiese detenido. Veo un tipo en la parte trasera, buscando entre la leña, y otro que baja de la parte delantera. Me escondo y observo todo desde la distancia. Una vez que los dos tipos se suben a un vehículo y se alejan, corro hacia allí.

Encuentro al señor O'Nelly chorreando sangre en su asiento.

Y tampoco hago la denuncia.

* * *

Cuando llego a casa de Olivia, todavía no ha vuelto. Voy al baño y me observo en el espejo. Estoy temblando y tengo el cabello revuelto. Lo peino con las manos y me lavo la cara. El delineado estaba salpicando todo mi rostro. Me acomodo la ropa y tomo un vaso de agua en la cocina. Todavía estoy mareada y me cuesta dejar de temblar.

Me recuesto en el sillón e intento calmarme. He venido aquí en lugar de ir a casa porque había dejado mi móvil y porque, después de lo que ha pasado con el señor O'Nelly, me preocupa contarle lo que ha ocurrido a mi abuela. Esto parece ser grande y muy real. Si lo que dijo Rylee es cierto y la sociedad secreta es tan poderosa, es entendible que tengan adeptos en la policía.

Tendré que llevarme esta noche a la tumba.

—No puedo creer que todavía te encuentres aquí —oigo a Olivia entre sueños. Si no fuese porque lo que sea que Rylee puso en mi bebida sigue haciendo efecto, nunca me habría dormido—. La idiota de mi hermana no sabe beber. —Frunce el ceño— ¿Y Rylee?

Tomo asiento en el sillón y como no es la primera vez que lanzo una mentira, lo hago con confianza.

—No lo sé, me quedé dormida y cuando desperté ya no estaba.

Resopla.

—Es que nos puso algo en la bebida. Yo me di cuenta, por eso prácticamente no bebí. Estaba segura de que era algo contra mí, de lo contrario te habría alertado.

—¿Tú crees que puso algo en la bebida? —pregunto con naturalidad. No quiero poner en peligro a Olivia como hice con el señor que me ayudó.

—Por supuesto. —Toma asiento frente a mí. Le lanza un grito a su hermana, indicándole que se vaya a la cama—. Y no bebió nada de ese vodka que se sirvió. Mi madre me va a matar cuando regrese y su planta favorita esté seca.

Expulso una risita falsa, aunque el pánico todavía está ahí, latente. Finjo que veo los videos musicales de nuestra infancia con los que Olivia está fascinada, pero no dejo de pensar en lo que ha pasado. El odio en la mirada de Rylee... Que me haya llamado «huérfana destinada al fracaso». ¿Cuánto tiempo lleva pensando eso de mí? ¿Es por Jason o solo me mantuvo a su lado porque era la única persona que aceptaba sus miserias?

No puedo dejar de pensar en ese bosque, pero me esfuerzo por disimular. Tal vez haya decidido especializarme en Artes Escénicas para ponerlo en práctica hoy. Pero el tiempo sigue corriendo y sé que Rylee está en peligro. ¿Qué debo hacer por la amiga que quiso entregarme a la muerte?

Cuando al día siguiente Rylee no regresa a casa, nadie se preocupa. Es completamente habitual. Incluso lo de no responder las llamadas. Pero con el paso de las horas, sus padres comienzan a buscarla por todos lados. No tardan en hacer la denuncia y nos llaman a declarar por ser, Olivia y yo, las últimas que la vimos.

Ese día, vuelvo a ver a Cooper. Olivia, de pie a mi lado, le dice que no sabe nada porque esa noche su hermana pequeña bebió mucho y tuvo que ir a buscarla a una fiesta en mitad de la noche.

—¿Y tú? —pregunta Cooper, pero Olivia se anticipa.

—Amanda fue conmigo a buscar a mi hermana.

# 57

# COOPER

Los dientes de Amanda castañean mientras me cuenta el relato más inverosímil que he escuchado en la vida. ¿Una sociedad secreta y ritos en medio del bosque? Se detiene y me observa. Supongo que se da cuenta de que no creo nada de lo que está diciendo.

—No me crees, ¿no es cierto? —Su cuerpo se sacude en un movimiento involuntario. Sí que creo que lo que cuenta ocurrió. Nadie es lo suficientemente bueno mintiendo, como para alcanzar el estado en el que ella se encuentra en este momento. Tiene el rostro lleno de lágrimas y en medio del relato la vi temblar y mantener la mirada perdida.

—Creo que Rylee estaba jugando.

Lanza una risita angustiada.

—Estaba dispuesta a entregarme para un rito de una sociedad secreta de dementes, Cooper.

—Estoy seguro de que esa sociedad no existió realmente. Ella se lo inventó. El accidente de ese hombre… no lo sé.

—No fue un accidente, Cooper. Lo asesinaron a pasos de la comisaría porque me estaban buscando a mí.

—Si Rylee iba a llevar inicialmente a Olivia, ¿por qué tanto interés en ti?

—Ellos me querían a mí, pero Rylee no lo entendía. Yo tampoco, hasta hoy.

Se gira y toma una carpeta de su bolso. La acomoda en mis piernas.

—Sé que te mentí muchas veces, pero esta vez estoy diciendo la verdad. Mi abuela lo sabía todo, pero nunca me lo dijo.

—¿Tu abuela? —murmuro, mientras abro la carpeta y encuentro papeles, fotografías y perfiles de diferentes personas.

—Hoy he ido a la lectura del testamento. Me entregaron una carta de mi abuela y esta carpeta. —Suspira, nerviosa—. Parece que lo dejó todo para que supiera la verdad si algo le pasaba. Esta orden nació unos meses antes del Gran Incendio de Chicago, en 1871. Mi tatarabuelo, junto a otros tres amigos que veneraban a un dios pagano, la crearon con el fin de ofrecerle sacrificios a este dios, a cambio de que protegiera a la ciudad y la ayudara a prosperar. —Carraspea—. Sé que suena ridículo, pero es lo que dicen estos papeles y tienes pruebas de todo tipo. Mi abuela no iba a dejarme de herencia una mentira.

Estiro el brazo y tomo su mano con la mía. Si lo que dice Amanda es cierto y mi hermana quiso entregarla a la muerte, no sé cómo sentirme. Estoy aterrado.

¿Y qué ocurrió con Rylee?

—Continúa.

—Esta historia ya la conoces, llevas viviendo en Chicago toda la vida; sin embargo, las cosas no fueron como las contaron —explica—. El Gran Incendio de Chicago comenzó el 8 de octubre a las nueve de la noche en un pequeño granero y nunca se supo con exactitud la causa que lo originó. Hay varios mitos populares, pero lo cierto es que lo provocaron dos hombres: mi tatarabuelo y uno de sus amigos. Ellos creían fervientemente que la ciudad lograría florecer después de que las llamas la arrasaran, si le ofrecían este gran sacrificio a su dios. Así fue que desataron el incendio, mientras los otros dos miembros del grupo hacían su aporte gracias a sus posiciones privilegiadas. Por un lado, Weber, el jefe de los bomberos, envió a su equipo a un lugar incorrecto, lo que generó que el fuego creciera sin control. Por el otro, Becker, que era reportero del diario más popular en aquella época, afirmó que quien había desencadenado el incendio había sido la vaca de los dueños del granero. Supuestamente había golpeado una lámpara que lo inició.

—¿Me dices que cuatro tipos ocasionaron una de las tragedias más grandes de la ciudad y salieron indemnes?

—No solo eso, sino que el resultado los envalentonó. Tras la destrucción, Chicago recibió apoyo monetario desde diferentes partes del país y el extranjero, y, a partir de este incendio, surgió una ciudad más grande. Hubo una gran reconstrucción, en la cual colaboraron arquitectos de fama internacional. En pocos años, Chicago resurgió y floreció. Así que no se detuvieron. Continuaron a lo largo de los años y ampliaron el número de miembros. Además de quienes lo heredaban por su linaje, como mi abuela, estaban quienes eran invitados a ser parte: grandes empresarios, políticos, comisarios de la policía, jefes de bomberos, reporteros con influencia e incluso deportistas. Y también personas como Rylee, que podían ser útiles para otro fin.

—Tu abuela nunca mencionó nada de esto…

Sacude la cabeza, angustiada.

—Mi abuela fue líder durante muchos años, algo que no me enorgullece para nada y que, en este momento, me hace cuestionar todo lo que supe de ella alguna vez. En su carta, me cuenta que abandonó la orden cuanto yo tenía ocho años. Los únicos miembros que no sufrían consecuencias tras abandonar la sociedad eran los que habían llegado por su linaje. Sin embargo, para esa época, solo quedaban dos linajes vivos: el de mi abuela y el de Weber. Este último ambicionaba el poder, de modo que mi abuela decidió irse y dejarlo con todo. Además de que, como dice en su carta, los años la habían «ablandado» y ya no coincidía con el espíritu de la sociedad.

—Eso fue cuando tú llegaste a la ciudad.

Pestañea rápidamente, para evitar las lágrimas.

—Mi abuela tuvo consecuencias tras abandonar la orden. El accidente en el que fallecieron mis padres fue provocado y yo debería haber muerto. Weber no quería que quedara nadie de mi linaje que le quitara el poder.

—Amanda, no puede ser… —murmuro, atónito.

—Supongo que por eso siempre sentí que no debía estar viva. Si hubiese muerto esa noche, Rylee estaría aquí.

—No digas eso, Amanda.

Niega con un movimiento de cabeza. Una sonrisa triste en sus labios.

—Fui elegida en esa audición por orden de Jason. Y el hijo de puta se acercó a Rylee porque conmigo nunca lo hubiese logrado.

Amanda dejó a Rylee en ese bosque del cual nunca regresó, pero no puedo culparla cuando mi hermana la drogó y la llevó allí para un rito de dementes. Esa parte es la única que no ha sido difícil de creer para mí. Rylee siempre fue traicionera y me duele mucho sentir enfado en este momento. Llevo años buscándola y no logro controlar el rencor que me genera todo esto.

Si no tuviera esta carpeta en mis manos, no creería ni dos palabras de esta historia.

—¿Por qué no dijiste la verdad?

—Tuve miedo. Lo primero que hice fue ir a la comisaría, incluso hoy lo pienso y no entiendo cómo tuve la fuerza para llegar hasta allí. Y luego vi lo que pasaba. Estaba segura de que Rylee regresaría como si nada al día siguiente y mi abuela empezó a hacer comentarios crípticos para meterme la idea de que me fuera. No me he dado cuenta hasta hoy, pero ella me llevó a tomar esa decisión y me duele mucho descubrirlo.

Frunzo el ceño mientras ordeno mis pensamientos. Me siento atontado. Como si las palabras se metieran en mis oídos y luego se esfumaran. No tengo la capacidad de sentir.

—Olivia dijo que habías ido con ella a buscar a su hermana.

Las piezas comienzan a encajar y siento que, esta vez, el corazón se me rompe en mil pedazos. Porque era obvio que Amanda no me diría la verdad. Nuestra relación nunca fue la mejor y, además, en esa época ni siquiera nos dirigíamos la palabra. Pero… ¿Olivia? ¿Con qué fin me ha mentido todo este tiempo? ¿Y Ben sabe la verdad?

—No sé por qué lo dijo. Ella fue la primera y yo la seguí. Me había entregado una coartada en bandeja y luego no volví a verla. —Sus ojos azules llenos de lágrimas se enfocan en los míos—. Hoy he hablado con ella, no quería que te dijera la verdad, pero sé lo importante que es para ti. No solo lo relacionado con Rylee, sino el hecho de que las personas que quieres te digan la verdad. —Se detiene y sacude la cabeza—. No digo que me quieras…

Trago saliva, pero el nudo de angustia que tengo en la garganta se mantiene allí, firme.

—Es difícil, Amanda.

—Lo sé y lo entiendo. —Su rostro hoy no se ve imperturbable. No quiere ocultar lo que siente y, aunque durante mucho tiempo deseé verla con una expresión sincera, en este momento desearía no hacerlo—. Me puedo ir ahora mismo.

No va a irse otra vez. No hasta que vuelva a declarar.

—Primero voy a llamar a James. Y tendré que pedirle a Olivia que me dé explicaciones —digo, como si estuviese cerrando un negocio. O hablando de algo cotidiano. Estoy en *shock*.

Llamo a James y a mis amigos. Amanda se mantiene allí, sentada en el sillón con la chaqueta todavía puesta.

Mientras aguardo la llegada de Olivia y de Ben, me dirijo al gimnasio acompañado de Duque. Borro con la manga de mi chaqueta el mensaje que le había dejado a Amanda.

Tomo asiento en el suelo, con la espalda en la pared y Duque recostado a mi lado.

No recuerdo cuándo lloré por última vez, pero sí estoy seguro de que nunca he llorado tanto.

«Qué demonios hiciste, Rylee», susurro.

# 58

# AMANDA

Permanezco sentada en el salón, sin siquiera moverme. La reacción de Cooper fue de lo más extraña. Al principio no me tomó en serio y luego... no lo sé. Esperaba que me hiciera más preguntas respecto a esa noche o que se mostrara enfurecido conmigo. Sin embargo, lo entiendo. Ahora sé quién es Cooper y su primera reacción nunca hubiese sido enfadarse conmigo.

Cuando suena el timbre, me mantengo en mi sitio. Como si el hecho de estar allí, quieta, me hiciera invisible. Estuve fuera de la escena durante cuatro años y me sentí, casi todo el tiempo, un poco invisible. Hasta que regresé y Cooper me recordó lo que era existir para alguien más. Cuando reaccionaba, enfadado, a alguno de mis comentarios o se mostraba atraído hacia mí. Cuando me besó por primera vez y nos acostamos, como a él le gustaba decir, «en el cielo», o incluso ahora, cuando me empuja a soltar las pocas verdades que todavía escondo. Cooper me abrió los ojos una vez y ahora me empuja a hacer lo correcto. Él sigue marcando el rumbo de mis ciclos y siempre está allí para salvarme, pero ahora lo voy a perder.

Aparece en el salón con el cabello despeinado y las mejillas sonrosadas, algo que ni siquiera le ocurre en un partido de fútbol. Tiene los ojos cargados de lágrimas y eso me descoloca. Es la primera vez en la vida que lo veo llorar.

Hoy es el día en el que le he arruinado la vida al hombre que amo.

—Cooper —oigo la voz preocupada de Ben cuando abre la puerta—. ¿Te encuentras bien?

—No —responde él y me destruye.

Olivia atraviesa la puerta sin decir nada y se acomoda en el sillón a mi lado.

—¿Qué has hecho, Amanda?

Tengo claro que no quería que le dijera nada a Cooper, pero me importa una mierda lo que ella quiera. Cooper es su amigo, pero hasta hace unas horas tenía algo… conmigo. Y yo ya perdí todo lo que tuve en la vida, prefiero perderlo a él pero entregándole lo que más aprecia: la verdad.

—¿Que qué ha hecho? —pregunta Cooper—. Decidió decirme la verdad, algo que a ti, evidentemente, nunca se te ocurrió hacer.

—Un momento, Cooper. No la trates así. —Se interpone Ben, de pie a su lado—. ¿Qué pasa?

Cooper lo observa sin responder, luego se gira y observa a Olivia.

—¿Por qué mentiste en tu declaración?

No capta la expresión de Ben porque está observando a Olivia, pero yo lo hago. Está claro que Ben también lo sabía.

Olivia suspira.

—Vi a Rylee esa tarde, cuando fui a verte a ti. Acababas de llegar a Chicago —explica Olivia y se acomoda en el sillón—. Me dijo que me echaba de menos y que siempre pensaba en la amistad que habíamos perdido. Yo sabía que no era cierto, pero le seguí el juego porque no quería tener problemas con ella. Así, prácticamente de la nada, sacó el tema del accidente que tuve a los diecisiete. Mencionó que Amanda había querido ponerme laxante en el café para burlarse de mí y que se le había ido la mano. Me soltó el cuento de que se sentía culpable y remarcó que, a partir de esto, se había alejado de Amanda.

—Eso no fue así —murmuro. Olivia me mira y luego vuelve a centrarse en Cooper.

—Me di cuenta de que no era cierto. Esa idea podía salir solamente de su cabeza y, aunque Amanda siempre la hubiese acompañado porque así funcionaban las cosas entre ellas, era obvio que no habría querido hacerme daño. —Carraspea—. Esa noche vinieron a casa y estaba contenta de volver a ver a Amanda. Para colmo, la noté cambiada. Ella ya no estaba tan pendiente de lo que hacía y decía Rylee y sentí que, al final, iba a recuperar una amistad.

—¿Por eso decidiste ser su coartada? ¿Y si ella le había hecho daño a Rylee? —cuestiona Cooper.

—Amanda nunca le hubiese hecho daño a Rylee. Incluso cuando no tengo claro qué pasó esa noche, sé que no lo hizo. —Se lleva una mano a la cabeza y se sacude un poco el pelo. No lleva maquillaje y parece que hubiese saltado de la cama para venir hacia la casa de Cooper—. Pero de todos modos, no fue por eso. Cuando regresé a casa, Amanda estaba medio drogada y completamente en *shock*. Supe que Rylee había hecho algo y, de alguna manera, quise ser la amiga que yo hubiese deseado tener cuando ocurrió lo del accidente. —Suspira y se limpia una lágrima. Niega con un gesto y yo me siento la peor basura del mundo por no haber sido la amiga que Olivia necesitó cuando casi pierde la vida por mi culpa—. Pero eso no fue todo. Al día siguiente, me encontré con la abuela de Amanda en el supermercado. Ella comenzó a hablar, como hacía siempre, me dijo que los padres de Rylee habían llamado porque ella no había regresado a casa y me hizo preguntas. Fueron muchas y ya no lo recuerdo. Sin embargo, de alguna forma me hizo pensar en que Amanda estaría en problemas si Rylee no aparecía. No sé cómo lo hizo, pero me dio a entender que mentir era lo mejor para todos.

Cooper no reacciona, lo cual es terrible, teniendo en cuenta lo transparente que suele ser. Supongo que se debe a que ya no tiene confianza en ninguna de las personas que tiene a su lado. Yo también me siento así, pero en mi caso es algo habitual. Solo confiaba en una mejor amiga que quiso entregarme para un rito y en una abuela que participó durante años de los mismos ritos y acabó provocando el asesinato de mis padres.

—¿Y tú? —Cooper se dirige a Ben.

Tiene el rostro cansado y la forma en la que habla me descoloca. Él es siempre tan correcto, controlado. Paciente. En este momento ha perdido todos esos atributos.

—¿Yo? —dice Ben, vacilante.

Cooper sonríe, angustiado.

—Sí. —Esboza una sonrisa amarga—. Tú. El que se suponía que era mi mejor amigo. La persona que me conoce desde pequeño, que compartió todo conmigo y que tiene claro lo importante que es para mí saber qué sucedió con mi hermana. —Sacude la cabeza lentamente—. ¿Lo supiste todo el tiempo? Mientras yo analizaba teorías absurdas, sabías que había alguien —dice y me señala— que podía darme respuestas.

—No lo supe siempre —confiesa—. Olivia me lo contó un tiempo después, pero Amanda no estaba aquí y tu investigador no lograba dar con ella. No pensé que fuera a servir para algo más que para volverte más loco con el tema. —Suspira—. Sabes lo que pienso, Coop. Es tu hermana y lo entiendo, pero nunca estuve de acuerdo en que pusieras tu vida en pausa.

—En primer lugar, me importa una mierda si estás de acuerdo o no con cómo manejo mi vida. Y luego… —Una risita cargada de frustración escapa de sus labios—. ¿No pensabas que fuera a servir de nada? —Sacude la cabeza, se da la vuelta y se dirige hacia la puerta; luego regresa—. La verdad para mí es muy importante. No me gusta que me mientan. Me siento estúpido e incómodo cuando lo hacen. Deberías saberlo.

—No te mentí —intenta defenderse Ben, pero Cooper no lo deja terminar.

—Sabías algo que tenía que ver con lo que más me importa en la vida y decidiste ocultármelo. Me escuchaste hablar del caso de mi hermana. Asentiste todas las veces que lancé teorías basadas en el hecho de que Rylee se hubiese ido sola. Si para ti eso no es mentir, entonces tienes un problema.

Ben desliza la mirada hacia el techo y lanza un suspiro. En algún momento, Olivia toma mi mano. Un sollozo cargado de angustia escapa de mis labios y Cooper me observa.

—Rylee nos tiene exactamente como lo hubiese deseado —murmura Olivia. Cooper la observa y pienso que va a mandarla a la mierda, pero sonríe y se lleva una mano a la cabeza. Se muerde el labio con el rostro cubierto de lágrimas. Daría lo que no tengo por ponerme de pie y darle un abrazo. ¿Podré volver a hacerlo alguna vez?

—Podéis iros —dice, distante.

Nos ponemos de pie lentamente.

—¿Quieres venir a dormir a casa? —me dice Olivia en un susurro.

—Amanda no se va a ningún lado. —Nos sorprende Cooper—. Todavía tiene que hablar con el investigador y asumir que mintió. Igual que tú. Me importa una mierda por qué lo hicisteis, pero tendréis que haceros cargo.

# 59

# COOPER

Ni siquiera intento dormir.

Una vez que despido a Ben y a Olivia, me dirijo a mi cuarto y me dedico a leer una y otra vez el material de la abuela de Amanda. Hay detalles pormenorizados de las actividades de la sociedad secreta. Parece que comenzó por un grupo de dementes que se hicieron llamar Vulcanos y le encomendaron a un dios pagano la tarea de proteger la ciudad. Un concepto de protección un tanto polémico, teniendo en cuenta que aquel incendio con el que comenzó todo acabó con la vida de trescientas personas y dejó sin hogar a más de cien mil familias. Ni hablar del hecho de que destruyó gran parte de una ciudad en amplio desarrollo.

Este pequeño grupo se fue ampliando con el paso de los años. Utilizaban el lema *Ignis ardentis flammae viam nostram magnificant* y comenzaron a sumar personas con poder en la ciudad, y así, el principal objetivo, que en teoría era ayudar a «florecer» a Chicago, se transformó en un medio para otro fin. Utilizaron el tráfico de influencias para posicionarse y abultar sus bolsillos. Encuentro periodistas, comisarios, dueños de cadenas hoteleras y de empresas de tecnología de relevancia mundial entre los miembros. Y algunos deportistas a quienes conozco, como el idiota de Brandon Kelly, el jugador de baloncesto que puso en duda mi relación con Amanda en la gala hace poco tiempo. Todo me resulta demasiado fantástico para ser real, pero sí soy consciente de que es un concepto que podría haber llamado la atención de mi hermana. Ella amaba los juegos macabros y este era un buen lugar para alguien como Rylee.

Resoplo y lanzo los papeles sobre la cama.

Tengo la cabeza abrumada de ideas, pensamientos que se mezclan y sentimientos que se contradicen. Quiero estar enfadado con Amanda, pero no lo consigo. Me gustaría poder culparla por escapar y dejar a mi hermana allí, pero es lo que hubiese hecho cualquier persona que valorase su vida. Huyó de su mejor amiga para sobrevivir y después ocultó todo. Nos podría haber alertado y, entonces, hubiésemos podido hacer una denuncia que detuviera ese rito. Pero entonces... ¿qué? ¿Quién sería Rylee hoy?

Sacudo la cabeza, molesto. Empiezo a pensar en mi hermana en pasado, algo que no me permití durante todos estos años, con el deseo ridículo de encontrarla con vida alguna vez.

Intento dejar de pensar, tomo el móvil y reviso los últimos mensajes de James. Le envié algunas fotos de las páginas de mayor relevancia que encontré en la carpeta y prometió acercarse por la mañana para hablar con Amanda. Por mi parte, cancelé el primer entrenamiento. No es la mejor idea en este momento, teniendo en cuenta que estamos cerca de jugar la Super Bowl.

He soñado con esa final toda mi vida y, aparentemente, decidió llegar en el peor momento. Cierro los ojos y respiro hondo, me preocupa mi desempeño en los próximos partidos. No por mi contrato, que sin dudas renovarán, sino por mis compañeros y por el club, que confió en mí cuando acababa de salir de la universidad. Me permitiré saltarme un entrenamiento mañana, pero luego intentaré poner lo mejor de mí para seguir avanzando y llegar a esa final. Durante todos estos años en los que mi cabeza ha estado dividida entre el deporte y el caso de mi hermana, mis compañeros lo han aceptado todo y han estado ahí para mí. El club ha sido mi apoyo y los fanáticos me han dado seguridad. Algo que yo siempre necesito, porque no me cuesta nada caer en las redes de la inseguridad.

Además, yo merezco ganar el mayor premio que me puede dar este deporte.

Me muerdo el labio inferior y sacudo la cabeza. Me he pasado la temporada haciendo hasta lo imposible para que me renovaran el contrato y permanecer en la ciudad. Y no lo hice por mis compañeros, ni por el equipo, ni por mi entrenador. Tampoco lo hice por mí... sino porque cuando Rylee desapareció, algo en mi cabeza me dijo que nada era más importante que ella. Así que ahora parece que el caso está a punto de cerrarse y todo mi esfuerzo por conseguir esa renovación de contrato es ridículo.

Estoy muy enfadado con Rylee.

Durante todo este tiempo, pensé que regresaría en cualquier momento. Por supuesto que existieron noches en las que las dudas no me dejaban dormir y, con el paso del tiempo, no pude negar que las probabilidades eran menores. Yo había mantenido el tema en boca de todos y el alcance mediático había sido enorme. Que no apareciera era una mala señal y hoy me siento completamente negativo respecto al tema. Dudo volver a verla y me frustra, porque tengo muchas cosas para decirle.

La última vez que nos vimos no llegamos a compartir tiempo porque yo acababa de regresar a Chicago, pero sí lo hicimos en Las Vegas, cuando viajó con mis padres para acompañarme en el *draft*. Luego, fuimos a un casino oscuro de la parte vieja de la ciudad. Rylee ganó siete mil dólares y los gastamos en el champán más caro que encontramos. A veces, lográbamos divertirnos juntos, pero no era lo habitual. A ella no le gustaba pasar tiempo conmigo ni con mis padres. Evidentemente, los últimos años tampoco estuvo haciéndolo con Amanda.

Pero estoy tan enfadado que desearía que regresara solo por un momento, para gritarle en la cara que fui un idiota al entregarle cuatro años de mi vida, para descubrir luego que la única culpable de que no esté aquí… es ella. Me gustaría preguntarle en qué demonios estaba pensando cuando le pareció una buena idea entregar la vida de Olivia o de Amanda para ser admitida en una agrupación de desconocidos.

Suspiro cuando oigo unos golpes suaves en la puerta. Duque no dudó en acompañar a Amanda a su cuarto y me pareció bien. Yo no soy la mejor persona para estar con ella en este momento y entiendo que esto también sea difícil para ella. Saber lo que escondía su abuela y tener que rememorar esa noche la afectó mucho. Y yo siento que tengo que estar enfadado con ella, pero no lo consigo. Nunca he tenido la cabeza tan fuera de control.

—Pasa —digo en un murmullo.

La veo atravesar la puerta con su portátil bajo el brazo y Duque dando vueltas alrededor de sus piernas. Tiene los ojos hinchados. Lleva una de mis camisetas y unas medias blancas amontonadas en los tobillos. Me recuerda a aquella Amanda que me besó dos veces en una noche, a los diecisiete años. Pero no se parece en nada. Esa solo me atraía, esta tiene mi corazón desangrándose en sus manos.

—Quiero mostrarte algo —menciona.

Se detiene al pie de la cama. Duque no se despega de Amanda. Asiento con un gesto y le doy una palmadita al colchón a mi lado, con los ojos puestos en mi perro. En realidad, la invitación es para ella. No hace caso, da la vuelta y acomoda el portátil sobre mis piernas, que están estiradas sobre el colchón. La televisión está silenciada y toda la luz en la habitación proviene de allí.

—Encontré la cámara de fotos de Rylee en su habitación esa tarde en la que te acompañé a la casa de tus padres. Sé que debería habértelo dicho, pero estoy demasiado acostumbrada a mentir. Todo este tiempo ha sido difícil saber cómo me siento respecto a Rylee y quería ver algo de ella, sentirla cerca. Me gustaría entender por qué lo hizo. O tal vez quería ver algún recuerdo... saber si alguna vez me quiso.

Recorro su rostro con la mirada. Su cabeza es un embrollo. Su vida nunca fue sencilla y se pasó la adolescencia cometiendo errores. Está claro que, mientras para mí el camino más sencillo es decir la verdad, para ella las cosas son diferentes. Dirijo la mirada a la pantalla del portátil donde hay una carpeta llena de fotos de Rylee.

—¿Hay algo importante?

—En realidad, no. Lo más importante está en la carpeta de mi abuela, pero no quiero ocultarte nada más y pensé que algo de esto podría servirle a James. —Se mueve, inquieta.

Me desplazo en la cama para hacerle sitio.

—Me pones nervioso ahí de pie —me quejo. Ella se muerde el labio y toma asiento junto a mí. —¿Qué pasa?

—Nada.

—Dilo —la presiono.

—Solía disfrutar mucho de verte molesto y enfadado. —Se toma las puntas del pelo y juguetea con ellas entre sus dedos—. Me gustaba fastidiarte, pero esto no lo estoy disfrutando. Odio ser yo quien te hace daño después de todo lo que has hecho por mí.

—No estoy enfadado contigo. —Me acomodo para verla, ella mantiene los ojos en el portátil—. La mentira no me enfada, me duele.

—Lo sé.

—Estábamos empezando a construir algo y otra vez se cae a pedazos. Evidentemente, la vida te puso en mi camino para mostrarme que, aunque lo intente, hay cosas que nunca van a poder ser como yo quiero.

Dirige la mirada hacia sus manos. Está jugueteando con las uñas de los pulgares para ocultarme sus lágrimas. No quiero decirle estas cosas, pero no estoy enfadado con ella y ya me conozco. Quiero empezar a intentarlo otra vez y está mal. No puedo estar con ella. No está bien construir un futuro con la persona que tuvo que ver con que mi hermana no lo tenga.

No puedo.

No *debo* hacerlo.

—Puedo irme mañana después de hablar con James. —Levanta la cabeza; esos ojos que siempre me gustaron tanto están invadidos por las lágrimas. El rostro imperturbable de Amanda ya no existe. Está desplegando todos sus sentimientos ante mí y lo siento como un triunfo. Haber atravesado esa barrera inmensa que pone ante todo el mundo no es algo sencillo.

—Te dije que aunque esto saliera mal, no te dejaría sola.

—No tienes que cumplir promesas conmigo. —Sacude la cabeza.

Estiro el brazo y le tomo la mano.

—Yo siempre cumplo mis promesas. Puedes quedarte aquí hasta que sea seguro que sigas tu camino. —Suspiro, intentando controlar la angustia. Hace unas horas estaba pensando en cómo pedirle que fuera mi novia y ahora estoy hablando de que siga su camino sin mí—. Podemos manejarlo unas semanas sin problemas.

Me observa y asiente. Sé que quiere decirme algo más, pero no lo hace. Me gustaría preguntarle qué piensa de Rylee. Qué siente cuando la recuerda. ¿Piensa en su amiga de la infancia o en quien quiso acabar con su vida?

Carraspea y se acomoda en la cama.

—Hay muchos *selfies.* —Estira la mano y comienza a pasar las fotos, yo quiero cerrar los ojos. No puedo ver a Rylee sabiendo lo que hizo. Quiero seguir pensando en ella del modo en que lo hacía esta mañana, pero, sin embargo, me esfuerzo. Veo fotos en las que aparezco junto a Ben y otras en las que están Amanda y Olivia. Hay algunas con el grupo de animadoras y luego la cosa se pone más turbia. Afortunadamente, Amanda no se detiene en las últimas fotos. No considero necesario ver a mi hermana desnuda.

—¿Ese es el tipo? —pregunto. Hay una fotografía de ella y un hombre desnudos y me pregunto si será Jason Russell.

—No lo creo. Como no puedo ver el rostro, tengo mis dudas, pero estoy casi segura de que se trata del profesor de Literatura de la universidad. —Suspira cuando descubre mi expresión de horror—. A Rylee le encantaba, hizo todo un embrollo hasta que consiguió que el tipo se divorciara. Se acostaron una vez, ella se encargó de viralizar un video sexual y consiguió que lo despidieran.

—No entiendo. Si tanto le gustaba el tipo, ¿por qué terminar así?

—Era como un gran juego en el cual ella quería conseguir todo lo que le generaba algún tipo de desafío. Una vez que lo alcanzaba, ya no sentía más entusiasmo, así que lo descartaba. —Se recuesta sobre el cabecero de la cama—. En esa época estábamos medio distanciadas, yo ya me había cansado de esos juegos y ella no lo podía aceptar. El profesor no quería saber nada, pero ella se encargó de llamar a su esposa para meterle la idea de que la engañaba, entre otras cosas. Era un buen tipo y acabó destruido. Tenía hijos.

—No entiendo por qué actuaba así —me lamento.

Ella enarca las cejas en un gesto con el que deja explícito que tampoco lo entiende.

—La última foto contiene la dirección del sitio al que me llevó esa noche. Se supone que ahí se haría el rito. Estuve ahí hace unos días para confirmarlo.

Me muevo hasta quedar de costado.

—¿Fuiste sola?

—Sí. Estaba todo nevado, así que no lo vi como lo recordaba, pero era el mismo sitio.

Cierro los ojos y ordeno mis ideas. Todo esto es duro también para ella. Sobre todo por la parte que tiene que ver con su abuela. Además, no dejo de sentir que está demasiado acostumbrada a estar sola. Si a mí me hubiese ocurrido cualquiera de estas cosas, siempre habría tenido a alguien a quien recurrir. Tal vez pueda intentar ser su amigo, al menos mientras esté en casa.

—¿Cómo te sientes? —pregunto.

—Estoy bien. —Observa sus manos, tiene los dedos enroscados—. Necesitaba decirte la verdad, así que estoy conforme con eso, aunque me duele ser yo quien te lastime, teniendo en cuenta que tú no le haces daño a nadie.

—Yo siempre elijo saber, Amanda. Prefiero que me lastimes con una verdad a sentir que me mientes. —Carraspeo—. Ahora dime cómo te sientes con todo esto de tu abuela y si crees que estás lista para hablar con James mañana.

—No puedo pensar en mi abuela. Me hace daño darme cuenta de que nunca la conocí. Fue líder de ese grupo y estuvo de acuerdo con asesinar personas año tras año. —Sacude la cabeza, como si quisiera eliminar sus pensamientos—. Mis padres estarían aquí si no fuese por ella. Yo sería diferente, tal vez no me hubiese transformado en esta mentirosa de mierda.

Cierro el portátil y lo dejo a un lado.

—Pero nunca nos hubiésemos conocido.

Esboza una sonrisa triste con el rostro cubierto de lágrimas. Estiro la mano y borro el rastro de algunas de ellas.

—Nunca te hubiese lastimado, porque Rylee también seguiría aquí.

—Pero, entonces, nunca te hubiese hecho el amor en el cielo.

Se tapa los ojos con el brazo y se sacude producto del llanto. Odio verla así, pero necesita de todo esto. Por primera vez en la vida, no está huyendo de la verdad. Me alegra ser yo quien está aquí, siendo testigo de ello.

—Tengo miedo, Cooper —susurra entre lágrimas—. Yo nunca le hubiese hecho daño a Rylee. Ella me salvó cuando perdí a mis padres. Y ahora te hago daño a ti, cuando acababas de salvarme.

—No necesitas que nadie te salve, Amy. Tú puedes sola, solo tienes que aprender a confiar en ti.

—Estoy cansada de estar sola. —Expulsa un llanto desconsolado y yo me muero por dentro.

—No estás sola, ven aquí. —La tomo en mis brazos—. Voy a cumplir mi promesa, podemos intentar ser amigos.

*Pero no quiero ser su amigo.*

Normalmente, me gusta tomarme tiempo para pensar y procesar ciertas cosas. Ya sea un partido malo o alguna situación personal complicada. Nunca fui impulsivo, porque para eso ya estaba Rylee; sin embargo, desde que Amanda regresó a la ciudad, me encuentro frente a situaciones en las que no hay otro camino más que la impulsividad. No hay tiempo para analizar decisiones. No pude procesar nada antes de ir a su puerta a pedirle que hablara con James. Mucho menos, antes de abrirle las puertas de mi casa. No tuve tiempo de analizar si una relación falsa era lo mejor ni de poder detenerme antes de transformar esa farsa en realidad. Ahora debería poder preguntarme qué sentir, no solo por las mentiras, sino por lo importante que fue Amanda en la desaparición de mi hermana. ¿Y si está muerta porque Amanda tuvo miedo de hablar? ¿Amanda estaría muerta si no hubiese huido?

Imagino a Rylee al día siguiente, negando saber qué pasó con Amanda, pero siendo miembro de una sociedad de asesinos. Imagino que nunca más vuelvo a ver a Amanda, pero que mi hermana está aquí. Imagino que lo que siento por Amanda no existe. Que ella nunca se entera de quién soy en realidad y que yo no termino conociéndola. No hay relación falsa ni besos en mis heridas; no hay nervios al acostarme con ella por primera vez ni marcas de pintalabios en mi cuerpo.

No hay mermeladas caseras.

Ni mensajes en las paredes.

Una de las dos siempre me hubiese abandonado.

Decido que esta vez no puedo ser impulsivo, tengo mucho por procesar, aunque estoy seguro de que ya no hay lugar para Amanda en mi vida. Puedo acompañarla el tiempo que sea necesario, pero ya no seremos los mismos. Lo que hemos tenido estas semanas siempre tuvo fecha de caducidad. Y esa fecha es hoy.

Entonces, no lo dudo. Me inclino y la beso. Ella rodea mi cuello con sus brazos y yo me transformo en el mariscal de campo. La cama es mi campo de juego esta noche. Es mi último partido con Amanda y sé que, aunque plantee una buena estrategia, no tengo posibilidades de ganar.

Rompo el beso y le quito la camiseta y las medias. Luego, la ropa interior. Ella me observa con los ojos llenos de lágrimas y una sonrisa triste en los labios. Yo me muevo lentamente, hasta tenerla desnuda. Me pongo de pie y, al mismo ritmo, me quito la ropa. Pienso en otra estrategia, porque me doy cuenta de que no me siento bien. Que esto es triste y que no debería ser de este modo.

Tomo asiento en la cama y la acomodo entre mis piernas, con su espalda contra mi pecho. Muevo sus piernas, indicándole que doble las rodillas, y le doy caricias a ambos lados de la cintura. Es tan hermosa, que me da pena por la próxima mujer con la que haga esto. Nadie tiene posibilidades de estar siquiera a la altura. Acaricio sus pechos con mis manos. Los presiono con suavidad y Amanda se deja, en silencio. Sé que le gusta y que le abruma la situación, porque yo me siento de la misma manera. Esto no era así, cuando estábamos volando entre las nubes y nos enredamos con nuestros cuerpos desnudos por primera vez.

Le doy un beso suave en el cuello y acaricio sus pezones con mis pulgares, me deslizo por su abdomen y llego hasta sus piernas. Las separo y ella deja caer la cabeza hacia atrás, con los ojos cerrados.

*Mía*, pienso. Quiero que sea mía para siempre.

Deslizo la mano entre sus piernas, está mojada y eso me hace sentir bien, en medio de tanta desgracia. Muevo los dedos sobre su piel, sacándole pequeñas reacciones. Un ronroneo, un suspiro… un movimiento de cadera cuando introduzco uno de mis dedos dentro de ella. Y luego dos. Se mueve suavemente, danzando a mi ritmo, pero yo no siento estar ganando yardas. No estoy dominando el campo de juego como debería.

Me muevo hasta quedar frente a ella. Contrario a lo que haría Amanda normalmente, se mantiene quieta, dejando que tome las decisiones que me parezcan acertadas. Agarro sus tobillos y tiro con suavidad, hasta que apoya la espalda en el colchón. Me acomodo entre sus piernas y me deslizo dentro de ella sin titubear. Incluso ante el peor escenario, Amanda y yo encajamos a la perfección. Como si hubiésemos nacido solo para cruzarnos.

*Mía*, pienso. Quiero que sea mía para siempre.

Sus ojos azules me observan. Ese rostro imperturbable al que estaba acostumbrado ya no existe. Ahora que ha escupido todas sus verdades, Amanda es increíblemente expresiva. Desvío la mirada hacia nuestros cuerpos, porque me hace daño mirarla a los ojos. Me entretengo con sus pechos y acariciando su piel. Separo sus piernas y me muevo con fuerza, hasta que me doy cuenta de que no quiero terminar este partido tan pronto.

Una vez que termine, no habrá más.

Lanza un gemido y la observo. Su mirada me ahoga, intento sostenerla, pero no lo consigo. Sus ojos gritan secretos que guardaron durante años. Y me duele darme cuenta de que ninguna otra mujer me mirará de ese modo, porque nadie me conoce como ella.

Salgo bruscamente y la giro. La acomodo de rodillas sobre la cama. Esta es una buena estrategia, teniendo en cuenta que su mirada me estaba arruinando.

Aunque, en realidad, ya estoy arruinado.

La tomo de la cintura y regreso a ella. Entro y salgo lentamente, porque quiero que este partido dure para siempre. Quiero que esta noche sea eterna, incluso cuando quedará en mi memoria como una de las más tristes de mi vida.

—Mía —digo, esta vez en voz alta—. Mía, mía, mía —repito como un poseso, al ritmo de mis embestidas.

—No te despidas de mí, Cooper —murmura—. Por favor.

Cierro los ojos en un gesto defensivo. No quiero oírla, solo quiero que sea mía y que esto dure para siempre. Se mueve, producto del orgasmo y eso arruina por completo mi estrategia. Sigo adelante, aunque yo también he llegado al orgasmo. No pienso terminar ahora, así que más sensible que nunca, sigo repitiendo mis movimientos.

La habitación se llena de suspiros y del sonido de nuestros cuerpos. Ella separa las piernas y lanza un sollozo, porque yo me sigo moviendo a un ritmo agónicamente lento. Contengo la respiración, porque no quiero que oiga lo bien que me hace sentir. Me vacío dentro de ella nuevamente.

—No quiero. —Gruño—. Voy a seguir.

Ella asiente y lanza un gemido. Mantengo el ritmo a pesar de que estoy sensible porque nunca he hecho esto de seguir y seguir y seguir. Pero es que nunca he tenido a Amanda en la cama sabiendo que es la última vez.

Supero todas mis marcas. Si hay un récord Guinness, lo supero. En algún momento, Amanda empezó a rogarme que no me detuviera nunca.

Yo podría seguir durante nueve vidas, pero al cabo de lo que no sé cuánto tiempo es llego a la cima, otra vez. Amanda lo nota antes que yo, incluso. Gime.

—Voy a acabar otra vez —digo—. Tres veces, Amanda. ¿Sabes lo que significa eso?

—Que nunca me vas a olvidar.

Reduzco la velocidad de mis movimientos al mínimo.

—Que eres mía. —Gruño y, una vez que salgo de ella, llevo mi mano entre sus piernas y la acaricio con mi humedad allí, brotando de su cuerpo. —Lo de olvidarte nunca estuvo en mis planes.

Ella se recuesta y yo busco una toalla para limpiarla. En otro momento, hubiese cambiado las sábanas y ella se hubiese burlado de mí. En cambio, nos metemos en la cama y, unas horas después, se nos suma Duque, que se acomoda muy cerquita en nuestros pies, como si fuésemos una familia o algo real. Mis lágrimas se mezclan con las de ella. Estamos juntos, pero separados. Lejos y muy cerca. Seguimos siendo las víctimas de los juegos de Rylee.

# 60

# AMANDA

Cooper rompió conmigo.

Fue de un modo metafórico, porque en realidad no hablamos específicamente de nuestra relación, pero dijo que la vida no dejaba de mostrarle que lo nuestro era imposible y no puedo negarlo. Las raíces de nuestra relación ya están podridas.

Además, la forma en la que tuvimos sexo fue diferente. Él se estaba despidiendo y yo sentí que me moría por dentro.

Y dijo esa maldita frase de que «podíamos ser amigos».

Doy vueltas en la cama de Cooper, donde él ya no está. Duque sigue enroscado en mis pies y eso me quita una sonrisa amarga. A pesar de todo, recuerdo haber pasado la noche aferrada al cuerpo de Cooper, como si fuese un ancla.

He perdido a varias personas importantes a lo largo de la vida, pero él me hará recordar a la que fui en el pasado, una y otra vez, durante el resto de mi vida. Porque a diferencia de mis padres, de mi abuela o de Rylee... él sigue existiendo. Cooper continuará jugando al fútbol y apareciendo en anuncios de ropa deportiva y bebidas energéticas. Se va a casar, formará una familia y yo lo veré por televisión. Y, aunque la antigua

Amanda hubiese odiado eso, yo no lo hago. Deseo con todo mi corazón que Cooper pueda ser feliz de una vez.

Me doy un baño y me pongo unos pantalones de punto de color crudo, un suéter y unas botas con piel en el interior. Me anudo el cabello mojado y sigo mi rutina de *skincare* diaria sobre el rostro cansado. Tengo los ojos irritados y los párpados hinchados.

Bajo las escaleras, pensando en que una vez que hable con James sobre mi declaración y la ejecute, tendré que irme. No sé qué haré, cuáles serán las consecuencias a las que deberé enfrentarme o dónde me instalaré; pero no me preocupa. Es suficiente con saber que no tendré a Cooper a mi lado. Al final, haber sobrevivido no tuvo mucho sentido.

La presencia de Cooper en la cocina me toma por sorpresa, porque debería estar entrenando. Además, se está sirviendo un café y no es el día en el que se lo permite.

Me preparo uno yo también. Necesito toda la energía que pueda conseguir.

—¿Crees que tu abogado podrá ayudar a Olivia?

Cooper me observa. Tiene el cabello húmedo, una sudadera negra y pantalones deportivos. Nunca lo he visto tan cansado.

—¿Eso es lo que te preocupa?

Suspiro.

—Me preocupan muchas cosas, pero esa es una que pienso que puede tener solución. —Tomo asiento con la taza de café entre mis manos—. Tiene un hijo.

Sus ojos me recorren mientras nos sumergimos en un silencio absoluto.

—Lo sé. Intentaré que las cosas sean lo más sencillas posible para ella. —Chasquea la lengua—. Pero si no hubiese mentido, tal vez habríamos llegado a encontrar a Rylee a tiempo.

Yo no lo creo. El rito era esa noche, la única que lo podría haber cambiado era yo.

—Esa es mi responsabilidad. Aunque Olivia hubiese dicho la verdad, yo no habría confesado lo que había pasado. Estaba muy asustada.

—¿No te preocupa lo que pueda suceder contigo?

Sacudo la cabeza.

—Yo no tengo un hijo ni una familia. Nadie me necesita, ni me echa de menos cuando no estoy. Lo único que me preocupa es no tener la posibilidad de cambiar todas las decisiones que tomé esa noche y los días siguientes. Pero eso no es algo que pueda hacer.

Asiente lentamente, termina su café y le pone la correa a Duque. Me dice que James llegará pronto y que él necesita un poco de aire.

Lavo las tazas y camino por la casa observándolo todo. Quiero llevarme cada rincón grabado en mis recuerdos. Hubo grandes lapsos de mi vida en los cuales fui feliz. La infancia con mis padres, las tardes preparando mermeladas con mi abuela, cualquier momento divertido con Rylee. ¿Pero esto? Este tiempo con Cooper ha sido de lo mejor. Me he divertido y me he sentido frustrada, enfadada, atraída. He encontrado todo lo que había guardado bajo llave cuando abandoné la ciudad. Viajé, cené alitas de pollo, dejé las huellas de mis labios sobre el cuerpo de Cooper. Vi al amor de mi vida haciendo lo que más le gusta y obteniendo un triunfo tras otro.

Entendí que ese amor con el que siempre había soñado existía y que siempre estuvo al alcance de mis manos.

Y también lo perdí, pero eso nunca va a borrar todo lo que sucedió antes. Perderlo es solo una consecuencia del pasado. La nueva Amanda nunca le hubiese hecho daño.

Recorro el jardín, que sin Duque se siente vacío, y pienso en Rylee. Durante un tiempo, cuando estuve sola en un pueblito perdido de Texas, deseé no haberla conocido nunca. Pero ella fue importante. Cometimos muchos errores juntas y yo aprendí de ellos. A pesar de la angustia de perder a Cooper y del miedo a enfrentar el futuro, estoy orgullosa de lo que estoy haciendo. De ser valiente, de decir la verdad, de intentar cambiar. Hice las cosas mal durante mucho tiempo y me equivoqué en casi todas las decisiones que tomé, pero para ser alguien que lleva mucho tiempo sola, sin un abrazo, ni un consejo… *mierda*, estoy orgullosa de ser un desastre que intenta ser mejor todo el tiempo.

Y tuve a Cooper Harris, a quien ahora pierdo, pero lo tuve. Y esos recuerdos nadie me los va a quitar. Aunque sí los que tienen que ver con Rylee, porque sé que llegará un momento en el que la olvidaré. Aunque nunca la perdone, la voy a superar. E, incluso cuando nunca consiga tener esa familia enorme con la que siempre soñé, voy a hacer valer la supervivencia que obtuve esa noche. Voy a intentar ser feliz, cueste lo que me cueste, como lo soñaba a los doce años.

Cerca del mediodía, recibo a James y le ofrezco algo para beber. Está tranquilo, pero más silencioso de lo habitual. Yo no estoy nerviosa, ni preocupada. Lo único que me ha inquietado todo este tiempo ha sido decirle la verdad a Cooper. A partir de ahí, no hay nada más que pueda perder.

—Cooper habló conmigo anoche y me envió todo el material que estaba en la carpeta que dejó tu abucla. Estoy al tanto de todo, pero necesito saber si hay algo más que quieras decir. Algo que hayas olvidado o que quieras agregar a lo que le dijiste a él.

—Le dije todo, salvo que creo que a mi abuela la asesinaron. Además de la carpeta había una carta, me contaba que en mi ausencia había sufrido amenazas y me pedía que tuviera cuidado. Ella tenía miedo porque yo le hice una llamada y creía que podrían haberla rastreado. Yo no lo creo, pero tal vez esa llamada que hice generó que ellos comprendieran al fin que mi abuela sabía dónde estaba. Tal vez la asesinaron intentando que confesara dónde podían encontrarme.

—Cooper mencionó que alguien había entrado a la casa de tu abuela y que por eso él te recibió aquí. —Acomoda unos papeles sobre la mesa—. Y que ese fue el motivo por el cual todo este tiempo habéis fingido estar juntos.

Muevo las manos. Las tengo sobre el regazo, sin poder dejar de presionar una con la otra. ¿Cooper le dijo que hemos estado fingiendo todo este tiempo? La tranquilidad que pensé que tenía desaparece de inmediato. Se me escapa un sollozo cargado de angustia.

*Lo estoy perdiendo y me quiero morir.*

Me seco las lágrimas y respiro hondo, en el intento de recuperar la compostura. Mi rodilla derecha rebota una y otra vez. No puedo dejar de moverme.

—Un tipo me siguió una tarde en la que fui al centro comercial, tenía el tatuaje que suelen tener los miembros de la sociedad. El mismo que Daisy declaró que tenía el hombre que se metió en el barrio —explico. Me tiemblan las manos y, sin querer, golpeo el vaso que tengo frente a mí.

—Tranquila, Amanda. Cooper habló con su abogado para que te ayudara a salir de esta situación de la forma más sencilla posible. Como actuaste por miedo, estás en una posición cómoda.

Esbozo una sonrisa amarga.

—Esta posición no es cómoda. Es la peor situación en la que me he encontrado en la vida. Ojalá no hubiese huido esa noche. Al final luché por una supervivencia que no tuvo ningún sentido. Estoy segura de que Rylee hubiese sabido aprovechar mucho mejor esa segunda oportunidad.

Asiente, inexpresivo. No le interesa en absoluto lo que yo sienta y no pasa nada.

—¿Por qué no le mencionaste a Cooper que crees que tu abuela fue asesinada?

—Porque va a creer que debe protegerme y no quiero que lo haga para siempre. —Sacudo la cabeza—. No quiero que se sienta obligado a mantenerme aquí, en su casa. No ahora que sabe todo lo que le oculté.

En cuanto a ocultar, recuerdo que nunca le mencioné a Cooper las notas que recibí, tanto en casa de la abuela como en el cementerio.

—¿Algo más? —pregunta, como si tuviera la capacidad de leerme la mente.

—Cuando estuvieron en la casa de mi abuela me dejaron una nota. —Suspiro—. También dejaron una en su tumba.

Las tomo de mi bolsillo, donde las tenía listas, y se las entrego.

—¿Quién crees que está detrás de esto?

—Los mismos que asesinaron a mi abuela, supongo. Los miembros de la sociedad. —Intento ordenar mis ideas—. Teniendo en cuenta que el tipo que me siguió y el que entró aquí llevaban ese tatuaje... Supongo que es eso. Si asesinaron a mis padres porque querían que solo prevaleciera un linaje, mi abuela y yo debíamos morir tarde o temprano. Lamento mucho haberla llamado, si es que eso desencadenó todo esto.

También quiero decir que lamento haber regresado, pero no lo siento así. No quiero arrepentirme del tiempo que he pasado con Cooper, ni de estar aquí cerrando aquello que tanto daño le hace.

—Vamos a lograr ese acuerdo para que no tengas consecuencias graves, y agradezco mucho que hayas tomado la decisión de contar la verdad. Mi trabajo es cerrar casos, pero a veces va más allá de eso. Cooper es un tipo muy especial y necesita pasar página de una vez.

—Por eso lo he hecho. —Sonrío—. Si consigues eso, James, tendrás aquí a una admiradora.

Me devuelve la sonrisa y chasquea la lengua.

—Tú no estabas fingiendo —adivina.

—Por supuesto que no.

—¿Y crees que Rylee falleció esa noche? —me sorprende. Tiene ese don. Sabe manipularte para obtener respuestas.

—Sí.

—¿Por qué estás tan segura?

—Porque de lo contrario estaría aquí, alrededor de Cooper, de Olivia, de… mí. —Acomodo la espalda en el respaldo y lo afirmo sin lugar a dudas—. Es algo que dijo Olivia anoche y en lo que coincido plenamente. Ella nunca se privaría de torturarnos.

# 61

# RYLEE

Siempre se trató de Amanda.

Mientras me arrastra por el bosque, me lo explica todo.

Nos movemos como si flotáramos, hasta llegar a un claro donde hay pequeñas fogatas dispuestas sobre el terreno y ramos de flores silvestres a lo largo del camino. Jason se inclina, toma uno y me lo entrega. Lo acepto sin mediar palabra.

—¿Comprendes lo que va a ocurrir?

Cuando Jason me contó todo acerca de la sociedad, supe de inmediato que debía conseguir un lugar para mí. Quedé cautivada por sus creencias, las ideas y el poder con el que se movían a lo largo y a lo ancho de la ciudad. Esta orden es el espíritu de Chicago. Una verdad escondida, de la que nadie hablaba y que pocos comprenderían. Me invitó a ser parte y, por primera vez en la vida, sentí que encajaría dentro de un grupo. Me explicó que no seleccionaban miembros nuevos todo el tiempo, que los más poderosos accedían por su linaje, pero que otros, como él, lo conseguían gracias a su influencia y poder.

Jason Russell es el dueño del teatro más antiguo e importante de la ciudad. Y yo no soy nadie, pero tenía una opción. Solo debía entregar a una mujer para su rito anual. Jason siempre habló de Amanda, me decía que era importante que quien uno entregara en sacrificio fuese alguien cercano. Que el objetivo era que los miembros que formaban parte de la cúpula de la agrupación comprendieran que estaba entregando algo significativo. Pero yo nunca pensé en Amanda, sino en Olivia.

Ella también había sido importante en mi vida.

Conocí a Olivia antes que a Amanda y ya éramos amigas cuando ella llegó. Con el paso del tiempo, sin embargo, Olivia quiso ponerse a la par mía. Y yo no tenía pares. Así que me alejé de ella y me quedé con Amanda, que seguía aceptando su lugar de segunda. Me apoyaba en todas mis decisiones y estaba allí para alentarme, incluso cuando hacía cosas que nadie más aceptaba. Hasta que algo pasó y ya no actuó del mismo modo. Se volvió una amargada como todas las demás y vi cómo perdía el poder sobre ella. Esta noche, mencionó que fue por Cooper.

Cómo no. Si alguien iba a conseguir lo impensado, sería él. *El chico de oro.*

—Ocuparé el lugar de Amanda —respondo.

—Sí. Tenemos que hacer la celebración de todos modos y necesitamos a alguien. —Suspira como si le importara—. Y como no hiciste bien tu trabajo, serás entregada a la tierra. Tómalo como un honor. Serás parte de las llamas que regarán un trozo de este bosque y, luego, de las cenizas que alimentarán las tierras que florecerán en primavera.

—Pero no soy Amanda —menciono—. Te hubieses querido acostar con ella, ¿no es cierto? Tal vez puedas hacerlo cuando yo ya no esté.

Me duele y no es algo habitual. A pesar de que yo suelo ser quien se burla de los hombres, con Jason nunca fue así. En cuanto comenzó a hablar de la sociedad, me olvidé de mi propósito inicial, que era seducirlo y destruirlo del modo más ruin que se me ocurriera, para luego abandonarlo.

Y acabé enamorándome como una tonta.

—Yo me acuesto contigo, Rylee. Por supuesto que no me gustaría una chica insípida como Amanda.

—Te ha clavado una navaja en el cuello —le recuerdo.

—No se hubiese animado a hacerlo en la cama, teniendo sexo conmigo. Apuesto a que tú sí.

—Es una pena que no tengamos más tiempo. Me gustaría recrear la escena que describes.

Un tipo alto con una barba oscura que escapa por debajo de su máscara aparece a nuestro lado. Le dice a Jason que tienen que prepararme y él asiente. Inclina la máscara hacia arriba, me da un beso suave en los labios y me arrastra hasta una pequeña tienda ubicada en un rincón del claro. A esta hora, ya hay más personas. Las mujeres, que son minoría, llevan vestidos transparentes a través de los cuales se ven los símbolos pintados en su cuerpo. Los hombres visten pantalones y llevan el torso desnudo. No puedo ver rostros, solo máscaras de animales con flores que trepan sobre astas u orejas. Me resulta cautivador y maravilloso.

Este es un buen final para mí. Yo no puedo terminar mi vida como el resto de los mortales.

En la tienda, se hacen cargo de mí tres mujeres que ni siquiera se molestan en presentarse. Me quitan la ropa y comienzan a dibujar símbolos sobre mi cuerpo desnudo. Son llamas y flores. Cierro los ojos mientras el pincel acaricia mi cuerpo.

Siempre se trató de Amanda, pero yo no soy un premio de consolación. Seré mejor.

Abro los ojos cuando la tela suave de un vestido se desliza sobre mi cuerpo. Otras manos peinan mi cabello oscuro, sobre el cual colocan una corona de flores. Me entregan una máscara y me dicen que no tengo la obligación de usarla, porque no soy miembro de la orden. Luego, me ponen una túnica de color rojo y me acompañan afuera.

Toman un camino alternativo, así que no vuelvo a ver a Jason. Me doy la vuelta mientras atravesamos el bosque. Además de las mujeres, nos acompaña un hombre que supongo que viene a evitar que huya. No está en mis planes, de todos modos. Escapar de esto sería fracasar en mi propósito de ser parte de este rito.

Prefiero morir antes que fallar.

Seguimos caminando a través de los árboles hasta dar con lo que parece un camino iluminado. Una de las mujeres se acerca y me cubre la cabeza con la capa de la túnica. Me entregan a dos personas que llevan el mismo vestuario. Alrededor, hay unos veinte miembros. Los rostros son imposibles de identificar, ya que todos llevan máscaras y capas cubriendo la cabeza. Tienen antorchas en sus manos.

—El rito va a comenzar —menciona uno de ellos—. ¿Usarás tu máscara?

La observo. Es igual a la de Jason.

—No —respondo sin dudar—. Prefiero que veais mi rostro. Así me recordais.

Nadie responde y me acomodan en medio de una larga fila. Desde donde me encuentro, no llego a ver el principio ni el final. Comenzamos a movernos lentamente y, al cabo de un momento, empiezo a escuchar la música que sonaba en el sitio donde dejé a Jason. Me ilusiono, porque sé que voy a verlo nuevamente. Me entusiasma pensar que me verá morir. Probablemente, eso haga que me recuerde más que a su exesposa con la que logré que rompiera completamente el vínculo. Deseo que me recuerde cuando se acueste con otra mujer y descubra que ninguna es como yo.

La música se detiene cuando nos aproximamos. Todo lo que se oye son murmullos y nuestros pasos sobre las hojas secas. Amanda hubiese hecho esto de un modo horrible. Hubiese llorado y gritado. Se hubiese asustado. No lo haría tan bien como yo, porque yo nunca fui como los demás. Jamás tuve miedo de morir. No me siento arraigada a la vida, como tampoco me sentí arraigada a mi familia ni a mis amigos. Nada me importó lo suficiente, salvo yo misma. Pasarlo bien, dejar huellas en todo el que se cruzara en mi camino.

Nunca le temí a la muerte porque siempre tuve claro que, aunque no estuviera, la vida de algunas personas seguiría girando a mi alrededor. Siempre fui la protagonista de mi vida y de las vidas ajenas. Ese fue mi propósito y lo conseguí. Sé que aunque deje de existir, más de uno se torturará pensando en mí o recordando momentos que les hice vivir.

Y Amanda... Ella no va a poder continuar con su vida después de haber escapado. Va a desear haber muerto en mi lugar y, cuando mi hermano se entere, la odiará para siempre. Mi muerte va a ser la estocada final para separarlos.

Cuando llegamos al claro en el que me despedí de Jason, todo el mundo comienza a bailar. Yo no lo dudo y bailo junto a las mujeres con una sonrisa. Ellas me observan, fascinadas. Los hombres me toman para bailar con ellos, mientras Jason observa desde atrás, con los dientes apretados. Cuando yo me vaya, él no será el mismo. Tal vez se haya acercado a mí para llegar a Amanda y atraerla hasta aquí, pero no sabía con quién se estaba metiendo. Ahora ya soy la protagonista de su vida y tendrá que vivir con eso.

Se acerca hacia mí y me toma de las manos.

—Ya es la hora —dice. La máscara le cubre hasta el labio superior, lo que me permite ver su expresión—. No quería que fueses tú. Te habría dejado escapar si no fuese porque nos encontraron allí atrás.

Cuando Amanda huyó, yo corrí tras ella y no la alcancé. Así que regresé en busca de Jason para preguntarle qué podíamos hacer, pero él ya estaba con otro de los miembros y le había contado todo. Dos personas salieron a buscar a Amanda, que ahora sabe cosas que no debería. Me gusta la idea de irme dejándole una tarea complicada. Conociéndola, no podrá resolver nada sin mí.

—No sé si lo habrías hecho, pero no me importa.

Asiente, inclina la máscara y me besa. Luego, dos hombres se acercan y me trasladan hacia un punto específico del claro donde todo el mundo está esperando ansioso. Se acercan las mujeres que me vistieron y me quitan la túnica y el vestido. Los hombres amarran mis manos con una soga y mi espalda queda pegada a un tronco extenso. El fuego se refleja en los ojos de Jason, que observa todo desde cerca. Cuando ya estoy allí, el tipo barbudo se ubica delante de mí y dice unas palabras en latín que no comprendo.

El fuego está más cerca y el calor es intenso. Sonrío y me entrego a esto que yo misma he elegido. No me arrepiento de nada.

Conservo la expresión calmada cuando el fuego comienza a arder en contacto con mi cuerpo. Al otro lado, hombres y mujeres bailan sin quitarme los ojos de encima. El tipo barbudo sigue exclamando palabras en latín.

Estoy sofocada y mi cuerpo se enciende.

Mi cabello se ahoga en llamas.

Estoy ardiendo.

Seré llamas y luego cenizas. Eso fui también durante mi corta vida.

Pero seré parte del futuro, cuando estas tierras florezcan.

Y estoy segura de que seguiré siendo inolvidable.

Lo último que veo es a Jason. Sus labios se mueven. «Hermosa», murmura.

Sonrío.

Y yo me apago, pero el fuego no.

*Me consume por completo.*

# 62

# COOPER

Por primera vez en mi vida, voy a vivir una Super Bowl. Algo que la mayoría de los jugadores de la liga jamás consiguen. Ser mariscal de campo y capitán de este equipo que ha logrado dar este paso me hace sentir orgulloso. No tanto de mí, sino de ellos.

Los últimos dos partidos fueron difíciles. Tuvimos que jugar en Chicago bajo la nieve, algo que, incluso habiendo vivido en la ciudad toda la vida, me resulta molesto. Son esos partidos en los que la táctica tiene que estar dentro de las posibilidades. Pero mis compañeros son fantásticos. Los corredores se dejaron la vida en el campo de juego y Liam, nuestro ala cerrada, se lució atrapando el balón, marcando *touchdowns* y bloqueando a los rivales. Ese chico tiene un futuro prometedor y deseo verlo a mi lado unas cuantas temporadas.

Aunque todavía faltan unas semanas para que comiencen a cerrarse los contratos, mi agente está positivo respecto al tema. Es muy probable que continúe en el equipo, algo que para él nunca estuvo en duda, pero que a mí me generaba cierta inseguridad, sobre todo porque necesitaba continuar aquí, hasta resolver el caso de Rylee.

Estaba tan acostumbrado a que las investigaciones no tuvieran fin que estuve toda la temporada enfocado en conseguir esa renovación, descartando, sin darme cuenta, la posibilidad de que el caso finalmente se cerrara. Pero Amanda tenía otros planes. Con su regreso, trajo el pasado sobre sus hombros y una pila de verdades que no dudó en desplegar ante mí.

Estiro las piernas.

Viajé a Nueva Orleans con mis compañeros en lugar de hacerlo con mi avión privado, como hacía cuando Amanda viajaba junto a mí. No estoy atravesando el mejor momento personal y me tentaba la idea de hacer este vuelo solo; sin embargo, ella sigue en casa y aunque no hablamos demasiado, en algún momento deslizó la idea de que debía compartir este momento profesional importante junto con mi equipo.

He soñado con esto toda la vida y Amanda tiene razón. Debo dejar de lado mis problemas y saborear este momento. Me esforcé mucho durante mi adolescencia, con entrenamientos que me dejaban sin fuerzas para disfrutar de una fiesta como el resto de los chicos de mi edad. Yo siempre fui muy disciplinado y, con los años, esa disciplina se profundizó. Y no me arrepiento, porque este deporte es lo más verdadero que he tenido en la vida. Fue algo que elegí, algo que me puso metas y que me obligó a demostrar qué tipo de hombre era. Estoy orgulloso de mí, por primera vez en toda mi vida. Y no me sentiría así si no fuese por este deporte que es jodidamente divertido.

Sigo disfrutando del fútbol como cuando era un niño.

—Las cosas están mal con Amanda… ¿Cierto? —pregunta Liam, a mi lado.

No hablo mucho de mi vida privada, pero Liam es ese tipo de persona que está por ahí dando vueltas, divirtiéndose y lanzando champán por todo el vestuario cuando es necesario festejar, pero que también observa a sus compañeros fuera del deporte. Cuando sea más mayor, será un gran capitán.

—No estamos juntos —confieso—. Rompimos hace unas semanas, pero ella sigue en casa porque no ha decidido si continuará en la ciudad. Además de que estuvo haciendo declaraciones respecto al caso de mi hermana.

Lo menciono, como si él y toda la ciudad no estuviesen al tanto.

Una vez que Amanda hizo su declaración formal, la siguió Olivia. Mi abogado recomendó a un colega que las defendió a ambas. Habían mentido en su declaración inicial, pero no había ningún delito del cual se las acusara porque habían actuado por miedo, principalmente Amanda. Olivia, de algún modo, había sido coaccionada por la abuela de Amanda. De modo que solo debieron pagar una multa importante y tendrán que hacer trabajo comunitario durante un tiempo. Afortunadamente, esto no trascendió, pero sí todo lo demás.

En este momento, estoy en boca de todos. En parte porque estoy a punto de conseguir mi primer anillo, pero también porque mi hermana, finalmente, fue declarada fallecida. Todo el escándalo de la sociedad secreta salió a la luz y se hicieron programas especiales analizando el tema. Hubo detenidos y solo unos pocos abrieron la boca, confesando que, ese 8 de octubre, mi hermana había sido asesinada. También se recogieron pruebas en el sitio donde ocurrió todo. A pesar de que han pasado cuatro años, se encontraron algunos rastros de ADN que ayudaron a confirmar la historia.

En lo que respecta a la columna vertebral de la sociedad, los líderes quedaron tras las rejas. La abuela de Amanda había dejado demasiado material comprometedor en aquella carpeta. Sin embargo, James me explicó que es algo complicado de resolver. La investigación sigue y tuvieron que declarar todos los que llevan aquel tatuaje. La noticia está por todos lados, hay personalidades y corporaciones comprometidas, pero algunos están limpios.

Y también está el hecho de que es imposible controlar que la sociedad se vuelva a formar, teniendo en cuenta que hay varios miembros recientes como, por ejemplo, el idiota de Brandon Kelly. Todos ellos quedaron libres.

Pero en lo que a mí me compete... el caso de Rylee está cerrado.

Todo este tiempo, hubiese bastado con que Amanda contara la verdad.

—¿Habéis roto por todo esto? —pregunta Liam.

Lo cierto es que nunca lo hablamos. Supongo que los dos nos resignamos, porque no hay forma de construir algo después de tanta mentira. No culpo a Amanda por lo que le ocurrió a Rylee, sería un hipócrita si lo hiciera, pero me hace daño saber que está ligada a esto. Amanda siempre va a estar unida a la muerte de mi hermana, incluso cuando no hizo nada más que intentar sobrevivir.

—Es difícil seguir adelante después de esto —admito.

—Sí, definitivamente es algo que necesitaría de mucho trabajo. —Liam estira las piernas—. ¿Tú no crees que valga la pena?

—Tú sabes lo que ocurrió, Liam. —Mi equipo es mi familia. Una vez que hablé con mis padres y les conté todo, lo hice con ellos. Saben cada detalle de lo que pasó esa noche—. ¿Cómo puedo construir algo con ella después de eso?

—No digo que sea fácil, pero cuando estabas con ella se te veía bien. Estabas feliz.

—En ese momento no sabía lo que había pasado.

—Lo que digo es... —Suspira—. Si Tom me llevara a un sitio para que me asesinaran, yo también huiría. —Estoy a punto de hablar, pero me detiene—. No tienes que hacer siempre lo correcto. Estás alejándote de una chica que te hace bien y de la cual estás enamorado porque de alguna manera crees que no puedes estar con ella. Que no es lo correcto o que no es la historia de amor perfecta. Y es durísimo, lo entiendo, pero ella dijo esa verdad por ti. Podía ocultarla toda la vida, pero estoy seguro de que lo hizo para darte ese cierre. Lo hizo por amor. ¿Qué has hecho tú por ella?

\* \* \*

En lugar de ir hacia casa, voy a Hammond. Estuve allí la semana pasada y la anterior. Estoy preocupado por mis padres, pero sin duda lo están llevando mejor que yo. Parece que era el único que esperaba que Rylee apareciera de un momento al otro, o que hallaran a un culpable que no tuviera que ver con sus malas decisiones.

Es durísimo, pero sigo muy enfadado con mi hermana. He dedicado los últimos cuatro años de mi vida a buscarla. Puse el fútbol, mi vida amorosa y, hasta a mis padres, a un lado, por ella. Aunque reconozco que fue mi error obsesionarme de ese modo... sobre todo, teniendo en cuenta quién era Rylee.

Mi madre me recibe en la puerta con una sonrisa. Ella estuvo todos estos años procesando una pérdida que yo negué. Y, además, mi madre es una verdadera leona.

—Enhorabuena, Coop.

Mi padre aparece detrás, agitando una de mis camisetas de la universidad. Lanzo una carcajada, pero luego me invade una angustia contenida y me pongo a llorar. Mi madre se pone seria de inmediato, me ayuda a entrar y cierra la puerta. Me pide que tome asiento y, unos minutos después, aparece mi padre con un vaso de agua y el rostro serio. Estaban felices cuando llegué, pero yo decidí arruinarlo todo con mi sensibilidad.

—Estoy feliz, de todas formas —aclaro.

—Estamos felices —me corrige mi madre—. Porque estás alcanzando un sueño que tienes desde pequeño. Siento que fue ayer que estabas corriendo con el balón por la casa, poniéndote anillos de papel y haciéndote fotografías. Soñaste con este momento durante toda tu vida.

—Y ahora te sientes culpable, como cada vez que alcanzabas una meta —menciona mi padre—. Con cuidado de no estar demasiado feliz, porque tu hermana podía compararse contigo y frustrarse.

—No es eso. —Me quito la gorra, me sacudo el pelo y la vuelvo a poner en su sitio.

*Es eso.*

Estoy evitando disfrutar de este momento porque hace muy poco se confirmó que mi hermana falleció.

—Es eso. Siempre fuiste un buen hermano, un buen hijo, un buen amigo. Eres maravilloso con tus compañeros de equipo; pero no eres bueno contigo mismo. —Las palabras de mi padre me descolocan, porque sé que son ciertas—. No tienes suerte, trabajaste mucho para esto. Te has esforzado desde que eras un niño para llegar a este momento y ahora decides sentirte culpable por estar feliz… por un logro que muy poca gente consigue.

*También es un logro de ellos*, pienso. Porque me enseñaron a amar el deporte y a refugiarme en él. Porque trabajaron duro para que Rylee y yo tuviéramos todo. Así que verlos felices me hace sentir realizado.

—Maduraste siendo muy pequeño —agrega mi madre, con lágrimas en los ojos—. Y lo hiciste por el amor a este deporte. Cuando tenías dieciséis años ya te estabas empezando a presionar mucho y me preocupaba, pero, al mismo tiempo, brillabas cuando estabas en el campo de juego. —Toma mi rostro en sus manos—. Estoy feliz, Cooper. Este sueño tuyo haciéndose realidad nos alegra la vida a tu padre y a mí. No te niegues la felicidad. Se puede sentir dolor y también tener motivos para ser feliz.

Esa noche comemos perritos calientes con cebolla frita, un clásico de mi madre los días de partido. Y pienso en Amanda, porque sé que le encantaban.

# 63

# AMANDA

Cooper ya debería haber llegado de su viaje.

Afortunadamente, Liam se apiadó de mí y me envió un mensaje privado a través de redes sociales para avisarme que, cuando llegaron a Chicago, Cooper decidió visitar a sus padres. Y luego, entrada la noche, recibí un mensaje de Lilly. Me dijo que Cooper estaba allí y que pasaría la noche en Hammond. Le pregunté cómo estaba y me dijo que su padre lo había sorprendido con un pastel de chocolate que lo había hecho más feliz que la inminente Super Bowl.

De cualquier manera, pasé la noche sin dormir. Ya no estoy preocupada por la seguridad, pero me acostumbré a tener a Cooper cerca y esta noche debo dejar la casa. Ya hice la maleta y solo me falta guardar el maquillaje. Duque no se mueve de mi lado, y me rompe el corazón tener que alejarme de él.

Como todavía me quedan cosas por resolver en la ciudad, mi plan es mudarme a la casa de mi abuela por un tiempo. No es el mejor sitio en el que estar, pero ya no tengo excusas para permanecer aquí.

Está anocheciendo cuando finalmente Cooper atraviesa la puerta. Llevo horas sentada en el sillón, esperándolo.

—Enhorabuena —murmuro, mientras Duque corretea a su alrededor.

—Gracias —responde, distante.

Con su perro dándole vueltas alrededor, se dirige hacia la cocina. No me queda tiempo en la casa y no sé si lo volveré a ver luego, así que lo detengo.

—Cooper... —Escucho mi propia voz como si estuviese sumergida bajo el agua. Él se da la vuelta y me observa. El cansancio y la tristeza se ven reflejados en sus ojos. No es propio del mejor jugador de la liga, que en una semana puede conseguir el título más importante de su vida—. Me gustaría hablar contigo un momento.

Asiente, deja la mochila y se dirige al sillón que se encuentra a mi lado. Toma asiento. Duque se mueve lentamente y se acomoda entre sus piernas. Tengo al amor de mi vida frente a mí, con el corazón roto. Y a su perro, que todavía mueve la cola cuando me ve. Son tal para cual.

—Dime.

—Ya te dije cuánto lamento lo que pasó y sabes que haría las cosas de otro modo, si tuviera la posibilidad de regresar al pasado. No quiero ser repetitiva ni abrumarte, así que... solo te daré las gracias. —Trago saliva. La angustia quiere salir, pero no quiero llorar. Necesito decirle todo, porque ya no quiero andar por la vida con asignaturas pendientes—. Por abrirme las puertas de tu casa cuando no tenías ningún motivo para hacerlo. Por confiar en mí, cuando lo último que soy es alguien confiable. Por cuidarme, por creerme y por compartir conmigo el amor de tu perro. —Sonríe ante el último comentario. Es un gesto triste como nunca he visto en ese rostro radiante que hace semanas no encuentro.

—No te preocupes. En mi caso, si volviera al pasado, haría todo eso nuevamente.

—Pero fuera de todo eso, te quiero dar las gracias porque a veces uno pierde el foco. Cuando estás dentro de ciertas situaciones, es difícil darse cuenta de lo que ocurre. Uno comienza a naturalizar actitudes de los demás y propias, sin analizarlas. Tú me abriste los ojos esa noche, cuando nos besamos y yo ya no pude ser la misma. Mi vida cambió en ese instante y todo lo que siguió fue un vacío. —Suspiro—. Disfruté de la universidad, aunque solo en algunos momentos. Empecé a ver a Rylee de otro modo y nuestra relación ya no fue la misma. Me obsesioné y sobreanalicé todas mis actitudes cotidianas, porque no quería ser esa chica a la que le dijiste que te gustaban sus ojos, pero no su corazón. Me alejé de ella, pero me faltaba algo. Rylee era sumamente importante para mí, teníamos una relación muy profunda, pero también tóxica. Era mutuo. Yo no podía evitar complacerla y ella necesitaba de eso. Necesitábamos de esa relación porque habíamos alimentado esa dinámica durante mucho tiempo. Y todo eso lo supe ver gracias a ti.

—Amanda, no tienes que agradecerme nada. Eso que dije esa noche… ni siquiera lo pensé.

—Lo sentiste y lo dijiste, porque así eres tú. —Lanzo un sollozo desesperado y él reprime un movimiento. Se contiene ante su reacción inmediata de consolarme. Yo no merezco consuelo de parte de nadie, pero mucho menos de él. Cierro los ojos unos segundos para recordar todo lo que quiero decir, porque no sé si tendré la oportunidad de volver a hablar con él  . Gracias por quererme, por tus besos, tus abrazos, por hacerme el amor y creer en mí cuando nadie lo hubiese hecho. Porque si la mentira tuviese un rostro, sería igualito al mío.

—Amanda… —Se detiene—. Me cuesta mucho explicarme.

—Lo sé, no hay problema. Tienes muchas cosas importantes frente a ti ahora mismo. Quiero que disfrutes de lo que viene. Voy a estar viendo esa final en la televisión y quiero ver a ese Cooper que odiaba en el instituto porque brillaba en el campo de juego. Quiero ver portadas de revistas con esas manos que me enloquecen y un anillo que le recuerde a esta ciudad que tiene un jugador que será inolvidable. —Entrelazo mis dedos. Estoy nerviosa y angustiada, pero no quiero que recuerde esto como algo triste, porque lo último que quiero que sienta es culpa—. No importa dónde esté, voy a seguir tu carrera y quiero verte disfrutar. Quiero que juegues en esta ciudad o que lo hagas en otro equipo si te apetece. Quiero que comas y que te permitas más que un café por semana. Eres maravilloso, tienes talento y eres inteligente. No necesitas torturarte para ser el mejor mariscal de campo. Este deporte te ama tanto como tú lo amas a él.

Me observa, estoico, mientras de sus ojos brotan lágrimas que no deberían estar allí. Este hombre necesita ser feliz con urgencia. No puedo soportar saber que alguien tan maravilloso no tiene más que dinero.

—El otro día me pediste que no me despidiera.

Claro. Esa última noche que pasamos juntos, supe que estaba haciendo las cosas de otro modo. No era el mismo Cooper con el que me venía acostando desde hacía semanas. Y, en ese momento, todavía tenía la ilusión de que el amor fuera suficiente. Sin embargo, ahora sé que hay límites. Todo lo que hice debía pasarme factura. En un mundo justo, yo debería perder mucho, después de haber hecho tanto daño. Y perderlo a él es lo peor que me puede pasar.

Nunca se lo diría, pero me está costando encontrarle sentido al futuro cuando sé que él no va a ser parte. Incluso cuando parece un duelo, y yo he pasado los suficientes como para recibir un diploma.

—Todavía me costaba soltarte.

—¿Ya no te cuesta?

—Me cuesta, me duele. Lo odio —digo—. Pero lo entiendo, porque eres tú y mereces algo mejor. Mereces formar una familia con hijos ruidosos y una esposa que te ame y te cuide, pero, principalmente, que nunca te haya roto el corazón. Mereces que alguien te haga un pastel de chocolate para tu cumpleaños y lo coma contigo. —Suspiro—. Cooper, por favor, come.

—Sobreviví bastante tiempo sin ti, ¿no lo crees?

—Es cierto. —Niego con un gesto y observo mis manos, entrelazadas sobre mi regazo.

Me pongo de pie lentamente y él me observa desde su sitio, con el rostro herido.

—Amanda, ¿qué sientes por mí?

Él se limpia las lágrimas y, cuando acomoda el codo sobre el muslo, Duque mueve la cabecita y le lame las lágrimas de su mano. Estoy enamorada de ellos. Son esa familia con la que tanto soñé.

—Siento que eres maravilloso. Un superhéroe de verdad. Y aunque odias que diga que me salvas… lo haces todo el tiempo. Eres incondicional y te amo con toda mi alma. —Suspiro y él me observa, como si intentara encontrar una mentira en mi rostro. Por eso esto no tiene sentido, nunca confiaría en mí nuevamente—. Te habría amado antes si me hubiese permitido conocerte. Pero ¿sabes?, más allá de las mentiras de Rylee, creo que nunca me permití conocerte porque daba por sentado que lo que veía de ti era fingido. Porque eras simplemente demasiado maravilloso para ser real.

Esboza una sonrisa suave y estira la mano hacia mí.

—Siéntate —murmura—. No quiero que te despidas de mí. ¿Te acuerdas del día en el que nos conocimos?

Le hago caso, pero desvío la mirada. Recordar ese momento todavía me resulta abrumador.

—Vinisteis a casa de la abuela: tú, Rylee y tu madre con galletas con virutas de chocolate para darme la bienvenida. —Sonrío. Lo recuerdo como un día lluvioso, pero probablemente se deba a que fue uno de los días más terribles de mi vida.

—Rylee estaba emocionada porque tenías la misma edad que nosotros y porque iríamos juntos a la escuela. No paraba de hablar cuando fuimos a tu cuarto. —Sus ojos recorren mi rostro—. Te pregunté si echabas de menos a tus padres, a los ocho años uno no sabe que hay ciertas cosas que no se preguntan. Me dijiste que los echabas de menos y que también echabas de menos sonreír como lo estaba haciendo Rylee.

—No lo recuerdo.

Su mirada se desliza hacia mis labios.

—Desde ese momento hasta la última vez que te vi, antes de irme a la universidad, no dejé de pensar en ello. Pasé diez años prestándole atención a tu sonrisa. —La angustia me sacude—. Sonreíste muchísimas veces, Amy, pero no te dabas cuenta. Sonreías con mi hermana, con Olivia, en las fiestas con ese tal Parker con el que salías... y pocas veces conmigo. Pero no me importaba, porque ese Cooper de ocho años se había conmovido demasiado con el hecho de que nunca más ibas a sonreír, y supongo que por eso no podía dejar de mirarte. Y luego terminé enamorándome de tu sonrisa. Así que imagínate lo que fue para mí cuando regresaste a la ciudad y comenzaste a regalarme tus sonrisas. Cuando te burlabas de mi comida, cuando fingías que eras mi novia, cuando hicimos el amor en el cielo. —Sonrío, como siempre que menciona nuestra primera vez de ese modo—. Y esta sonrisa... —Se inclina y me da un beso suave en los labios—. ¿Es mucho pedir que me dejes seguir viéndola?

Siento que floto. Que me han quitado algo de encima y, de repente, soy liviana. No debería sorprenderme que Cooper sea tan... Cooper.

—Yo no te veo sonreír desde hace un tiempo... y es por mi culpa.

—¿Y si me ayudas? Sé que tenemos un pasado terrible, pero tú volviste a ser feliz después de perder a tus padres. Tal vez podamos hacerlo. —Se muerde el labio inferior, nervioso—. No nos alejemos de nuevo. A lo mejor esta vez te toca a ti obsesionarte con mi sonrisa.

—Me parece un buen plan, aunque creo que ya estoy obsesionada con ella.

Ni siquiera nos detenemos a mirar la hora. Cooper me toma de la mano y me arrastra, lentamente, hasta la planta superior. El sonido de las patitas de Duque se pierde dentro de mi habitación. Cooper toma mi rostro entre sus manos y me besa como cuando escribes algo de manera descuidada en un papel y luego lo lanzas a la papelera y comienzas de nuevo, con más paciencia. Con ganas de hacerlo mejor esta vez.

Siento sus besos como caricias y no puedo dejar de pensar en ese niño que le prestaba atención a mi sonrisa. Qué afortunada he sido sin siquiera saberlo. Desconocía que había alguien allí que deseaba tanto como yo que mi pasado quedara atrás. Ojalá hubiese sabido que el chico que todo el mundo decía que tenía un futuro increíble había sido increíble desde el principio.

—¿Me cuidarás tú esta vez? —pregunta, mientras me quita la ropa.

No quiero preguntarme cómo lo hace, porque nunca lo entendería. Cooper es demasiado sorprendente como para que alguien como yo logre entenderlo.

—¿Confías en mí?

Se toma su tiempo para responder. Me acaricia y me llena de besos bajo las sábanas. Se está moviendo suavemente sobre mí cuando al fin responde.

—Por tu amor pondré las manos en el fuego sin dudarlo. Una y otra vez.

# 64

# COOPER

Cada decisión que he tomado en la vida me ha traído hasta aquí. Cada mañana en la que madrugué, cada partido que jugué en el instituto, en la universidad y en la liga me abrieron las puertas de este momento. Tengo la gloria al alcance de mi mano.

Si alguna vez tuve un sueño, fue este.

Estamos a diez minutos de levantar el trofeo con el que estoy obsesionado desde que era un niño. La vida puede ser terrible, mientras suceden cosas maravillosas. Se puede estar triste y cumplir sueños enormes.

Estamos ganando el partido y tengo el balón en mis manos. Todo el tiempo debo tomar decisiones y, dentro del campo de juego, siempre hago lo mejor para el equipo. Soy rápido eligiendo el camino que debemos tomar y tengo un grupo de compañeros talentosísimos que hacen realidad esas decisiones.

Le lanzo el balón a Liam, que lo toma de un salto. Sonrío y lo observo correr hacia el *touchdown*. La temperatura es ideal en Los Ángeles y el equipo de Indianápolis no está pudiendo con nosotros. Yo supe desde que puse un pie en este estadio que el triunfo era nuestro. Cuando soñaba con este momento, imaginaba que los nervios me consumían por completo. Tal vez, porque le había puesto una mochila enorme y pesada a este deporte que tantas alegrías me había brindado.

Lo usé como escudo, como excusa, como medio para un fin. Y ahora, solo es el deporte que amo. El que logré jugar profesionalmente gracias a mi esfuerzo y el que llena mis bolsillos, pero que nunca parece un trabajo. Estoy cansado, claro. Los entrenamientos son muchos y muy intensos, pero este momento de adrenalina en un estadio colmado de fanáticos lo vale sin ninguna duda.

Solo faltan tres minutos.

Observo ese rincón del estadio una vez más. Allí están mis padres, con las camisetas de Chicago y el número 83 en el pecho. Está Ben, con una gorra puesta hacia atrás y los ojos llenos de lágrimas. Olivia tiene a Levi en brazos. Durante el primer cuarto ella se dio la vuelta señalándose el culo. Tiene el número 83 bordado en sus vaqueros. Levi tiene el rostro pintado de rojo y un número 83 en el dorso de las manos. Ha estado todo el tiempo haciendo el gesto de Spider-Man, que se lo enseñé la última vez que vinieron a cenar a casa y está obsesionado.

Dos minutos.

Allí también está mi chica (a la que todavía no le he pedido que sea mi novia) con el cabello suelto y los labios pintados de rojo. Me sorprendió con su atuendo y no puedo esperar a ganar este bendito trofeo y llevarme al mejor premio a la cama. Amanda se hizo una falda corta con mi camiseta. Tiene un top blanco y la chaqueta que nunca me devolvió. Y lleva unas botas rojas que... Dios me libre de tener una erección en medio de la Super Bowl.

Un minuto.

De forma inesperada, la emoción se anuda en mi estómago y me estalla en la garganta. He tenido una temporada singular, con la llegada de Amanda, la presión por parte de mi agente, la relación con ella, la resolución del caso de Rylee, las verdades escapando por todos los rincones... y esto. Le he pedido mucho a este deporte a lo largo de mi vida y me lo está dando.

Me está dando aire justo cuando me estaba asfixiando.

El día en el que tomé un balón por primera vez, no tenía ni idea de que sería él el que me salvaría. Le tendré que hacer los honores hasta el fin de mis días.

Empezando hoy mismo.

En tres segundos.

Cuando llegue el final, representará un nuevo comienzo para mí.

Menos de un segundo y abrazaré al fútbol como ese día en que tomé el balón por primera vez. Oigo el rugido del público y me congelo en medio del campo de juego.

Es el sueño de un niño en el cuerpo de un hombre. Lo siento corriendo por las venas.

Alguien me levanta en el aire y lanzo un grito. Veo ese rincón del estadio en donde quienes fueron testigos de mi amor por este deporte dan saltos de alegría.

Liam me deja en el suelo, me quito el casco y lo lanzo por los aires. Le doy un abrazo. Mis compañeros son talentosos, buenas personas y, esta temporada, el solo hecho de que estuvieran allí hizo mi vida más agradable.

Descubro a Tom dando la vuelta al bote de agua helada de mi *sponsor* sobre el entrenador y luego a Liam, otra vez, besando a su novia. Alguien me pone una gorra en la cabeza, mientras una reportera me pregunta qué siento.

*¿Qué siento?*

Que la vida puede ser una mierda y en un instante transformarse en el sueño más maravilloso. Que hay que esforzarse por lo que uno ama y que hay dos cosas que yo amo demasiado: este deporte y a una rubia preciosa que está saltando a unos pasos de donde me encuentro.

Ni siquiera sé qué respondo. La reportera sonríe, así que me imagino que mis palabras tienen sentido. Cuando me despide, solo tengo ojos para Amanda. Me dirijo hacia ella, sin ver nada ni a nadie. Estiro el brazo y la ayudo a meterse en el campo de juego. Tiene una sonrisa enorme plasmada en los labios. Una que jamás me hubiese entregado a mí.

No me canso de triunfar.

—Enhorabuena —murmura en mi oído cuando me rodea con sus brazos—. Estoy muy orgullosa de ti.

Me inclino hacia atrás, para ver su sonrisa una vez más.

—Estoy seguro de que soñé con esto a los dieciséis.

Me lanzo hacia ella y la beso, sin hacerles caso a las cámaras que insisten en inmiscuirse. Mis labios se mueven suavemente sobre los de ella. Este es un gran premio. Y también estará el trofeo y el anillo. ¿Pero ella? Mi triunfo más difícil.

—¿Sabes cuántas veces soñé con tener un anillo de la Super Bowl?

—Lo sé —responde.

—Pero hay otro anillo con el que he soñado mucho…

Su rostro se transforma cuando apoyo una rodilla en el campo de juego y extiendo una cajita de terciopelo azul hacia ella. La abro.

Me observa sin responder.

—Dime que sí. —Susurro. Ella sonríe lentamente. Oigo un alarido más atrás que reconozco claramente, es Olivia—. Tenemos algunas cosas por organizar, pero…

—Sí, Cooper, por supuesto que sí. Cállate. —Se ríe, me pongo de pie y deslizo el anillo en su dedo. Hay una cámara instalada a mi lado—. ¿Cómo voy a decirte que no? Aquí el que sale perdiendo eres tú.

—¿Yo? ¿Contigo? —Chasqueo la lengua y la beso, luego le digo en su oído—: Esa copa me importa una mierda si te tengo a ti.

La entrega de premios sucede en un limbo. Estoy borracho de felicidad. Mi madre se hace fotos con mis compañeros, que la adoran, y mi padre habla con reporteros como si acabara de ganar él mismo. En el vestuario, nos bañamos en champán y grabamos videos que subimos a las redes sociales sin analizarlo demasiado. Esa noche, me doy el gusto de quitarle esa falda preciosa a mi prometida y descanso como no lo lograba hacía mucho tiempo.

Cuando regreso a la ciudad, tengo un itinerario organizado. Debemos celebrar el triunfo junto con nuestros fanáticos y dar muchas entrevistas. Pero lo primero es lo primero: Duque nos recibe moviendo la cola con un trozo de papel en la boca.

—Ey, Duque. ¿Qué tienes ahí? —pregunta Amanda, entre risas.

El perro corre por la casa hasta que se lo logro quitar.

—¿Qué es? —pregunta Amanda.

—Es… —frunzo el ceño.

Ella se asoma detrás de mi hombro y lo lee.

# 65

# RYLEE

Me muerdo el labio inferior y sacudo la cabeza.

Sigo recortando letras de un periódico mientras observo la televisión. Mi hermano acaba de ganar la Super Bowl, algo para nada inesperado. Se han pasado el partido hablando de él, porque Cooper Harris es maravilloso y quién soy yo para negarlo, además de su hermana melliza.

Pongo los ojos en blanco y continúo recortando letras cuando Amanda aparece en el campo de juego. Está cambiada. Como si fuese otra persona. Mi hermano la besa (otra cosa para nada inesperada) y luego hace algo patético que tampoco es inesperado.

—¿Es un anillo? —Me doy la vuelta y observo a Jason, recostado en el sillón con una botella de cerveza en la mano. Sonríe—. Es una pregunta retórica, ya sé que es un anillo.

Resoplo.

—Trae el champán de la nevera.

—Estoy tomando cerveza.

—¿Qué demonios me importa? —Sigo cortando letras—. Mi hermano acaba de ganar la Super Bowl, no es un inútil como tú. Además, Amanda es mi nueva cuñada. Tengo que celebrarlo.

Cuando lo veo irse hacia la cocina, me pongo de pie y me dirijo a la ventana. Llegamos a este pequeño pueblo de Tennessee hace cuatro años y nunca más nos movimos. En realidad, es una mierda y no hay nada para hacer, pero tampoco es que tenga ganas de hacer algo. Además, es un poco difícil cuando tu hermano famoso no para de hablar de ti. Aunque tampoco sería fácil darse cuenta de quién soy.

Esa noche, las cosas no salieron bien.

Cuando Amanda huyó, enviaron a dos tipos a buscarla. No podrían utilizarla para el rito por una cuestión de tiempo, pero iban a matarla porque yo le había dado mucha información. Por supuesto que tenían a su abuela para negociar, pero estaban decididos a acabar con ella. Esto yo ya no lo recuerdo, porque había perdido el conocimiento, pero Jason me lo contó una enorme cantidad de veces porque se siente como un superhéroe. Algo que, por supuesto, no es.

Amanda huyó y fue hacia la casa de Olivia, pero de camino, un tipo la recogió. Lo cual complicó las cosas, porque se empezaban a sumar testigos. Al tipo lo mataron, pero justo cuando estaban en mitad del rito, el barbudo que hablaba en latín (que resultó ser Weber, el líder de la sociedad) decidió que lo mejor era que desarmaran todo. Lo cual todavía me resulta una falta total de respeto cada vez que lo recuerdo, porque no me dieron la atención que yo en verdad merecía, sobre todo teniendo en cuenta que me estaban quemando viva.

Jason y otro tipo quedaron a cargo de mi cuerpo. Mientras el resto desarmaban todo y huían, ellos debían… No sé, esperar a que me terminara de morir, supongo. Así que Jason golpeó a este tipo y lo dejó inconsciente (de ahí que se crea un superhéroe), extinguió las llamas y me llevó a su casa de veraneo, donde un médico me atendió.

—Aquí tienes tu champán —dice Jason, de regreso.

En la televisión ya comienza la entrega de premios. Lo más probable es que mi hermano también reciba el MVP. Fue, sin duda, el mejor jugador de la temporada y lo sé, porque no me perdí ni un partido.

Me dirijo lentamente hacia la mesa, para seguir cortando palabras, pero me detengo ante el espejo. Es algo que hago todo el tiempo. Me gusta observarme.

Hoy llevo una peluca cobriza que hace resaltar mis ojos y ya comienzo a acostumbrarme a mi nuevo rostro. Esa noche me transformó completamente, porque tengo gran parte de mi cuerpo quemado, principalmente el rostro. Perdí el pelo y todos mis atributos físicos, pero por dentro sigo siendo la misma.

No estoy arraigada a la vida ni a las personas. No quiero volver a ver a mi familia y tampoco los extraño. Me doy cuenta de que ellos sí lo hacen, principalmente mi hermano, y quiero que deje de hacerlo. Ahora que la sociedad se ha disuelto y los miembros que podrían estar buscando a Jason están entre rejas, quiero moverme fuera de este pueblo y hacer mi vida. Yo podría haberlo hecho, porque soy completamente irreconocible, pero Jason no. Y nunca tuve la fuerza necesaria para dejarlo. Porque es un idiota, pero también es cierto que fue contra sus ideales para salvarme. Incluso cuando yo no tenía ni la más mínima necesidad de ser salvada, ni de vivir.

Quiero salir de este pueblo y hacer algo más.

Tal vez, incluso, encuentre a alguien a quien molestar.

Este juego con Amanda y mi hermano ha terminado, pero siempre se puede empezar de nuevo.

—¿Le vas a enviar otro mensaje a Amanda? —Jason se inclina para analizar las letras que he recortado y que están acomodadas sobre la mesa.

Cuando me enteré de que Amanda había regresado a Chicago, supe que irían por ella, así que me pareció divertido alertarla.

Podría dejar de escribirles y ya está, pensarían que los mensajes venían de parte de algún miembro de la sociedad, pero necesito que Cooper sepa la verdad. Porque es jodidamente insoportable que me quiera tanto, a pesar de todo.

Muevo las letras con el dedo índice hasta armar el mensaje. Jason lo mira y sonríe: «Enhorabuena, campeón. Este juego ha llegado a su fin y vale más que una Super Bowl. Ya deja de buscarme. Saludos a tu prometida. Te quiero. R».

# Epílogo
# AMANDA

El corazón me da un salto cuando oigo un grito. Duque atraviesa el salón corriendo con la lengua fuera. Tillie va detrás de él, riéndose a carcajadas. Es domingo y son las ocho de la mañana.

—Papá —dice Rowan, sentado sobre la mesa de la cocina donde estoy preparando unos *muffins*. Tiene casi dos años y «papá» es su palabra favorita. Algo entendible, teniendo en cuenta que tiene un padre que es un héroe en el campo de juego y también en esta casa.

Cooper atraviesa la puerta con Ryan comiéndole los talones. Tillie está colgándose de Duque porque para ella es un caballo y Duque sabe meterse muy bien en el papel.

—¿Qué ocurre? —lanzo una risita—. Ryan, no entres a la casa con los patines.

Mi hijo mayor toma asiento en el suelo para quitarse los patines, mientras Tillie se cuelga de los pantalones de su padre para que la tome en sus brazos. Ella tiene cuatro años y una personalidad arrolladora.

—Tú no vas a traicionarme, ¿verdad, Tillie?

—Mamá —dice Ryan, dirigiéndose hacia la cocina con un patín en cada mano—. Papá es malísimo patinando.

—Papá es el mejor jugador de fútbol del mundo —exclama Tillie, la fanática número uno de Cooper Harris—. Quiero un *muffin*, mamá.

Suspiro.

—Los *muffins* son para la tarde, papá prometió que haría tortitas.

—Ojalá sea mejor haciendo tortitas que patinando —bromea Ryan.

Con seis años, el niño es bastante ingenioso. Cooper suele decirle que tiene el humor de la tía Rylee. Una especie de personaje de fantasía para ellos, porque solo la conocen a través de fotografías.

Sonrío mientras pongo los *muffins* en el horno. Los domingos solía dormir hasta tarde, pero me hace feliz ya no poder hacerlo. Soñé con una familia durante toda mi vida, pero nunca imaginé realmente cómo me sentiría al tenerla. Además de tener al esposo más maravilloso del mundo (y que Tillie tiene razón, es un gran jugador de fútbol) tengo tres hijos que son muy diferentes entre sí, porque les permitimos que sean lo que quieran ser. Además, Lilly y Josh, que siempre fueron como una familia para mí, ahora lo son.

También están Ben y Olivia. Él fue la persona con la que más tuve que trabajar. Le costó mucho confiar en mí, porque es un amigo increíble. A veces, me detengo a admirar esa amistad. Cooper y Ben no titubean a la hora de ser sinceros el uno con el otro y se acompañan siempre. Han estado juntos toda la vida. Y Olivia y yo conseguimos construir algo precioso sobre las ruinas de una amistad destruida. Es mi mejor amiga y mi confidente y aprendimos a ser sinceras y a darnos consejos. Nunca olvido que ella fue la primera en darme una segunda oportunidad, cuando se expuso a una mentira enorme, sin saber realmente si lo merecía.

Y respecto a la tía Rylee que aparece en las fotografías... también es parte de la familia y, aunque no sabemos qué pasó con ella, para Cooper recibir ese mensaje fue más emocionante que ganar el partido de su vida, así que le hizo caso. Borró todos los videos que había subido cuando el caso estaba abierto y no la mencionó en ninguna entrevista. Ahora solo habla de sus hijos, y los periodistas no están teniendo piedad respecto al asunto de Ryan.

—Me he congelado en esa pista —gruñe Cooper, pero luego se inclina y le sacude el cabello rubio a Ryan—. Yo no soy malo patinando, es que tú eres muy bueno. No voy a parar hasta que traigas esa Stanley Cup a casa.

Sacudo la cabeza con una sonrisa. Cooper soñaba con que su hijo jugara al fútbol, pero Ryan está enamorado del *hockey*, así que él se levanta todos los domingos en los que no tiene partidos y lo lleva a la pista. El deporte fue muy importante para él y le gusta que sus hijos también tengan eso como sostén. Aunque Tillie dice que ella solo tendrá una casa llena de caballos y no hará deporte. Tiene cuatro años, pero estoy segura de que tendrá su casa con caballos; si hay alguien más obstinada que su padre, es ella.

—¿Comeremos Lucky Charms en la Stanley Cup? —pregunta Ryan, emocionado.

Cooper le dijo que cuando trajera la Stanley Cup a casa (el máximo premio en la liga profesional de *hockey*) comerían cereales directamente de ella. Ryan no deja de repetirlo desde entonces.

—Y tallarines —confirma Cooper, que pasa por mi lado y me guiña un ojo.

Mientras prepara sus tortitas, yo tomo un té en silencio, observando la segunda oportunidad que me dio la vida. Sigo pensando en mi pasado, en los padres que perdí y en la abuela a la que me costó años perdonar. En la amiga que me decepcionó, pero que de alguna manera me dejó a su hermano como legado. Pero pienso más en el presente, porque tengo la familia que soñé junto al amor de mi vida. Y, principalmente, porque en el fondo yo también soy obstinada y me lo prometí a los doce años.

El pasado no me marcó, pero marcó mi camino.

—Ey —murmura Cooper en mi oído, mientras los tres niños se atiborran de tortitas—. Estás preciosa hoy. No te puedo ofrecer el cielo, pero sí que puedo hacer algo para que te sientas en él.


FIN

# Agradecimientos

Me gusta el número catorce.

Mi primer libro tiene un catorce en su título, mi abuela cumplía un día catorce y el catorce de noviembre es el cumpleaños de mi papá. Así que me parece bien que este sea mi libro número catorce. Principalmente, porque nunca pensé que existiría tal cosa. ¿En qué momento escribí catorce libros? ¿En qué momento USTEDES LEYERON CATORCE LIBROS?

*Donde las mentiras sean eternas* es, como todos los anteriores, un libro especial. Pensé que sería sencillo porque es el tipo de libro que me gusta leer y, de algún modo, del género que me hizo amar los libros cuando era adolescente. El tema es que las expectativas siempre cobran un precio alto. Me costó más de lo que pensaba porque necesité estar a la altura.

Quiero agradecer, en primer lugar, a mis lectores que crecieron con mis libros y a muchos que sé que se sumaron con *Mi deseo es odiarte*. Para mí es mágico que, entre tantos libros maravillosos, inviertan su tiempo y su dinero en una de mis historias. Mantener el contacto con ustedes para mí es fundamental. Me enriquece como persona y como autora. Muchas gracias por tomarse el tiempo de enviarme mensajes por redes sociales cuando terminan de leer y por permitirme darles un abrazo en una firma de libros. Me hace sentir parte de una familia. Gracias de todo corazón.

Este es, además, mi segundo libro con Ediciones Urano, y me siento muy orgullosa de eso. Esta casa que publica los libros que más me gustan y a los autores que más admiro. Gracias, Leo Teti, por brindarme el honor de publicar mis libros bajo el sello de Umbriel, que tanto amo como lectora.

La verdad es que siento que me quedo corta: el equipo de esta editorial ama los libros. Y, para mí, eso es fantástico. Gracias a editores, correctores, a las chicas de prensa y redes que lo dan todo. Ojalá pudiera mencionarlos uno por uno, pero ustedes saben. Estoy segura de que en algún momento les dije que su trabajo es maravilloso. Cuando alguien lo hace tan bien, es importante remarcarlo.

Como siempre, quiero agradecer a quienes me acompañaron en el proceso: Juani, que ya saben que siempre hace sus aportes (además, no es fácil soportar a una escritora de Virgo bajo el mismo techo). Mamá (ella me hizo amar este tipo de libros), papá (él leyó un solo libro en la vida, pero es feliz cada vez que acomoda un libro mío en su mesita de luz), Marili (pensó que el título del libro era *Proyecto Chicago*) y Gime (me preguntó si el libro tenía escenas subidas de tono. Spoiler: sí). Y a mis sobrinos, que no leen nada de lo que escribo (al menos por ahora): Joaco, Jero y Cami. En cuanto a Pepper y Bacon, no aportaron mucho porque odian cuando no les presto atención, y esta historia se llevó mi atención por un tiempito.

Ya y Leo: todo empezó por ustedes. Ojalá lo estén viendo.

También tengo que darle las gracias a Flor, que es esa amiga que ya tiene el rol asignado de soportarme ante cualquier eventualidad que surja en la vida y que ahora, además, es mi lectora beta oficial. Gracias, Flor. Qué aguante. Qué importante es para mí que me des tu visión cuando no sé ni qué carajo estoy haciendo.

Como además de autora soy lectora (y de las intensas), quiero agradecerles a estos tres personajes únicos. Amanda: puede que no te haya soportado en varios momentos, pero me enseñaste mucho. Fuiste uno de los personajes más complejos que escribí. Rylee: amiga, un límite te pido. Y Cooper: vos y yo, amigos no somos. No tendría ningún tipo de problema en ser tu novia falsa. Siempre que quieras renovar un contrato, contá con mi disponibilidad *full time*.

Por último, quiero mencionar a algunas personas que están siempre: Nora, Juan Carlos, Emma, Lu y Majo.

Estoy lejos de ser Roberto Carlos, no tengo un millón de amigos, pero los tengo a ustedes, que me acompañan hace años en cualquier cosa que haga. Que estaban en la escuela y, de repente, ahora piden el día en el trabajo para ir a una firma. Eso es algo prácticamente imposible de lograr y, la verdad, es que siento que no tiene nada que ver conmigo y mucho que ver con ustedes: gracias por ser incondicionales. Se los dije en los agradecimientos de un libro hace ya como cinco años. Hay un hilo rojo que nos une. Y al igual que las mentiras de los personajes de este libro, eso será eterno.

Gracias.

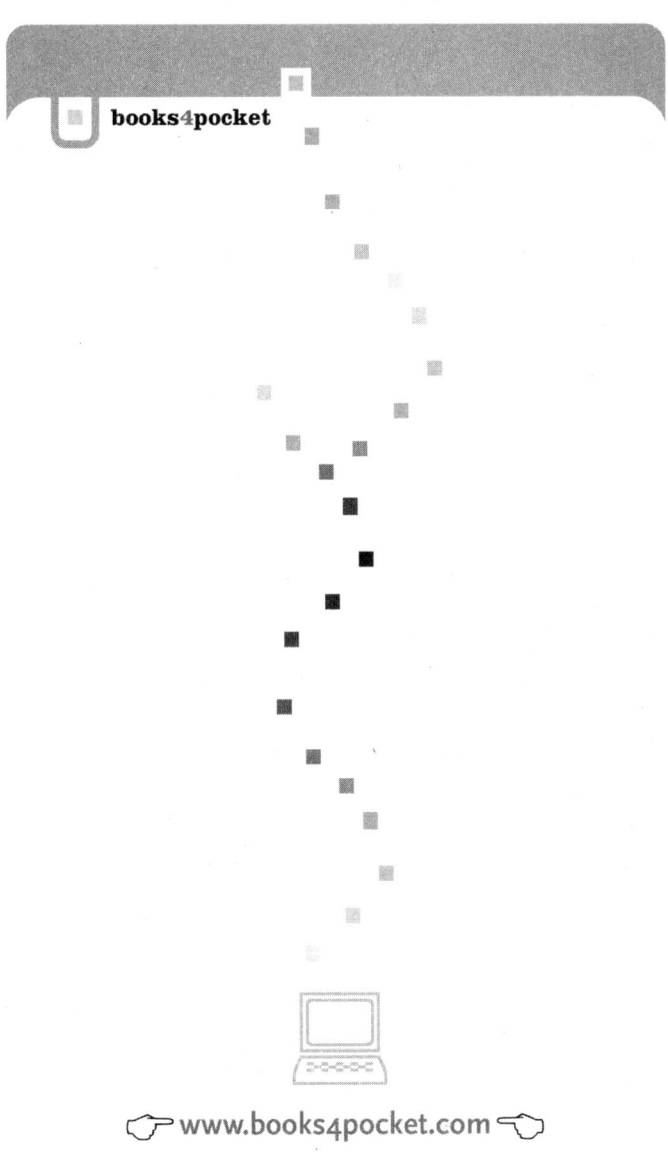

books4pocket

www.books4pocket.com